Holly Martin
Herzgeflüster in Sandcastle Bay

Das Buch

Jamie Jackson ist ein attraktiver Einzelgänger und ein begabter Künstler. Dass er die hübsche Goldschmiedin Melody liebt, wissen in Sandcastle Bay alle, nur Jamie ist sich über seine Gefühle nicht im Klaren. Dabei ist es die schönste Zeit am Tag, wenn er Melody morgens auf dem Weg zur Arbeit am Strand trifft ...

Melody ist seit über einem Jahr in Jamie verliebt. Sie träumt von einem romantischen Date, Küssen im Mondschein und einem Happy End. Doch Jamies Schüchternheit und ihre notorische Ungeschicklichkeit sind nicht gerade der Stoff, aus dem ihre Träume sind. Oder vielleicht doch?

Die Autorin

Holly Martin hat Medienwissenschaften studiert, in einer Bank, im Hotelwesen und im pädagogischen Bereich gearbeitet. Aber damit war Schluss, als sie vor einigen Jahren ihren größten Traum zum Beruf machte: das Schreiben. Ihre gefühlvollen, amüsanten Romane und Kurzgeschichten begeistern Leser und Kritiker gleichermaßen. In deutscher Sprache sind bisher die Titel »Weihnachtsküsse in White Cliff Bay« und »Winterträume in White Cliff Bay« erschienen.

Die Autorin lebt in der englischen Grafschaft Bedfordshire.

Holly Martin

Herzgeflüster
in
Sandcastle Bay

Roman

Aus dem Englischen von
Giulia Hannsen

Montlake

Die englische Ausgabe erschien 2018 unter dem Titel
»The Cottage on Sunshine Beach« bei Bookouture, London.

Deutsche Erstveröffentlichung bei
Montlake, Amazon Media EU S.à r.l.
38, avenue John F. Kennedy, L-1855 Luxembourg
Juli 2020
Copyright © der Originalausgabe 2018
By Holly Martin
All rights reserved.
Copyright © der deutschsprachigen Ausgabe 2020
By Giulia Hannsen

Die Übersetzung dieses Buches wurde durch Amazon Crossing ermöglicht.

Umschlaggestaltung: bürosüd⁰ München, www.buerosued.de
Umschlagmotiv: © PeopleImages / Getty; © superbank stock / Shutterstock;
© mambo6435 / Shutterstock; © coka / Shutterstock;
© Charlesy / Shutterstock; © MSPT / Shutterstock; © Gizele / Shutterstock
Lektorat und Korrektorat: VLG Verlag & Agentur, Haar bei München,
www.vlg.de
Gedruckt durch:
Amazon Distribution GmbH, Amazonstraße 1, 04347 Leipzig /
Canon Deutschland Business Services GmbH, Ferdinand-Jühlke-Str. 7,
99095 Erfurt /
CPI books GmbH, Birkstraße 10, 25917 Leck

ISBN 978-2-49670-119-7

www.montlake.de

1

Melody war spät dran. Sie hatte heute große Pläne und durfte nicht zu spät kommen.

Sie betrachtete sich im Spiegel und stellte fest, dass die schwarze Mascara, das einzige Make-up, das sie heute früh versucht hatte, aufzutragen, unter einem Auge bereits verschmiert war, sodass sie aussah, als probiere sie einen neuen Grufti-Look aus. Rasch wischte sie es mit einem Gesichtsreinigungstuch ab, woraufhin sie eine etwas merkwürdige Erscheinung bot mit den blassen blonden Wimpern an dem einen und den schwarzen am anderen Auge. Sie griff nach der Mascara und probierte es erneut, aber im Übereifer stach sie sich mit dem Stift ins Auge. Sie schrie auf und musste zwinkern, und sogleich zeichneten sich spinnenbeinartige Muster unter dem Auge ab. Seufzend nahm sie wieder das Reinigungstuch, wischte sich beide Augen ab und huschte aus dem Badezimmer.

Verpufft war auch jeder Antrieb, irgendwas Schickes, Apartes mit ihrem Haar anzustellen, sie band sich nur die blonden Locken aufs Geratewohl zu einem Pferdeschwanz zusammen.

Rocky, ihr zwei Monate alter Welpe mit dem krausen schwarzen Fell beäugte sie von seinem Körbchen aus. So goldig und treuherzig hockte er da, der Urheber ihrer Saumseligkeit, als könnte er kein Wässerchen trüben.

»Du hast's gut, du brauchst dir morgens kein Bein auszureißen, um niedlich auszusehen, du wackelst einfach mit dem Schwänzchen, und schon schmelzen alle dahin. Was muss unsereins dagegen für einen Aufwand treiben.«

Melody rannte in die Küche, warf den Rucksack auf die Frühstückstheke und stieß dabei ein Glas mit einem Rest Orangensaft um. Mit einem Fluch auf den Lippen grapschte sie nach einem Geschirrtuch und wischte die Pfütze auf. Sie war einfach der größte Tollpatsch weit und breit. Manchmal war sie frustriert, weil sie so vom Pech verfolgt war; logisch, dass auch andere irgendwann davon die Faxen dicke hatten. Es grenzte schon an ein Wunder, wenn sie den Tag überstand, ohne dass sie etwas umwarf oder dass etwas in die Brüche ging. Sie schleuderte das durchnässte Geschirrtuch in den Wäschekorb und stopfte ein paar ihrer jüngsten Schmuckkreationen in die Handtasche. Gott sei Dank hatte sie die schon am Vorabend sorgfältig eingewickelt und musste sie heute früh nicht noch sortieren.

Sie klemmte sich eine mit Marmelade bestrichene Scheibe Toast zwischen die Zähne und hüpfte auf einem Bein herum, während sie sich den blau glitzernden Turnschuh über den anderen Fuß zerrte. Wohlgefällig sah sie an sich hinunter, um zu mustern, was sie heute zur Arbeit trug: ein helltürkisfarbenes trägerloses Sommerkleid, ringsherum am Saum mit Meeresmuscheln und Seesternen bedruckt. Noch vor einem Jahr, als sie in ihrer eigenen exklusiven Schmuckboutique in London gearbeitet hatte, hätte sie ein elegantes Outfit getragen. Damals hatte sie viel mehr verdient, sie verkaufte wohlsituierten Londoner Kunden selbst gefertigte oder angekaufte teure Stücke. Heute machte sie Schmuck aus billigen Steinen, silberhaltiger

Modelliermasse, Muscheln und Seeglas und verkaufte ihn Urlaubern. Aber sie war vollkommen zufrieden damit.

Sie verschlang den Rest des Toasts und griff nach Rockys Leine. Er sprang um sie herum, ganz aufgedreht, weil es gleich losging. Seitdem sich Melody auf dem morgendlichen Weg zur Arbeit mit Jamie Jackson traf, war auch sie aufgeregt.

Sie verließ das Apple Tree Cottage und machte die leuchtend gelbe Tür hinter sich zu. Rocky bellte einen Vogel an, der in einen Rosenstrauch hineinflatterte.

»Sitz«, befahl Melody dem Hund, der an der Leine zerrte, während sie versuchte, die Tür abzuschließen. Schwanzwedelnd plumpste er mit dem Hinterteil ins Gras, und Melody lächelte. Sie hatte ihn fast von Geburt an aufgezogen, da seine Mutter Beauty zu viele Junge hatte, als dass sie alle selbst hätte säugen können. Die Erziehung hatte folglich früher begonnen, als es sonst üblich war. Mit dem Pipi klappte es inzwischen nahezu einwandfrei, aber das Zurückrufen und andere Kommandos brauchten sicher noch einige Zeit.

Melody öffnete die Eingangspforte, hielt kurz inne und schaute zum Sunshine Beach hinüber, der nur einen Katzensprung entfernt lag. Heute war das Meer prächtig türkisfarben, goldene Wellenkämme glitzerten wie ein Pfad zum Horizont, wo die Sonne an einem jeansblauen Himmel glühte. Die ananasgelben Häuser, die aussahen, als purzelten sie den Hang zur Küste hinunter, machten mit ihren Jalousien in leuchtenden Farben und den zugezogenen Vorhängen einen verschlafenen Eindruck, als hätten sie die Augen noch geschlossen. Einige Frühaufsteher waren bereits auf den Beinen, Melody konnte sie auf den Balkonen frühstücken sehen, aber der Strand selbst war, abgesehen von vereinzelten Gestalten, nahezu menschenleer. Jeden Tag bot sich ein anderer Anblick, aber egal, ob es regnerisch, neblig oder windig war oder ob die

Sonne gleißte, immer betörte sie diese Aussicht. Fantastisch! Ohne Ende hätte sie sich ihr hingeben können.

Auch ihr Arbeitsweg hatte sich im letzten Jahr verändert: Aus den fünfzig Minuten und drei verschiedenen Zügen, die sie gebraucht hatte, um zu ihrem Schmuckgeschäft in London zu gelangen, waren zehn Minuten Fußweg am Strand geworden.

Der Tod ihres Bruders Matthew hatte sie sehr getroffen, nicht nur wegen der gähnenden Leere, die er hinterließ. Nachdem sie letztes Jahr nach Sandcastle Bay gezogen war, um ihre Schwester Isla dabei zu unterstützen, Matthews Sohn großzuziehen, hatte sich ihr Leben von Grund auf gewandelt. Lange war sie nicht so glücklich und zufrieden gewesen wie jetzt. Das Leben hier verlief gemächlicher und stiller und schenkte ihr einen Frieden, von dem sie als Londonerin nicht geahnt hatte, dass er ihr so guttäte. Und Tag für Tag hatte sie diesen grandiosen Ausblick. Die Leute hier kümmerten sich umeinander, und obwohl sie manchmal zu wenig Distanz hielten und ihre Nasen in alles hineinsteckten – um nichts in der Welt würde Melody andere Menschen ihnen vorziehen.

Plötzlich dachte sie wieder daran, dass sie ja schon spät dran war, deshalb eilte sie mit Rocky, der die ans Ufer schwappenden Wellen ankläffte, den Meeressaum entlang. Natürlich musste sie sich keinem Chef gegenüber verantworten, da sie ihr eigenes Geschäft betrieb. Mit den Öffnungs- und Schließzeiten nahm man es in Sandcastle Bay nicht so genau; einige öffneten ihre Läden, wann es ihnen passte. Aber selbst wenn auch Jamie, wie sie wusste, dem keine Bedeutung beimaß und das ganz ungezwungen handhabe, wollte sie sich an ihrem Treffpunkt nicht verspäten.

Melody lächelte, als sie Jamie erblickte, der weiter vorn am Ufer auf sie wartete, und ihr Herz schlug gleich schneller. Ganz wie von selbst zauberte sein Anblick ein Lächeln auf ihr Gesicht.

Sie sah Sirius, den Welpen, den Jamie aus demselben Wurf zu sich geholt hatte, aus dem auch Rocky stammte. Er wedelte wild mit dem Schwänzchen und zog an der Leine, als er seinen Bruder erspähte. Nachdem zwei streunende Hunde, Beauty und Beast, die Schöne und das Biest, vor wenigen Monaten elf Junge bekommen hatten, hatten nun alle Welpen in Sandcastle Bay ein Zuhause. Die Tiere waren immer ein Thema bei Jamie. Er besaß noch drei weitere Hunde: Harry Potter, Ron Weasley und Hermine Granger – auch wenn er sie nur beim vollen Namen rief, wenn er streng sein wollte –, und nicht zu vergessen seinen handzahmen Truthahn Dobby, ebenso wie die anderen nach Figuren aus Jamies Lieblingsbuch benannt.

Rocky japste vor Aufregung, als er seinen Bruder sah, und zerrte Melody vehement zu Jamie und Sirius. Obwohl noch so jung, war Rocky viel größer als ein durchschnittlicher Welpe und schon recht kräftig.

»Hi«, grüßte Melody.

Jamie wollte antworten, aber die Hunde drehten durch, als hätten sie sich nicht erst vor ein paar Tagen gesehen.

Sirius schoss hinten um Jamie herum, und Rocky jagte ihm von der anderen Seite entgegen, sodass Melody unsanft an Jamies Brust geschleudert wurde.

Er griff mit der Hand an ihre Taille, um sie festzuhalten, und diese Berührung katapultierte ihren Puls in die Höhe.

»Hallo«, erwiderte Jamie und sah sie mit seinen sanften grauen Augen lächelnd an.

Ihr stockte der Atem, als sie ihm so nahe kam, und sie erinnerte sich an jene Nacht vor einem Jahr. Am Abend des Tages, an dem ihr Bruder beerdigt wurde, hatte sie sich aus Trauer um Matthew betrunken, aber Jamie hatte sie nicht aus den Augen gelassen. Nachdem er sie zum Hotel zurück begleitet hatte, in dem sie logierte, hatte sie ihn geküsst, und einige wenige herrliche, vollkommene Augenblicke lang erwiderte er diesen Kuss. Jedenfalls empfand sie es so; aber schließlich war sie berauscht und aufgewühlt, sie bildete sich das wahrscheinlich nur ein. Eher hatte Jamie wohl nur höflich versucht, sich aus ihren Armen zu winden. Nie wieder waren sie auf den Vorfall zu sprechen gekommen. Dass er auf ihren Kuss nicht angesprungen war, hatte sie damals als Zurückweisung empfunden und daraus geschlossen, dass ihre Gefühle nur einseitig waren. Als sie wenige Wochen später nach Sandcastle Bay zog, herrschte zwischen ihnen eine große Befangenheit.

Doch während der vergangenen Monate waren sie einander nähergekommen, weil sie beide diese Welpen aufzogen. Melody fühlte sich mittlerweile neben Jamie wohl und entspannt. Neuerdings kam er ihr auch körperlich näher, umarmte sie, berührte sie, wenn er redete, sogar ein Küsschen auf die Wange hatte er ihr am Samstag gegeben, bevor sie jeder zum Wochenende ihrer Wege gingen. Diese Zuneigung und Verbundenheit flößte Melody die Hoffnung ein, dass zwischen ihnen irgendetwas im Schwange war, was vielleicht über bloße Freundschaft hinausging.

Und das war ihr großer Plan für heute Morgen: Sie wollte ihn fragen, ob er mit ihr ausgehen wollte.

Übers Wochenende war sie zu dem Entschluss gekommen, dass sie sich nicht mehr vor Sehnsucht nach ihm verzehren wollte. Was sie sagen wollte, hatte sie still im Kopf und laut vor Rocky durchgeprobt, und der schien ihren Worten gegenüber ziemlich aufgeschlossen. Sie hatte alle möglichen Szenarien durchgespielt und sich verschiedene Reaktionen zurechtgelegt. Das war's. Heute nun sollte der Tag der Entscheidung sein.

Elsie West von der Apotheke kam vorbeigeschlendert, zusammen mit Mary Nightingale von der Post. Beide schielten zu Melody herüber, die gerade von Jamie umarmt wurde, zogen bedeutungsvoll die Brauen hoch und stießen einander kichernd in die Seite. Zweifellos würde das ganze Dorf spätestens um die Mittagsstunde im Bilde sein, denn bestimmt würden sich die beiden in wenigen Augenblicken telefonisch mit Jamies exzentrischer Tante Agatha in Verbindung setzen, die sich immer gern über den Dorfklatsch auf dem Laufenden halten ließ. Aber das bewegte Melody nicht dazu, sich von Jamie zu lösen.

Sie schaute ihn wieder an. Er hatte so gütige graue Augen, silbern und blau gesprenkelt.

Er studierte ihr Gesicht und zog die Stirn besorgt in Falten. »Hast du geweint?«

»Was? Ach wo. Wie kommst du darauf?«

»Deine Wimperntusche ist unter den Augen verschmiert.«

Ach du Schande!

Hektisch rubbelte sie sich die Haut unter den Augen. Sie ärgerte sich, weil sie es nicht für nötig gehalten hatte, ihr Aussehen im Spiegel zu prüfen, nachdem sie die Mascara-Reste weggewischt hatte.

»Ach, ich bin einfach zu blöd, Make-up aufzutragen.«

»Und, äh … du hast auch Marmelade am Kinn«, fügte Jamie mit zuckenden Mundwinkeln hinzu.

So viel zum Thema Eindruck schinden. Melody griff sich ans Kinn, um sich sauberzumachen. Jamie hob auch die Hand und rieb mit dem Daumen ihr Kinn ab. Herr im Himmel, vielleicht war es gar nicht so schlecht, wenn sie sich das Gesicht beschmierte.

Mit einem Mal zog Rocky ruckartig an der Leine und zerrte Melody von Jamie fort, drauf und dran, Sirius hinterherzujagen.

Jamie lachte. »Ich glaube, es wird Zeit, dass wir mit den Welpen zur Hundeschule gehen und ihnen ein paar Manieren beibringen. Komm, lass mich deinen Rucksack tragen.«

Er zog ihn ihr von der Schulter, noch ehe sie protestieren konnte, und setzte sich Richtung Starfish Court in Bewegung, als wäre nichts passiert, als hätte es nicht eben zwischen ihnen geknistert. Vielleicht hatte es das ja auch nicht.

Sie sann über möglichen Gesprächsstoff nach und hatte gleichzeitig damit zu tun, wieder herunterzutouren und ihren Mut zusammenzusammeln, um Jamie um eine Verabredung zu bitten.

»Wie kommst du voran mit deiner Idee für das große Sandskulpturenfest?«, erkundigte sie sich, froh, dass sie endlich ein schön harmloses Thema gefunden hatte. Im vorigen Jahr hatte sie das Ereignis verpasst, weil sie da mit ihrer Schwester Isla und ihrem Neffen Elliot zwei Wochen Urlaub machte. Aber dieses Jahr freute sie sich schon richtig darauf. Das Fest ging am Samstag mit dem großen Wettbewerb im Sandburgenbauen los. Das war nur so ein Spaß, aber wie es aussah, legten sich die Einwohner mächtig für einen Sieg ins Zeug. Und am Sonntag würden hunderte Skulpturen den Sunshine Beach säumen, in unterschiedlichsten Formen, Größen und Materialien. Auf dem Strand würden den ganzen Tag lang viele verschiedene Stände mit Snacks und handwerklichen Produkten stehen, und dann würden bei Sonnenuntergang ganz offiziell die Werke enthüllt werden, im Anschluss daran gäbe es ein Feuerwerk, Musik, Tanz und eine Grillparty. Von jedem Dorfbewohner wurde erwartet, dass er einen Beitrag leistete. Auch Leute aus den Nachbarorten beteiligten sich an der Schaffung von Skulpturen.

Jamie zögerte, ehe er mit einer Gegenfrage konterte. »Was baust du denn Schönes?«

»Keine Ahnung, ich tauge nicht zum Handwerker und habe keine Ideen. Wenn man mich beauftragt, eine Halskette, ein Armband, einen Ring oder eine Brosche anzufertigen, dann bringe ich etwas Schönes zustande. Aber für so ein Riesending fällt mir nichts ein. Wie groß soll es eigentlich werden?«

»Mindestens sechzig Zentimeter.«

»Du liebes bisschen, das ist ja gewaltig. Ich weiß nicht einmal, woraus ich das mache.«

»Wie wär's denn mit Seeglas? Dann wäre darin ein bisschen von dir und von deinem Stil. Ich habe Seeglasschmuck von dir gesehen, den finde ich klasse. Die Plastik braucht ja nicht dreidimensional zu sein, etwas Flaches ginge auch. Ein Mosaik von dem, was du an Sandcastle Bay am meisten liebst. Ich könnte mir vorstellen, dass du schnell herausfindest, was ganz oben für dich rangiert, wo du doch noch nicht lange hier wohnst. Alles ist neu und ungewohnt für dich. Wahrscheinlich sind die Einheimischen dafür betriebsblind. Was magst du denn am liebsten an Sandcastle Bay?«

Das hier, dachte Melody, den Sunshine Beach entlangschlendern mit dem Mann, den sie liebte.

»Nun ja, wahrscheinlich das Meer«, sagte sie stattdessen.

»Na, das machst du doch mit links! Du könntest einfach ein Wellenmosaik gestalten.« Er zeichnete mit dem Finger sich kringelnde, in Spitzen auslaufende Wellen in die Luft, offenbar hatte er schon ein imaginäres Bild vor Augen, während Melody sich etwas viel Banaleres vorstellte. Wahrscheinlich hegte Jamie sehr hohe Erwartungen an ihre Wellen.

»Was machst *du* denn nun?«, bohrte Melody, um abzulenken von einem für ihn am Ende sicher ernüchternden Resultat.

»Ich habe mit meiner Plastik schon vor ein paar Wochen angefangen. Als ich über die Vorgaben nachdachte, hatte ich nur eine einzige Sache im Sinn, aber ich weiß nicht, ob ich mich damit an den Geist des Festes halte. Ich weiß nicht, ob ich mich damit überhaupt am Wettbewerb beteilige.«

»Was soll es denn werden?«

Er schmunzelte. »Da wäre ja die ganze Überraschung dahin.«.

Sie lachte, und ganz unschuldig streiften sich ihrer beider Finger. Melody sehnte sich danach, ihre Hand mit seiner zu

13

verschränken, und sie fragte sich, wie er darauf reagieren würde. Sie blickte hinunter und überlegte, ob seine Haut von der jahrelangen Arbeit mit Ton wohl weich oder rau war.

»Die Skulpturen sollen das darstellen, was wir an Sandcastle Bay besonders lieben«, sagte Melody und zwang sich, den Blick loszureißen von dort, wo ihre Hände sich fast berührten.

»Ja, das, woran ich arbeite, erfüllt dieses Kriterium.«

»Wo liegt denn dann das Problem?«

Er betrachtete sie von der Seite, während sie weiterliefen. »Die Leute werden das Eiscafé oder die berühmten Heartberrys oder den Sunshine Beach oder dergleichen Naheliegendes gestalten, aber mein Standbild wird sehr … persönlich.«

»Jeder interpretiert doch das Motto auf seine eigene Weise. Deine Skulptur soll schließlich das darstellen, was *du* besonders magst, nicht irgendein anderer. Du musst auf dein Herz hören.«

Er nickte. »Du hast zwar recht, aber ich mache mir Gedanken, was die Leute davon halten werden.«

»Wann hat dich jemals geschert, was andere denken?«, wunderte sich Melody. Manchmal wirkte Jamie zurückhaltend und sensibel, aber wenn es um seine Skulpturen ging, dann verwirklichte er immer das, was ihm vorschwebte, und beugte sich nicht dem gängigen Geschmack und der Mode. Seine Arbeiten waren einzigartig und ganz besonders, und Melody fand es herrlich, dass er innerlich so frei war, das zu tun.

»Es ist mir wichtig, was du denkst«, sagte Jamie leise. Sie hob den Kopf und schaute ihm in die Augen. Wieder stockte ihr der Atem. Warum war ihm wichtig, was sie dachte?

»Ich bin begeistert von deinen Skulpturen, du hast so viel Talent. Warum spielt das eine Rolle für dich, was ich davon halte?«

Er blickte verschmitzt drein. »Tja, das wirst du bald sehen. Ich weiß nicht, ob ich je vorhatte, mit der Skulptur in den Wettbewerb zu gehen. Wahrscheinlich war sie schon die ganze

Zeit nur für mich gedacht. Aber es kann sein, dass ich den Mut aufbringe und sie dir zeige, und wenn sie dir gefällt, dann schicke ich sie ins Rennen.«

Er blieb stehen, um eine glückstrahlende ältere Dame zu fotografieren, die barfuß am Meer entlangging und dabei den langen Rock bis zu den Knien gelüpft hielt. Er schoss noch ein paar Bilder aus wechselnden Perspektiven. Immer wieder fotografierte er Menschen, Landschaft, Natur, Tiere. Alles gab ihm Inspiration für seine Arbeit. Vor einiger Zeit hatte er ein Foto von Melody gemacht, wie sie mit ihrem Neffen am Strand tanzte. Auf welche Weise ihn das inspirieren sollte, war ihr allerdings schleierhaft.

Sirius machte einen Satz auf eine Möwe zu, bellte und kläffte, bis Jamie mit dem Fotografieren aufhörte und sich neben ihn kauerte, um ihn zurechtzuweisen.

»Sirius Black, die Möwe da hat alles Recht der Welt, sich an diesem Strand aufzuhalten, genau gesagt mehr als du. Du kannst sie nicht anblaffen, weil sie hier zu Hause ist.«

Sirius hockte sich hin, reckte den Kopf in die Höhe und fixierte Jamie mit seinem Blick, als hörte er ihm zu und kapierte, was er ihm eintrichterte. Melody verkniff sich ein Kichern, während dem Hündchen die Leviten gelesen wurden.

Jamie erhob sich mit einem Seufzer. »Am Samstag beginnt im Gemeindesaal ein Trainingskurs für junge Hunde. Ich dachte, wir gehen vielleicht gemeinsam hin, was meinst du?«

Melodys Herz schlug heftig, weil das nach einem Date klang, doch sie verzagte sogleich, als ihr klar wurde, dass es sich keineswegs um ein Date handelte. Wenn man Welpen hatte, die Geschwister waren, war es sinnvoll, gemeinsam dort hinzugehen, zumal sie und Jamie sich über die letzten Monate miteinander angefreundet hatten, als sie sich beide um die Hunde kümmerten.

»Gute Idee.«

»Ab demnächst muss ich Sirius zu Hause lassen. So lieb es mir wäre, ihn mit zur Arbeit zu nehmen, aber Harry, Ron und Hermine werden schon eifersüchtig, weil er Tag für Tag mitkommen darf, und sie nicht«, sagte Jamie. »Ganz zu schweigen von Dobby.«

Da Dobby, Jamies zahmer Truthahn, zusammen mit drei Hunden gehalten wurde, hielt er sich selbst schon für einen Hund.

»Ist Dobby auch auf Sirius eifersüchtig?«, fragte Melody und bemühte sich, nicht zu lachen.

»Erfreut ist er nicht gerade über den Neuzugang im Meadow Cottage. Er stibitzt weiter Hundefutter. Sirius mag ihn natürlich – besser gesagt, er jagt ihn gern umher –, und auch darüber ist Dobby nicht erbaut.«

»Oje«, seufzte Melody und unterdrückte vergeblich ein Schmunzeln.

»Bei mir zu Hause herrscht gerade ein Hauen und Stechen, ich finde kaum eine Minute Ruhe.«

Sie näherten sich dem Starfish Court, einem kleinen Hof mit Kopfsteinpflaster nicht weit vom Strand, um den herum sich mehrere kunsthandwerkliche Geschäfte gruppierten: Melodys Schmuckgeschäft, Jamies Werkstatt, ein Laden, der Glas, Keramik, Bilder und handgemachte Schokolade verkaufte, und sogar ein Tattoostudio. Es war ein schöner, Fantasien freisetzender Ort. Auch bei Touristen war der Starfish Court beliebt, sie kamen immer wieder hierher.

Melody und Jamie wollten nun jeder in sein Geschäft gehen. Danach würden sie sich bis zum Ende des Tages wohl nicht mehr sehen, vielleicht auch dann nicht, denn Jamie hielt sich mitunter bis spät in die Nacht im Atelier auf, um seine Arbeit zum Abschluss zu bringen. Er konnte ja seine Skulpturen nicht mit nach Hause nehmen wie sie ihren Schmuck.

Nun bot es sich an, dass sie endlich damit herausrückte, was ihr auf den Nägeln brannte.

Jamie reichte ihr den Rucksack und schritt zur Tür seines Ateliers hinüber. Melody sah, dass sich sein Geschäftspartner Klaus dort schon zu schaffen machte.

Sie atmete tief durch und rückte mit der Sprache heraus, bevor sie sich's anders überlegen konnte.

»Also falls du mal einen Abend lang deinem häuslichen Chaos entfliehen willst, dann könntest du gern bei mir zum Abendessen vorbeikommen …«

Das hatte sie gar nicht sagen wollen. Nicht im Entferntesten. Sie hatte sich verplappert und ihn zu einem Date eingeladen. Sie hatte es geschafft, was für eine Erlösung.

Sie beobachtete seine Miene, um ihr irgendein Anzeichen von Entzücken oder, was schlimmer gewesen wäre, von Schock und Entsetzen abzulesen, doch nichts wies darauf hin, dass sie etwas für ihn Abwegiges gesagt hatte.

»Oh, wunderbar«, antwortete Jamie wie beiläufig und stieß dabei schon seine Tür auf. »Soll ich so gegen sieben kommen?«

Melody nickte, er winkte ihr zu und trat in seine Werkstatt, ohne sich noch einmal umzudrehen.

Sie hielt kurz den Blick auf ihn geheftet, schloss dann rasch die Tür auf und betrat ihren kleinen Laden, wo sie Rocky in sein Körbchen setzte. Dann ging sie nach hinten in die kleine Küchenecke und machte sich einen Tee.

Das hatte nicht so geklungen, als hätte er einem Date zugesagt. Es hatte eher geklungen, als hätte er zugestimmt, mit ihr als einer guten Bekannten ein bisschen Zeit zu verbringen. Zwei Freunde eben, die zusammen herumhingen.

Sie besann sich auf ihre Worte. Der Vorschlag war ihr ja auch nur so herausgerutscht. Kein Wunder, dass er ihn auch so aufgefasst hatte. Wie auch immer, heute Abend würde er zum Abendessen kommen. Ohne irgendwelche Ablenkungen, bei gutem Essen und Wein würde sie vielleicht die Kühnheit aufbringen, ihm zu beichten, was sie für ihn empfand. Mit diesem Vorsatz malte sie sich in Gedanken und im Herzen seine Reaktion aus. Unwillkürlich breitete sich über ihr Gesicht ein verträumtes Lächeln.

2

»He, Jamie!«, rief Klaus von hinten aus der Werkstatt, wo er an einem Gebilde aus Treibholz werkelte. Dieses hier ähnelte einem Wolf.

Sirius bellte wie verrückt, als er Klaus erblickte, und der drehte sich um und nahm strahlend das Hündchen in die Arme. Sirius leckte ihm das Gesicht ab, als wären sie nicht einen Tag, sondern monatelang getrennt gewesen. Klaus war ein Riesenkerl, und mit seinem langen Bikerbart und seinem Faible für Piercings und Tattoos wirkte er wie einer, bei dessen Auftauchen man vorsichtshalber auf die andere Straßenseite wechselte. Dass er angesichts eines Welpen so kindlich wurde, passte so gar nicht zu seinem knallharten Äußeren, doch Jamie wusste, dass unter der rauen Schale ein weicher Kern steckte und dass Klaus nie herumbrüllte und schon gar nicht handgreiflich wurde.

Als Klaus spitzbübisch über den Kopf des Hündchens zu Jamie lugte, wandte sich der eiligst der Kochnische zu, damit nicht das übliche morgendliche Thema durchgehechelt würde, das auf der Tagesordnung stand, seit er den Weg zur Arbeit zusammen mit Melody ging.

»Soll ich uns einen Kaffee machen?«, fragte er und füllte geräuschvoll den Wasserkessel.

»Ich hatte schon einen, habe auch einen für dich mitgekocht, er steht auf deinem Tisch. War das Melody, die ich neben dir herlaufen sah?«

Jamie trat an seinen Schreibtisch und seufzte. »Das weißt du doch.«

»Das wird wohl zur Gewohnheit«, bemerkte Klaus mit einem breiten Grinsen, seine Treibholzkreation war ihm inzwischen ganz aus dem Blick geraten.

»Sie wohnt in meiner Nähe, natürlich laufen wir einander ab und an in die Arme, wenn wir zur Arbeit gehen«, verteidigte sich Jamie; es war ihm schon bewusst, dass er in früheren Tagen viel eher hier eingetroffen war als in den letzten Wochen. Neuerdings richtete er es sich zeitlich so ein, dass er den Weg zur Arbeit mit Melody zusammen gehen konnte, und das wusste Klaus sehr wohl.

»Und nun hast du auch noch ein Date heute Abend«, stichelte Klaus. Jamie riss den Kopf hoch und sah ihn an.

»Das ist kein Date.« Oder etwa doch?

»Es klang aber ganz so, als ob sie dich um eine Verabredung gebeten hat«, bohrte Klaus weiter.

Jamie rief sich ins Gedächtnis, wie zwanglos Melody ihre Einladung zum Abendessen ausgesprochen hatte. Das hatte sich nicht besonders romantisch angehört.

»Na hör mal, du hast das Ganze in den falschen Hals gekriegt. Sie hat mich nur gefragt, ob ich mit ihr ein bisschen abhängen will, so als Freunde. Große Liebeserklärungen gab es nicht.«

»Männer und Frauen können nicht Freunde sein«, erwiderte Klaus.

»Und ob! Das ist ja lächerlich. Ich habe etliche weibliche Freunde.«

»Mit denen du genauso herumhängst wie mit den Kerlen?«

»Na ja, nein.« Er dachte an Tori, die Freundin seines Bruders. Manchmal vertrieb er sich die Zeit mit ihr, aber meistens, wenn Aidan dabei war, also zählte das eigentlich nicht. Er durchforstete sein Gedächtnis nach anderen Mädchen, mit denen er hin und wieder zusammen war, aber er kam auf keins. »Warum sollten wir nicht befreundet sein? Sie bringt mich zum Lachen, wir reden viel, mit ihr bin ich in bester Gesellschaft.«

»Weil mindestens einer von beiden in der Freundschaft mehr will. Eindeutiger Fall: Sie hat dich eingeladen. Obwohl sie das womöglich jetzt schon bereut.«

»Wie meinst du das?«, fragte Jamie.

»›Oh, wunderbar‹«, äffte Klaus Jamie nach und ließ ihn gleich weit weniger überzeugend dastehen. »Keine Frau will so was hören, wenn sie schon den Mumm hat, einen als Erste um ein Date zu bitten.«

Jamie sah Melodys Gesicht vor sich, als er ihr geantwortet hatte. Sie wirkte nicht gerade beseelt, aber warum auch, wenn es sich nur um eine Einladung handelte, die sich zufällig ergeben hatte. Er stöhnte – Melody vor den Kopf zu stoßen, das war das Allerletzte, worauf er aus war. Vielleicht sollte er mal hinübergehen und ihr sagen, wie sehr er sich auf heute Abend freute, und ihre Zweifel ausräumen. Aber wollte er sich denn auf ein Date mit Melody einlassen?

»Wie du aus der Wäsche guckst«, sagte Klaus und lachte. »Man könnte glatt denken, du sollst Aalsülze futtern oder eine Klärgrube reinigen. Warum schlottern dir die Knie vor einem Date mit Melody Rosewood? Sie ist doch hübsch, lustig, cool, intelligent. Und mir kam es vor, als fühlst du dich von ihr magisch angezogen.«

»Stimmt ja auch, aber …« Verdammt, nun goss er auch noch Öl ins Feuer, aber um die Wahrheit zu sagen empfand er schon lange etwas für Melody, und das ging weit über freundschaftliche Gefühle hinaus. »Wie du weißt, habe ich mit Beziehungen nichts am Hut. Ich stelle mich viel zu blöd an. Du weißt ja, was mit Suzie war, ich habe sie unglücklich gemacht.«

Oh ja, er hatte immer noch Schuldgefühle. Sie hatte ihm gestanden, dass sie ihn liebte, und er hatte ihr in freundlichem Ton zu erklären versucht, dass er in ihr etwas anderes sah. Ihm stand noch vor Augen, dass er am Abend nach ihrer Trennung in den Pub gegangen war und sie dort schluchzend am Tisch sitzen sah. Sie war umringt von lauter Freundinnen, die ihn mit Todesverachtung angafften, als er sein Bier bestellte. Jedes Mal, wenn er Suzie später begegnete, brach sie in Tränen aus und eilte davon.

»Du hast bei Suzie nichts falsch gemacht, du hast sie nicht lange hingehalten. Nach ein paar Wochen hast du gemerkt, dass es nicht den Draht zwischen euch gab, den du dir gewünscht hattest, und hast Schluss gemacht. Du bist nicht daran schuld, dass sie sich in dich verknallt hat«, erklärte Klaus.

»Ich weiß schon, aber ...«

»Ist es wirklich Suzie, die dir alles verleidet hat, oder war es die Geschichte mit Polly?«

Jamie zuckte zusammen. Denn er hatte sich damals in derselben Lage wie Suzie befunden, als er sich Hals über Kopf in eine verknallt hatte, die seine Gefühle nicht erwiderte. Er hatte sich in Polly Lucas verliebt und sich eingebildet, ihre Beziehung sei für die Ewigkeit bestimmt. Als er ihr eröffnet hatte, dass er sie liebe, lachte sie und tat es ab mit den Worten, es sei doch nur ein bisschen Spaß. Er war tödlich getroffen.

»Du kennst mich schon lange«, sagte Jamie. »Keine von meinen Partnerschaften hat lange gehalten. Die mit Polly war die dauerhafteste, und selbst die lief bloß ein paar Monate. Du weißt, was sie über mich redet und was manche Mädels im Ort über mich sagen: Ich bin zu nett. Wie kann jemand zu nett sein?« Er dachte an seinen Bruder. »Leo, der nur eine Nacht mit einer Frau verbringt und nie wieder von sich hören lässt, um den reißen sich die Weiber. Als Teenager hat er geraucht und gesoffen und sich Frechheiten herausgenommen. Er hat die Schule geschwänzt, sich mit Lehrern und den Bullen angelegt, und trotzdem vergötterten ihn die Mädchen, und so ist es noch heute. Versteh mich nicht falsch – er ist ein lieber Kerl und absolut loyal, ich habe ihn wahnsinnig gern. Zwar hat er sich seit damals geändert, aber wie kann einer mit einem derart schlechten Ruf so eine Anziehung auf Frauen ausüben? Ich kann Frauen nicht so behandeln.«

Er nahm seine Tasse vom Tisch und blies in den Dampf, der von ihr aufstieg.

»Polly war nicht die Erste, die mit mir Schluss gemacht hat, aber für mich stand fest, dass sie die Letzte sein würde. Ich wollte mir nie wieder die Finger verbrennen. Und ich frage mich, ob man nicht besser dran ist, wenn man sich mit niemandem einlässt. Dann tut es keinem weh. Ich kann keine Beziehung mit Melody haben, denn ich weiß, ich könnte mich leicht in sie verlieben, und was wäre, wenn sie auch denkt, ich wäre zu nett für sie? Das würde unsere Freundschaft kaputtmachen. Außerdem will ich nie irgendetwas tun, was sie verletzt. Sie ist eine gute Freundin, und ich mag sie viel zu sehr, als dass ich so was täte. Sie hat im Leben schon genug schlucken müssen, und obendrein ist Matthew bei dem schlimmen Autounfall umgekommen, da will ich nicht noch eins draufsetzen. Wir sind wirklich gut beraten, wenn wir schlicht und einfach Freunde bleiben.«

Klaus setzte Sirius in sein Körbchen. »Die Liebe ist ein seltsames, wundersames Ding, man braucht nicht davor wegzulaufen, eher muss man darauf zulaufen. Ja, es tut weh, wenn es nicht so klappt, wie wir's uns vorstellen, aber du kannst nicht den Rest deiner Tage davor zurückscheuen, nur weil es wehtun kann. Die Liebe holt dich sowieso ein. Wenn du tatenlos mit großen Augen das anstarrst, wonach du dich verzehrst, dann schmerzt es ebenso. Da ist es doch besser, dich von deinen Handlungen erschüttern zu lassen als von dem, was du nicht getan hast.«

»Aber hier geht es um Melody«, wandte Jamie leise ein. »Sie ist ... etwas Besonderes.«

»Ist sie das Risiko nicht wert?«

Jamie sann darüber nach. Er konnte keine Beziehung mit Melody anfangen. Sie gehörte zu seinen besten Freunden, und das setzte er nicht aufs Spiel. Er hatte kein Talent für Beziehungen, und einer von beiden würde am Ende dran glauben müssen.

»Tja, also wenn du tatsächlich meinst, dass du dich da nicht engagieren willst, dann musst du mit ihr über euer Date heute Abend sprechen. Halte sie davon ab, dass sie für dich kocht und eine Batterie Kerzen und romantisches Beiwerk auffährt, wenn es für dich sowieso nur ein Kumpeltreffen ist. Geh und schenk ihr reinen Wein ein«, mahnte Klaus.

Jamie seufzte, aber er ahnte, dass Klaus recht hatte. Er traute sich nicht an Beziehungen heran, weil man dabei Narben davontragen konnte. Aber wenn er zu Melody ins Geschäft ginge und die deutliche Ansage machte, dass er nicht auf ein Rendezvous mit ihr aus war, würde er sie ins Mark treffen. Wenn es aber kein Rendezvous war und es tatsächlich um zwei Freunde ging, die gemeinsam den Abend verbrachten, dann wäre das Gespräch nichts als peinlich.

* * *

Melody stieß die Tür ihres Lieblingscafés am Strand, The Cherry on Top, auf. Es gehörte Jamies Schwester Emily, und nach Melodys Dafürhalten bot sie das mit Abstand beste Essen in ganz Sandcastle Bay an. Diese Ansicht teilten offenbar die meisten Einwohner, denn selbst an einem Montagmittag wie heute war das Lokal nahezu voll.

Melody hatte am Vormittag in ihrem Lädchen viel zu tun gehabt. Obwohl erst heute Nachmittag an den Schulen die Ferien eingeläutet würden, gab es über die letzten Wochen einen wachsenden Zustrom an Urlaubern. Die Wärme trieb sie hordenweise an den Strand, und etliche wollten Souvenirs aus dem Urlaub mitnehmen.

Melody entdeckte ihre beste Freundin Tori, die bereits an einem Tisch saß und auf sie wartete. Sie ruckte ein wenig an Rockys Leine und steuerte auf Tori zu. Dabei erspähte sie auch Agatha, Jamies kauzige Tante, die mit ihrem Welpen Summer auf dem Schoß an einem Tisch ganz in der Nähe saß. Agatha trug heute das Haar leuchtend türkisfarben, tadellos abgestimmt auf den Sonnenhut, den Summer auf dem Kopf hatte. Melody hatte wirklich etwas für Agatha übrig, aber die hängte sich sprichwörtlich in alles rein. Um jeden Preis wollte sie Melody und Jamie zusammenbringen. Sie wäre ganz aus dem Häuschen gewesen, hätte sie gewusst, dass sie heute Abend quasi ein Date hatten, und das würde Melody ihr unter gar keinen Umständen unter die Nase reiben.

Tori stand zur Begrüßung auf, und als Melody sie umarmen wollte, stieß sie aus Versehen den Becher auf dem Tisch um. Sie seufzte resigniert. Wie konnte man sich nur so dumm anstellen? Tori bekam den Becher zu fassen und stellte ihn wieder hin; Melody machte drei Kreuze, dass er schon ausgetrunken war, so war diesmal nichts passiert. Sie rechnete es Tori hoch an, dass sie sich nicht aus der Fassung bringen ließ. Melody hielt sie ganz fest. Sie war so froh, dass Tori inzwischen zum Inventar von Sandcastle Bay gehörte. Schon immer waren sie eng befreundet gewesen, auch in den gemeinsamen Londoner Jahren, doch nach Matthews Tod hatte Melody Tori in London zurückgelassen und sie fortan schrecklich vermisst. Jetzt lebte

Tori auch hier, und zwar hauptsächlich wegen Jamies Bruder Aidan. Das hieß, dass sie sich fast täglich zum Mittagessen trafen, wenn auch nicht letztes Wochenende, weil Tori viel um die Ohren hatte, sie half da auf der Heartberry Farm aus.

»Wie geht's denn so?«, fragte Melody. Sie setzte sich und manövrierte Rocky neben ihre Füße. Tori ließ sich inzwischen schon ein ansehnliches Stück Roten Samtkuchen munden.

»Gut. Die Obsternte ist schon im Gange, und wir haben alle Hände voll zu tun. Wir pflücken mit den Urlaubern Himbeeren, Äpfel und Brombeeren, sogar Erdbeeren reifen noch vereinzelt«, antwortete Tori.

Melody lächelte. Auch für Tori hatte das Leben eine Wende genommen, und aus ihrer heiteren Miene konnte man schließen, dass es sich zum Guten gewendet hatte.

»Wer hätte je gedacht, dass du mal hier auf einer Obstplantage arbeitest, wo du dein ganzes Leben in London zugebracht hast. Vermisst du das alles?«

Tori überlegte kurz. »Der Kaffee ist hier besser als in den 08/15-Cafés, so viel steht fest. Ich hätte nie gedacht, dass ich das mal sage, aber es stimmt. Wahrscheinlich vermisse ich die Vielfalt, die verschiedenen Restaurants, die Veranstaltungen und die Unterhaltung. Aber für mich bedeutete London immer das Zusammensein mit dir und Matthew und Isla. Sobald ihr alle weg wart, wurde es ganz schön öde um mich herum. Jetzt ist das hier mein Zuhause. Jeden Tag kann ich diesen atemberaubenden Blick genießen, ich kann was mit dir zusammen machen. Ich habe zwei Hunde, um die ich mich kümmern muss, wo ich mich doch in London kaum um mich selbst kümmern konnte. Und dass ich das Bett jede Nacht mit meinem sexy Obstbauern teilen kann, bekommt mir auch gut.« Tori schmunzelte.

Melody musste lächeln. Tori hatte von amourösen Verwicklungen nichts mehr sehen und hören wollen, doch die Liebe hatte trotzdem den Weg in ihr Herz gefunden. Nie hatte

Melody zwei Menschen gesehen, die so vernarrt ineinander waren wie Aidan und Tori. Sie gönnte Tori einen Mann, der so sympathisch wie Aidan war, und freute sich riesig für sie.

»Dasselbe könnte ich von dir sagen«, meinte Tori und riss damit Melody aus ihren Gedanken. »Nie hätte ich gedacht, dass du einen Ort wie diesen hier dein Zuhause nennen würdest. Schließlich hast du an London gehangen. Vermisst *du* denn das dortige Leben?«

Melody schüttelte den Kopf. »Nicht mehr. Am Anfang schon. Als ich hierherzog, dachte ich, ich drehe durch, das Leben war so anders. Ich wurde schlecht fertig mit der Stille hier. Mir fehlten der Lärm, die Läden, die Leute. Ich habe die kleine Bäckerei vermisst, bei der ich mittags vorbeischaute, und Mrs Gillespie, die mir immer kostenlos Kekse zusteckte und von ihrem Leben in Amerika erzählte. Auch den Hund von nebenan, der mich immer begrüßt hat, wenn ich nach Hause kam. Sogar Tom, der Briefträger hat mir gefehlt, in den ich ein bisschen verschossen war, ohne dass ich den Mut hatte, auf ihn zuzugehen. Am meisten aber habe ich *dich* vermisst. Mit der Zeit beschränkte sich das, was mir fehlte, nur noch auf dich. Jetzt bin ich über ein Jahr hier und kann mir nicht mehr vorstellen, woanders zu leben. Jeder, der mir im Leben etwas bedeutet, ist hier. Wahrscheinlich haben sich meine Prioritäten verschoben.«

»Ich wusste gar nicht, dass du für Tom geschwärmt hast«, meinte Tori. »Warum hast du nicht die Initiative ergriffen?«

»Ach, pah, du weißt doch, ich habe kein Selbstvertrauen Männern gegenüber. Ich kann mich nicht aufraffen und einen auffordern, mit mir auszugehen.«

»Aber du bist doch in den letzten Jahren öfters mal mit einem losgezogen.«

»Ja, aber da waren *sie* es immer, die mich angesprochen haben. Ich habe nie einen dazu aufgefordert.« So war es bis heute, bislang war das keine Erfolgsgeschichte. »Nur zweimal war es was Ernstes. Na ja, halbwegs ernst. Alles andere verpuffte, noch bevor es losging. Die Kerle wollen eine, die sie angeberisch am Arm schwenken können und nicht so eine, die jedes Mal im Restaurant den Teller mit dem Essen runterschmeißt oder das Getränk umstößt.« Melody machte eine Kopfbewegung zu dem Becher hin, den sie eben umgeworfen hatte.

»Sag so was nicht«, entgegnete Tori. »Jeder Mann könnte von Glück reden, dich als Partnerin zu haben. Keine deiner Beziehungen ist im Sande verlaufen, weil du ungeschickt bist, sondern es ist nichts daraus geworden, weil ihr nicht zueinander gepasst habt.«

»Kevin hat mir den Laufpass gegeben, weil ich seinen Laptop runtergeschmissen habe.«

»Kevin war ein Blödmann. Könntest du dir etwa vorstellen, mit ihm dein Lebtag zusammenzuleben?«

»Nein, auf keinen Fall. Und gekriselt hatte es schon vorher.«

»Du bist der liebenswerteste Mensch, den ich kenne. Der springende Punkt ist nicht, dass du nicht gut genug für sie bist, sondern dass sie nicht gut genug für dich sind. Du solltest dein Selbstbild nicht nach diesem Hang zum Ungeschick ausrichten. Denen, die dich mögen, ist das herzlich egal.«

»Meinem Vater war es nicht egal, und meiner Mutter letztendlich auch nicht«, sagte Melody beklommen.

»Dein Vater ist doch ständig ausgerastet, nicht nur, wenn dir ein Missgeschick passierte. Das musst du nicht auf deine Kappe nehmen. Und deine Mutter war wütend auf alle Welt, als dein Vater euch verließ. Auch das hatte nichts mit dir zu tun.«

»Das weiß ich doch. Aber es ändert nichts daran, dass ich mich davor fürchte, ein Mann könnte mir einen Korb geben, wenn ich mich mit ihm verabreden will.«

»Du bist so ein feiner Mensch, das ist dir nur nicht klar.«

»Ich schlage ja auch nicht alle Männer mit dem Knüppel in die Flucht«, verteidigte sich Melody.

»Aber du senkst den Blick, wenn du unter neue Menschen kommst. Das erschwert es einem Mann, mit dir ins Gespräch zu kommen. Kopf hoch, zeig allen, wie schön du bist, innen und außen.«

Melody lächelte, weil ihre Freundin so treu zu ihr stand.

Unter dem Tisch regte sich Rocky, woraufhin Melody und Tori hinunterschauten und nachsahen. Er gähnte und schlief weiter.

»Wie gewöhnen sich deine Hunde ein?«, erkundigte sich Melody.

Tori und Aidan hatten Beauty bei sich aufgenommen, die Mutter jenes großen Wurfes. Schon nach der Geburt hatten sie sie versorgt. Auch Spike, den kleinsten Welpen, hatten sie zu sich genommen.

»Beauty fürchtet sich vor ihrem eigenen Schatten, aber sie vertraut uns und wird allmählich selbstbewusster. Beast besucht sie noch Tag für Tag, und Aidan hofft, dass er ihn davon überzeugen kann, die Heartberry Farm als sein Zuhause anzunehmen, statt dass er auf den Straßen herumstromert. Spike ist das genaue Gegenteil seiner Mutter, er will immer alles untersuchen. Er ist tapfer und verwegen, es macht Spaß, ihn zu beobachten. Mir gefällt es richtig, die beiden um mich zu haben. Es ist wie … wir sind eine richtige Familie geworden. Womöglich haben wir in ein paar Jahren selbst Kinder.«

Dieser Gedanke gefiel Melody sehr. Tori und Aidan konnten prima Eltern werden.

»Wie läuft es mit der Werbung?«, wollte sie wissen.

»Bis jetzt wie geschmiert.« Toris Züge belebten sich, als die Sprache auf ihren zweiten Job kam.

Melody hörte Tori gern über ihre Arbeit sprechen. Als Animatorin von Knetfiguren war Tori ganz in ihrem Element, wenn sie kleine Werbeclips für Firmen entwickelte. Sie hatte im Laufe der Jahre schon bei großen Animationsfilmprojekten und Fernsehproduktionen mitgemacht, aber ihr Herzblut investierte sie jetzt in die kleinen Aufträge, die sie von Anfang bis Ende betreuen konnte. Kürzlich hatte sie für Aidans Obstfarm ein Werbevideo gestaltet, in dem eine niedliche kleine Heartberry-Figur namens Max auftrat.

»Vor zwei Wochen ist die Werbung in alle sozialen Medien rausgegangen, wir sehen schon die Verkaufszahlen steigen«, fuhr Tori fort. »Ich bin gerade dabei, einen Clip fertig zu machen, der noch andere Obstsorten der Plantage zeigt. Auch die Merchandiseartikel gehen weg wie warme Semmeln. Es wird ein Weilchen dauern, bis sich das etabliert hat, aber ich sehe es schon kommen, dass wir eine ganze Menge Werbung schalten könnten, bei denen jeweils eine Obstsorte die Hauptrolle spielt. Ich stecke auch mitten in der Arbeit zu mehreren Filmclips für andere Firmen, deshalb müssen die für die Heartberry Farm noch ein bisschen warten. Außerdem mache ich noch einen für Aidans Obsttörtchen, sobald er sie in großem Stil auf die Welt loslässt. Emily hat schon welche, die er hier backt, im Angebot, und den Gästen scheinen sie köstlich zu schmecken. Er ist schon ganz aufgeregt, aber es wird sich noch ein Weilchen hinziehen, bis wir das geschäftsmäßig betreiben können. Dazu brauchen wir noch alle möglichen Genehmigungen, aber ich bin sehr froh, dass er an der Sache dranbleiben will. Das hatte er schon so lange vor.«

Emily kam herüber, um ihre Bestellung aufzunehmen. Tori hatte ihren Kuchen bereits verputzt.

»Redet ihr über die Obsttörtchen von meinem Bruder? Die Gäste sind ganz verrückt danach. Aidan konnte schon immer gut backen, und dass die Törtchen ein Hit werden, war abzusehen.«

Tori lächelte. »Ich kann euch gar nicht sagen, wie sehr ich seine Kunst darin schätze.«

Emily nickte. »Du hast definitiv einen guten Einfluss auf ihn.« Unbewusst strich sie sich über den Bauch, und Melody lächelte. Im vierten Monat zeigte sich die Schwangerschaft allmählich, aber wie sie ahnte, würde Emily wohl bis zum Schluss im Café arbeiten.

»Du hast ja ganz schön zu tun«, meinte Melody und schaute sich in dem gut besuchten kleinen Café um.

»Ja, und bei Marigold fangen heute die Ferien an, da werde ich mir wohl hin und wieder ein paar Tage freinehmen und mit ihr was unternehmen. Obwohl es ihr voll und ganz genügt, mit Hündchen Leia zu spielen. Übrigens wollte ich nächste Woche zu deinem Schmuckgestaltungskurs kommen. Wäre das auch was für Marigold?«

Melody sann über den Workshop nach, den sie abhalten wollte. Es war das erste Mal, dass sie dergleichen in Angriff nahm, und momentan hing alles noch ein bisschen in der Luft. Sie war sich noch nicht schlüssig, was sie den Leuten in dieser einen Stunde beibringen konnte.

»Vielleicht sind Handgriffe dabei, die ihr zu viel Fingerfertigkeit abverlangen, und wir arbeiten auch mit der Lötlampe, aber das könntest du ihr ja abnehmen. Auf jeden Fall wird sie ihren Spaß daran haben, mit dieser Knetmasse herumzuwerkeln, das kann jeder.«

»Prima, danke«, freute sich Emily. »Ich muss mir Verschiedenes einfallen lassen, was wir in den Ferien zusammen machen können. Ich werde sie auch hierher mitbringen. Sie lässt sich gern anstellen, das heißt, wenn es hier hoch hergeht, kann ich arbeiten und gleichzeitig mit ihr zusammen sein. Ich habe da ein paar Studentinnen an der Hand, die den Sommer hier zu Hause verbringen, die helfen mit aus, da kommen wir schon zurecht.«

»Du willst dir wohl nicht ein paar Wochen Mutterschafts-urlaub genehmigen und die Füße hochlegen, bevor das Baby kommt?«

Emily lachte. »Dafür habe ich keine Zeit! Zeit zum Ausruhen habe ich ja dann genug, wenn das Kleine da ist.«

Das bezweifelte Melody zwar, aber sie hielt ihre Zunge im Zaum.

»Egal – was kann ich euch beiden bringen?«, fragte Emily.

»Für mich ein Würstchensandwich, bitte«, antwortete Tori, die sich gerade Zuckerguss von den Fingern schleckte.

Melody lachte. »Der Rote Samtkuchen war nur die Vorspeise, was?«

»Das war nur ein Häppchen, ich habe aber richtigen Kohldampf.«

»Ich hätte gern einen Toast mit Käse und Hühnchen«, bat Melody.

Emily notierte sich alles und huschte wieder fort, um die Theke herum.

»Also genug von mir und der Plantage«, erklärte Tori. »Erzähl mal was Neues von dir.«

Melody riskierte einen verstohlenen Blick zu Agatha, die scheinbar in ihr Buch vertieft war.

»Bei mir gibt's tatsächlich was Neues«, sagte sie. »Ich habe es tatsächlich getan.«

Tori wusste natürlich, dass Melody vorhatte, sich mit Jamie zu verabreden, aber nicht, dass das heute früh passieren sollte. Genau genommen hatten sie wochenlang bekakelt, wie Melody es anstellen sollte, und Tori war davon ausgegangen, dass sie es nie im Leben fertigbringen würde. Daher verschlug es ihr glatt die Sprache. Melody neigte anspielungsreich den Kopf in Agathas Richtung.

Bei Tori klickte es, und sie schmunzelte von einem Ohr zum anderen.

»Echt?«

»Ja«, erwiderte Melody. Sie brauchte ja nicht zu erwähnen, dass ihr die Einladung viel salopper als beabsichtigt über die Lippen gekommen war. Sie hatte Jamie zum Abendessen eingeladen, und er hatte zugesagt. Das konnte sie als Erfolg verbuchen. »Und es hat geklappt.«

»Ach, toll! Ich wusste es doch«, meinte Tori und befleißigte sich, im Vagen zu bleiben, damit Agatha keine Rückschlüsse ziehen konnte. »Ich freue mich für dich.«

Melody lächelte in sich hinein. Gern hätte sie den Optimismus ihrer Freundin geteilt. Sicher würde Jamie heute Abend bei ihr auftauchen, ohne zu ahnen, dass es sich um ein Date handelte.

»Und, äh … was ziehst du zu dem … Ereignis an?«, wollte Tori wissen.

»Ich habe ein silbernes Kleid, das habe ich letztens im Wohltätigkeitsladen gekauft, aber das ist vielleicht nicht für den Anlass geeignet.« Sie spähte zu Agatha und musste feststellen, dass sie schon unter deren Beobachtung stand.

Agatha schenkte sich jeden Versuch, so zu tun, als ob sie nicht hinhörte. Sie stand auf, kam herüber und setzte sich zu den beiden.

»Worum geht es denn eigentlich?«, erkundigte sie sich.

Tori verzog belustigt das Gesicht. Nur allzu bekannt war ihr Agathas Laster, sich überall einzumischen. Schon bei den ersten Annäherungen zwischen Tori und Aidan hatte sie bei jeder Gelegenheit dazwischengefunkt. Nun, da sie glücklich verbandelt waren und zusammenlebten, hatte Agatha ihre beiden anderen Neffen ins Visier genommen, um sie unter die Haube zu bringen. Sie hatte sich auf die Fahne geschrieben, aus Melody und Jamie ein Paar zu schmieden, und außerdem trachtete sie danach, Melodys Schwester Isla mit Leo Jackson zu verkuppeln.

»Ach, nichts von Bedeutung«, wiegelte Melody ab.

»Zu welchem Anlass willst du denn dein silbernes Kleid anziehen?«

»Das hat mit Schmuck zu tun«, schaltete sich Tori ein, die aber schon Melodys Felle davonschwimmen sah. »Eine Ausstellung, so was wie eine Kunsthandwerksmesse, wo die Schmuckhersteller ihre Produkte zeigen. Melody meinte, es wäre nichts für sie, aber ich will sie beschwatzen, die Chance beim Schopf zu packen.«

Agatha verengte die Augen zu Schlitzen, und einen Augenblick lang schien sie Tori nicht zu glauben. Aber es gab tatsächlich eine Schmuckmesse drüben in Penzance. Letzte Woche hatte sich Melody mit Tori darüber beraten, ob sie hinfahren sollte. Sie grub forsch in ihrer Tasche und fand zum Glück auch den Prospekt, zog ihn heraus und legte ihn triumphierend auf den Tisch. Es war eine exklusive Veranstaltung, und sie war sich nicht sicher gewesen, ob die Schmuckstücke, die bei den Touristen beliebt waren, dort hinpassten.

Agatha studierte den Prospekt und seufzte. »Und ich dachte schon, du hättest dir endlich ein Herz gefasst und Jamie zu einem Rendezvous aufgefordert. Ich habe gehört, dass ihr zwei heute Morgen am Strand herumgeschmust habt.«

Melody verdrehte die Augen. »Wir haben nicht herumgeschmust. Ich bin gestolpert, und er hat mich aufgefangen.«

Agatha wollte davon nichts wissen. »Er verehrt dich, das weißt du sehr wohl.«

»Wir sind miteinander befreundet«, bot ihr Melody Paroli. »Mehr ist nicht drin.«

»Ihr seid füreinander bestimmt«, beharrte Agatha, nun mit einem mystischen Unterton in der Stimme.

Melody musste schmunzeln. Agatha hatte einen Nimbus als Hellseherin, die wusste, wer wem irgendwann in die Fänge geraten würde; nur blieb ihre Erfolgsbilanz bislang dürftig. Trotz weithin mangelnder Resultate glaubte sie so felsenfest an ihre »übernatürlichen« Fähigkeiten, dass sie, kaum hatte Tori das erste Mal Aidan getroffen, mit ihm um fünfzig Pfund wettete, dass er noch innerhalb eines Jahres Tori zum Traualtar führen werde. Sie hatte ebenso geweissagt, dass Melody Jamie ins Netz gehen würde, was Melody sich nicht mal ansatzweise vorstellen konnte.

»Wenn du dir so sicher bist, dass er etwas für mich empfindet, warum hat er nicht selbst die Initiative ergriffen?«, fragte Melody herausfordernd.

Agatha tat es mit einem Kopfschütteln ab. »Das macht Jamie nicht. Er ist früher mal brüskiert und abgewiesen worden. Auf eine Beziehung ist er nicht aus.«

»Warum sollte ich ihn dann zum Rendezvous einladen?«, fragte Melody.

»Es liegt an dir, ihm zu zeigen, was ihm fehlt, und dass Verliebtsein etwas Wunderbares ist.«

Melody seufzte. Das würde noch ein harter Brocken werden. Eine Beziehung sollten doch beide Seiten aus gleichermaßen freien Stücken eingehen, es ging nicht an, dass einer von beiden sich mehr als der andere hineinkniete. Die Heldinnen in den Liebesromanen, die sie so gern schmökerte, schienen dieses Problem nicht zu haben. Da stellten die Männer heißblütig und zielstrebig ihren Angebeteten nach.

»Hast du in letzter Zeit mal deine Mutter besucht?«, fragte Agatha. Als sie so mir nichts, dir nichts eine andere Platte auflegte, riss Melody verdutzt die Augen auf.

»Äh, nein, ehrlich gesagt, nicht«, gab sie mit schlechtem Gewissen zur Antwort.

Tori lächelte ihr verständnisvoll zu. Sie wusste, dass Melody eine schwierige Beziehung zu ihrer Mutter hatte. Nachdem ihr Vater eine Affäre gehabt und die Familie verlassen hatte, als Melody gerade mal dreizehn war, richtete die Mutter ihren Zorn gegen Gott und die Welt, Melody, Isla und Matthew eingeschlossen. Dieser Groll war eigentlich nie von ihr gewichen. Jahrelang hatte sich Melody gefragt, ob es an ihr gelegen hatte, dass der Vater fortgegangen war. War sie nicht klug genug, künstlerisch perfekt genug, sportlich genug? War ihr Talent als Tänzerin nicht eindrucksvoll genug, um ihn zum Bleiben zu motivieren? War sie zu unbeholfen? Es hatte ihn immer so frustriert, wenn sie ein Getränk umstieß oder ein Glas oder eine Schüssel fallen ließ. Sie fragte sich, ob sie damit das Fass zum Überlaufen gebracht hatte. Ihre Mutter hatte sie nie des Gegenteils versichert. Die Jahre danach hatte Melody gebüffelt und gepaukt, um in jedem Schulfach zu glänzen. Doch so sehr sie sich auch anstrengte, sie wurde nie die Klassenbeste. In allem war sie mittelmäßig. Wenn sie zurückschaute, wusste sie nicht, ob sie damals versucht hatte, ihrem Vater, ihrer Mutter oder sich selbst ihren Wert zu beweisen; von den Eltern wurde sie jedenfalls nie gelobt. Der Vater war während der meisten Jahre ihrer Jugend nicht da gewesen, und die Mutter hatte sich hinter ihrer Feindseligkeit verbarrikadiert. Das hatte einen Keil zwischen sie getrieben, und die Differenzen waren nie ausgeräumt worden.

Erst später, als Melody älter war, begriff sie, dass ihr Vater das Weite gesucht hatte, weil die Liebe zwischen ihm und ihrer Mutter erloschen war und dass das kaum oder gar nicht mit ihr selbst oder ihren Geschwistern zusammenhing. Möglicherweise hatte ihre Mutter schon zuvor diese Negativität in sich getragen und ihn damit weggeekelt.

Auch nachdem Matthew bei jenem Autounfall ums Leben gekommen war, manifestierte sich die Trauer der Mutter in cholerischen Ausbrüchen. Als sie und Melody nach Sandcastle Bay zogen, um Isla bei ihrer Aufgabe zu unterstützen, Matthews Sohn aufzuziehen, ließ die Mutter keine Gelegenheit aus, jedem x-Beliebigen kundzutun, was für ein Opfer es gewesen sei, an diesen Ort zu ziehen. Anfangs hatte Melody ihre liebe Not damit, ringsum die Wogen zu glätten. Das Leben war doch zu kurz, um solchen Unmut zu hegen. Doch jedes Mal, wenn sie von ihrer Mutter kam, war sie so niedergeschlagen und bedrückt, dass sie die Besuche schließlich aufgab. Da der Ort klein war, begegnete sie ihrer Mutter ab und zu und verhielt sich auch immer höflich und anständig, aber darüber hinaus würde sie keinen Finger rühren und sie besuchen.

»Carolyn hat wieder einen festen Freund«, bemerkte Agatha.

»Was?«, rief Melody erschrocken, man konnte es im ganzen Café hören, und alle drehten sich nach ihr um.

»Bist du sicher?«, hakte Tori nach.

Agatha nickte. Melody fiel aus allen Wolken, weil Agatha es schon wusste, noch bevor sie selbst Wind davon bekommen hatte.

»Trevor Harris«, ergänzte Agatha mit wissender Miene.

»Der Polizist?«, fragte Melody. Er war ein bierernster Typ, keiner, den sie ihrer Mutter ausgesucht hätte. Andererseits hatte sie überhaupt nicht damit gerechnet, dass die Mutter jemals wieder eine neue Liebe fände. Auf jeden Fall war es ein Schritt in die richtige Richtung, egal, mit wem.

»Ja. Sie versuchen es zwar geheim zu halten, das Dorf soll es nicht wissen. Aber ich habe sie neulich unterm Tisch Händchen halten sehen. Sie kommt mir … glücklich vor.«

Melody lächelte. Die Vorstellung, dass ihre Mutter wieder mit einem Mann zusammen war, gefiel ihr. Ob sie beide jemals wieder zu der alten Vertrautheit zurückfänden, die sie in Melodys Kindheit geteilt hatten, das wusste sie nicht – dafür hatte es zu viel böses Blut und Bitterkeit gegeben –, aber sie wünschte sich, dass ihre Mutter wieder glücklich würde.

»Was ich sagen will: Wenn eine Person wie deine Mutter, die, wie man hört, so grundsätzlich gegen die Liebe und überhaupt gegen alles eingestellt war, ihr Herz aufs Spiel setzt und noch einmal ihr Glück versucht, dann kannst du das auch.«

Melody seufzte. Sie schaute zu Tori. Weder sie noch Aidan hatten vorgehabt, in eine Beziehung verwickelt zu werden, und doch war es geschehen, und letzten Endes lief es für alle beide ziemlich gut. Vielleicht war es das Risiko wert.

3

Melody legte ihre neuen Schmuckstücke im Schaukasten aus: zwei Armbänder aus Seeglas, eine Halskette mit einem blassgelben Bernsteinherz und ein paar Ohrringe aus Silbermodelliermasse, die sie am Vorabend gefertigt hatte.

Sie schaute sich in ihrem Laden um. Ausgestellt war eine bunte Mischung von Schmuck. In ihrem Londoner Geschäft hatte sie konventionelle Stücke verkauft, wie man sie in jedem teuren Juwelierladen bekam. Da gab es Schmuck mit feinen Windungen oder anderen besonderen Merkmalen, aber nichts Abstraktes oder Auffälliges, wie sie es in Sandcastle Bay anbot. Hier fühlte sie sich freier, ihrem Faible für Schmuck in jeder ihr zusagenden Weise Ausdruck zu verleihen. Ja, es gab einige konventionelle Stücke, da manch einem so etwas gefiel, doch in den übrigen Auslagen dominierten leuchtende Farben, untypisch geschliffene Steine, von verschiedenen Ländern oder Kulturen inspirierte Schmuckstücke. Nicht jedes stammte von ihr. Liebend gern durchforstete sie die Etsy-Website nach etwas Originellem, aus dem Rahmen Fallendem, Besonderem. Dann trat sie gern in Kontakt mit den Designern und bot ihnen an, für eine kleine Provision eine Auswahl des Schmucks in ihrem Laden zu verkaufen. Das sorgte zwar kaum für Einnahmen.

Aber die Leute kamen von der Straße in den Laden, weil ihnen etwas Rares, Spezielles im Schaufenster ins Auge gefallen war, und dann besahen sie sich auch all die anderen Schmuckstücke im Geschäft.

Da ging die Tür auf, und Melodys fünfjähriger Neffe Elliot kam mit einem Zylinder auf dem Kopf hereingerannt.

Sie schmunzelte. Sein Dad Matthew wäre so stolz gewesen, hätte er sehen können, wie sich Elliot entwickelt hatte. Er war ein unbeschwertes Kerlchen, und für Melody war klar, dass es damit zu tun hatte, wie ihre Schwester Isla ihn großzog.

»Guten Morgen, der Herr«, sagte Melody geschäftsmäßig. »Wie kann ich Ihnen helfen? Möchten Sie vielleicht für Ihre Frau ein Diamantendiadem, oder darf es eine Brosche mit Saphir sein?«

Elliot platzte vor Lachen heraus und nahm den Hut ab. »Ich bin doch nicht der Herr, ich bin Elliot!«

»Ach, du bist's, ich habe dich unter deinem schicken Zylinder gar nicht erkannt«, meinte Melody. Sie kam um den Verkaufstisch herum und hob ihren Neffen hoch.

»Ich habe den Zylinder auf, weil ich ein Zauberer bin.«

»Ehrlich? Ist ja Wahnsinn. Kannst du mir ein paar Tricks zeigen?«

»Ja. Leo hat mir einen Zauberkasten gekauft, da sind über fünfzig Tricks drin. Einige lerne ich noch, und Leo hilft mir dabei. Er sagt, er wird mein Assistent. Die meisten Tricks sind zu Hause, aber ich habe heute einen mit in die Schule genommen, damit ich ihn der ganzen Klasse zeigen kann, und die Lehrerin hat gesagt, ich bin ein kleiner Paul Daniels. Wer das ist, weiß ich nicht, aber wahrscheinlich ist der auch ein großer Zauberer.«

»Ja, er war einer«, erwiderte Melody. »Na dann mal los, führ mir was vor.«

Sie setzte ihn ab, gerade als im Eingang Isla mit ihrem kleinen schwarzen Welpen Luke erschien.

»Du zeigst wohl Melody deinen Trick?«, fragte Isla, schloss hinter sich die Tür und ließ Luke von der Leine. Rocky begrüßte sein Brüderchen mit Gebell aus seinem Korb hinten im Laden, und gleich sprang Luke auf ihn zu, um mit ihm zu spielen.

»Ich muss mich erst mal vorbereiten«, erklärte Elliot und trabte zu Melodys Schreibtisch am anderen Ende des Raumes, wo er einige Gegenstände aus seinem Rucksack packte.

Melody wandte sich Isla zu. »Leo hat ihm ein Zauberset spendiert?«

Isla lächelte verliebt. »Du kennst ja Leo Jackson, er ist vernarrt in ihn.«

Melody schaute prüfend zu Elliot, der noch beschäftigt war und sich wahrscheinlich außer Hörweite befand. »Heirate ihn doch einfach, was meinst du?«, erwiderte sie im Flüsterton.

»Weißt du, so einfach ist das nicht.«

»Ich kapiere nicht, warum, du bist doch verrückt nach ihm«, entgegnete Melody, die sich für ihre Schwester aus ganzer Seele das Happy End wünschte, das sie verdient hatte.

»Weil er bei keinem seiner albernen Heiratsanträge die drei bewussten Worte über die Lippen gebracht hat. Ist das zu viel verlangt?«

»Nein«, pflichtete ihr Melody mit einem Seufzer bei.

»Und nicht ein einziges Date hatten wir bis jetzt. Meinst du nicht, wir sollten das erst mal über die Bühne bringen, bevor ich mit ihm vor den Traualtar trete?«

»Er liebt dich, das weiß ich.«

»Dann soll er es bitte schön auch sagen«, beharrte Isla.

»Ich bin soweit«, verkündete Elliot.

Melody hatte sich umgedreht und wollte sich dem Auftritt ihres Neffen widmen, da ging schon wieder die Ladentür auf, und Aidan Jackson kam hereingeschneit. Als Ältester der Jackson-Brüder war er vermutlich auch der größte. Er hatte diese hemdsärmelige, relaxte Art, die auch Jamie eigen war.

Doch während Jamie sich still und zurückhaltend gab, zeigte Aidan ein Selbstbewusstsein, mit dem Jamie nicht Schritt halten konnte. Melody mochte Aidan sehr, wo er doch noch dazu ihre liebe Freundin Tori so glücklich machte, wie Melody sie nie erlebt hatte.

»He, Aidan, guckst du dich mal allein um? Ich sehe mir jetzt eine bedeutende Zaubershow an.«

Aidan grinste. »Zaubershow? Da komme ich ja gerade im richtigen Moment.«

Melody lächelte, als sie sich alle drei um Elliot scharten, um seinem Auftritt beizuwohnen.

»Willkommen zur größten Show der Welt«, sagte Elliot mit einer kleinen Verbeugung, und Melody wurde es ganz warm ums Herz. Es war traurig, dass ihr Bruder Matthew nicht dabei sein und sehen konnte, wie Elliot groß wurde, wie sich seine kleine Persönlichkeit entwickelte und veränderte.

»Hier haben wir eine Münze, ein ganz normales Zehnpennystück.« Elliot deutete auf die Münze, die auf einem Stück roter Pappe lag; daneben stand ein umgestülptes Glas. »Das lasse ich gleich vor euren Augen verschwinden.«

Melody musste lächeln. Offenbar zitierte er Worte, die Leo mit ihm eingeübt hatte.

Elliot stülpte eine Röhre aus Plastik über das Glas und schob dann das Ganze über die Münze. Dann nahm er seinen Zauberstab und schwang ihn darüber.

»Abrakadabra!«

Sodann hob er die Röhre vom Glas hoch, und selbstverständlich hatte sich die Münze in Luft aufgelöst.

Melody, Isla und Aidan klatschten Beifall.

»Und jetzt der Trick mit dem verknoteten Seil«, kündigte Elliot an und ließ sich nicht von seinem andachtsvoll staunenden Publikum aus der Ruhe bringen.

»Hier ist ein verknotetes Stück Seil.« Damit nahm er ein Seil mit einem Knoten in der Mitte zur Hand und zog an beiden Enden. »Ihr seht, dass sich der Knoten nicht löst.« Alle nickten pflichtgemäß. »Melody, halte den Knoten mal locker in deiner geschlossenen Hand.«

Melody tat, wie aufgefordert, die Seilenden hingen schlaff zu beiden Seiten ihrer Hand herab.

Elliot schwang seinen Zauberstab über ihrer Hand und zog dann an einem Ende des Seiles, worauf es knotenfrei aus ihrer Hand glitt.

»Elliot, das war große Klasse!« Melody klatschte, die anderen fielen mit ihrem Applaus ein. Wieder verbeugte sich Elliot.

»Bald gibt es noch mehr Tricks zu sehen.«

»Da komme ich unbedingt wieder«, sagte Aidan.

Melody wandte sich ihm zu. »Wolltest du mich nur mal besuchen, oder hattest du etwas auf dem Herzen?«

»Tja, ich bin froh, dass ihr zwei hier seid, vielleicht könnt ihr mir helfen«, fing Aidan an und warf einen Blick auf Elliot, an dessen Ohren offenbar das Folgende nicht dringen sollte. »Ich, äh … würde gern für Tori einen Ring kaufen.«

Melody blieb die Spucke weg, sie stieß einen kleinen Laut der Überraschung aus. »Einen … speziellen Ring?«

»Ja, ganz speziell soll er sein, so was, womit man vor der Angebeteten niederkniet.«

Melody legte aufgeregt die Hand vor den Mund. Tori und Aidan waren über beide Ohren verliebt, das lag auf der Hand, deshalb war es abzusehen gewesen, dass Aidan ihr einen Antrag machen würde, aber das kam schneller, als Melody erwartet hätte. Sie waren ja erst seit zwei Monaten ein Pärchen. Aber sie passten perfekt zueinander. Bei einigen Paaren leuchtete es einem sofort ein, dass sie füreinander bestimmt waren, und auch Tori und Aidan hatten offenbar miteinander ihr Lebensglück gefunden.

Melody hätte Aidan gern umarmt und geknuddelt, aber sie hielt sich zurück. Ja, sie traute sich nicht, überhaupt etwas zu sagen, denn sie hätte sich verraten, egal, was sie gesagt hätte. Elliot konnte ganz schlecht Geheimnisse für sich behalten, deshalb durften sie nicht frei darüber sprechen. Sie freute sich riesig für Tori. Ihre engste Freundin sollte also ihr Happy End bekommen. Tori hatte nie daran geglaubt. Melody sah Isla an, die genauso strahlte.

»Ich freue mich so für dich«, sagte Melody, die sich kaum bezähmen konnte. Sie sah flüchtig zu Elliot hin, der sie aus gutem Grund verdattert anschaute. Der arme Aidan, ganz diskret, gab sich redlich Mühe, dass ein so großes Geheimnis nicht gleich die Runde machte, aber Melody brachte praktisch alles ans Tageslicht. »Ich meine, ich freue mich sehr, dass du einen von meinen Ringen kaufen willst.«

Isla prustete los. »Melody hängt so an ihren Ringen, dass sie sich immer wie ein Honigkuchenpferd freut, wenn sie ein neues Zuhause finden.«

»Ja, es ist so schön für mich, wenn die Leute … *besondere Ringe* kaufen.« Das Satzende kam nur noch im Piepston heraus. Oh Gott, Tori würde heiraten. Sie musste sich zügeln, sonst würde sie nur dummes Zeug daherplappern.

Elliot seufzte und fasste Aidan bei der Hand. »Hier im Schrank sind schöne Ringe drin.«

Er führte Aidan quer durch den Laden zu einer Vitrine voller Ringe mit großen Steinen. Es waren imposante Stücke, auf die Melody stolz war, aber ganz sicher nicht das, was Aidan suchte, um Tori einen Heiratsantrag zu machen.

»Der hier gefällt mir«, sagte Elliot, öffnete die Vitrine und steckte sich einen Ring an den Finger, auf dem sich dicht an dicht mehrere ungeschliffene Splitter von Pyrit oder Katzengold drängten. Er bewegte die Hand und ließ ihn an seinem

44

Mittelfinger nach allen Seiten funkeln. »Ich glaube, der würde Tori gut gefallen.«

Aidan nickte. »Er ist schön, aber ich hatte etwas Kleineres im Sinn.«

Melody bewunderte, wie gelassen Aidan sich mit Elliot unterhalten konnte, aber er war ja schließlich im Umgang mit seiner Nichte Marigold, Emilys Tochter, erprobt.

Elliot zog seufzend den Ring vom Finger und legte ihn behutsam in die Vitrine zurück.

»Wir haben Diamanten da, auch ganz kleine.« Elliot zeigte dorthin, wo normalerweise die Verlobungsringe auslagen. »Und die sind *sehr speziell*. Ich habe schon viele Frauen gesehen, die davon begeistert waren.«

Melody schüttelte den Kopf, Aidan bekam das jedoch nicht mit.

»Keine Diamanten, ich brauche etwas wirklich Besonderes und Ausgefallenes«, erwiderte Aidan, woraufhin Melody erleichtert durchatmete.

»Was ist denn ihre Lieblingsfarbe?«, fragte Elliot.

»Gelb«, antwortete Isla.

»Nein Grün«, korrigierte Melody.

Aidan schüttelte den Kopf. »Blau, wie das Meer.«

Plötzlich aus ihrem Nachsinnen gerissen, sagte Melody: »Wir haben mehrere blaue Ringe da, die deinen Vorstellungen entsprechen könnten. Da wäre dieser mit Flussspat, in sehr schönem Türkis, allerdings geschliffen, sodass er saphirartig wirkt. Ringsherum sind Diamanten, und der Ring selbst ist aus Platin. Falls du ihn lieber in Gelbgold hast, kann ich ihn dir auswechseln.«

»Der ist sehr hübsch«, fand auch Aidan. Elliot steckte ihn sich an den Finger und drehte die Hand, sodass er das Licht einfing.

»Wir haben auch diesen blauen Mondstein …«< Melody verstummte, als sie Aidan den Ring reichte. Er war wie geschaffen für Tori, apart, wunderschön. Er enthielt viele Blautöne, alle ineinander verwirbelt, die im Sonnenlicht schimmerten, als er ihn in der Hand hielt. Zu beiden Seiten des Mondsteines saßen drei winzige Markasitperlen, die vollendet mit dem Blau und Silber des Fingerreifes kontrastierten.

»Ich kann auch statt Markasit Diamant einsetzen, falls du das möchtest.«

Melody wusste schon, dass die meisten Kunden gern einen Diamanten am Verlobungsring hatten, selbst wenn er nicht hervorstach.

»Nein, dieser Ring ist gerade richtig.«

Elliot beäugte ihn genau. »Der ist schön. Aber bist du sicher, dass du nicht den aus Gold willst, den ich mir als ersten angesteckt hatte?«

Aidan schmunzelte. »Ja, da bin ich sicher. Jetzt müssen wir das aber für uns behalten, wir dürfen es niemandem sagen, auf keinen Fall Tori. Sie soll schließlich überrascht sein, wenn ich ihn ihr schenke.«

Elliot nickte. »Versprochen.«

»Und Marigold sagen wir's auch nicht«, fügte Aidan hinzu. »Geht klar.«

Melody nahm Aidan den Ring ab und prüfte die Größe. Tori hatte in den letzten Jahren schon verschiedene Ringe bei ihr erworben, deshalb wusste sie, wie weit er sein musste. Der Ring passte ihr genau. Sie polierte ihn mit einem Tuch und gab ihn in ein Etui.

»Wann willst du … ihn ihr schenken?«, fragte Isla, die herüberkam, um den Ring zu bewundern, und beifällig nickte.

»Das weiß ich noch nicht, ich habe mir was ausgedacht, aber wann ich das durchziehe, ist noch offen. Es hängt ein bisschen vom Wetter ab.«

»Tja, also wenn du Hilfe brauchst, melde dich«, meinte Melody, die darauf brannte, dabei zu sein, wenn er die Frage aller Fragen stellte, aber sie wusste natürlich, dass Aidan das nur unter vier Augen täte.

»Eventuell komme ich auf dein Angebot zurück«, erwiderte er.

»Bring Tori zum Abendessen mit, so um sieben«, forderte Isla ihn auf. »Leo ist auch da, du bist also nicht der einzige Mann. Jamie und Melody kommen auch.«

Das war Melody zwar ganz neu, aber sie hatte nichts Weltbewegendes vor, das wusste Isla wahrscheinlich.

»Klingt prima«, stimmte Aidan zu.

»Und falls du, äh … Tori beim Essen irgendwas fragen willst, was man nicht alle Tage fragt, könnte ich sicherheitshalber Sekt mitbringen«, wagte sich Melody vor.

Aidan lachte. »Ich glaube, wenn ich Tori etwas fragen wollte, dann täte ich es etwas vertraulicher.«

»Ich glaube nicht, dass ihr das gefallen würde«, wandte Melody ein. »Je mehr Publikum, desto besser.«

Aidan war erschrocken. »Ehrlich?«

»Ach, hör nicht auf sie«, wiegelte Isla ab. »Melody will bloß dabei sein. Tu, was du für richtig hältst, wobei wir – besonders Melody – dir unendlich dankbar wären, wenn du es filmst.«

»Ihr verderbt mir zwar den ganzen Spaß, aber stimmt, Tori hätte es wohl lieber vertraulich«, gab Melody zu.

Aidan atmete tief durch.

»Nur du und sie, stimmungsvolle Musik.« Melody lächelte versonnen, als sie sich vorstellte, wie Aidan seinem Entschluss gemäß ihre beste Freundin gefühlvoll um ihre Hand bat. »Vielleicht fragst du sie unterm Sternenhimmel, wenn ihr barfuß im Sand tanzt.«

»Lass doch mal den armen Kerl in Frieden, damit er sich seinen … Schlachtplan zurechtlegen kann«, mahnte Isla mit einem Blick auf Elliot, der gerade ein Diadem aufprobierte, dazu eine Halskette umlegte und mit beiden vor dem Spiegel posierte.

»Entschuldige, du hast recht. Sicher hast du etwas Sagenhaftes ausgeheckt«, sagte Melody.

»Tja, das hoffe ich zumindest«, bekräftigte Aidan und fischte seine Brieftasche heraus, während Melody den Rechnungsbetrag in die Kasse eingab. Er ließ das Etui mit dem Ring in seiner Jackentasche verschwinden und winkte zum Abschied. »Bis morgen Abend! Danke für deine Hilfe, Elliot.«

Elliot winkte zurück und fummelte weiter an einer Perlenkette herum, die er sich um den Hals legte. Und schon war Aidan auf und davon.

»Elliot Rosewood«, hob Melody an, die Hände in die Hüften gestemmt. »Hast du vor, sämtliche Stücke hier im Laden anzuprobieren?«

Elliot feixte. »Ja!«

»Warum bist du eigentlich nicht in der Schule?« Plötzlich wurde Melody die Uhrzeit bewusst: Es war gerade Mittag gewesen.

»Heute war der letzte Tag. Erst im September gehe ich wieder. Der letzte Schultag im Halbjahr endet immer mittags, damit die Lehrer alle zeitig Ferien haben.«

Melody lachte herzlich über dieses knappe Resümee.

»Wir haben uns auch wieder mit Karie getroffen, sie hat mir Schokodrops geschenkt.«

»Ehrlich? Das ist aber nett von ihr«, lobte Melody und wandte sich wieder Isla zu. »Wie lief es denn mit der Sozialarbeiterin?«

»Ach, gut«, meinte Isla. »Sie sind sehr zufrieden mit seiner Entwicklung.« Sie senkte die Stimme. »Karie denkt, dass wir bald die Adoption unter Dach und Fach bringen können, denn die Mutter ist nirgendwo aufzutreiben. Sadie ist wie vom

Erdboden verschwunden. Das letzte Lebenszeichen von ihr kam aus Australien, aber inzwischen ist sie wohl in Thailand, so heißt es. Die für unseren Fall zuständige Behörde würde gern meine Vormundschaft an eine Aufenthaltspflicht binden, gesetzt den Fall, Sadie kehrt zurück und möchte plötzlich die liebe Mama spielen. Ihr das elterliche Sorgerecht zu entziehen ist rechtlich gesehen mit einem Riesenaufwand verbunden, aber mir wäre es lieb, wenn alles ordnungsgemäß in Sack und Tüten ist, damit Elliot dauerhaft bei mir bleiben kann.«

Melody erschrak. »Die können ihn dir doch nicht wegnehmen!«

Isla schüttelte den Kopf. »Sie haben ja auch nicht die Absicht. Sie wollen das Beste für Elliot, und dem geht es gut bei mir. Karie findet auch Leo sehr sympathisch, und sie sieht ja, wie lieb er zu Elliot ist. Solange Sadie verschwunden bleibt, gibt es kein Problem. Ich will nur nicht, dass sie in ein paar Jahren wieder auftaucht und versucht, ihn zu sich zu holen. Ich bezweifle, dass sie das vorhat; von mütterlichem Schlag ist sie nie gewesen, und ich kann mir nicht vorstellen, dass die Gerichte zu ihren Gunsten entscheiden würden, wo sie ihn doch schon vor einer ganzen Weile im Stich gelassen hat. Aber ich finde es schrecklich, dass dieses Damoklesschwert ewig über uns hängt. Laut Karie könnten wir, da es ein Jahr her ist und wir keinen Kontakt aufnehmen konnten, bald die formelle Adoption vorantreiben, also mal sehen.«

»Oh Gott, hoffentlich bekommst du das alles bald hin«, sagte Melody. »Es ist doch widersinnig, dass sie ihn verlassen und nie Kontakt zu ihm gesucht hat und das Gesetz weiter auf ihr Sorgerecht pocht. Ganz bestimmt hat sie an dem Tag, als sie sich aus dem Staub machte, auf alles verzichtet.«

»Das sollte man meinen, oder? Wie es aussieht, muss man aber ihre Menschenrechte oder irgend so einen Quatsch respektieren. Allzu viel Kopfzerbrechen macht es mir nicht.

Sie hat kein Interesse an Elliot, das hat sie unmissverständlich demonstriert, als sie sich davongemacht hat. Ich will nur, dass alles ganz offiziell geregelt wird, da kann es uns nicht mehr kalt erwischen.«

»Verstehe.« Melody holte tief Luft. »Mensch, manchmal wünsche ich mir, Matthew wäre dieser Frau nie über den Weg gelaufen. Abgesehen von der Tatsache, dass sie uns dieses herzerfrischende Menschlein geschenkt hat.«

»Ich vermisse Dad«, sagte Elliot ganz schlicht, der sich gerade ein Saphirhalsband umhängte.

Melody zuckte zusammen, weil er ihr Gespräch mitgehört hatte. Sein Gehör war sehr fein bei Unterhaltungen, die er eigentlich nicht mitbekommen sollte. Melody sorgte sich nicht so sehr, dass er die Erwähnung von Matthew aufgeschnappt haben könnte, vielmehr sollte er sich keine Gedanken über das juristische Kuddelmuddel machen, dem Sadie Isla und Elliot ausgesetzt hatte. Sie wusste, dass Isla mit ihm oft über Matthew sprach, damit er ihn nicht vergaß und damit er mit dem Tod seines Vaters zurechtkam. Es war wichtig, dass sie alle offen blieben, was die Gefühle über Matthews Tod betraf, damit auch Elliot seine Empfindungen als natürlich empfand.

»Ich vermisse ihn auch«, pflichtete Melody ihm aufrichtig bei. »Es vergeht kein Tag, an dem ich nicht an ihn denke.«

Sie wartete ab, ob Elliot weiter über ihn reden wollte. Manchmal war es so, manchmal nicht. Matthew fehlte ihr; sie hatte damals, als sie noch in London und er hier im Ort wohnte, täglich mit ihm telefoniert. Als Zwillinge waren sie einander eng verbunden gewesen, und an manchen Tagen fiel es ihr schwer zu glauben, dass sie ihn nie wiedersehen sollte.

Sie grübelte darüber nach, was er wohl von der Verabredung mit Jamie, wenn man es so nennen wollte, gehalten hätte, die ihr heute Abend bevorstand. Er und Jamie waren gut befreundet gewesen. Hätte er sich mit ihnen gefreut, oder hätte er als Bruder den Beschützer herausgekehrt und Jamie eine Gardinenpredigt gehalten, dass er sich bis zur Hochzeitsnacht von ihr fernhalten müsse? Bei diesem Gedanken musste Melody lächeln. Er hatte immer auf sie aufgepasst. Wenn der Vater kein gutes Haar an ihr ließ, weil sie sich mal wieder dumm angestellt hatte, aber auch, als er verschwand und die Mutter daran zerbrach, war Matthew immer für sie dagewesen. Nun lag es an ihr, Melody, das an seinem Sohn zurückzuzahlen und in jeder erdenklichen Weise für ihn da zu sein.

Elliot nickte bloß und konzentrierte sich wieder auf den Schmuck, den er ausprobierte. Selten weinte er um Matthew. Er war vier gewesen, als sein Vater vor gut einem Jahr umkam, und obwohl er anfangs schlecht träumte, was auch heute noch vorkam, hatte er sich schnell daran gewöhnt, nun bei Isla zu wohnen. Der hinzugezogene Psychologe hatte gemeint, Kinder seines Alters hätten eigentlich keinen Begriff vom Tod und könnten ihn leichter akzeptieren als Erwachsene. Melody kaute auf ihrer Unterlippe, während Elliot sich mit einer weiteren Halskette befasste. Wie herrlich wäre es gewesen, hätte auch sie ihre Trauer einfach abschalten können.

Entschlossen lenkte sie das Gespräch von dem Adoptionsdrama ab und sprach Isla an.

»He, hast du den neuesten Klatsch über meine Mutter gehört?«

»Nein, was gibt es denn Neues?«

Sie warf einen Blick auf Elliot, aber der war in Gedanken ganz woanders, sicher würde er nicht zuhören.

»Agatha ist durch den Buschfunk zu Ohren gekommen, dass sie sich mit Trevor Harris trifft«, flüsterte Melody.

»Ach du liebes bisschen! Tatsächlich?«

»Ich konnte es auch kaum glauben. Nie hätte ich es für möglich gehalten, dass sie sich jemals wieder an einen Mann hängt. Sie ist doch immer so böse! Was hat sie bloß zum Lämmchen gemacht, dass Trevor sie anspricht?«

»Zu mir ist sie nie böse«, kommentierte Elliot, der sich gerade eine Smaragdbrosche an die Brust heftete.

Melody biss sich auf die Zunge. Auch das hatte Elliot also gehört. Sie hatte mehrfach erlebt, wie ihre Mutter vor Elliot aus der Haut fuhr, doch er hatte das nie ernst genommen und konnte immer über ihre grantige Art kichern. Und wenn er sich über sie lustig machte, sah Melody hin und wieder etwas von ihrer ehemaligen Mum aufblitzen – dann war sie so, wie sie einst mit ihren heranwachsenden Kindern zusammen gespielt, gebacken und gelacht hatte. Es war ihr anzumerken, wie gern sie Elliot mochte. Er war der Einzige, der eine verborgene Saite in ihr zum Klingen brachte und vor dem sie ihren Schutzschild fallen ließ. Melody war froh, dass Elliot diese freundliche Version von ihr sah und nicht die verbitterte Frau, die Melody hatte kennen lernen müssen.

»Es stimmt«, sagte Isla. »Elliot scheint sie zum Schmelzen zu bringen. Ich glaube, langsam verändert sie sich. Neulich kam ich bei ihr vorbei, um Elliot abzuholen, da haben sie zusammen gebacken und sogar gelacht. Entweder hat Elliot einen guten Einfluss auf sie, oder es liegt an jemand anderem.«

»Wenn er sie glücklich macht, dann bin ich froh«, sagte Melody, die das auf Trevor bezog. »Er kommt mir aber ganz schön ernst vor. Sie braucht keine Bestärkung darin, das Leben so verbissen zu sehen.«

»Wer weiß, was sie hinter verschlossenen Türen treiben«, meinte Isla, und Melody konnte nur hoffen, dass das für Elliots Ohren nebulös genug klang. »Sie könnten Ukulele üben, Bauchtanz lernen oder einen Haufen ... Spielzeug um sich anhäufen, und äh, irgendwelche Requisiten unterm Bett.«

»Sie hat ein Spielzeug in der Schublade neben dem Bett«, wusste Elliot zu berichten und steckte sich saphirbesetzten Kopfschmuck ins Haar.

»Herrje, ich möchte nicht wissen, was«, murmelte Isla.

»Es ist hellrosa mit Glitzer und Knubbeln ringsherum. Es summt, wenn man es anschaltet, aber es ist, glaube ich, kaputt, denn was anderes macht es nicht, es dreht sich nur ein bisschen. Ich weiß nicht, warum sie es im Schlafzimmer hat. Ich habe sie nicht gefragt, weil ich nicht in ihr Schlafzimmer reindarf.«

Melody spürte, dass sie gleich losprusten würde, während Isla Elliot konsterniert anstarrte.

»Warum warst du dann dort?«, fragte sie schließlich. »Wenn die Oma sagt, dass du nicht einfach irgendwohin gehen darfst in ihrem Haus, dann erwarte ich von dir, dass du es auch nicht tust.«

Elliot war gut genug erzogen, dass er eine verschämte Miene zog. »Das war doch, weil ich Blumen gepflückt hatte und neben ihr Bett stellen wollte, als Überraschung. Dann habe ich die Vase umgeschmissen, und das Wasser ist überall hingelaufen. Ich habe zum Aufwischen ganz viel Klopapier genommen. Die Schublade habe ich nur aufgezogen, weil ich gucken wollte, ob da auch Wasser reingelaufen war. Da habe ich das rosa Spielzeug gesehen.«

Melody schmunzelte, und Isla entspannte sich zusehends. »Das ist ja sehr lieb von dir, aber vielleicht lässt du beim nächsten Mal die Blumen im Flur oder in der Küche. Geh nicht hin, wo du nicht hinsollst.«

Elliot nickte bierernst und drehte sich wieder zu seinem Schmuck um.

Melody sah Isla an. »Oh Gott.«

»Tja, da haben wir's. Das Geheimnis ihres Glückes liegt nicht bei Elliot oder Trevor, sondern bei etwas weitaus … Erregenderem.«

»Es sei denn, Trevor erprobt es an ihr.«

Isla hielt sich die Ohren zu. »Das will ich mir gar nicht ausmalen. Ich meine, es ist wunderbar, wenn sie wieder S-E-X hat, aber ich will es mir nicht bildlich vorstellen.«

»Ich habe Sex-Unterricht in der Schule«, gab Elliot seinen Senf dazu.

Alarmiert runzelte Isla die Stirn. »Ach ja?«

»Ja, schon seit ein paar Wochen.«

»Ganz schön zeitig, was?«, meinte Melody zu Isla.

»Was lernst du da so darüber?«, fragte Isla mit schwacher Stimme.

»Hauptsächlich, wie man die Zunge benutzt«, antwortete Elliot. »Und welche Finger.«

Isla setzte sich auf einen neben ihr stehenden Hocker.

Seit Melodys Schulzeit hatte sich der Aufklärungsunterricht gewaltig gewandelt. Ihr hatte man noch beigebracht, wie man einen Tampon in den Hals einer mit Wasser gefüllten Milchflasche steckt, dann wurde beobachtet, wie er sich ausdehnte; so wirklichkeitsnah wie heutzutage waren die Lektionen damals wahrlich nicht gewesen.

»Und, äh, welche Finger nimmst du?«, fragte Isla.

»Der hier ist für H, der ist für A und der ist für G«, zählte Elliot an den Fingern der linken Hand ab, beginnend mit dem Zeigefinger.

Isla starrte ihn einen Augenblick lang an. »Gott sei Dank. Saxofonunterricht?«

»Ja, Sax-Unterricht, habe ich doch gesagt.«

Melody atmete vor Erleichterung tief ein.

»Bringt Trevor der Oma auch das Saxofonspielen bei?«, fragte Elliot.

Melody kicherte. »Vielleicht.«

»Da muss ich sie mal fragen, wie man das mit der Zunge macht«, meinte Elliot. »Das finde ich am schwersten von allem.«

Melody drehte den Kopf weg, damit Elliot sie nicht feixen sah.

»Das mit der Zunge ist richtig knifflig«, bestätigte Isla, während Melody vor angestautem Lachen bebte. »Vielleicht kannst du der Oma gleich klarmachen, dass du über das Saxofon sprichst.«

»Worüber denn sonst?«, fragte Elliot unschuldig.

»Na ja, die Zunge kann man für verschiedene Dinge benutzen«, gab Isla wenig überzeugend zurück.

Melody schnaufte und tat so, als müsste sie husten.

»Wofür denn noch?«, bohrte Elliot nach.

»Na ja …« Isla dachte angestrengt nach, welche kindgerechten Beispiele sie ihm auftischen konnte.

»Ich kann mir mit der Zunge die Nase lecken«, meinte Melody, bemüht, die Kuh vom Eis zu kriegen, und führte sogleich dieses Kunststück vor.

Elliot versuchte, es ihr nachzutun, aber vergebens.

»Manch einer kann sich die Ellbogen lecken, kannst du das?«, fragte Melody.

Sie sah zu, wie Elliot sich auch damit erfolglos abmühte. Dann fing er an, sich andere Körperteile wie Bauch und Zehen zu lecken, und gluckste dabei vor Vergnügen.

Da er hinreichend abgelenkt war, wandte sich Melody wieder Isla zu.

»Ich wusste gar nicht, dass ich morgen Abend zum Essen kommen soll.«

»Ach, stell dich nicht so an, was würdest du sonst schon unternehmen, in deiner Hütte hocken und mit Rocky plaudern?«

»Schönen Dank auch! Du lässt gefälligst die Finger davon, mich mit Jamie zu verkuppeln, ja?«

»Ach wo. Ich möchte mit den beiden Mädels, die ich am liebsten mag, zu Abend essen, Leo hängt sowieso immer bei mir herum, also ist er natürlich dabei, dann ist es doch sinnvoll, auch Aidan und Jamie dazu einzuladen.«

»Feingefühl gehört nicht gerade zu deinen Stärken«, lästerte Melody. »Und wer sagt überhaupt, dass ich auf deine Hilfe angewiesen bin? Womöglich bin ich taff genug, ihn auf ein Date anzusprechen.«

Dabei war sie keineswegs überzeugt, dass sie sich dazu aufraffen könnte.

»Und wann hast du das vor?«, fragte Isla, die dabei den Blick liebevoll auf Elliot gerichtet hielt.

»Ich habe es gewissermaßen heute früh schon erledigt.«

Isla horchte auf und sah sie forschend an. Von dieser Reaktion war Melody nicht überrascht. Schon länger als ein Jahr, wahrscheinlich schon viel länger, hegte sie mehr als Sympathie für Jamie, mehr, als sie sich selbst eingestand. Anfangs war es nur eine Schwärmerei für einen Freund ihres Bruders gewesen, aber jedes Mal, wenn sie nach Sandcastle Bay kam, erlag sie seinem Charme ein bisschen mehr. Als Jamie sie nach Matthews Tod umsorgte und sie nach Sandcastle Bay zog, um Isla mit Elliot unter die Arme zu greifen, verstärkten sich ihre Gefühle für ihn weiter. Monatelang hatte sie Tori und Isla versprochen, dass sie sich mit ihm verabreden werde, aber immer hatte ihr der Mut gefehlt. Jetzt hatte sie es geschafft. Gewissermaßen.

»Was heißt *gewissermaßen*?« Isla gab keine Ruhe.

»Tja, ich habe ihn zu mir eingeladen, zum Abendessen, und er hat zugesagt«, antwortete Melody.

Isla riss begeistert die Augen auf. »Das klingt vielversprechend.«

»Ich glaube, er hielt es eher für eine Freundschaftsgeste.«

»Ach so«, meinte Isla enttäuscht.

»Ich weiß auch nicht, wie ich das richtigstellen soll«, erklärte Melody. Sie schaute zu Elliot, der inzwischen aufgehört hatte, sich die Knie zu lecken. Jetzt hatte er sich darauf verlegt, sich mit allen Schmuckstücken auf einmal zu behängen. Trotzdem rückte Melody näher an Isla heran und sprach im Flüsterton weiter. »Ob ich mal in die Werkstatt rübergehe und sage: ›Hör mal, unser Abendessen heute – du weißt hoffentlich, dass ich von dir erwarte, die Essteller vom Tisch zu fegen und mich da drauf zu vögeln.‹«

Isla prustete so laut los, dass Elliot herüberschaute, um zu hören, worum es ging.

»Hoffentlich weißt du noch, wo du die einzelnen Schmuckstücke hergenommen hast, Elliot Rosewood«, mahnte Isla, die Elliot ablenken wollte. »Du musst sie nämlich alle sorgfältig an ihren Platz zurücklegen, ehe wir gehen.«

»Ich weiß ganz genau, wo sie hingehören«, erwiderte Elliot, und Melody ahnte, dass das wohl stimmte. Er konnte sich die kleinsten Dinge merken. Wenn sie zusammen Memory spielten, war er unglaublich gut darin, sich an den Platz der Kärtchen zu erinnern, immer besiegte er sie.

Sie warteten, bis Elliot wieder in seine Beschäftigung mit dem Schmuck versunken war, dann setzten sie ihr Gespräch fort.

»Das fände ich richtig gut«, wisperte Isla.

Melody zog die Stirn in Falten, denn sie wusste ziemlich sicher, dass sie das nicht fertigbrächte. Es hatte sie ja schon einen wochenlangen Anlauf gekostet, Jamie überhaupt auf einen gemeinsamen Abend anzusprechen, und nicht mal das war ihr zufriedenstellend geglückt.

»Ich denke mal, du wartest ab, wie er sich heute Abend so macht«, schlug Isla vor. »Falls er sich Mühe gibt mit seiner Kleidung und sich was anzieht, was er sonst nicht trägt, dann würde ich sagen, er betrachtet es auch als ein Date. Wenn er Blumen mitbringt, ist das auch ein gutes Zeichen. Man bringt ja keine Blumen mit, wenn man nur mit Kumpels herumhockt.«

»Okay, seine Signale zu deuten, das kriege ich hin. Und wenn er in Jeans und schmuddligem Hemd hereinschneit und ein Viererpack Bier anschleppt, was dann?« Das mit dem Bier war eher unwahrscheinlich, aber das mit den unsauberen Klamotten war bei ihm normal. Als Künstler hatte er ständig mit Ton oder Farbe bekleckerte Hosen und T-Shirts an. Das hatte sie nie gestört, es war Jamies Stil, aber mit einem Mal hätte sie es gern gesehen, wenn er im Oberhemd oder halbwegs schmuck gekleidet aufgetaucht wäre, um ihr zu zeigen, dass er den Abend als ein Date ansah, so wie sie.

»Du kommst beim Essen darauf zu sprechen, du sagst so was wie: ›Wir sind ja nun schon ein Weilchen gute Freunde, ich mag dich wirklich. Wie fändest du es, wenn wir uns einen Schritt weiter wagen? Würdest du dich auf ein Date mit mir einlassen?‹«

»Dann dürfte es keine Missverständnisse geben«, stimmte Melody zu.

»Genau.«

»Und wenn er Nein sagt?«

»Dann ist der Kerl ein Idiot und deine Tränen nicht wert, aber wenigstens wüsstest du dann Bescheid, ein für alle Mal.«

»Aber mit der Freundschaft wäre es dann auch aus.«

»Freundschaft kann man es nicht nennen, wenn einer der beiden verzweifelt dem Tag entgegenfiebert, an dem der andere sich in ihn verliebt. Das ist nur eine sich qualvoll hinziehende unerwiderte Liebe, der man besser ein Ende setzt, als dass sie jahrelang vor sich hindümpelt.«

»Stimmt«, meinte Melody traurig.

Der heutige Abend würde also die Wahrheit offenbaren. Entweder endete er mit heißem Sex auf dem Esstisch oder mit dem unwiderruflichen Verlust ihres Freundes.

4

Melody schloss gerade die Ladentür zu, da tauchte Jamie aus seiner Werkstatt auf, das T-Shirt und die Hände mit Ton verschmiert. Offenbar hatte er eben noch an der Töpferscheibe gearbeitet.

»Hallo«, grüßte er und kam ihr über die kurze Entfernung zwischen den Geschäften entgegen.

»Ebenfalls hallo!«, sagte Melody. Rocky ruckte an der Leine, er wollte sich wohl vergewissern, ob Sirius mit von der Partie war.

Sie standen kurz da, ohne ein Wort zu sagen, während sich Jamie die Hände mit einem feuchten Lappen abwischte.

Um Himmels willen, jetzt bloß keine Verlegenheit zwischen uns, dachte Melody. Als sie hierhergezogen war, waren sie jedes Mal befangen gewesen, wenn sich ihre Wege kreuzten, das hing, wie sie ahnte, mit diesem wundersamen Kuss zusammen, über den sie fortan kein Wort mehr verloren. Da half es auch nichts, dass Jamies Tante Agatha händeringend daran arbeitete, sie zusammenzubringen, wann immer sie die beiden erblickte. Was würde sie wohl von diesem Quasi-Date halten, das heute anstand?

Die Sonne näherte sich allmählich dem Horizont und tauchte die Wolken in herrliches Himbeerrot. Die Lichterketten, die über den Hof gespannt waren, blinkten schon und warfen kleine goldene Kreise auf die Pflastersteine. Dieser Augenblick war eigentlich für eine romantische Stimmung wie geschaffen – das Meeresrauschen im Hintergrund, die beiden allein an diesem abgeschiedenen Fleck –, aber das Schweigen hielt zu lange an, als dass man es anders denn als sonderbar empfinden konnte.

»Ich, äh, … ich«, hob Jamie an. »Ich freue mich auf heute Abend.«

Er schaute auf und betrachtete sie aufmerksam, als suchte er ihre Gesichtszüge nach Gefühlsäußerungen ab.

»Ich auch«, sagte Melody. Sie wusste nicht, worauf das hinauslaufen würde.

»Wir haben bestimmt Spaß heute Abend«, sprach Jamie weiter.

Sie verzagte ein wenig, denn einerseits wollte sie ja einen unterhaltsamen Abend, aber Spaß klang nicht nach dem Tête-à-Tête, auf das sie hinarbeitete. Sie bemerkte einen Tonspritzer an Jamies Wange, und ganz automatisch fasste sie ihm ins Gesicht, um ihn abzuwischen. Er zwinkerte, von ihrer Berührung überrascht, und seine Augen verengten sich kaum merklich.

»Wir haben unsern Spaß, ja«, sagte sie leise beim Abwischen.

Alarmiert hob er die Brauen.

Um Himmels willen, suggerierten ihre Worte etwa eine ganz andere Art von Spaß? Dieses Katz-und-Maus-Spiel um das Date lag ihr einfach nicht.

»Ich meine, es macht Spaß, wenn wir ein bisschen … zusammenhocken«, erklärte Melody, doch da ihr Nervenkostüm schon lädiert war, hauchte sie es nur mit angekratzter Stimme dahin, sodass »zusammenhocken« geradezu erotisch klang. Sie wollte nicht, dass er sich falsche Vorstellungen davon machte, worauf der Abend hinauslaufen könnte. So oft sie sich auch ausgemalt hatte, wie es wäre, mit Jamie zu schlafen, so unsicher war sie, ob sie kühn genug wäre, gleich am ersten gemeinsamen Abend mit ihm ins Bett zu steigen. Und in Wahrheit war sie nicht auf eine Beziehung aus, in der es nur um Sex ging. Sie wünschte sich Liebe und Glück fürs ganze Leben.

Schnell trat sie ein Stück beiseite.

»Äh, Melody …« Er fuhr sich mit der Hand, an der noch Ton haftete, durchs Haar. »Wegen heute Abend …«

Oh Gott, er wollte absagen, das musste sie verhindern.

»Wir werden nicht zusammen schlafen«, sprudelte es aus ihr hervor. Im selben Augenblick hätte sie sich in ein Mauseloch verkriechen mögen. Zum Teufel, was war nur in sie gefahren?

Er sah sie mit großen Augen an, bevor es um seinen Mund herum zuckte, denn er musste grinsen.

Sie brach in ein erleichtertes Lachen aus, und auch er lachte. »Entschuldige, ich weiß nicht, warum ich das gesagt habe. Ich habe dir das aus dem Gesicht gewischt und irgendetwas von wegen Spaß gesagt und dachte plötzlich, du könntest das in den falschen Hals kriegen und denkst vielleicht, ich offeriere dir eine andere Art von Spaß, dabei ist das nicht so. Darum geht es heute Abend nicht.«

Ihre Hände flatterten, während sie das stammelnd hervorbrachte. Mitten in ihrem fieberhaften Gestikulieren hielt Jamie sanft eine ihrer Hände fest.

»Worum geht es denn dann? Klären wir das doch, damit es keine Missverständnisse zwischen uns gibt. Es geht doch nicht an, dass du das Eine meinst, und dann komme ich und meine etwas vollkommen anderes. Ich will nichts tun, was dich verstimmt.«

Sie schluckte, denn jetzt war der Moment gekommen, damit herauszurücken, was Isla ihr angeraten hatte. Nur dass sie ihre Gedanken nicht sortieren konnte, wo ihr doch sein Daumen so federleicht über ihren Handrücken strich.

»Nun ja, also ich werde da sein«, stammelte Melody. »Und du auch.«

Er lächelte. »Ist doch schon mal ein guter Anfang.«

»Und ich koche Essen für dich.«

»In Ordnung. Das ist sonnenklar, denn du hast mich ja zum Abendessen eingeladen«, bekräftigte Jamie.

»Ist das wirklich klar?«

»Klar wie Kloßbrühe.«

Melody lachte.

»Gibt es Kerzen?«, wagte sich Jamie weiter vor.

Mist, verfluchter.

»Ich mag Kerzen«, verriet Melody mit gepresster Stimme. Ein Candlelight-Dinner war natürlich alles andere als eine Nebensächlichkeit. »Also ein paar Kerzen stehen schon herum. Wenn dir das recht ist.«

Er zögerte eine ganze Weile, ehe er antwortete. »Ja, Kerzen finde ich in Ordnung.«

»Gut.«

»Okay.«

Schweigen.

»Also ich, du, Essen, Kerzen, kein Sex«, fasste Jamie zusammen.

»Ja. Freust du dich trotzdem darauf?«

Er sah ihr gespannt in die Augen. Dann zog er einen Mundwinkel hoch und lächelte. »Ja, sehr.«

Melodys Herz machte einen Freudensprung. »Na dann, bis später.«

Er ließ ihre Hand los. »Um sieben dann.«

Sie nickte, winkte ihm kurz zu und lief über den Starfish Court davon. Aber als sie die Straße überquerte und zum Strand ging, spürte sie, dass Jamie sie mit seinem Blick verfolgte.

* * *

Jamie ging wieder in seine Werkstatt, wo Klaus sich von seiner Arbeit nach ihm umdrehte.

»Na, soll heute ein Date draus werden?«

»O ja, definitiv.«

Daran hegte Jamie keinen Zweifel. Melody wäre nicht so kirre gewesen, wenn es sich nur um ein Treffen von zwei Freunden gehandelt hätte. Als er ihre Hand gehalten hatte, konnte er ihren Puls spüren. Und als sie ihm die Wange abwischte, hatte er gesehen, wie ihr Blick sich verschleierte. Sie mochte ihn. Deshalb sollte ihn das nicht überraschen.

Dieser Kuss damals. Jener unvergessliche Kuss im vergangenen Jahr. Das war kein Kuss eines Menschen gewesen, der bei irgendjemandem in seinem Kummer Trost sucht. Es war ein Kuss voller Lust und Verlangen, vielleicht sogar voller Liebe. Und er hatte den Kuss erwidert. Er rieb sich die Augen und versuchte, die Erinnerung daran zu vertreiben, wie er sie in den Armen hielt und ihre Lippen an seinen hingen, seine Zunge in ihren Mund vordrang und kostete, wie sie schmeckte, während er sie an sich presste. Er hätte sie lieber nicht küssen sollen.

An dem Tag, als ihr Bruder zu Grabe getragen wurde, war sie vollkommen aufgelöst gewesen. Die halbe Nacht hatte sie in ihr Weinglas geschluchzt, während er sie dazu bringen wollte, stattdessen Wasser zu trinken. Anschließend hatte er dafür gesorgt, dass sie heil in ihr Hotel kam. Als sie sich an seinen Hals hängte und ihn küsste, vergaß er einen Moment lang seine Ritterlichkeit und nutzte die Situation aus, er küsste sie, wie er es sich längst gewünscht hatte. Das passierte, ehe ihm bewusstwurde, dass sie nicht in der Lage war, rational zu entscheiden, was sie tat. Es dauerte nur ein paar Augenblicke, aber es hatte sich tief in sein Gedächtnis eingebrannt. Er begleitete sie zum Hotel, half ihr ins Bett und setzte sich in eine dunkle Zimmerecke, von wo aus er sie beobachtete, damit er sicher sein konnte, dass sie sich nicht in der Nacht übergeben musste. Als der Morgen dämmerte, schlich er sich davon.

Seitdem hatte der Vorfall keine Erwähnung mehr gefunden, und inzwischen hatte er sich eingeredet, dass es jenen Gefühlsausbruch nicht wirklich gegeben hatte. Aber siehe da, diese Gefühle gab es noch jetzt, ein Jahr später, und er hatte ein Date mit Melody.

»Du hast ihr aber reinen Wein eingeschenkt und verklickert, dass du kein Interesse an ihr hast?«

»Nee. Ich habe heute Abend ein Date«, erwiderte Jamie und ließ sich auf den Stuhl vor seinem Tisch fallen.

»Das beschwingt dich nicht?«, fragte Klaus weiter.

Jamie dachte nach. Er hatte Melody sehr gern. Die Vorstellung, dass sie ein Paar wären und er eine Beziehung hätte, erfüllte ihn mit glückseliger Erwartung. Er wollte zu gern noch einmal einen Kuss wie damals ausprobieren. Ja, das wünschte er sich.

»Oh ja, ich bin sehr froh.«

»Dann verzieh doch mal die Miene.«

Jamie seufzte. »Ich bin wirklich versessen auf das Date mit ihr, aber … ich darf ihr nicht zu nahe treten …«

»Geht es dir dabei um sie, oder willst du dich nur selber panzern?«

Jamie ahnte, dass von beidem ein bisschen hineinspielte.

»Mensch, es muss ja nicht gleich die große Liebe sein. Genieß es einfach.«

»Bei Melody Rosewood wird es nie etwas anderes als die große Liebe sein«, hielt Jamie dagegen, auch wenn er sich nicht ganz schlüssig war, ob er sich wieder an eine dauerhafte Bindung heranwagen sollte.

»Ganz bestimmt ist es besser, wenn du euch eine Chance gibst, als jahrelang weiter nach Melody zu schmachten. Wenn ihr weitermacht, als wäret ihr Kumpels, und vertraut miteinander umgeht, ohne den nächsten Schritt zu tun, dann ist das doch eine Folter für dich. Und du musst dann tatenlos dabei zusehen, wie sie mit einem anderen loszieht, nur weil du keine Eier in der Hose hast.«

Jamie wusste, dass Klaus recht hatte.

»Es ist schwer, sich die Richtige zu angeln«, fuhr Klaus fort. »Du verliebst dich und stößt auf keine Gegenliebe, eine andere verliebt sich in dich, aber du erwiderst ihre Gefühle nicht. Den passenden Partner zu finden ist kein Pappenstiel, aber glaub mir, wenn es klappt, dann war's die Mühe wert. Also geh hin zu deinem Date heute Abend, versuch dein Glück.«

»Na gut.«

»Und genieß es, in Gottes Namen.«

Jamie wusste, dass er den Abend auskosten würde. Jedes Mal, wenn er mit Melody zusammen war, ging es ihm gut, auch jetzt, da sie beide vor dem nächsten Schritt standen.

* * *

Melody schaute sich zwischen den Kerzen um, die sie überall aufgestellt hatte. Ging sie zu weit? War das zu viel des Guten?

Aus der Stereoanlage plätscherte unaufdringliche klassische Musik. Als eine Harfe ertönte, wich Melodys Behagen. Sie hatte die Musik vor einer halben Stunde heruntergeladen, als sie etwas gesucht hatte, was dem Abend angemessen schien, aber das hier wollte nicht recht passen. Die Musik entsprach überhaupt nicht ihrem Geschmack. Sie griff nach der Fernbedienung und zappte durch ihre Westlife-Titel, die romantisch waren, aber nicht ins Kitschige abglitten. Die sollten sich gut eignen.

Das Essen war fertig: drei leckere Gänge, einer wurde warmgehalten, der andere garte noch in der Röhre, der dritte stand verzehrbereit im Kühlschrank.

Dieser Abend würde ein voller Erfolg werden.

Solange sie auf der gleichen Wellenlänge waren. Aber ob das so war, wusste sie eben nicht. Er hatte ja gesagt, das mit den Kerzen finde er gut. Hieß das nun, er fand es gut, wenn es am Abend ein bisschen erotisch prickelte, oder hieß es nur, dass Kerzen ihn nicht störten? Mannomann, warum kaute sie das alles nur immer wieder aufs Neue durch? Es war doch Jamie, ein Freund von ihr. Und alles würde bestens laufen, egal, was kam.

Da klopfte es an der Tür, was den dösenden Rocky in die Höhe schießen ließ, kläffend sprang er herum.

Melody eilte zur Tür, holte tief Luft und öffnete.

Und da stand Jamie. Vor der dramatisch untergehenden Sonne machte er eine eindrucksvolle Figur. Die schwarzen Locken waren im Nacken noch etwas feucht, als hätte er eben erst geduscht. Er trug ein cremefarbenes Hemd, einen schwarzen Schlips und ein Jackett. Und wenn er auch unglaublich sexy darin aussah, betrübte es Melody doch ein bisschen, denn das war nicht Jamie. In ihrem ganzen Umkreis war er der lässigste, unbeschwerteste Mensch, und diesen Wesenszügen war sie verfallen. Als er an seinem Schlips herumzupfte, merkte sie, dass ihm sein Outfit ebenso wenig behagte. Dass er sich so bemühte, hätte sie froh stimmen sollen. Es war ein gutes Zeichen. Eigentlich war ihr egal, was er anhatte, aber wenn er es auf sich nahm, ein sauberes Hemd und ein Jackett anzuziehen, dann nahm er ihr heutiges Beisammensein genauso wichtig wie sie. Sie würde ihn später ermuntern, Schlips und Jackett abzulegen. Oder ihm beides selbst abnehmen.

»Hi«, sagte Melody.

»Du siehst …«, Jamie suchte nach Worten, »… zauberhaft aus.« Er zog die Brauen hoch, als er noch einmal kritisch ihr Kleid betrachtete.

Sie sah an sich herunter, an ihrem neuen Kleid, das sie kürzlich im Wohltätigkeitsladen erstanden hatte. Es schillerte perlmuttfarben, und das Oberteil war mit winzigen weißen und silbernen Pailletten besetzt. Warum runzelte Jamie die Stirn? Hatte sie sich bekleckert? Das wäre ja wieder mal typisch für sie gewesen.

»Was ist denn?«, fragte Melody.

»Ach, nichts, ich glaube nur … ich bin mir ziemlich sicher, dass meine Schwester Emily dieses Kleid an ihrem Hochzeitstag anhatte«, meinte Jamie.

Melody fielen vor Schreck fast die Augen aus dem Kopf.

Hilfe, das war ihr Hochzeitskleid gewesen? Das konnte doch nicht wahr sein. Es hatte an der Stange neben vielen anderen Kleidern gehangen. Die feschen Pailletten hatten es ihr gleich angetan, und außerdem gefielen ihr immer Kleider in Cremefarbe, Silber oder Weiß.

»Das ist Emilys Hochzeitskleid?«

»Äh … ja.«

Um Himmels willen, was sollte er bloß von ihr denken?

»Ich wollte nur sagen, wahrscheinlich ist das kein richtiges Hochzeitskleid. Es war eine Hochzeitsfeier am Strand. Wahrscheinlich wollte Emily einfach etwas Hübsches anziehen, bei dem die Farbe stimmte.«

»Das wusste ich nicht. Ich kann mich umziehen.«

»Ach was. Du siehst so schick darin aus.« Er lächelte. »Da fehlen nur die Blumen und der Schleier, und schon bist du die gemachte Braut.«

Melody lachte. »Nicht zu glauben, dass ich zu unserer ersten Verabredung im Hochzeitskleid vor dir stehe.«

Etwas vorsichtig fragte er: »Also das ist jetzt wirklich ein Date?«

Nun war alles zu spät. Jamie hatte also nicht gewusst, dass es ein Date werden sollte. Oder doch, er hatte es gewusst. Ihr schwante, dass sie jetzt Tacheles reden sollten, statt dass sie durch den Abend schlingerten und am Ende die große Ernüchterung eintrat. Was sollte sie bloß mit dem ganzen Essen anfangen, das sie gekocht und angerichtet hatte. Sollte sie ihm trotz alledem das Essen vorsetzen, oder hatte sich das vollkommen erledigt?

»Ich dachte, du weißt das«, antwortete Melody kleinlaut.

»Zuerst dachte ich, dass es ein Date ist, aber dann habe ich es auf dem Weg hierher wieder verworfen, ich wurde einfach nicht schlau daraus. Deine Einladung heute früh kam wie Peanuts rüber.«

»Ich … ich wollte dich schon lange ansprechen, ich hatte es mir in Gedanken zurechtgelegt. Aber nie konnte ich es so formulieren, wie ich es vorhatte.«

Er lächelte, er konnte es ihr nachfühlen. »Das kriegt man nie hin. Du hast mich also schon länger einladen wollen?«

Monatelang, vielleicht jahrelang. Aber das konnte sie ihm doch nicht beichten, dann hätte sie ja noch jämmerlicher dagestanden.

»Ja, oder darauf gehofft, dass *du* mich endlich einladen würdest.«

Er runzelte wieder die Stirn. »Das tut mir leid.«

»Nein, ach wo, dir muss es nicht leidtun. Es liegt ja nicht an dir, wenn du für mich nichts weiter empfindest —«

Er stieg die letzte Stufe zu ihr hinauf, sodass er sie überragte. Nun stand er so nah vor ihr, dass sein frischer Apfelduft sie einhüllte.

»Das stimmt so nicht, Glaub mir, nein. Ich empfinde schon lange etwas für dich. So war es schon damals, bevor Matthew starb, als du ihn hier besucht hast. Aber du hast damals in London gewohnt, da fand ich es sinnlos, etwas mit dir anzufangen. Und dann kam dieser Kuss, auch wenn du betrunken warst und dich wahrscheinlich gar nicht daran erinnerst –«

»Oh doch. Lebhaft sogar.«

Er schaute zu ihr hinunter, und sie sah, wie er schluckte. »Ich auch. Wenn ich bedenke, dass ich deinen betrunkenen Zustand ausgenutzt habe, habe ich die Situation allzu sehr genossen.«

»Ausgenutzt? Ich bin doch kein kleines Dummchen. Ich habe dich geküsst.«

»Ja doch, das war wahnsinnig sexy. Aber du warst so aufgewühlt, ich hätte eigentlich auf dich aufpassen müssen. Verdammt, Matthew hätte mich verprügelt, hätte er sehen können, wie ich dich abgeknutscht habe, als du so neben der Spur warst. Du hast danach nie wieder ein Wort darüber verloren.«

»Du ja auch nicht«, protestierte Melody. Dieser Abend lief tatsächlich nicht wie geplant. Und warum spielte sich das Ganze auf der Türschwelle ab? Das war nicht die richtige Kulisse, vor der sie sich ihre erste gegenseitige Liebeserklärung vorgestellt hatte.

»Ich dachte, es wäre dir peinlich«, antwortete Jamie.

»Selbstverständlich war es das, aber dass du mich nicht darauf angesprochen hast, hat es nur noch peinlicher gemacht, so als ob du es lieber abhaken wolltest.«

»Glaub mir, diesen Kuss könnte ich beim besten Willen nicht unter ferner liefen abhaken. Er war so … unbeschreiblich.«

Konfus schaute sie ihn an.

»Na ja, wenn du also irgendwelche Gefühle für mich hast –«

»Habe ich.«

»Gut, also hast du, und wenn du den Kuss genossen hast, warum hast du mich nicht zu einem Date gebeten?«

»Weil ich mich mit Beziehungen richtig dämlich anstelle und die Frauen nicht begreife. Ich habe mich vor einiger Zeit dazu durchgerungen, mich auf nichts dergleichen mehr einzulassen. Ich langweile die Frauen. Ich bin nicht kantig genug und nicht fies genug. Ich bin zu nett. Ganz gewiss tauge ich nicht für eine feste Beziehung. Auch könnte ich es nicht ertragen, mit dir zusammen zu sein und dann mit ansehen zu müssen, wie du mich verlässt, wenn ich auch dir zum Hals raushänge. Aber noch mehr ins Gewicht fällt, dass ich dich um keinen Preis kränken will. Früher habe ich Frauen schlecht behandelt, und das hinterlässt kein gutes Gefühl. Ich habe Suzie McCallister zum Weinen gebracht, und das will ich dir nicht auch antun. Das würde mich umbringen. Deshalb fand ich es besser für uns beide, wenn wir Freunde bleiben.«

»Beziehungen aus dem Weg zu gehen, heißt aber nicht, dass man auch der Liebe aus dem Weg geht. Diesem Gefühl kannst du nicht entkommen.«

»Klaus sagte mehr oder weniger dasselbe.«

Sie wusste nicht, was sie noch sagen sollte. Wenn er nichts aufs Spiel zu setzen bereit war, wozu dann hier weitermachen? Aber er war ja da. Im Anzug. Er war davon ausgegangen, dass es sich um einen romantischen Abend handelte, und er war dennoch erschienen.

Ein warmes Lüftchen strich vom Ufer herüber und verfing sich in Melodys Haaren, die ihr Gesicht umwehten. Es war vergebliche Liebesmüh, sie für diesen Anlass herzurichten. Wahrscheinlich sah sie um den Kopf herum aus wie ein Busch.

Sie merkte, wie er ihre Haare beobachtete, die wie die Schlangen auf Medusas Haupt herumflatterten.

»Sirene«, flüsterte er. Im selben Augenblick blitzten seine Augen auf, als wäre ihm soeben etwas eingefallen.

»Was soll das heißen?« Melody wusste, was eine Sirene war, aber was man daraus schlussfolgern konnte, behagte ihr nicht.

Er sah ihr tief in die Augen und durch sie hindurch, als wäre er einen Moment lang in Gedanken ganz woanders.

»Das heißt, ich glaube, ich habe mir mit dir was eingehandelt …«

Sie stemmte empört die Hände in die Hüften und wollte lauthals Widerspruch erheben, doch er ließ sie nicht zu Wort kommen.

»Du stehst hier im Hochzeitskleid anlässlich unserer allerersten Verabredung, gibst mir einen Korb, und zwar ganz zu Recht, denn ich hatte ja nie den Arsch in der Hose, dich um ein Date zu bitten. Sich mit dir einzulassen, das ist bestimmt eine echte Herausforderung.« Er rückte näher an sie heran und drängte sie an den Türrahmen. »Aber mir gefällt das mit den Matrosen, die dem Lockruf der Sirene folgen, direkt in den Tod hinein, ich kann dir einfach nicht mehr widerstehen.«

Damit neigte er den Kopf und küsste sie.

5

Jamie hielt sie fest, als sie in seiner Umarmung bebte. Menschenskind, eigentlich hatte er sie heute Abend gar nicht küssen wollen, das war überhaupt nicht vorgesehen. Melody war anzumerken, dass sie von diesem Kuss ebenso überrascht war, aber da Jamie nun mal damit angefangen hatte, war er nicht mehr zu bremsen. Dieser Kuss war ja noch viel besser als jener erste. Nun hielt er kein zerbrechliches, verletzliches Vögelchen in seinen Armen, sondern einen feurigen Phönix. Sie schmeckte so köstlich, ihre Zunge war unvergleichlich sexy. Sie ließ ihre Hände um seinen Hals gleiten und fuhr durch sein lockiges Haar, und er hob sie ein Stück hoch, sodass sich keiner mehr den Hals verrenken musste. Sofort schlang sie ihm die Beine um die Hüften, leise vor seinem Gesicht stöhnend. Rasch trat er von innen die Tür zu und trug Melody zum Sofa.

Sie ließen sich darauf fallen, sie unten, er oben, und er begriff plötzlich, wie schwer er auf ihrer zierlichen Gestalt lasten musste. Ohne den Mund von ihrem zu lösen, versuchte er sich auf dem winzigen Sofa andersherum zu manövrieren, sodass sie auf ihm zu liegen kam. Aber sie hielt ihn so fest mit Armen und Beinen an sich gepresst, dass er sich kaum regen konnte. Er gab auf, denn sein Gewicht machte ihr offenbar nichts aus.

So blieb er weiter an ihren Lippen. Wieso war es bloß so eine Wonne, Melody zu küssen? Er hatte im Leben schon manch ein Mädchen geküsst, aber das hier war ganz anders.

Er hob die Hand und streichelte ihr Gesicht. Ihre Haut war so glatt. Klaus hatte recht: Wenn er seine Gefühle ihr gegenüber leugnete, verschwanden sie nicht. Eher waren sie während des letzten Jahres noch intensiver geworden. Aber warum zum Teufel musste er ausgerechnet in diesem Augenblick an Klaus denken?

Er strich mit der Hand über Melodys Oberschenkel und merkte, dass ihr Kleid einen seitlichen Schlitz hatte. Sie fühlte sich weich und warm und samtig an. Mit den Fingern befühlte er den dünnen Bund ihres Höschens, und sie stöhnte. Ob es ein Stöhnen des Protestes oder des Verlangens war, hätte er nicht sagen können, jedenfalls hielt er inne. Keinesfalls würde er heute Abend mit ihr schlafen, er wollte keinen Fehler machen.

So zog er sich vorsichtig von ihr zurück, und sie sah ihn aus ihren wunderschönen meerblaugrünen Augen an. Er fand wieder zu seinem stetigen Atemrhythmus und nahm die Hand von ihrer Hüfte, damit er ihr das Gesicht streicheln konnte.

»Oh Mann, das war ja ein ganz unerwarteter Auftakt zu unserem ersten Date«, stieß Melody hervor, die Stimme heiser vor Begehren.

»Es lag an deinem Kleid, das hat mich angemacht.«

Sie lachte. »Da stirbst du tausend Tode, wenn es um Beziehungen geht, und lässt dich von einem Hochzeitskleid anmachen, das nehme ich dir nicht ab.«

»Du sahst so blendend darin aus.«

»Tja, das ist jetzt mein neues Lieblingsstück, ich werde es jeden Tag anziehen müssen.«

»Dann werde ich dich jeden Tag so abknutschen müssen.«

Sie strahlte glückselig. »Das täte mir schon gefallen.«

»Wir kämen nie auf einen grünen Zweig, wir würden deine Kunden vergraulen, wenn ich mich im Laden über dich hermache, an der Wand oder auf dem Fußboden.«

»Stimmt. Ich müsste das Kleid ausziehen.«

Heiliger Strohsack, er sollte schleunigst heruntertouren, statt seiner Fantasie neue Nahrung zu geben.

»Ja, eine tückische Sirene«, bekräftigte Jamie und gab ihr schnell einen Kuss, dann befreite er sich aus ihrer verwickelten Umarmung und setzte sich auf. Er zog ihr das Kleid über die Taille und strich es glatt, um ihre Schenkel zu bedecken, dann reichte er ihr beide Hände, um sie in Sitzposition zu hieven.

Sie ließ sich von ihm hochziehen.

»Geht's jetzt weiter mit unserem Date?«, fragte Jamie.

»Keine Ahnung, aber ich finde, wir sind schon ganz schön gut vorangekommen.«

Zufrieden stand Melody auf und lief zur Küche. Als Jamie sich wieder gesammelt hatte, folgte er ihr. Unterwegs zog er sein Jackett aus und hängte es über eine Stuhllehne.

Melody begann Pilze, Bambussprösslinge und Wassernüsse auf Crostinischeibchen anzurichten. Das sah sehr lecker aus und duftete auch so.

»Im Kühlschrank ist Wein, falls du uns was einschenken möchtest«, meinte Melody.

Er nahm die Flasche, goss zwei Gläser voll und brachte sie an den kleinen Tisch, der mit einer einzelnen Kerze dekoriert war. Eine Menge weiterer Kerzen standen überall in der Küche herum, und im Hintergrund war leise Musik zu hören. Jamie sah, dass noch etwas anderes im Ofen garte. Und aus den zahlreichen Schüsseln, Näpfen und Tellern, die sich neben dem Abwasch stapelten, schloss er, dass Melody stundenlang gekocht und gebacken hatte. So viel Mühe hatte sie sich gegeben, ihr Wunsch, dass dieser Abend rundum gelang, war nicht zu übersehen. Oh ja, ihm lag ebenso daran. Aber das mit den Beziehungen kriegte er nicht hin, nie wusste er, was er Passendes sagen oder tun oder auch anziehen sollte. Er schaute an sich hinunter. Meine Güte, da saß er nun mit Schlips und Kragen. Nie trug er einen Schlips, genau gesagt besaß er nur einen einzigen, den er zu Hochzeiten und Begräbnissen aus der Mottenkiste wühlte. Über Nacht fühlte er sich getrieben, alles richtig zu machen. Wenn es bei der Freundschaft bliebe, wäre alles um Längen einfacher.

»Ja, also der Kuss …« Melody tischte zwei kleine Teller mit der Vorspeise auf.

Dann schwieg sie, während sie aß, und baute darauf, dass Jamie ihr eine Brücke bauen und eine Erklärung abgeben würde. Er war damit beschäftigt, einen großen Bissen zu kauen. Es schmeckte wundervoll. Wieder nahm er eine Gabel voll und ließ das Essen auf die Geschmacksknospen wirken. Den Kuss hielt er nicht für einen Fehler, denn an etwas so Schönem konnte nichts verkehrt sein. Aber er wusste auch, dass das, was er für Melody empfand, nicht so simpel war. Vermutlich ging es ihr ebenso. Folglich hatte sich seine Angriffsfläche, aber auch die ihrige beträchtlich vergrößert. Sollte er sich wirklich auf eine Beziehung einlassen? Er wollte Melody nicht verlieren. Aber er war ja längst in die Sache verstrickt, er hatte sie geküsst. Nun gab es für ihn kein Entrinnen mehr, ohne dass sie beide darunter litten.

Sie wartete noch auf eine Reaktion.

»Ich mag dich wirklich sehr«, hob er an, doch er fand, dass das nicht ansatzweise seinen Gefühlen für sie gerecht wurde.

Wieder schob er sich ein paar Bissen in den Mund und gab Laute der Anerkennung von sich, darauf hoffend, dass es dem Schweigen etwas abhalf, während er noch seine Gedanken sortierte. Doch nachdem weitere Minuten verstrichen, ohne dass er sich muckste, packte sie selbst es an.

»Weißt du, als du an der Tür standest, klangst du so, als wolltest du dich aus unserem Date herauswinden. Dann hast du mich geküsst, hast mich zum Sofa geschleppt und dich nur mit Mühe von Weiterem zurückgehalten.«

Er räusperte sich. Nicht, um Zeit zu schinden, sondern weil er plötzlich einen Hustenreiz empfand.

»Sicher empfindest du etwas für mich, aber dir ist mulmig zumute«, fuhr Melody fort.

Er räusperte sich erneut, da das Kribbeln im Rachen sich auszubreiten schien, den Hals hinunter und nach vorn in den Mund. Es war nicht schlimm, aber er kannte das schon. Nun nahm er einen großen Schluck Wein und kippte Wasser hinterher. Dabei bohrte er den Finger ins Ohr, als verspürte er einen Juckreiz, an den er nicht herankam.

»Ziehen wir das nun also durch? Versuchen wir's miteinander und schauen, wie weit wir kommen?«, wollte Melody wissen.

Das Kribbeln wurde schlimmer, inzwischen hatte es Jamies Lippen erreicht. Er konnte förmlich spüren, wie sie anschwollen. Da ihm plötzlich heiß war, zerrte er an seinem Hemdkragen.

»Worin hast du die Pilze gegart?«, fragte er mit erstickter Stimme.

»Wie bitte?«, fragte Melody entgeistert.

»Was ist in der Soße drin?«, bohrte Jamie nach und trank noch einen Schluck Wasser, aber das änderte nichts.

Melody starrte ihn an, ein bisschen verstimmt, weil er ihr auswich.

»Das ist so eine chinesische Fertigsoße. Jamie, …« Die restlichen Worte verschluckte sie vor Schreck. »Deine Lippen.«

Er nickte. Er wusste, dass sie weiter anschwellen würden.

»Sie sind ganz dick!«, rief Melody.

Jamies Augen und die Nase fingen an zu laufen, und er musste sich am Hals und im Gesicht kratzen.

»War das Austernsoße?«

»Nein, ich weiß doch, dass du allergisch gegen Schalentiere bist. Es gibt auch keinen Fisch heute Abend, nur zur Sicherheit.«

Er stieß summende Laute aus, um das Jucken im Hals zu unterdrücken. »Einige von diesen chinesischen Soßen sind mit Austern gemacht.«

Melody sprang auf und rannte dorthin, wo die leere Dose lag, deren Etikett sie hastig auf die Zutaten hin überflog. Mit einem Mal wich die Farbe aus ihren Wangen, was Jamies Vermutungen bestätigte.

»Um Gottes willen, es tut mir leid, ich hätte das lesen müssen, entschuldige!«, rief Melody. »Sollen wir dich ins Krankenhaus bringen?«

Er schüttelte den Kopf. »Nein, das geht wieder vorbei. Und mir ist auch nicht schlecht, da kann es nur eine ganz kleine Austernmenge sein.«

Doch schon gluckerte es in seinem Magen, und plötzlich war ihm hundeelend. Er hatte sich zu früh gefreut. Denn wenn ihm übel wurde, kämen gleich noch mehr böse Magensymptome, Melody wollte er dann auf keinen Fall um sich haben.

Er stand auf. »Ich muss gehen.«

Sie sah ihn alarmiert an. »Gehen?«

»Nach Hause, entschuldige.«

Er musste sich gleich übergeben, und bevor es losging, wollte er das Weite suchen.

»Nein, bitte geh nicht. Leg dich aufs Sofa, bis es vorbei ist. Wie kann ich dir helfen, was soll ich dir holen, hilft da vielleicht irgend so ein Antihistaminikum?«

Er schüttelte den Kopf. »Ich muss weg, entschuldige.«

Er wagte keinen Kuss zum Abschied, sonst hätte er sie am Ende noch besudelt. Rasch machte er die Tür auf und rannte zum Strand.

* * *

Melody stopfte sich eine Ladung selbst gemachtes Apfeldessert in den Mund. Es war ihr Lieblingsdessert, auch das von Tori, und sie hatte darauf gebaut, dass Jamie genauso davon angetan wäre, aber dazu hatte er nun keine Möglichkeit gehabt. Das munterte sie auch nicht gerade auf.

Der Abend war ein erneuter Schlag ins Kontor. Sie war zwar daran gewöhnt, Essen fallen zu lassen oder ein Glas umzustoßen, und davor hatte sie auch tausend Ängste ausgestanden. Immer, wenn sie sich mal mit einem Typen traf, hegte sie diese Sorge, aber bei Jamie spielte das keine Rolle. Mit ihm zusammen fühlte sie sich wohl und sicher, ganz bestimmt würde ihm so etwas nichts ausmachen. Aber den Mann, den sie liebte, gleich am ersten gemeinsamen Abend mit Gift zu traktieren, war schon die Krönung. Angesichts dessen würde er bestimmt jegliches Interesse an ihr verlieren.

Sie griff zum Telefon und rief ihre Schwester an.

Das Telefon klingelte mehrere Male, ehe sich jemand meldete, und zwar nicht Isla.

»Ich hoffe, es ist was Wichtiges«, grummelte eine Männerstimme. »Ich bin gerade bei einer ganz spektakulären Zaubershow.«

Melody hörte im Hintergrund Elliot kichern.

Trotz allen Elends lächelte sie warmherzig beim Gedanken an Leo. Er hatte so viel für Elliot übrig, und das beruhte durchaus auf Gegenseitigkeit. Als Melody damals anlässlich ihrer Wochenendbesuche bei Matthew Leo kennenlernte, war der ein echter Draufgänger, der jedes Wochenende in die Kneipe ging und sich mit seinen Kumpels betrank. Allem Anschein nach hatte er jede Woche ein anderes Mädchen am Wickel. Aber mit Matthews Tod änderte sich das. Matthew hatte ja Isla gebeten, Elliots Vormund zu werden, falls ihm etwas zustieße, aber Leo sollte Elliots Pate sein und ebenfalls für ihn da sein. Leo nahm diesen Auftrag sehr ernst. Er ließ den Alkohol und seine Weiberwirtschaft sein. Nach Melodys Dafürhalten lag das an seinen Gefühlen für Isla, wenn die das auch von sich wies. Melody war jetzt also nicht überrascht, dass Leo sich bei Isla aufhielt. Neuerdings verbrachte er immer mehr Zeit dort. Zwar betonte Isla immer wieder, es sei nichts zwischen ihnen, doch Melody machte sich ihren eigenen Reim darauf, ob Leo sich nur Elliots wegen dort herumtrieb.

»Hallo, Leo«, sagte sie traurig. »Ach, nichts von Bedeutung, ich wollte bloß mal mit Isla reden, das kann aber bis morgen warten. Bei eurer fulminanten Zaubershow will ich euch nicht unterbrechen.«

»Melody, du *bist* aber wichtig.« Auf der Stelle hatte Leo seinen grummeligen Ton abgelegt. Stattdessen lag Sanftmut in seiner Stimme, die er normalerweise nur Isla zugestand. »Egal, worum es geht, Isla wird mit dir reden wollen. Allerdings ist sie gerade auf einen Sprung weg, um uns Pizza zu holen. Alles in Ordnung bei dir?«

»Alles gut.«

Dabei ging es ihr gar nicht gut. Der Abend hatte nicht annähernd den Ausgang genommen, den sie sich vorgestellt oder erhofft hatte. Zwar war der Kuss himmlisch gewesen, das war's aber auch.

»War heute Abend nicht dein heißes Date mit Jamie? Wenn er dich hat sitzen lassen, dann knöpfe ich ihn mir höchstpersönlich vor.«

Dass Leo informiert war, sollte Melody nicht wundern. Wahrscheinlich hatte er es von Isla oder gar von Jamie selbst, aber immer wieder staunte sie doch, dass das ganze Städtchen mehr von ihren Privatangelegenheiten wusste als sie selbst.

»Wir haben mit dem Date in seiner Kürze einen neuen Weltrekord aufgestellt. Ich habe es fast fertig gebracht, Jamie umzubringen, nach der halben Vorspeise ist er wieder verschwunden.«

»Ach Gott, sag bloß, gab es Schalentiere?«

»In der chinesischen Fertigsoße war Auster mit drin. Ich hatte keine Ahnung. Ich wusste nur, dass Jamie allergisch gegen Schalentiere ist, deshalb habe ich Meeresfrüchte total weggelassen. An die Soßen habe ich nicht gedacht. Auf jeden Fall stand nichts davon vorn auf dem Etikett.«

»Ging es ihm denn einigermaßen?«

»Die Lippen sind angeschwollen, er musste sich dauernd kratzen, die Augen liefen, und dann ist er aus dem Haus gestürzt. Aber ich bin mir nicht sicher, ob es an der Allergie lag oder daran, dass ich ihm weiter damit auf den Keks ging, dass er sich auf eine Beziehung festlegt. Ich bin so blöd. Er meinte, dass er nicht scharf darauf sei, sich mit jemandem dauerhaft einzulassen, aber ich habe nicht lockergelassen. Ich hätte …«

»Melody, wenn er nach dem Austernessen aus dem Haus rannte, dann lege ich meine Hand dafür ins Feuer, dass ihm speiübel war und dass er dich nicht dabeihaben wollte, wenn er sich übergeben musste. Es hatte nichts damit zu tun, dass er vor dir flüchten wollte.«

»Du meinst also, dass ihm schlecht war?«, fragte Melody erschrocken.

»Sicher hat er den ganzen Abend vor der Kloschüssel gekniet und sich die Seele aus dem Leib gekotzt, oder er hat draufgesessen, und es hat ihm den Darm ausgequetscht wie eine Zahnpastatube.«

Bei dieser unverblümt-schauerlichen Darstellung schüttelte es Melody.

»Ich sollte vielleicht mal nach ihm schauen.«

»Um Gottes willen, bloß nicht. Kein Kerl will, dass seine Angebetete dabei zuguckt, wenn er wie ein Schluck Wasser dahängt. Lass ihn ein bisschen für sich sein, ich wette, morgen macht er's wieder gut bei dir.«

»Und wenn er wirklich krank ist und zum Arzt muss? Es macht mich ganz kribbelig, wenn ich dran denke, dass er leidet und ganz allein ist.«

»Er hat keine lebensbedrohliche Allergie. Ich rufe ihn mal an und gehe auf dem Heimweg bei ihm vorbei. Morgen ist er besser drauf. Jamie fände es bestimmt nicht berauschend, wenn du ihn so erlebst.«

Melody seufzte. Was für ein Unglück.

»Komm vorbei, wir haben eine Riesenladung Pizza bestellt«, sagte Leo.

»Ich habe doch tonnenweise Essen hier, das Jamie nicht mal angerührt hat.«

»Verstau es in Plastikbehältern und komm her. Hock nicht allein rum und blas Trübsal.«

»Ich komme schon zurecht. Ich will nicht bei euch reinplatzen.«

»Da gibt es nichts zum Reinplatzen, glaub mir. Warte mal kurz, der Meister der Illusion will was von mir«, bat Leo. Es raschelte kurz, als Leo das Handy an Elliot weiterreichte.

»Melody, du musst zu uns kommen, bei uns gibt's nachher Pizza Hawaii mit extra Ananas und Kekse mit schön klebrigen großen Schokosplittern als Nachtisch. Außerdem habe ich ganz viele Zaubertricks auf Lager.«

Melody lächelte. Sie konnte ihrem Neffen einfach nichts abschlagen.

»Also gut, in einer Viertelstunde bin ich da.«

»Sie sagt, sie kommt!«, freute sich Elliot und reichte das Telefon wieder Leo.

»Gut gemacht, Kumpel«, lobte ihn Leo und sagte noch ins Telefon: »Bleib, wo du bist, ich schicke Isla mit dem Auto vorbei, wenn sie von der Pizzeria kommt.« Melody freute sich. Es wäre gut, heute Abend nicht allein zu sein.

6

Melody ließ das letzte Stückchen vom Pizzarand auf den Teller fallen und lehnte sich zurück, das Weinglas in der Hand. Sie atmete tief durch, wieder ausgesöhnt mit der Welt. Vieles sprach dafür, mit Freunden und der Familie zusammen zu sein, wenn ihre Stimmung ganz unten war. Ein paar Happen Pizza von Stefano, ein paar Gläser Wein, und schon war die Welt wieder in Ordnung. Sie schaute zu Isla, die noch um einiges fröhlicher wirkte als Melody.

»Ich kann gar nicht fassen, dass du deinen Liebsten fast um die Ecke gebracht hast«, amüsierte sie sich. »Ich hatte große Hoffnungen auf euren Abend gesetzt, wo ihr doch so gut zusammenpasst.«

Melody blickte zu Elliot und Leo, die nebenan im Esszimmer saßen und die letzten Pizzareste verputzten, während sie schon mit dem nächsten Zaubertrick experimentierten. Leo hatte Elliot ein entzückendes Stoffkaninchen geschenkt, das aus dem Zylinder zu ziehen sie nun einübten. Islas neuer Welpe Luke lag zusammengerollt zu Elliots Füßen.

Melody schaute wieder Isla an. »Ganz so schlimm war der Abend nicht.«

»Nein? Es hörte sich an, als wäre er schon zu Ende gewesen, noch ehe er losging.«

»Stimmt, aber … er hat mich geküsst.«

»Ehe er zur Tür rausrannte? Wie schön«, meinte Isla trocken.

»Am Anfang, vor dem Essen.«

Isla schaute sie prüfend an und stellte ihren Teller ab. »Verstehe ich das richtig, dass es nicht nur ein Wangenküsschen war?«

Melody wurde rot bei der Erinnerung an den sengend heißen Kuss. »Er hat mich an die Wand gedrängt, dann hat er mich aufs Sofa getragen. Dort gab es den Kuss, und der war so heiß, dass um ein Haar noch mehr daraus geworden wäre…«, führte Melody nebelhaft aus, um Elliot zu schonen.

»Heilige Scheiße«, flüsterte Isla.

Elliot gluckste vor Vergnügen. »Isla hat geflucht!«

»Komm mal mit, mein Freund, wir üben das in deinem Zimmer weiter«, forderte Leo ihn auf und sammelte die Utensilien zusammen. »Wir dürfen schließlich unser Geheimnis, wie das Zaubern funktioniert, nicht verraten, oder?«

»Nein, ein Zauberer verrät nie seine Geheimnisse«, bestätigte Elliot.

»Überhaupt wird es langsam Zeit, ins Bett zu gehen, also bringen wir diesen Trick noch zu Ende, dann putzt du dir die Zähne, und ich lese dir eine Einschlafgeschichte vor.«

»Die mit den Drachen«, stimmte Elliot zu, sprang Leo auf den Rücken und ließ sich huckepack davontragen.

»Ja, unbedingt, ich will ja selber wissen, wie sie endet«, sagte Leo und trug ihn aus dem Zimmer, dabei zwinkerte er Isla zu, die sich nun ungestört mit Melody unterhalten konnte. Luke gähnte und trottete verschlafen hinter beiden die Treppe hinauf.

»Leo ist so lieb mit Elliot«, sagte Melody erstaunt.

Isla schaute den beiden zärtlich nach. »Ja. Heute Nachmittag haben sie am Strand für den Wettbewerb im Sandburgenbau am Samstag trainiert. Elliot hängt sehr an ihm.«

»Leo ist ja in letzter Zeit auch viel bei euch.«

»Er wohnt praktisch hier«, bekräftigte Isla. »Er ist so gern mit Elliot zusammen.«

»Und nicht etwa mit dir?«

»Tja, also ich glaube schon, dass er gern auch mit mir zusammen ist«, gab Isla zu, ohne sich weiter festzulegen, und befasste sich mit den letzten Krümeln auf dem Teller.

Melody zog die Brauen zusammen. »Und zwischen euch ist nie etwas passiert?«

»Mir ist schon klar, dass du uns nur zu gern verheiratet sehen würdest, insofern bist du keinen Deut besser als Agatha. Aber das wird nicht geschehen.«

»Ein Nein war das nicht.«

Lächelnd forderte Isla Melody auf: »Erzähl mal was von diesem Kuss.«

Melody hielt den Blick auf ihre Schwester geheftet. »Irgendwas *ist* aber bei euch im Busch, stimmt's?«

Isla lachte.

»Ach, komm schon, nach meinem kläglichen Date heute Abend brauche ich etwas, woran ich mich hochziehen kann, erzähl mir doch mal was Schönes. Irgendwas. Die Einzelheiten brauche ich nicht, nur ein Häppchen Glück.«

Isla nippte am Wein und horchte auf die gedämpften Stimmen von Leo und Elliot über ihnen.

»Also gut. Kaum zu glauben, dass ich das jetzt ausplaudere, aber wir haben zusammen geschlafen, einmal, vor langer Zeit war das. In der Nacht vor Elliots Taufe. Es war nur ein … One-Night-Stand zwischen zwei Menschen, die sich gegenseitig anziehend fanden.«

»Ach was!«, rief Melody überrascht. »Und du hast es mir nicht gesagt! Ihr beide hattet also etwas –«

»Es war nicht etwas. Ich bin dann wieder nach London gegangen und habe Daniel kennengelernt, mit dem ich zweieinhalb Jahre zusammen war. Leo hat derweil jede Woche mit einer anderen herumgetändelt. Da war nichts.«

Melody beugte sich vor. »Und wie war's?«

Isla lachte verlegen. »Es war eine Wahnsinnsnummer. Wir waren die ganze Nacht im Gange, er konnte sich nicht von mir lösen. Es war unwahrscheinlich befreiend.«

»Und du hattest mit ihm nichts im Sinn?«

»Ach Gott, vom Bauchgefühl her schon, aber der Kopf war ein bisschen vernünftiger. Am nächsten Tag, bei der Taufe, kam eine Frau auf ihn zu und raunte ihm zu, sie habe mit ihm eine irre Nacht verbracht, einen Tag, bevor ich herkam. Es ging also um die Nacht, die unserer gemeinsamen vorausging. Ich weiß gar nicht, warum ich so enttäuscht war, schließlich waren wir kein Paar, also handelte es sich nicht um Untreue. Aber ich schloss daraus, dass ich offensichtlich nur eine unter vielen war. Er verhielt sich ihr gegenüber höflich und freundlich, aber ein paar Minuten später ließ er sie stehen und setzte sich zu mir. Ich drehte mich kurz zu ihr, da sie sich neben mich setzte, und stellte fest, wie verstört sie wirkte. Sie tat mir leid. Natürlich hätte ich von ihm nun nicht hören mögen, wie sehr er sie mochte und dass er gern wieder mit ihr schlafen wollte, das hätte mich nicht kalt gelassen; doch mir kam es so vor, als wollte er sie gar nicht wiedersehen. Sein Umgang mit ihr war sehr oberflächlich. Sie hatten also eine schöne Nacht miteinander verbracht, und deshalb hatte sie sich wahrscheinlich ein bisschen in ihn verknallt, aber ihm bedeutete es rein gar nichts. Mir ging durch den Kopf, dass ich, falls er dazu Lust hätte und wir an das Vorgefallene anknüpfen würden, genauso enden würde wie jenes Mädchen, als eine seiner zahlreichen Bettgenossinnen, die er fallen ließ, wenn er die nächste aufgabelte. In punkto Arbeit hatte ich ganz schön viel um die Ohren. Als Leitende Angestellte für visuelles Marketing in einem der weltgrößten Warenhäuser sollte ich die kommenden drei Monate zu verschiedenen Filialen reisen und wäre nicht im Lande gewesen. In der Vorweihnachtszeit ging es immer besonders hoch her, und deshalb hatte es gar keinen Sinn, jetzt ein Techtelmechtel vom Zaun zu brechen. Leo schickte mehrere SMS, nachdem ich wieder in London war, aber ich wusste wirklich nicht, was ich ihm hätte antworten sollen, folglich erledigte es sich im Handumdrehen von selbst. Jedes Mal, wenn ich Matthew besuchte, knisterte es ein bisschen zwischen uns, aber es passierte nichts.«

»Und als du hierhergezogen bist, hat sich da etwas zwischen euch getan?«

Isla schüttelte den Kopf.

»Abgesehen davon, dass er dich tausendmal gefragt hat, ob du ihn heiratest.«

»Aber nur, weil er Matthew versprochen hat, sich um mich und Elliot zu kümmern, das kann man nicht … für voll nehmen. Leo meint es nicht ernst. Schau mal, ich bin scharf auf ihn, wie du weißt, und ich glaube schon, dass er mich mag und eine zweite Runde mit mir einläuten würde, aber das wird nicht passieren.«

»Warum nicht?«

Isla seufzte, trank ihr Glas aus und streckte sich auf dem Sofa aus.

»Zweieinhalb Jahre war ich mit Daniel zusammen und glaubte, dass er mich liebte. Wir haben über eine gemeinsame Zukunft gesprochen, Heirat, Kinder, ein Häuschen irgendwo. Sogar direkt ans Meer zu ziehen haben wir in Erwägung gezogen, ein Hirngespinst zwar, aber eines Tages wäre es vielleicht möglich gewesen. Kaum hatte ich ihm kurz nach Matthews Tod mitgeteilt, dass ich Elliots Vormund werde, kündigte er mir die Beziehung auf. Natürlich ist Elliot nicht sein Kind, aber wir wollten doch sowieso Kinder haben, und ganz so anders wäre das doch nicht gewesen, als eigene Kinder in die Welt zu setzen. In gewisser Weise war es ja sogar leichter, sich statt um ein Baby um Elliot zu kümmern. Keine schlaflosen Nächte, keine schmutzigen Windeln, kein nächtliches Füttern. Das wäre uns erspart geblieben. Und nach Sandcastle Bay zu ziehen hätte außerdem geheißen, fortan in einem Haus am Meer zu wohnen, ganz unseren Träumen entsprechend. Natürlich hätte ich meinen geliebten Job aufgeben müssen, aber Daniel war Steuerberater, diesen Beruf hätte er überall ausüben können. Ich war todunglücklich, weil Daniel an meinem neuen Leben hier nicht teilhaben wollte. Liebe heißt doch, gemeinsam durch dick und dünn zu gehen, ohne Wenn und Aber, und ich muss mich darauf verlassen können, dass derjenige, an den ich mich binde, dazu steht. Nicht nur um Elliots willen, der weiß Gott genug Verluste in seinem kurzen Leben erlitten hat, sondern auch um meinetwillen.«

Die Worte ihrer Schwester gingen Melody ans Herz. Wenn es eine Menschenseele gab, der Glück für das ganze Leben zustand, dann war es Isla. Tori zog Melody oft damit auf, sie sei eine unverbesserliche Optimistin, weil sie jedem wünschte, sich zu verlieben und im siebten Himmel zu landen. Aber Isla war blind für das, was Melody in die Augen sprang: Leo war ohne jeden Zweifel in Isla verliebt, sie sperrte sich nur dagegen, das zu erkennen. Folglich war es nur recht und billig, wenn Melody Islas Glück etwas auf die Sprünge half.

»Du glaubst also nicht, dass Leo für ein glückliches Ende sorgen könnte? Er hat sich doch sehr verändert. Das Saufen, die Frauen. Seit ich hier lebe, habe ich ihn mit keiner einzigen anderen gesehen. Fast jeden Tag ist er hier. Und dass er nur ein Versprechen gegenüber Matthew einlösen will, halte ich für unwahrscheinlich. Verdient er nicht eine Chance?«

»Keine Ahnung«, gab Isla gähnend und etwas schläfrig zurück. »Wahrscheinlich hoffe ich es insgeheim, und Elliot ist total vernarrt in ihn. Irgendwie habe ich eine Heidenangst davor, dass zwischen uns etwas läuft, denn wenn es Leo langweilig wird, dann sucht er sich eine andere, und was hieße das für Elliot? Würde Leo dann nicht mehr vorbeikommen und ihn besuchen?«

»Du weißt, dass er sich nicht so verhalten würde.«

»Tja.«

»Na gut.«

»Für so einen Wackelkandidaten setze ich nicht mein Herz aufs Spiel. Ich brauche mehr als das.«

Melody seufzte. Sie würde sich gelegentlich mal Leo Jackson zur Brust nehmen, dem romantische Gefühle so völlig abzugehen schienen.

»Erzähl mal ein bisschen von diesem Kuss«, bat Isla, rollte sich auf die Seite, um Melody ins Gesicht schauen zu können, und legte damit endgültig das Thema Leo und sie ad acta.

Melody lächelte. »Er war ganz genau so, wie ein Kuss sein muss.«

»Leidenschaftlich?«

»Ehrlich gesagt, schien es, als wollte er mich gleich auf dem Sofa vernaschen.«

Isla lächelte. »Na, wenn er so stürmisch war, wie du sagst, dann wird er dich auf keinen Fall wieder allein lassen.«

»Das hoffe ich jedenfalls. Aber es sah nicht so aus, als ob er unbedingt mit mir ausgehen oder eine Beziehung haben will. Meiner Ansicht nach würde er lieber unsere Freundschaft fortsetzen.«

»Du könntest ja den Vorschlag machen, dass ihr eine Freundschaft mit gewissen Optionen pflegt«, meinte Isla kichernd.

Melody lachte. Normalerweise hatte Isla in nüchternem Zustand ihre sieben Sinne beisammen, aber nach zwei, drei Gläsern Wein fing sie an, dummes Zeug zu schwatzen.

»Kennst du mich denn nicht? Ich gehöre eher zu den Mädchen, die auf eine Hochzeit in Weiß und ein glückliches Ende wie im Märchen eingeschossen sind, als zu denen, die rauschende Liebesnächte feiern, die nirgendwohin führen.«

»Ich meine ja bloß, wenn Jamie sich lieber eine Beziehung vom Leib hält, dann ändert sich seine Einstellung vielleicht nach ein paar Wochen heißem Sex mit dir.«

»Und wenn nicht?«, konterte Melody.

»Dann kannst du ihn vielleicht ganz von deiner Festplatte löschen.«

»Oder ich bin noch hoffnungsloser verknallt.«

»Aber falls nichts mehr kommt, dann hättest du wenigstens coolen Sex mit dem Mann deiner Träume gehabt, statt dass du ganz leer ausgehst. Oh Mann, warum bin ich so sexversessen? Die ständige Nähe zu Leo Jackson hat mich richtig aufgegeilt.«

»Und willst du mit ihm nur ins Bett steigen, um dieses Bedürfnis zu befriedigen?«

»Nein, sondern weil dieser verfluchte Kerl mir das Herz brechen würde, wenn er mich sitzen ließe.«

»Genau«, bestätigte Melody.

Isla seufzte. »Meine Güte, wir sind ganz schön bescheuert, nicht?«

»Aber sich verlieben ist doch nie ganz einfach, oder?«

»Es könnte einfach sein, wenn die Kerle, in die wir uns vergaffen, nicht so kompliziert wären.«

»Sie sind an allem schuld«, entgegnete Melody lachend. Wie schnell doch diese Unterhaltung ins Negative abdriftete, vom unverbindlichen Sex bis zum Runtermachen des männlichen Geschlechts. Sie sollte sich vielleicht nach Hause trollen, ehe sie sich zu der Ankündigung verstieg, ins Kloster zu gehen und Nonne zu werden.

»Männer!«, stöhnte Isla frustriert.

»Ja, und da das alles so aussichtslos ist, gehe ich jetzt lieber mal Elliot gute Nacht sagen, und dann mache ich mich auf nach Hause.«

Isla blieb rücklings auf dem Sofa liegen, als Melody sich erhob. »Scheiß Kerle.«

Melody traf Leo auf halber Treppe.

»Liegt Elliot im Bett?«

»Jawohl, Zaubertrick eintrainiert, Zähne geputzt, Einschlafgeschichte vorgelesen, das Kind liegt zugedeckt im Bett.«

Melody legte Leo lächelnd die Hand auf die Schulter. »Ein feiner Kerl bist du, Leo Jackson. Ich bin ein bisschen verknallt in dich.«

»Oho«, lachte Leo. »Bei aller Liebe, Melody, ich glaube nicht, dass wir miteinander zurechtkämen.«

Melody gab ihm lachend einen Klaps. »Das doch nicht, du Trottel. Ich finde dich große Klasse, weil du bei Isla und Elliot bist. Du tust ihnen gut.«

Er zog die Stirn in Falten. »Das stimmt zwar nicht ganz, aber ich versuch's.«

»Oh doch. Ich wünschte, du könntest dich mit meinen Augen sehen.«

Er schüttelte den Kopf und trabte treppab.

Melody stieß Elliots Tür auf, und da lag er im Bett, das Kuschelkaninchen an sich gedrückt, und war schon eingedämmert. Es stimmte, was Isla gesagt hatte: Er war ganz vernarrt in Leo.

Melody gab Elliot ein Küsschen auf die Wange. »Gute Nacht, Prachtbursche, bis morgen.«

»Nacht, Melody«, murmelte er. »Hab dich lieb.«

»Ich dich auch.«

Melody ging wieder nach unten ins Wohnzimmer, wo sich Leo inzwischen zu Isla aufs Sofa gelegt hatte.

»Männer sind eben komplexe Wesen«, erklärte Isla, den Kopf auf Leos Schulter gelegt und den Arm um seine Taille geschlungen.

»Meiner Ansicht nach sind die Frauen die komplizierten«, hielt Leo dagegen.

»Wieso denn das?« Erstaunt hob Isla den Kopf, und Melody fing den verliebten Blick auf, den Leo auf Isla richtete.

»Die meisten Frauen wollen nur geheiratet werden, einen Haufen Kinder kriegen und finanziell abgesichert sein, aber du willst nichts von alldem«, meinte Leo.

Isla lächelte traurig, legte den Kopf wieder auf seine Brust und schloss die Augen. »Du findest sicher noch heraus, dass es viel schlichter ist, was sich die meisten Frauen wünschen.«

Isla war offensichtlich kurz vorm Einnicken, und Leo gab ihr ein Küsschen auf den Kopf.

Melody trat kurz ins Zimmer, und Leo lächelte sie an.

»Ich gehe«, flüsterte sie.

»Ich bring dich nach Hause«, bot Leo an.

»Nein, lass mal, es sind nur fünf Minuten den Hügel runter. Ich bin den Weg schon hundert Mal gegangen, alles in Ordnung. Bleib hier und hab ein Auge auf mein Schwesterchen.«

Leo lächelte. »Das wird immer so sein.«

Melody hob die Hand zum Abschied und verließ das Haus. Sie trat in die milde Abendluft hinaus. Millionen Sterne glommen am Himmel wie winzige Schneeflöckchen. Der Mond schien klar, und das Meer wogte wie unter einer silbernen Decke. Aus den blassgelben Häuschen blinkten golden die beleuchteten Fenster. Andere Häuser lagen mit zugezogenen Vorhängen und ausgeschalteten Lampen im Schlaf. Sogar die Tiere schliefen zu dieser Stunde, oder sie hatten sich in den Häusern in ihrem Körbchen zusammengerollt. Es war vollkommen still.

Als Melody die schmale Straße in Richtung Sunshine Beach entlangging, warf sie unwillkürlich einen Blick zu Jamies Haus hinüber, das in Dunkelheit gehüllt war.

In Wahrheit war sie im Unklaren, wie es sich zwischen ihnen verhielt. Dieser Kuss am Abend war zauberhaft gewesen, aber danach hatte Jamie ihr keine Hoffnung gemacht, dass er die Geschichte zum Erfolg führen würde. Falls er vorgehabt hatte, sie als feste Freundin zu haben, dann war ihm ganz sicher die Lust vergangen, nachdem Melody ihn schon innerhalb der ersten halben Stunde fast umgebracht hatte. Und selbst wenn er sich davon nicht hatte demotivieren lassen, so war ihre Neigung zu Pannen und Missgeschicken abschreckend genug. Vielleicht wären sie wirklich gut beraten, wenn sie es bei ihrer Freundschaft beließen.

Melodys Handy klingelte in der Tasche, hastig kramte sie es hervor und hoffte, dass es Jamie wäre. Stattdessen war es jedoch eine SMS von Leo. Sie öffnete sie und lächelte, als sie ein Foto sah, auf dem Isla tief und fest schlief, den Kopf auf Leos Brust gelegt, den Mund leicht geöffnet, ein Tröpfchen Speichel auf seinem Hemd. Leo hatte den Arm um Isla gelegt, und er schmunzelte schicksalsergeben.

Kümmere mich um deine Schwester, lautete der Text dazu.

Melody lächelte. Bei ihr selbst mochten die Dinge nicht zum Besten stehen, aber bei Isla sah es richtig gut aus. Wenn sie doch nur etwas riskiert hätte!

7

Sehr früh am nächsten Morgen pochte Jamie an Melodys Tür. Er hatte die ganze Nacht hindurch alles wieder herausbefördert, was er gegessen hatte, und wollte sich heute tagsüber ausschlafen. Es ging ihm immer noch miserabel, aber es war schon besser als am Vorabend. Er wollte Melody nur wissen lassen, dass sie nicht an ihrem üblichen Treffpunkt auf dem Weg zur Arbeit auf ihn warten sollte, und er wollte sich wegen des Abends entschuldigen. Außerdem brauchte er sein Handy, das wahrscheinlich noch in der Tasche seines Jacketts steckte, welches in Melodys Esszimmer über der Stuhllehne hing.

Sie kam nicht an die Tür.

Er klopfte noch einmal, und jetzt hörte er dahinter Rocky kläffen. Trotzdem machte niemand auf. Es war ja viel zeitiger als ihre normale Treffzeit, Melody lag vielleicht noch im Bett oder stand unter der Dusche. Er spähte durchs Fenster, da bewegte sich nichts außer dem Schwanz, mit dem der kleine Rocky wedelte, der hinter der Haustür stand.

Jamie konnte bis Melodys Schlafzimmer schauen und erkannte, dass sie nicht im Bett lag.

Er rieb sich die Augen. Meine Güte, wie es ihn wieder ins Bett zog. Eben hatte er einen Toast gegessen, der lag ihm schwer im Magen. Er wusste nicht, ob er ihn bei sich behalten würde.

Noch einmal pochte er an die Tür, ohne dass sich etwas rührte. Dann drehte er sich um und wollte sich wieder auf den Weg machen, aber an der Gartenpforte hielt er inne.

Wenige Meter vom Ufer entfernt hockte Melody völlig reglos im Schneidersitz auf einem Paddelbrett. Sie hatte das Haar flott zu einem Pferdeschwanz zusammengebunden. Ein frühmorgendliches Lüftchen blies ihr um die Schultern.

Jamie beobachtete, wie sie vorsichtig aufstand, wobei das Paddelbrett kaum wackelte, dann reckte sie die Arme in die Höhe und legte die Fingerspitzen der offenen Hände aneinander, bog den Oberkörper zurück, sodass er einen Bogen wie ein C beschrieb. Die ausgestreckten Arme schwenkte sie über den Kopf hinweg wieder nach vorn und bis nach unten, wo sie ihre Zehen berührten.

Jamie schwante, dass er Zeuge von Paddelbrett-Yogaübungen war. Er wusste, dass Melody, als sie hier neu gewesen war, einen Kurs im Stehpaddeln besucht hatte. Sie hatte ihm erzählt, dass sie neuerdings auch Yoga auf dem Brett machte. Nachdem sie schon in London jahrelang Yoga praktiziert hatte, war sie offenkundig gelenkig genug.

Er sah zu, wie sie die Hände vor sich auf dem Boden aufstellte und ein Bein vom Brett weg hoch in die Luft hob. Großartig sah sie aus. Sie trug ein Oberteil mit schmalen Trägern und eine dazu passende sehr kurze Hose, die ihre schönen Beine zur Geltung brachte.

Er konnte den Blick nicht von ihr lösen, während sie unentwegt ihre Stellungen wechselte, anmutig und mit selbstsicherer Balance.

Unvermittelt grummelte sein Magen, als würde der vorher gegessene Toast eine Party darin veranstalten. Stöhnend setzte er sich in Bewegung, um nach Hause zu kommen.

Seine Entschuldigungen würde er aufschieben müssen.

* * *

Melody holte den kleinen Anker ein, sprang vom Brett ins flache Wasser und zog es hinter sich her.

Zu gern machte sie Yoga auf dem Paddelbrett. Da konnte man nichts unbedacht tun, jede Bewegung musste langsam und wohlüberlegt sein. Wenn das Meer und die Gezeiten sich nicht so paddelbrettfreundlich gebärdeten, absolvierte sie ihre Yogaübungen oft am Strand, aber heute war es wunderbar windstill.

Sie sah Agatha, Emily und ihre Tochter Marigold auf sich zukommen. Marigold führte ihr Hündchen Leia an der Leine, das aus demselben Wurf wie Rocky und Sirius stammte. Leia schien behäbiger als ihre Brüder und trottete gesetzt neben Marigold her. Vielleicht sollte Melody sich von Emily und Marigold ein paar Tipps geben lassen.

Marigold winkte und kam herangestürmt, Leia ließ sich ziehen.

»Du hast wie eine Ballerina ausgesehen, das war so schön und elegant.«

»Oh danke.« Yoga und Paddelbrettyoga waren wohl die wenigen Gelegenheiten, bei denen Melody Grazie zeigte, deshalb tat es gut, dass jemand dabei zugeschaut hatte, selbst wenn es eine Fünfjährige war.

»Ich will mal Ballerina werden, wenn ich älter bin«, fügte Marigold hinzu, drehte sich um die eigene Achse und verwickelte sich dabei in Leias Leine.

»Du wirst bestimmt eine ausgezeichnete Ballerina.«

»Oder Rennwagenpilotin.«

Melody schmunzelte. Bei Marigold gab es keine Geschlechterklischees. Sie liebte »Star Wars« ebenso wie »Frozen«, trug an einem Tag Jeans und Dino-T-Shirts und am nächsten rosarote Glitzerkleidchen.

»Oder überhaupt Pilotin, da kann ich in verschiedene Länder fliegen.«

»Klingt alles nicht schlecht. Vielleicht kannst du ja alles machen.«

»Wer Ballerina werden will, muss viele, viele Jahre lang trainieren. Und ein Pilot auch. Für beides habe ich keine Zeit«, klärte Marigold sie auf.

»Na ja, viele Menschen satteln noch mal um, wenn sie eine Laufbahn hinter sich haben, und machen etwas anderes. Du könntest ja zuerst Ballerina werden, und wenn du älter wirst, machst du eine Umschulung zur Pilotin.«

Marigold nickte nachdenklich. »Kann ich auf deinem Paddelbrett üben?«

»Um Pilotin zu werden?«, neckte Melody sie.

Marigold lachte. »Nein, Quatsch. Um Ballerina zu werden.«

»Du willst das also auf dem Wasser machen?«, fragte Melody nach. Langsam kamen Emily und Agatha näher.

»Nein, da wird mein Kleid nass, ich mache es auf dem Sand.«

Melody legte das Brett ab, die Finne nach oben, damit sie nicht abbrach, wenn Marigold darauf herumtanzte.

»Diese Seite musst du runterdrücken«, erklärte sie Marigold und wies auf das vordere Ende.

»Du bist bitte vorsichtig, Marigold Breakwater«, mahnte Emily. »Wir wollen es nicht kaputtmachen.«

»Klar, Mama«, erwiderte Marigold mit ernster Miene. Dann fuhr sie fort, sich übermütig auf dem Paddelbrett zu drehen und zu winden, mal das eine, mal das andere Bein durch die Luft schlenkernd und mit den Armen wedelnd.

Melody riss sich zusammen, um nicht zu lachen, und offensichtlich ging es Emily ebenso.

»Hat sie schon mal Ballettunterricht gehabt?«, fragte Melody unschuldig.

»Nicht ein einziges Mal. Aber wenn man die entsprechende Begeisterung aufbringt, macht das wohl nichts«, antwortete Emily trocken.

»Tanze ich schön, Mama?«, fragte Marigold.

»Hinreißend, Schätzchen«, antwortete Emily.

»Wie ich höre, hattest du gestern Abend eine Verabredung mit meinem lieben Neffen«, fing Agatha nun an. Bislang hatte sie sich sehr zurückgehalten und hielt es nun offenbar nicht länger aus, ihre Fragen zu unterdrücken.

Melody wunderte sich, wie Agatha davon Wind bekommen hatte. Vielleicht hatte Jamie es Emily berichtet, und die hatte es Agatha weitergegeben. Sie schaute kurz zu Emily, die aber nur mit den Schultern zuckte.

»Mich musst du nicht angucken, sie hat es mir heute früh erzählt, ich hatte keine Ahnung«, erklärte Emily.

»Meine Bekannte Elsie West von der Apotheke war gestern Abend in der Chocolaterie im Starfish Court, und sie hat gesehen, wie ihr zwei nach Ladenschluss Händchen gehalten habt –«

»Wir haben gar nicht Händchen gehalten«, empörte sich Melody, wenn sie sich auch noch daran erinnerte, dass Jamie sie festgehalten hatte, weil ihre Hände so flatterten, als sie von Sex redete. Herrje, ob Elsie West wohl auch mitbekommen hatte, worüber sie geredet hatten? War denn hier nichts privat?

»Und dann hat Frances O'Toole ihn gesehen, wie er in Schlips und Kragen vor deine Haustür trat. Sie meinte, er sah richtig stattlich aus, und er war recht nervös. Einen selbst gepflückten Blumenstrauß hatte er bei sich, aber dann hat er sich's wohl anders überlegt und ihn in deinem Garten deponiert, bevor er anklopfte. Es handelte sich also klipp und klar um ein Rendezvous.«

Melody spürte, dass sie lächeln musste. Er hatte ihr also Blumen mitgebracht, er hatte gedacht, dass es ein Date sei, und hatte für sie Blumen gepflückt.

Emily schüttelte verwundert den Kopf. »Mannomann, du hast tatsächlich allerorts deine Spione.«

»Eigentlich bräuchte ich keine. Meiner Voraussicht nach hätte Melody es mir sowieso von sich aus gestanden«, erklärte Agatha geringschätzig.

»Meine Güte, da frage ich mich, warum sie es nicht getan hat«, wandte Emily spöttisch ein.

»Tja, ich bin nun im Bilde, das ist die Hauptsache«, tönte Agatha.

Melody seufzte.

»Ich hab auch gehört, dass es nicht allzu gut lief«, mokierte sich Agatha, als hätte es an Melody gelegen. Wahrscheinlich stimmte das ja auch irgendwie.

»Tja, also ich habe ihn fast vergiftet«, sagte Melody. Das war wirklich kein hervorragender Auftakt für ein Date gewesen, wer wusste, ob es jemals ein zweites geben würde.

»Eine gute Gastgeberin sollte immer die Diätvorschriften ihrer Gäste prüfen«, mahnte Agatha.

»Gib Ruhe!«, sagte Emily. »Das war nicht Melodys Fehler. Jamie informiert nicht jeden über seine Schalentierallergie.«

»Ich wusste schon davon, aber auf dem Glas stand nur ›Chinesische Soße‹, kein Wort von Austern stand da drauf«, verteidigte sich Melody gereizt.

»Wenn ihr mal verheiratet seid, werdet ihr darüber lachen«, versuchte Emily sie aufzumuntern. »Der erste, unvergessliche Abend.«

»Heiratest du Onkel Jamie?«, wollte Marigold wissen, die gerade so etwas wie einen Exerzierschritt einübte.

»Nein«, gab Melody zur Antwort.

»Noch nicht«, korrigierte Agatha.

»Niemals, wenn ich auf deine Worte höre. Wer heiratet denn so eine schlechte Gastgeberin?«, meinte Melody.

Agatha machte eine wegwerfende Handbewegung. »Jamie juckt das sicher nicht.«

Melody war bedient. Wozu hatte sie sich überhaupt auf diese Gardinenpredigt eingelassen?

»Ich finde es einfach schade, dass du nicht die Gelegenheit hattest, deine Verabredung im Schlafzimmer fortzuführen«, setzte Agatha spitz hinzu.

»Warum musst du eine Verabredung im Schlafzimmer haben?«, erkundigte sich Marigold, die auf dem Paddelbrett herumturnte, die Hände aufgestellt, ein Bein nach hinten ausgestreckt.

»Muss ich nicht«, berichtigte sie Melody, mehr an Agathas als an Marigolds Adresse gerichtet. »Ich möchte lieber bei meiner ersten Verabredung mit dem anderen *reden*.«

»Worüber müsst ihr schon reden?«, entgegnete Agatha. »Du lebst nun schon ein gutes Jahr hier, gehst mit ihm Tag für Tag zur Arbeit, da ist doch sicher alles längst gesagt. Ihr zwei kommt im Schneckentempo voran. Es wird Zeit, der Affäre auf die Sprünge zu helfen, sonst gibt's den ersten Kuss, wenn ihr sechzig seid.«

Melody hütete sich, ihr mitzuteilen, dass es bereits zwei Wahnsinnsküsse gegeben hatte, wenn auch mit einem zeitlichen Abstand von einem Jahr. Trotzdem, das war schon was.

»Ich habe gehört, er ist ziemlich gut in dieser Hinsicht.« Agatha ließ nicht locker.

»Hör schon auf, Agatha, er ist mein kleiner Bruder, ich will so was nicht hören«, murrte Emily.

»Ich sage ja nur, was mir zu Ohren gekommen ist. Alle Frauen, mit denen er zusammen war, erzählen, dass er im Bett Überraschendes biete. Beim Reden sei er sehr gutmütig und einfühlsam, aber wenn es zur nächsten Phase gehe, dann könne man über seine Liebeskünste nur so staunen. Polly Lucas meinte, allein deswegen sei sie so lange bei ihm geblieben.«

»Das ist ja furchtbar«, meinte Melody. Der arme Jamie.

»Natürlich ist das furchtbar, Jamie ist so ein lieber Mensch. Ich meine nur, dass man sich vor derlei Künsten nicht abschrecken lassen sollte. Schließlich bekommt man nur heraus, ob man sich mit dem Mann verbunden fühlt, wenn man … es ausprobiert«, dozierte Agatha, die vor Marigold nicht ganz unverblümt sprechen wollte. »Reden und zusammen essen, gut und schön, aber das tun auch Freunde, und ihr wollt doch mehr voneinander. Schnapp ihn dir einfach und …« Agatha verlor den Faden, da ihr anscheinend etwas eingefallen war. Sie wühlte in ihrer Tasche herum. »Das hab ich mir gestern aus der Bücherei geholt. Ich dachte, ich könnte es Stefano zeigen, mal sehen, ob es ihn in Schwung bringt, denn bislang schmettert er meine Vorstöße zu einem Rendezvous dauernd ab. Aber irgendwann wird er schon noch weich. Jedenfalls hast du momentan größeren Bedarf als ich. Hier!«

Damit zog sie ein Buch hervor und reichte es Melody, es war das Kamasutra.

Emily brach in schallendes Gelächter aus.

»Da sind Bilder drin, von denen man sich was abgucken kann.«

»Bist du nicht zu alt für Bilderbücher, Agatha?«, fragte Marigold, die nun doch ihrer Tanzimprovisationen überdrüssig wurde und herantrat, um das Buch anzuschauen. Zum Glück war das Umschlagbild nicht allzu anstößig, man sah nur ein Pärchen umschlungen auf dem Sofa liegen, spärliche Kleidungsreste bedeckten alle maßgeblichen Körperteile.

»Ich denke, es gibt sehr lehrreiche Bilderbücher«, sagte Agatha hintergründig. »Viele Sachbücher sind illustriert.«

»Ich habe keinen Bedarf«, sagte Melody und reichte das Buch brüsk zurück.

»Oh, natürlich brauchst du keine Ratschläge«, meinte Agatha. »Ganz gewiss weißt du haargenau, wie du es auf diesem Gebiet anstellst.«

Melody kniff die Lippen zusammen, denn ehrlich gesagt fehlte ihr da wirklich ein bisschen Erfahrung. Zwei Männer, das war nicht üppig, und das erste Mal war auch nicht gerade berauschend gewesen. Es hatte andere Männer gegeben, aber mit denen war sie nicht so weit gekommen.

»Aber es hilft vielleicht, das Ganze aufzupeppen und ein paar Ideen zu kriegen. Polly meint, Jamie findet es schön, zu … kuscheln. Sehr sogar. Wahrscheinlich wüsste er es zu schätzen, oft … von dir liebkost zu werden.« Agatha hielt rigoros Melody das Buch wieder vor die Nase.

»Lass das arme Mädel doch mal in Frieden«, forderte Emily. »Du willst auf Teufel komm raus, dass die beiden ein Pärchen werden, aber sie rennt doch nicht um ihr Leben. Wozu dieser Stress?«

»Kein Stress«, entgegnete Agatha. »Sie soll sich doch bloß das Buch mal angucken.«

Melody ahnte, um des lieben Friedens willen sollte sie es an sich nehmen. Das hieß ja nicht, dass sie es auch durchlesen musste. Nun ja, sie konnte einen verstohlenen Blick hineinwerfen. Also stopfte sie es in ihre Tasche und hob das Paddelbrett auf.

Leia jagte bellend einen Vogel über den Strand, die Leine flatterte hinter ihr her wie ein Geschenkband. Marigold stürmte ihnen nach, lauthals den Namen ihres Hündchens rufend, was Leia aber vollkommen ignorierte.

»Danke für das Buch, Agatha. Bis heute Mittag, Emily.«
Damit wandte sich Melody zum Gehen.

»Halte den armen Kerl nicht so lange hin, sonst wachsen ihm die Eier zu Wassermelonen aus«, rief ihr Agatha hinterher.

Melody war das extrem peinlich. Es stand außer Frage, dass sie den Dorfklatsch ertragen musste, wenn sie mit Jamie zusammen war, aber dass es so furchtbar wäre, hatte sie nicht erwartet. Hoffentlich würde das Getratsche in einigen Wochen abebben. Oder schon innerhalb weniger Tage, falls sich nichts mehr zwischen ihnen beiden abspielte.

* * *

Melody stand am Fuße des Hügels und wartete auf Jamie, doch er war weit und breit nicht zu sehen. Schon eine Viertelstunde stand sie da, offensichtlich würde er nicht mehr kommen.

Sie holte ihr Handy aus der Tasche und versuchte, ihn mobil zu erreichen, aber nach mehreren Klingeltönen meldete sich der Anrufbeantworter. Auch auf die SMS von gestern Abend hatte Jamie nicht reagiert. Einerseits war ihr bewusst, dass es ihm wohl noch mies ging, denn ein allergischer Schock konnte bis zu vierundzwanzig Stunden nachwirken, andererseits fragte sie sich, ob Jamie ihr wegen des betörenden Kusses aus dem Weg ging.

Für solche Kindereien hatte sie keine Nerven. Wenn er keine Beziehung mit ihr wollte, dann sollte er Manns genug sein und es ihr rundheraus sagen, statt ihr aus dem Weg zu gehen.

Melody wanderte das Ufer entlang zum Starfish Court, unterwegs konnte sie allerdings der Versuchung nicht widerstehen, sich alle naselang umzublicken und sich zu vergewissern, ob Jamie nicht doch noch käme. Sogar Rocky schien enttäuscht über Jamies Ausbleiben, das lag aber sicher mehr daran, dass er Sirius vermisste.

Sie erreichte den Starfish Court und spähte ins Fenster der Werkstatt, um herauszufinden, ob Jamie vielleicht schon früher mit der Arbeit begonnen hatte, aber nichts deutete darauf hin. Klaus bediente gerade einen Kunden, deshalb ging sie nicht hinein, um nachzufragen.

Melody setzte Rocky in seinen Korb, dann lehnte sie sich an den Verkaufstresen und überlegte, wie sie mit der Situation und mit Jamie umgehen sollte. Sie wählte noch einmal seine Nummer, aber wieder meldete sich niemand.

Nun verdrängte Sorge ihren Ärger. Wenn es ihn nun doch bös erwischt hatte? Sie hätte, als er sich heute früh nicht blicken ließ, zu ihm nach Hause gehen und nachschauen sollen, statt hierher zur Arbeit zu gehen.

Sie wählte Leos Nummer.

Leo ging gleich nach dem ersten Klingelton ran. »Rufst du an, um mir deine Liebe zu beteuern? Wie gesagt, das verfängt nicht«, meinte Leo.

Melody rang sich ein Lächeln ab. »Sag mal, Leo, hast du seit gestern Abend mit Jamie gesprochen?«

»Ich bin gestern Abend bei Isla hängengeblieben … auf dem Sofa«, fügte er rasch hinzu. Dennoch fragte sich Melody, ob er nicht gemeinsam mit Isla auf dem Sofa übernachtet hatte. »Aber heute früh bin ich bei ihm vorbeigegangen. Es geht ihm gut, er spürt noch die Folgen des Anfalls, aber er meinte, sein Frühstück sei nicht wieder hochgekommen, ein gutes Zeichen. Ein bisschen grün war er noch im Gesicht, aber so bald kratzt er wohl nicht ab. Er wollte heute den Schlaf nachholen, der ihm von der Nacht fehlt.«

Melody seufzte erleichtert.

»Er sagte auch, dass er vorhabe, heute zu Isla zum Abendessen zu kommen. Da siehst du ihn sicher«, meinte Leo.

»Gut, danke«, sagte Melody leise. Also war er wohlauf und fit genug, um sich mit Leo auszutauschen, aber sie hatte er nicht verständigt. Ihr gemeinsamer Weg zur Arbeit war allerdings auch eher ein zufälliges Arrangement. »Hat er ... mich denn erwähnt?«, fragte sie und erschauderte bei ihren eigenen Worten. Sie sollte sich nicht so anstellen.

Leo stockte. »Nach dir habe ich nicht gefragt. Jamie ist sicher nicht der Typ, der Bettgeschichten erzählt. Er könnte auch nach der wildesten Nacht schweigen wie ein Grab. So ist er nun mal, weißt du, er behält vieles für sich.«

Das stimmte.

»Ich weiß, dass er dich anhimmelt«, fuhr Leo fort.

»Woher willst du das wissen?«

»Das riecht man drei Meilen gegen den Wind. Er verehrt dich.«

Reichte das aus?

»Lasst euch nach eurem guten Anfang nicht von einer blöden Pechsträhne irritieren. Rede heute Abend mit ihm, und morgen geht's wieder an den Start. Schreib ihn noch nicht ab.«

»Du hast recht. Niemand hat Schuld, dass alles so schiefging. Ich habe nur gehofft, wir würden uns heute sehen.«

»Als ich hinkam, lag er schlafend auf dem Sofa. Ich habe ihn geweckt. Sicher hat er dich nicht angerufen, weil seine Lebensgeister noch nicht wieder voll da waren. Grüble nicht zu viel darüber nach.«

Melody ahnte, dass er recht hatte. Heute Abend würde sie mit Jamie reden und die Unklarheiten ausräumen.

Ein Kunde kam in den Laden, deshalb verabschiedete sie sich von Leo und half dem Mann, eine hübsche Halskette mit einem Seestern herauszusuchen, dann befasste sie sich mit ihrem Entwurf für das Sandskulpturenfest.

Jamies Idee mit dem Seeglas leuchtete ihr ein. Davon besaß sie tonnenweise, und auch Geräte zum Schneiden und Polieren. Es konnte nicht so kompliziert sein, ein Mosaik zu gestalten. Sie würde die Steinchen auf Holz leimen und sie dann verfugen.

Und sie konnte Klaus bitten, ihr das Holz zurechtzusägen, dann konnte sie mühelos noch einen Ständer daran befestigen.

Aber jetzt musste sie erst einmal entscheiden, was sie überhaupt anfertigen wollte.

Das mit den Wellen war auch eine gute Idee. Sie skizzierte Wellen auf einem Stück Papier, und das sah gar nicht so schlecht aus.

Sie ließ sich durch den Kopf gehen, was Jamie gesagt hatte: dass er eine Skulptur schaffen wollte, die darstellte, was ihm am meisten am Herzen lag. Sie selbst wollte eine Darstellung von sich und Jamie kreieren, wie sie gemeinsam das Ufer entlangliefen. Aber realistisch könnte sie das nicht abbilden, schon gar nicht aus Glas. Es hätte ausgesehen wie das Werk einer Fünfjährigen. Und wäre das nicht ein bisschen schräg gewesen, sie und Jamie als ein Abbild dessen, was sie am meisten an Sandcastle Bay liebte?

Da fiel ihr etwas ein.

Sandcastle Bay war doch berühmt für seine Heartberrys, die auf Aidans Plantage wuchsen. Angeblich bescherten sie demjenigen, der sie aß, Glück in der Liebe. Demzufolge waren die hiesigen Einwohner die am glücklichsten verliebten Menschen in ganz Großbritannien. Jedes Jahr im Frühling gab es ein großes Liebesfestival, das Heartberry-Love-Festival, bei dem die Ernte dieser ganz besonderen Beeren gefeiert wurde, und die Menschen genossen gemeinsam mit ihren Liebsten Heartberrykuchen und erwiesen einander kleine Liebesbezeugungen. In Sandcastle Bay drehte sich alles um die Liebe, auch bei den Feriengästen ließ sich das bestens verkaufen. Melody konnte die Silhouette eines Pärchens am Strand gestalten, um zu zeigen, dass sie am meisten an diesem Ort die Liebe faszinierte, im Herzen würde sie jedoch wissen, dass das Pärchen sie selbst und Jamie darstellte, auch wenn es sonst keiner ahnte.

Sie entwarf ein paar Skizzen von Liebespaaren, aber die sahen dilettantisch aus, die verschlungenen Arme waren überdimensional, und die Anatomie stimmte nicht. Vielleicht sollte sie Tori bitten, ihr bei dem Entwurf zu helfen, sie konnte das so gut. Später würde sie sie fragen.

Da ging die Ladentür auf, und Aidan kam herein.

»He, du willst wohl noch einen Verlobungsring kaufen? Normalerweise reicht doch einer?«

Aidan lachte. »Ehrlich gesagt wollte ich dich fragen, ob ich dich für ein halbes Stündchen ausborgen dürfte.«

»Jetzt?«

»Falls du Zeit hast und dein Geschäft mal verlassen kannst.«

Heute war es ruhiger, in der Wochenmitte ging es normalerweise nie so hektisch zu wie an den Wochenenden.

»Ja, warum nicht.« Melody rief Rocky, der durch den Laden herangetrottet kam. Melody nahm ihre Handtasche, trat vor die Tür und schloss sie ab. »Was gibt's denn?«

Hoffentlich wünschte sich Aidan, dass sie ihm bei seinem Heiratsantrag für Tori unter die Arme griff. Alles, was mit Romantik und Liebe zu tun hatte, war ganz ihr Ding.

»Ich wollte dir mal zeigen, wo ich Tori meinen Antrag machen möchte, ich wüsste gern, ob du das gut findest.«

Melody war ganz aufgeregt, dass ihr dabei eine Rolle zugedacht war, aber sie wollte auch ehrlich bleiben.

»Sie würde dir sogar ihr Jawort geben, wenn ihr gerade in der Küche ein Schinkensandwich mampft und du um ihre Hand anhältst. Sie ist total verliebt in dich. So glückselig habe ich sie früher nie gesehen. Ich fände zwar bei euch einen Antrag mit allem Drum und Dran auch richtig cool, aber das ist bei ihr nicht nötig, um sie zum Ja zu bewegen. Egal, wie du's anpackst, sie wird es perfekt finden, weil du es bist.«

Aidan lächelte ihr zu. »Du hast eine romantische Ader, deshalb ahnte ich schon, dass du eine ideale Hilfe für mich bist. Mein Heiratsantrag soll schon mit allem Drum und Dran über die Bühne gehen. Es soll richtig vor Romantik triefen, denn das wünscht sie sich wirklich. Ich muss das hinkriegen.«

Er hielt ihr die Autotür auf, sie stieg in seinen Jeep und setzte Rocky auf ihren Schoß. Aidan lief ums Auto herum zur Fahrerseite, und ab ging es die Straße hinunter. Schnell waren sie am Ortsende angelangt, wo Aidan neben einer kleinen hölzernen Pforte parkte. Melody wusste, dass es hier entlang zum Heartberryfeld ging. Sie stieg aus und winkte Mary Nightingale zu, die an der Bushaltestelle stand. Mary sah blinzelnd zu ihnen herüber, winkte aber nicht zurück.

Aidan öffnete das Tor, und Melody lief mit Rocky hindurch, der am Ende der Leine voransprang.

In den letzten Monaten war zweimal die Flut über das Feld hereingebrochen. Das eine Mal war es jahreszeitlich zu erwarten gewesen, das andere Mal nicht. Wäre nicht die ganze Dorfgemeinschaft eingesprungen, hätte Aidan die gesamte Ernte der raren Heartberrys verloren. Jetzt zeigten die Sträucher kein Leben, aber Melody wusste, dass sie im kommenden Jahr wieder überreich ihre winzigen herzförmigen Früchte tragen würden.

»Was hast du denn ausgeheckt?«, wollte Melody wissen, während sie durch die Reihen der dürren Beerensträucher gingen.

»Ein stimmungsvolles Essen, nur wir beide, an dem Ort, wo mir aufging, dass ich sie immer an meiner Seite haben will.«

»Oh, das klingt aber herzerwärmend«, erwiderte Melody. Inzwischen waren sie dort angekommen, wo das Feld an die Bucht namens Orchard Cove grenzte, einen abgeschiedenen

Strandabschnitt, den man nur über Aidans Feld erreichen konnte.

Sie traten beide auf den Sand.

»Hier haben wir in der Nacht gestanden, als wir uns das erste Mal geküsst haben, wir haben die Sonne aufgehen sehen. Das ist für uns ein ganz besonderer Ort.«

»Und hier willst du ihr also deinen Antrag machen?«

»Eigentlich direkt in der Höhle.« Aidan deutete zu einer kleinen Grotte am Rand des Strandes. Melody warf einen Blick hinein, und Aidan schaltete einen Generator an, der ihr bis jetzt nicht aufgefallen war.

Schlagartig war die Höhle von Hunderten Lämpchen einer Lichterkette beleuchtet, die silbern und golden im Dunkeln funkelten. Wie Wimpelchen hingen Origamiblumen an den Wänden, und auf der Stelle fand Melody das alles ganz nach ihrem Geschmack.

»Oh, ist das schön«, rief sie staunend aus.

»Ja, nicht?«, vergewisserte sich Aidan aufgeregt.

»Es könnte nicht besser sein.«

»Erst wollte ich es direkt am Wasser machen, aber in der Höhle ist man besser vor Wind und Wetter geschützt. Ich bin auch bei Flut hier unten gewesen, das Wasser kommt kaum bis hierher, und ich kann alles arrangieren, ohne dass mir das Wetter oder das Meer einen Strich durch die Rechnung machen. Morgen will ich einen Tisch und Stühle herbringen. Ich habe auch so einen Sitzsack, auf den zwei passen, auf dem können wir nach dem Essen lümmeln und die Sterne angucken. Ich stelle mir vor, dass ich ihr meinen Antrag gleich am Anfang mache, wenn ich sie hierhergeführt habe. Dann können wir das Essen genießen und den Abend auch, nur wir zwei.«

»Das hört sich fabelhaft an«, meinte Melody verträumt. »Das haut sie sicher um.«

»Gut. Ich bin froh, dass mein Plan deine Zustimmung findet«, sagte Aidan. »Und ich wollte dich noch um etwas bitten.«

»Na sag schon.«

»Tori ist versessen auf dein Apfeldessert. Würdest du uns für morgen Abend welches machen?«

»Mit Vergnügen«, willigte Melody ein.

»Ich habe einen Speisewärmer hier, du könntest das Dessert gegen acht vorbeibringen, ich bringe Tori etwa um halb neun her.«

»Alles bestens. Soll ich noch Vanillesoße kochen?«

»Wenn es dir nichts ausmacht.«

»Ach wo! Ich bin ganz aufgeregt. Morgen Abend ist Tori also verlobt.«

»Zuerst mal muss sie Ja sagen.«

»Das tut sie garantiert.«

Aidan beugte sich hinunter, um den Generator abzuschalten. »Hoffentlich findet sie es nicht verfrüht.«

»Wenn man den Richtigen fürs Leben aufgegabelt hat, warum sollte man dann noch warten?«

Aidan verließ die Höhle, und Melody folgte ihm zurück zum Feld. Rocky bellte einen Vogel an.

»Als sie hierherzog, hat sie sich davor gehütet, sich auf einen Partner festzulegen, das war bei mir genauso. Aber ich weiß, dass sie inzwischen hierhergehört, zu mir. Wir sind füreinander bestimmt, hoffentlich sieht sie das auch so.«

»Natürlich. Sie liebt dich doch.«

Aidan nickte, die Stirn leicht gerunzelt, und ging mit ihr zum Jeep zurück.

Schweigend fuhren sie zu Melodys Geschäft. Aidan war so in Gedanken versunken, dass Melody argwöhnte, er könne es sich mit dem Heiratsantrag noch anders überlegen.

»Zweifle nicht«, sagte Melody, als sie vor dem Starfish Court anhielten.

Er nickte. »Danke, Melody. Wir sehen uns heute Abend. Du darfst kein Wort verraten.«

Sie legte die Hand aufs Herz und dann den Finger an die Lippen. Aidan schmunzelte.

Dann sprang sie aus dem Auto, und er fuhr davon.

Das Liebesleben ihrer besten Freundin und das ihrer Schwester kamen allmählich in die richtigen Gleise, nur an ihrem eigenen musste sie noch feilen.

8

Am Abend klopfte Melody bei Isla an die Tür, von der anderen Seite her drang ein Stimmengewirr. Elliot machte auf, mit seinem Zylinder auf dem Kopf, und bat sie wie ein Butler mit einer einladenden Geste hinein. Offensichtlich diente der Hut auch anderen Zwecken außer dem Zaubern.

»Danke sehr, mein Herr«, sagte Melody.

»Darf ich dir die Jacke abnehmen?«, erbot sich Elliot in zeremoniellem Ton.

»Ich habe ja keine an«, kicherte Melody.

Elliot sah auf Jamies Jackett, das sie in der Hand hielt.

»Ach so, ja, das ist nicht meins, aber du kannst es trotzdem nehmen und aufhängen«, meinte Melody und reichte ihm das Jackett.

Elliot hängte es sich sorgfältig über den Arm und bedeutete ihr, ihm in die Küche zu folgen. Elliots Welpe Luke hob den Kopf aus dem Korb, vergewisserte sich, dass es niemand von Interesse war, und setzte sein Schläfchen fort.

»Miss Melody Rosewood ist eingetroffen«, verkündete Elliot laut. Entweder hatte Isla ihm das eingetrichtert, oder sie hatten Episoden von »Downtown Abbey« zusammen angeschaut.

Isla und Leo waren da, sie plauderten ausgelassen mit Aidan und Tori, aber nichts deutete auf Jamies Anwesenheit hin. Sein Haus lag nicht direkt auf dem Weg zu Isla, aber von der Straße aus hatte Melody es sehen können, und da war es ihr nicht so vorgekommen, als täte sich darinnen etwas. Sie hatte schon anklopfen wollen, um sicherzugehen, aber sie hatte ihm bereits früher am Tag eine SMS geschickt, und wenn sie sich nun noch einmal meldete, wäre es ihm sicher lästig gewesen.

Isla begrüßte Melody mit einer Umarmung. »Gestern Abend hast du dich davongeschlichen, ohne Tschüs zu sagen.«

»Du hast geschlafen und warst in guten Händen«, verteidigte sich Melody lächelnd.

Isla errötete leicht und machte sich wieder ans Currykochen.

Auch Tori und Aidan umarmten Melody, Aidan zwinkerte ihr dabei zu und mahnte sie, ihrer beider Geheimnis zu hüten.

Als Leo sie in die Arme schloss, flüsterte er ihr zu: »Er kommt gleich.«

Sie lächelte.

»Möchte die Dame ein Nacho?«, fragte Elliot feierlich. Der Hut war ihm leicht in die Stirn gerutscht, aber als echter Profi ließ er sich davon nicht aus der Ruhe bringen, als er die Snacks austeilte.

Melody rückte ihm den Hut zurecht und nahm sich eine Handvoll Nachos, ehe er damit weiterlief und anderen die Schale darbot. Leo tippte den Hut an, sodass er Elliot erneut über die Augen rutschte. Der schritt aber weiter und bot ringsum die Snacks an, auch wenn er nichts sehen konnte. Isla nahm ihm den Hut ab und legte ihn zur Seite, bevor etwas passierte, dabei guckte sie Leo gespielt grimmig an.

»Ihr steht dann wohl alle in den Startlöchern für das Sandskulpturenfest am Sonntag?«, erkundigte sich Melody.

»Unsere Skulptur wird ganz toll«, begeisterte sich Elliot. »Es wird ein Seepferdchen. Kein echtes Seepferdchen, sondern ein Pferd, das aus der See gemacht wird. Es wird aus riesigen Wellen hergestellt, und es hat Blitz und Feuer, und es wird auch die Farbe wechseln, dann sieht es aus wie Gewitterwolken. Wir haben nämlich bestimmt, dass für uns das Allerliebste das Meer ist, wenn es stürmt und aufgewühlt ist und die Wellen ganz hoch schlagen, und wenn es über dem Meer Blitz und Donner gibt.«

»Das klingt sehr beeindruckend«, meinte Melody. »Hilft euch Leo dabei?«

»Ja.«

»Dann wird es ganz bestimmt das beste Kunstwerk am ganzen Strand.«

Leo hatte sagenhaft Talent, wenn es wie hier um große Modelle ging. Im Frühjahr hatte es im Rahmen des Heartberry-Love-Festival ein Bootsrennen gegeben, für das jeder seinen eigenen schwimmfähigen Untersatz baute. Leo hatte einen tollen Riesenwasserdrachen konstruiert, der Feuer spuckte und bewegliche Schwingen hatte. Er besaß ein Feuerwerksunternehmen, war also Fachmann für Pyrotechnik und nutzte seine Fertigkeiten bei jeder Gelegenheit.

»Isla hilft uns auch, und am Samstag machen wir mit beim Wettbewerb im Sandburgenbau, alle zusammen, weil wir eine Familie sind«, überschlug sich Elliot vor Eifer.

Tori feixte in Islas Richtung, und Melody zog neugierig die Augenbrauen hoch.

Isla tat es mit einer Handbewegung ab. »Wahrscheinlich denkt er das, weil sich Leo ständig bei uns herumtreibt.«

»Nein, Marigold sagt, dass wir eine Familie sind«, berichtigte Elliot sie.

»Ach ja?«, hakte nun auch Aidan nach. »Ich sollte wohl mal ein Wörtchen mit meiner Nichte reden.«

»Marigold hat gesagt, auch wenn ich keine echte Mum und keinen Dad mehr habe, ist Isla wie meine Mum und Leo wie mein Daddy.«

»Oh nein, mein Kleiner, Leo ist herzensgut und wir können uns glücklich schätzen, dass es ihn gibt, aber er ist nicht …« Vor Verlegenheit verstummte Isla.

Die ganze Truppe schwieg. Diese Unterhaltung war nicht für jedermanns Ohren bestimmt, und Melody hätte gern gewusst, wie sie die Sprache auf etwas anderes bringen konnte. Sie fühlte mit Isla, die anscheinend hin- und hergerissen war: Sie wollte Leo nicht zu nahe treten, indem sie aufzählte, was er alles für Elliot tat, um ihn nicht in eine Zwangslage zu bringen und ihm eine Verantwortung aufzuhalsen, die er womöglich gar nicht tragen wollte.

»Ich weiß ja, dass er nicht mein Daddy ist. Daddy ist im Himmel«, erklärte Elliot geduldig. »Aber Marigold sagt, er ist wie mein Daddy, weil er letzte Woche am Daddy-Tag in die Schule gekommen ist.«

Leo schalt ihn sanft: »Wir waren uns doch einig, dass wir's Isla nicht sagen, oder, Kumpel?«

Isla durchbohrte Leo mit ihrem Blick. »Du warst beim Daddy-Tag?«

Leo hüstelte hilflos. »Ich will nicht Matthews Platz einnehmen, darum geht es nicht. Elliot erzählte letzte Woche, dass alle an diesem Tag ihren Daddy mitbringen, und dass er niemanden hat, der mitkommt. Er hat mich gefragt, ob ich stattdessen mitgehe.«

»Du brauchst doch nicht –«, hob Isla an.

»Ach wo. Ich halte das doch nicht aus, wenn er dasitzt und kein Dad ist neben ihm«, sagte Leo mitfühlend.

Melody hätte ihn knuddeln mögen. Die Trauer um Matthew hatte alle getroffen, und ganz unerwartet packte sie die Erinnerung. Melody spürte, wie sich angesichts von Leos schöner Geste ihre Augen mit Tränen füllten.

»Ich hatte vor, Elliot an dem Tag aus der Schule zu nehmen, damit er sich nicht außen vor fühlt«, erklärte Isla. »Sie wollten ohnehin nur Spiele machen und so was, da hätte er nichts Wichtiges verpasst, dachte ich. Ich wäre mit ihm irgendwohin gegangen, aber er bestand darauf, zur Schule zu gehen. Jetzt weiß ich, warum.«

»Ich dachte, du bist sauer«, meinte Leo.

Isla schüttelte nur den Kopf, man sah ihr an, dass auch sie den Tränen nah war.

»Ich bin kein bisschen sauer. Ich bin nur … wir … Ich bin unwahrscheinlich froh, dass es dich gibt.«

Tori griff nach der Box mit Taschentüchern, reichte Isla eines davon und nahm sich flugs auch selbst eines.

»Habe ich dich traurig gemacht?«, fragte Elliot Isla.

»Nein, mein Schatz«, antwortete Isla lachend und unter Tränen.

Elliot sagte zu Leo: »Du musst sie mal drücken. Wenn ich traurig bin, hilft's mir immer, wenn du das mit mir machst.«

Aidan nahm ein Taschentuch und tupfte sich theatralisch die Augen ab. Melody kicherte über seinen Versuch, die Stimmung aufzulockern.

»Ich glaube nicht …«, begann Leo, aber Elliot hatte ihn bereits bei der Hand genommen und führte ihn zum Sofa.

Leo nahm Isla in die Arme und hielt sie fest, und Elliot umarmte sie beide.

Melody wollte bei diesem Anblick schier das Herz zerspringen. Sie waren eine Familie, auch wenn Isla sich dagegen sperrte, es so zu nennen. Melody schielte zu Tori, als Aidan ihr den Arm um die Schulter legte. Sie war überglücklich, dass ihre Schwester und ihre beste Freundin so anständige Männer um sich hatten, zugleich aber spürte sie ihren eigenen Liebeskummer um einiges deutlicher.

Leo hielt weiter Isla umarmt, doch Aidan griff sich schon ein paar Nachos. »Wollen wir rübergehen und uns setzen?«

Melody nickte zustimmend und ließ die kleine Patchwork-familie in der Küche für sich. Sie ging ins Wohnzimmer gleich nebenan.

Aidan ließ sich neben Tori nieder, Melody nahm gegenüber Platz.

»Was habt ihr beide für den Skulpturenwettbewerb geplant?«, erkundigte sie sich.

»Tja, also Kuchen und Torten liegen mir mehr als plastische Kreationen«, meinte Aidan. »Wir haben ja alle das schreckliche Boot gesehen, das ich im Frühjahr zum Heartberry-Love-Festival zusammengebaut habe, aber Gott sei Dank gehört der Modellbau zu Toris Stärken.«

»Wir machen eine Heartberry, eine Megaversion von Max, genau gesagt«, fügte Tori hinzu. Sie sprach von dem Maskottchen für die Werbeanimation, die sie für die Plantage entworfen hatte. »Die Heartberrys haben uns schließlich zusammengebracht, deshalb liegen sie uns am meisten am Herzen in Sandcastle Bay.«

»Und du?«, wollte Aidan wissen.

»Ich würde gern irgendetwas machen, was für das Heartberry-Love-Festival steht«, flunkerte Melody. Nun ja, es war nur eine Notlüge. »Ich mache ein Seeglasmosaik von einem Pärchen. Tori, ich wollte dich mal fragen, ob du mir wohl ein paar Skizzen machen könntest, vielleicht einmal, wie die beiden Figuren Hand in Hand spazieren, einmal, wie sie sich knuddeln und umarmen, und dann mache ich daraus eine Holzschablone für mein Mosaik.«

Tori schnappte sich kurz entschlossen ihren Skizzenblock, den sie gewohnheitsmäßig in der Tasche mit sich herumtrug, und machte sich daran, verschiedene Liebespaare zu skizzieren. Ihre Hand flog über das Papier, als sie diverse Details hinzufügte.

»Leute, das Essen ist fertig«, rief Isla, die eine große Schüssel mit Curry hereintrug und nur so strahlte, seit sie von

Leo umarmt worden war. Elliot hatte zweifellos recht: Von Leos Umarmungen ging eine heilsame Wirkung aus.

Elliot trottete mit einer Platte voller Naanbrot hinter Isla her, Leo im Schlepptau, der den Reis hereinbrachte. Teller und Besteck waren schon auf dem Tisch ausgeteilt, sodass jeder zugreifen konnte. Alle setzten sich, doch der Stuhl neben Melody blieb frei.

Jamie kam offenbar nicht.

»Nach dem Essen möchte Elliot euch eine spektakuläre Zaubervorstellung geben«, kündigte Isla an.

»Prima Verpflegung, prima Gesellschaft, prima Unterhaltung – was will man mehr?«, begeisterte sich Aidan.

Unverhofft klopfte es an der Tür. Isla stand auf und ging hin, Melody zuzwinkernd.

Sie öffnete die Tür, und herein kam Jamie.

»Entschuldigt, ich habe verschlafen, dann musste ich kurz duschen, um richtig wach zu werden.« Als er Isla begrüßte, entdeckte er hinter ihr Melody, und seine Entschuldigung klang eher an sie als an Isla gerichtet.

»Ist schon in Ordnung, wir haben uns eben erst hingesetzt. Bis auf eine kleine verfängliche Episode, bei der mich Leo zum Heulen brachte, hast du nichts verpasst.«

Leo stieß leise Verwünschungen aus.

»Tja, diese Episode braucht ihr mir nicht noch mal vorzuspielen. Schließlich bin ich nicht so gefühllos wie mein Bruder«, sagte Jamie. Er kam ins Esszimmer, gab Tori ein Küsschen, und dann küsste er auch Melody auf die Wange.

Melody wusste nicht, wie sie das einordnen sollte. Noch vor vierundzwanzig Stunden hatten sie beide auf ihrem Sofa gekuschelt und in einem so innigen Kuss aneinandergehangen, dass es ihr schon vorkam, als würde es nicht dabei bleiben. Und jetzt war Jamie hier, nachdem er den ganzen Tag kein einziges Wort mit ihr gewechselt hatte, und streifte nur flüchtig mit einem Küsschen ihre Wange. Es war verständlich, dass er sie nicht vor aller Augen packen und abknutschen konnte, aber sie erhoffte sich für eine vorgerücktere Stunde später etwas mehr als einen Schmatz. Wenigstens hätte er deutlicher signalisieren können, dass da noch mehr drin war.

Er sah besser aus als am Ende ihres letzten Zusammenseins, etwas blass noch, aber nicht mehr ganz so grün im Gesicht wie bei seinem gestrigen fluchtartigen Aufbruch. Auch entspannter wirkte er, ohne Jackett und Schlips. Er trug nur ein hellblaues Hemd, die Ärmel hochgekrempelt, den Kragen geöffnet. Allem Anschein nach fühlte er sich unter seinen Freunden behaglicher als mit ihr allein.

Das bekümmerte sie ein wenig.

Jamie tat sich Essen auf, und Melody reichte ihm das Naanbrot. Er nahm sich einen Fladen.

Sie schob sich eine Gabel Curry in den Mund und musste mit Entsetzen feststellen, dass sie sich mit der leuchtend orangefarbenen Soße das Oberteil bekleckert hatte. Sie fluchte stumm. Warum ausgerechnet hier, wo ihre Beziehung auf dem Spiel stand? Sie krallte sich eine Serviette und fing an, an ihrem Shirt herumzureiben. Da merkte sie, dass Jamie dasselbe tat. Verblüfft sah sie ihn an. So schusselig hatte sie ihn bisher noch nicht erlebt, aber tatsächlich hatte auch er einen kleinen Currysoßenfleck auf seinem Hemd. Ob er das wohl absichtlich gemacht hatte, damit sie sich besser fühlte? Oder war es ihm einfach passiert? Egal, ihr wurde ganz warm ums Herz. Als er partout die Soße nicht abbekam, zuckte er nur gleichgültig die Achseln und richtete seine Aufmerksamkeit auf das Curry. Dann nagelte er Melody komplizenhaft mit einem starren Blick fest, der ihr unmissverständlich klarmachte, dass auch der Fleck auf *ihrem* Shirt belanglos war. Nun legte sie die Serviette weg und wandte sich ihm zu.

»Wie geht es dir jetzt?«, fragte sie leise, während man sich ringsum am Tisch laut unterhielt.

»Besser. Ich habe fast den ganzen Tag geschlafen.«

»Es tut mir so leid.«

»Ach was, das war nicht deine Schuld.«

Melody riss ein Stück vom Naanbrot ab, tunkte es in die Soße und wusste nicht recht, was sie sagen sollte. Warum nur war sie mit einem Mal so hilflos? Sie waren doch schon monatelang dicke Freunde gewesen, fast täglich hatten sie Umgang miteinander gehabt, miteinander geredet und gelacht, und nie hatte sich einer in Bedrängnis gefühlt. Wie vertrackt war es dagegen jetzt!

»Ich habe dir dein Jackett mitgebracht«, sagte Melody und deutete hinter sich.

»Ach, wie gut, da steckt mein Handy drin.«

Melody guckte ihn verständnislos an, doch dann fiel es ihr wie Schuppen von den Augen. »Du hast dein Handy bei mir gelassen?«

»Ja, und das hat mich ganz schön genervt, ich konnte dich nicht anrufen und hatte auch nicht deine Nummer, um dich vom Festnetz anzurufen. Ich habe sogar probiert, mich selbst anzuklingeln, in der Hoffnung, dass du vielleicht abnimmst, aber ich hatte es auf lautlos gestellt, bevor ich zu dir kam. Uns sollte ja niemand in unseren Abend reinquatschen.«

»Ach so…« Augenblicklich schöpfte ihre arme, geplagte Seele neue Hoffnung.

Er sah ihr ins Gesicht. »Du hast versucht, mich zu erreichen, nicht?«

»Ja, zweimal. Ich habe mir Sorgen gemacht und wollte wissen, wie es um dich steht und …« Sie verstummte.

»Wie es um uns beide steht?«, beendete er ihren Satz.

»Ja.«

119

»Ich bin heute früh bei dir vorbeigekommen«, erklärte Jamie.

»Wirklich? Wann denn?«

»Sehr zeitig, da warst du mit dem Paddelbrett beschäftigt. Ich habe vom Ufer aus zugeschaut, du hast … eine erstklassige Figur gemacht.«

Mit einem Kloß im Hals hielt Melody ihren Blick auf ihn geheftet. »Warum bist du denn nicht gekommen und hast mich angesprochen?«

»Du warst so versunken. Ich wollte dich nicht aus deiner Balance reißen. Außerdem war ich noch nicht wieder auf der Höhe, ich war schon wieder auf dem Sprung nach Hause, weil mir so war, als müsste ich mich gleich wieder übergeben. Es tut mir leid, dass wir uns verpasst haben und dass ich dir den ganzen Tag lang Sorgen bereitet habe.«

Die anderen lachten gerade alle über eine Begebenheit, die Tori zum Besten gab. Melody kam es so vor, als redeten Isla und Tori besonders laut, damit sie, Melody und Jamie, etwas unter sich bleiben konnten.

Ihr war bewusst, dass das Essen kalt wurde, während sie sich unentwegt anschauten. Er war ihr also nicht aus dem Weg gegangen, er war sogar gekommen, um sie zu besuchen. Ging es jetzt weiter?

Unter dem Tisch suchte seine Hand ihre, und damit hatte Melody eine klare Antwort. Ihr stockte der Atem.

»Dachtest du etwa, ich lass dich sitzen? Der Abend gestern war so unvergleichlich«, sagte Jamie leise.

Melody war sich nicht so sicher. »Du hast dich meinetwegen übergeben müssen, ich habe dich fast vergiftet.«

»Dieser Kuss war der schönste in meinem ganzen Leben. Um nichts in der Welt hätte ich mich davongemacht.«

»Dann … äh … sind wir also jetzt zusammen? Wirklich?«

»Ja, wenn dir immer noch an einem Typen gelegen ist, der schon bei der geringsten Spur von Austern oder anderen Schalentieren das Kotzen kriegt.«

Melody lächelte. »Wir sind alle nicht vollkommen.«

Darauf lachte Jamie, und sie drückte unter dem Tisch seine Hand.

»Ich würde mir wirklich wünschen, dass es mit uns klappt«, beteuerte Jamie. »Ich habe keine Begabung für Beziehungen und für die richtigen Worte, wenn es um Frauen geht. Ich werde aber daran arbeiten.«

»Du sollst dich um meinetwillen nicht ändern, ich will nicht, dass du im Anzug zu mir kommst. Du sollst dich wohl fühlen in deiner Haut. Und du sollst auch nicht tausendmal hin- und herüberlegen, was du sagst, und dir ständig einen Kopf machen, wie du mir imponieren kannst. Wir sind schon vorher Freunde gewesen, und du warst ganz gelöst in meiner Gegenwart. Das braucht sich nicht zu ändern – wir können trotzdem Freunde bleiben, aber Freunde, die sich küssen und zusammen ausgehen und Zeit zusammen verbringen und reden und lachen, so wie wir's immer getan haben. Und wenn alles so schön bleibt … vielleicht … wird dann daraus mehr …« Wieder verfiel sie in Schweigen, und es blieb Jamie überlassen, sich einen Reim auf dieses »mehr« zu machen.

»Das letzte Wort spricht mich ganz besonders an«, murmelte er und strich ihr, sehr sinnlich, mit dem Finger übers Handgelenk. Heiliger Strohsack, schon eine so leichte Berührung entflammte sie. Und er lächelte, weil er es genauso empfand. »Also … Freundschaft mit der Option zu weiterer Annäherung?«, fragte er.

Melody erschrak ein wenig, weil das so klang, als hätte sie sich soeben auf Kumpelei mit Sex eingelassen, und das lag ihr gar nicht im Sinn. Sie hatte eigentlich sagen wollen, im Falle, dass es mit dieser *Freundschaftsbeziehung* gut laufen würde, könnten sie einander eines Tages auch lebenslängliche Freundschaft versprechen und heiraten. Aber das war noch nicht spruchreif. Jamie scheute vor jeglicher Art von Bindung zurück. Es konnte auch nach ein paar Wochen böse enden. Melody wollte ihn nicht abschrecken und große Reden schwingen übers Heiraten und Vereintsein bis zum Tod. Sie selbst hatte bislang ja auch keine regelrechte Beziehung gehabt. Auch wenn sie sich mal mit dem einen oder anderen getroffen hatte und es mitunter ein paar Monate gehalten hatte, war sie noch nie verliebt gewesen und sie hatte auch nie in Erwägung gezogen, dass derjenige, mit dem sie gerade turtelte, der Mann fürs Leben sein könnte. Bis jetzt nicht. Nun war alles anders und aufregend, und sie wollte alles richtigmachen. Sie mussten es langsam angehen, so viel stand fest. Wenn Jamie entsprechend gelöst war, genoss er vielleicht das, was sie gemeinsam hatten, so sehr, dass er es weiterführen und mit ihr eine dauerhafte Beziehung eingehen würde. Dann konnte man weitersehen.

»Tja, also unsere Dates wären die Vorspeise, der Hauptgang und das Dessert. Die Freundschaft, das sind die Teller und Schüsseln, auf denen sie serviert werden«, versuchte es Melody zu erklären, die sich wirklich auf keine Kumpelei mit Sex einlassen wollte. »Wir lassen die Dinge sich einfach langsam entwickeln, und du wirst erst mal ein bisschen entspannter.«

»Na gut«, erwiderte Jamie nickend.

Am liebsten hätte sie ihn gestreichelt, aber sie wusste ja, dass sie seine empfindliche Intimsphäre nicht verletzen durfte.

»Ich würde dich jetzt gern küssen«, flüsterte sie.

»Glaub mir, wenn wir nachher verschwinden und ich dich nach Hause bringe, machen wir nichts anderes.«

Melody zersprang fast das Herz, und im Bauch flatterten die Schmetterlinge.

Zu ihrer Überraschung legte Jamie den Arm um ihre Schulter, zog sie an sich und küsste sie auf den Kopf. Unwillkürlich breitete sich ein Lächeln über ihr ganzes Gesicht.

»Na endlich!«, rief Isla und hob ihnen ihr Glas zum Toast entgegen. Melody brach in Lachen aus; ob sie wollte oder nicht, sie teilte diese Stimmung. Gut möglich, dass endlich ihr eigenes Liebesleben aus der Sackgasse herausfand.

9

Sie verabschiedeten sich von den anderen, dann nahm Jamie sie bei der Hand, und sie wanderten den Hang hinunter. Es war eine Bilderbuchnacht, der Mond leuchtete über dem Meer und verlieh allem, was in seinem Schein lag, silbrigen Glanz.

»Das war ein langer Abend«, bemerkte Melody. »Ich bin gern in ihrer Gesellschaft, aber eigentlich war ich nur darauf aus, dich wieder zu küssen.«

Jamie legte einen Schritt zu. Auch er wollte sie küssen. Es hatte ihn starken Willen gekostet, sich auf die Gespräche am Tisch zu konzentrieren, statt sich vorzustellen, wie er seine Lippen wieder auf Melodys Mund drückte und ihren Körper in seinen Armen spürte.

Der bloße Gedanke spornte ihn zu schnellerem Tempo an.

»Wohin gehen wir?«, fragte Melody, die in Laufschritt verfiel, um ihm folgen zu können.

»Zu dir.«

»Und warum so eilig?«

»Ich muss dich wirklich küssen.«

Er zog sie an den Strand, wo sie an ihm zerrte, bis er stehen blieb.

»Also küss mich.«

Er drehte sich zu ihr. »Ich hatte vor, uns dafür ein stilleres Plätzchen zu suchen.«

Hier am Strand, abgeschnitten von der Welt, war es stockfinster, doch Melody schien im Dunkeln zu glühen, als der Mondschein auf ihr Gesicht fiel, ihr Haar liebkoste und ihre Augen verschmitzt funkeln ließ.

Sie trat auf ihn zu, ihr Körper drängte sich warm an seinen, und er legte ihr die Hände um die Taille, hielt sie an sich gedrückt.

»Hast du etwa vor, mich nach Hause zu bringen und mich flachzulegen, Jamie Jackson?«

Er schluckte. Ja, sie neckte ihn bloß, daran gab es keinen Zweifel. Im tiefsten Inneren wünschte er sich nichts lieber als eben das, aber er hatte sich vorgenommen, gerade in dieser Hinsicht in kein Fettnäpfchen zu treten.

»Nein, ich … denke mal, so weit sind wir noch nicht. Eile mit Weile.«

»Du hast wohl deine Regeln, wenn du mit einer Frau schläfst?« Melody nestelte an Jamies oberstem Hemdknopf.

Wenn er mit Frauen schlief, dann hielt er sich normalerweise an seine Regel, dass er es nur tat, wenn die Initiative dazu von der Frau ausging oder wenn sie eindeutige Signale sandte, dass sie es wollte. Bislang hatte er keinen Gedanken daran verschwendet, dass es in einer Beziehung die richtige oder die falsche Zeit für Sex gab. Aber bei Melody war das, egal wie sie ihre Beziehung definieren wollte, wichtig. So viel hatte er kapiert. Und ihm lag daran, dass sie ihm voll und ganz vertraute. Sex sollte der natürliche nächste Schritt in ihrem vertrauten und wunderbar freundschaftlichen Umgang sein. Er wollte nichts aus Begierde und körperlichem Verlangen überstürzen, auch wenn gerade jetzt eine Menge davon durch seine Glieder strömte.

Er zog Melody dicht an sich. »Ich denke, wenn wir Freunde sein wollen, die Liebe machen, dann muss es dafür schon gewisse Grundsätze geben.«

»Und zwar welche?« Sie löste den Knopf und gab ihm einen zärtlichen Kuss auf die freigelegte Stelle.

Nun stand er dumm da. Er hatte keine Ahnung, was für Grundsätze das sein sollten, allein ihr Kuss auf seine Brust nahm ihn gefangen. Er fuhr mit der Hand durch Melodys Haar und fragte sich, warum er sich eigentlich zurückhielt. Schließlich waren sie sich beide schon eine ganze Weile nah – hatten sie nicht schon die erste Phase hinter sich, das Kennenlernen und Ausloten, ob sie zueinander passten? Melodys Mund glitt seinen Hals hinauf, während er um Selbstkontrolle kämpfte.

»Ich weiß gar nicht … Ganz sicher waren es gute Grundsätze.« Hier kam Jamie ins Rudern.

Melody lachte. »Okay, ich habe auch welche. Immer, wenn es uns überkommt, küssen wir uns.«

»Sehr gut.«

»Und wir sollten auch tanzen – am Strand, unter den Sternen.«

»Das kriege ich hin.«

»Öffentliche Zurschaustellung unserer Zuneigung. Wenn wir zusammen sind, werde ich damit nicht hinterm Berg halten. Ich rede nicht von Sex vor aller Augen am Sunshine Beach, aber wenn ich dich bei der Hand nehmen oder umarmen möchte, dann will ich das auch tun dürfen. Die Leute aus dem Dorf können mir den Buckel runterrutschen, egal ob Agatha oder jemand anderes. Ich werde nicht so tun, als wären wir bloß Kumpels.«

Damit konnte sich Jamie nicht hundertprozentig abfinden. Ihm wäre es lieber gewesen, wenn sie ihre Zuneigung für sich behalten hätten. Es war keine schöne Aussicht, gleich zum Dorfgespräch zu werden, wenn sie am Abend ein Date hatten.

Andererseits gefiel ihm die Vorstellung, mit Melody Hand in Hand zu gehen, deshalb schlug er ihren Grundsatz nicht aus.

»Also gut«, stimmte er zu.

»Und wir sind ehrlich zueinander«, forderte Melody.

»Das ist ja alles gut und schön, aber woran ich mich halte, das hat mehr damit zu tun … dich und das, was wir haben, zu beschützen. Ich will dich nicht verlieren, und um keinen Preis will ich dir wehtun. Ich will das mit Anstand meistern und nicht mit der Tür ins Haus fallen und alles kaputtmachen.«

Sie nickte. »Ich glaube auch, wenn wir uns Zeit nehmen, machen wir nichts falsch. Für uns ist alles in mancherlei Hinsicht ungewohnt. Auch wenn wir uns gut kennen, sind wir noch nicht bis zum Letzten gegangen, und wenn es dazu kommt, dann verändert sich alles zwischen uns. Ich müsste lügen, wenn ich nicht zugebe, dass ich davor Bammel habe.«

Sie sollte keine Angst haben. Den bloßen Gedanken fand er unerträglich.

»Wieso zerbrichst du dir darüber den Kopf?«

»Und wenn das alles Quatsch ist? Ich habe in meinem Leben gerade mal mit zwei Männern geschlafen, und du mit … weit mehr.«

»Ich habe mit keinem einzigen Mann geschlafen.«

Melody musste lachen, und er atmete auf, weil er sie hatte aufheitern können.

»Du weißt schon, was ich meine«, sagte sie.

»Sieben.«

»Sieben Männer?«, neckte sie ihn.

Er grinste. »Ich finde das nicht viel. Auf keinen Fall genug, um mich in die Schublade des erfahrenen Liebhabers zu stecken. Ich bin ja schon heilfroh, dass ich weiß, wohin mit welchem Körperteil.«

»Na, das ist doch schon mal ein Anfang«, sagte Melody gut gelaunt.

»So richtig überzeugt bist du nicht von mir, oder? Wenn ich Leo wäre, würde ich ganz andere Töne anschlagen: ›Baby, dir wird noch Hören und Sehen vergehen‹, oder ›Ich hör erst auf, wenn du zwanzig Orgasmen hattest‹. Ich kann nur sagen, die Frauen, mit denen ich zusammen war, schienen ihren Spaß gehabt zu haben, also kann ich kein Versager auf der ganzen Linie sein. Ich hoffe, du hältst das nicht für Quatsch.«

»Und wenn es zwischen uns nicht funkt?«

Er lächelte. »Das ist das Einzige, was mir nun gar keine Bauchschmerzen bereitet. Nach unserm Kuss gestern Abend können wir solche Ängste ein für alle Mal begraben.«

Melody setzte ein schiefes Grinsen auf. »Das war ganz schön feurig, nicht?«

»Das war schon fast brenzlig.« Herrgott, wie sehnte er sich nach einer Wiederholung! Wie gern hätte er ihren Leib an sich gerissen und sie abgeküsst, bis sich sämtliche Ängste und Zweifel in Luft auflösten.

»Komm, machen wir's noch mal, jetzt, auf der Stelle, unter dem Sternenhimmel«, schlug Melody vor.

Das ließ er sich nicht zweimal sagen, er neigte den Kopf und küsste sie.

Sie schlang die Arme um seinen Hals und erwiderte seinen Kuss. Sein Herz entbrannte in Freude und Erregung. So musste es sein, wenn man sich küsste. Er fuhr ihr mit der Hand über den Rücken und streichelte sie. Melody ließ die Hände seine Arme hinunter und um seine Schultern gleiten, und als sie ihre Zunge in seinen Mund schob, hob Jamie sie etwas hoch. Sie schlang ihre Beine um ihn, er tat einen Schritt nach hinten, stolperte und fiel rücklings in den Sand, zusammen mit ihr, die nun auf seinem Bauch lag.

Ihre Lippen lösten sich kaum von seinen, nur ein glucksendes Lachen drang aus ihrem Mund. Er strich durch ihr Haar und spürte, wie seidenweich es war. Ihr kaum hörbares

Stöhnen sandte sein Echo und den Kitzel des Begehrens bis in seinen Bauch hinein.

Er wälzte sich herum, sodass er auf ihr zu liegen kam. Als er die Hand an ihrer Seite hochschob und seine Finger die warme, glatte Haut abtasteten, wurde er gewahr, dass ihr trägerloses Kleid heruntergerutscht war und sie keinen BH trug. Sie küssten sich weiter, aber Jamie wusste nicht, wohin mit seiner Hand. Sein armes Hirn kämpfte gegen seinen inneren Schweinehund um die Frage, ob er das Kleid wieder hochziehen sollte oder seinem Verlangen nachgeben durfte, ihre Brust zu streicheln. Am Ende obsiegte sein Begehren, er umschloss ihre Brust und liebkoste mit dem Daumen ihren Nippel.

»Oh, Jamie«, stöhnte Melody. Darin offenbarte sich unmissverständlich ihr Begehren. Es törnte ihn unsäglich an. Er küsste ihre nackte Schulter und dann ihre Brust.

Mit einem Mal wurden sie in einen grellen Lichtstrahl getaucht. Blitzschnell zerrte Jamie Melodys Kleid hoch, damit es nicht anstößig aussah, hob den Kopf und blinzelte in das Licht einer Taschenlampe.

»Was geht hier vor?«, ließ sich eine männliche Stimme vernehmen, in der Jamie gleich die von Trevor, dem in Teilzeit beschäftigten Dorfpolizisten, erkannte.

Melody lachte verhalten, auch sie erkannte seine Stimme wieder.

»Ach, gar nichts, Trevor, ich meine, Herr Wachtmeister«, sagte sie. »Ich bin hingefallen, und Jamie, tja … war so lieb und wollte mir wieder aufhelfen.«

Nie im Leben würde ihnen Trevor dieses Märchen abkaufen, wo Jamie doch verdammt noch mal seinen Mund auf ihre Brust gedrückt hatte. Mit Wiederbelebung brauchte er ihm auch nicht zu kommen.

»So, wie ich es von meinem Standort aus mitbekommen habe, sah es nicht danach aus«, erwiderte Trevor, der seinen Job einen Deut zu ernst nahm. »Es gibt eine ganze Reihe Gesetze, die intimen Verkehr im öffentlichen Raum betreffen. Das Gesetz zur Erregung öffentlichen Ärgernisses soll die Öffentlichkeit davor schützen, sich anstößiges Benehmen mit ansehen zu müssen und –«

»Trevor, wir küssen uns, wir haben keinen Sex, nicht im Entferntesten«, korrigierte Jamie ihn. Er war zunehmend ungehalten. Hätte er Sex gehabt, dann hätte er sich dafür gern anrüffeln lassen. Aber ihm kreiste unaufhörlich der Gedanke im Kopf, dass Trevor ihn aus dem schönsten Kuss seines Lebens gerissen hatte.

»Auch unanständige Entblößung wird vom Gesetz geahndet, aber da ich keine Genitalien gesehen haben, bin ich bereit, euch mit einer Verwarnung davonkommen zu lassen«, meinte Trevor.

Melody, von Jamie zu Boden gequetscht, konnte vor Lachen nicht an sich halten, ihr ganzer Leib bebte.

»Ich schlage vor, ihr trollt euch nach Hause, und wenn ihr in Zukunft eine Nummer unter freiem Himmel schieben wollt, dann treibt es im Garten oder irgendwo, wo ihr niemanden belästigt.«

»Entschuldigen Sie, dass unser Kuss Sie belästigt hat«, stichelte Melody. Sie konnte das Affentheater einfach nicht ernst nehmen.

»Ich werde mit Ihrer Mutter darüber sprechen, Miss Rosewood«, drohte Trevor, der es offenbar gar nicht leiden konnte, wenn man ihn aufzog.

»Mit meiner Mutter?«, fragte Melody ungläubig. »Ich bin einunddreißig, da zieht wohl die Androhung von Stubenarrest oder Taschengeldentzug nicht mehr so richtig.«

Jamie rappelte sich hoch und half Melody auf die Beine. »Komm, gehen wir heim.«

Er hatte keine Lust, Trevor weiteren Anlass zu liefern, sie am Ende doch noch abzuführen.

Melody lachte immer noch. »Ich fürchte mich auch nicht davor, dass der Weihnachtsmann mir Kohle in den Strumpf steckt.«

Jamie legte ihr den Arm um die Schulter und zog sie mit sich fort über den Strand. Trevor sah ihnen hinterher, offenbar wollte er sicherstellen, dass sie sich nicht irgendwo anders hin verkrümelten, um ihre Sexspielchen fortzusetzen.

»Nimmst du ihm das ab?«, fragte Melody, als sie sich schon aus Trevors Hörweite entfernt hatten. »Wusstest du, dass er was mit meiner Mutter hat?«

Jamie lachte. »Nein, das wusste ich nicht, aber da haben sie wenigstens beim nächsten Tête-à-Tête etwas zu bekakeln.«

Melody stöhnte. »Was findet meine Mutter an so einem Trauerkloß wie ihm? Ich würde mich freuen, sie wieder glücklich zu sehen, aber dass ausgerechnet Trevor das hinkriegt, bezweifle ich.«

»Er ist doch ein ganz verträglicher Zeitgenosse, wahrscheinlich ödet ihn bloß sein Job an, weil hier tote Hose ist. Es gibt praktisch keine Kriminalität in Sandcastle Bay. Wenn er von der geringsten Missetat Wind kriegt, schlägt er zu.«

Melody brummte verdrießlich. »Er hat uns bei dem himmlischsten Kuss unterbrochen, den ich je genossen habe. Trevor steht momentan nicht obenan auf der Liste meiner liebsten Menschen.«

»Keine Angst, da werden noch viele Küsse kommen.«

»Na hoffentlich.« Melody schwieg einen Augenblick. »Ist daran etwas falsch, wenn ich jetzt tatsächlich unter freiem Himmel vögeln will?«

Jamie lachte. »Sicher finden wir ein Plätzchen, wo uns niemand beobachtet, wenn die Zeit dafür reif ist.«

Er brachte sie bis an ihre Haustür, wo man schon Rocky vor Freude über Frauchens Rückkehr kläffen hörte.

Melody machte die Tür auf und nahm den Welpen auf den Arm. Er strampelte glückselig. Jamie ahnte, wie Rocky sich in ihren Armen fühlte.

»Willst du mit reinkommen?«

Er tat einen Schritt auf sie zu und gab ihr rasch einen Kuss auf den Mund. »Ich würde schon sehr gern, aber lieber nicht.«

»Du machst dir wohl in die Hose wegen meiner Peitschen und Handschellen?«, setzte Melody ihm schelmisch zu.

»Ich habe Schiss, dass du über mich herfällst, kaum dass die Tür zu ist, und mich missbrauchst.«

Sie lachte. »Da könnte was dran sein. Wobei ich denke, dass du schon auf dich aufpassen kannst.«

Er umarmte sie und gab ihr noch einen flüchtigen Kuss. »Glaubst du denn, ich wäre fähig, deine Avancen abzuwehren? Ich wäre hilflos deinen Tücken ausgeliefert, und am nächsten Morgen würde ich mich schmutzig und benutzt fühlen, aber dabei sehr, sehr glücklich.«

»Das klingt doch gar nicht so schlimm.«

»Das klingt sogar umwerfend. Gute Nacht, meine Sirene.«

Sie stellte sich auf die Zehenspitzen und küsste ihn, dann ging sie ins Haus und schloss mit einem Lächeln die Tür.

Ganz kurz lehnte er die Stirn an die Tür und seufzte. Oh Gott, mit ihr zusammen zu sein würde noch einiges an innerem Aufruhr mit sich bringen, doch er kostete jede Minute davon aus.

10

Am darauffolgenden Tag beriet Melody gerade eine Kundin, als Jamie in den Laden kam. Sein Anblick löste sogleich gelindes Herzflattern bei ihr aus, was befremdlich war, wo sie Jamie doch erst vor ein paar Stunden gesehen hatte, als sie Hand in Hand den Strand entlang zur Arbeit wanderten. Er hatte ihr einen Abschiedskuss verpasst, ehe sie in ihr Geschäft trat, und alles schien bestens zwischen ihnen.

Er zwinkerte ihr zu und tat so, als wollte er sich nur im Laden umschauen. Lächelnd wandte Melody sich wieder der Kundin zu, die sich nicht zwischen einer Halskette mit einem Seepferdchen aus Opal und einer mit einem Seestern aus Türkis entscheiden konnte.

»Sie sind so wunderschön, sie gefallen mir wirklich alle beide«, klagte die Frau. Melody hatte sie noch nie gesehen, folglich war sie wohl eine Urlauberin. Bei ihrer Kundschaft handelte es sich zumeist um Touristen, wenn es nicht jemand aus dem Dorf war, der ein Geschenk suchte.

Jamie kam herangeschlendert. »Sie sind beide sehr hübsch.«

Die Frau sah zu ihm hoch, augenblicklich erhellte sich ihr Gesicht. Melody schmunzelte. Jamie war eben sexy, und sie wusste, dass eine Menge Frauen ihn attraktiv fanden, doch das war es nicht, weshalb er Melody gefiel. Sie fühlte sich von seiner freundlichen Art, seinem liebenswerten Naturell und seiner Herzlichkeit angezogen.

»Soll das für Sie selbst sein?«, fragte Jamie.

»Ja, als Souvenir von meinem schönen Urlaub hier.«

»Tja, also in dem Fall sollten Sie beide nehmen«, redete Jamie ihr zu. »Dann haben Sie je nach Garderobe immer die Wahl, und Sie tragen immer und überall ein Stück von Sandcastle Bay bei sich.«

Die Frau betrachtete die Ketten und nickte. »Wissen Sie was, Sie haben wohl recht. Ich nehme beide.«

Melody tippte den Kauf in die Registrierkasse ein, wenig später verließ die Dame das Geschäft und winkte Jamie beim Weggehen zu.

Jamie winkte zurück und drehte sich zu Melody um, noch ehe die Tür wieder zufiel.

»Du kannst dich ja ganz schön einschleimen«, meinte Melody.

»Na was denn, habe ich dir nicht ein Geschäft vermittelt?«, entgegnete Jamie, die Ellbogen auf den Tresen gestützt, und gab ihr einen aufreizenden Kuss.

Melody schmunzelte dabei. »Kann ich dir irgendwie helfen, oder bist du nur aufgetaucht, um meinen Kundinnen nachzustellen?«

»Ja, du könntest mir tatsächlich behilflich sein – ich suche zwei Edelsteine von gleicher Größe, mit runder Form, aber es muss genau der richtige Blauton sein.«

Jamie hatte früher schon verschiedene Steine für seine Plastiken gekauft, deshalb fand sie sein Anliegen nicht ungewöhnlich.

»Nun ja, ich habe viele verschiedene blaue Steine da, die ich noch in keinem Entwurf verwendet habe. Was für ein Blau suchst du denn?«

Damit holte sie ihren Kasten mit den Schmucksteinen hervor, die farblich sortiert ausgelegt waren, und durchsuchte ihn.

»Blaugrün wie das Meer.«

»Soll es funkelnd und poliert wie ein Saphir sein, oder eher in einem matteren Farbton, so wie ein Türkis?« Sie zeigte auf zwei entsprechende Steine.

»Auf jeden Fall sollen sie funkeln.«

»Gut.« Sie sammelte verschiedene Farbnuancen heraus. »Da hätten wir blauen Topas, Spinell, Zirkon … Der Zinkspat hat auch einen hübschen blaugrünen Schimmer.«

Jamie besah sich prüfend die Steine, schien aber von keinem so recht überzeugt.

»Und was ist mit dem hier?« Er zeigte auf einen Stein, der blaue und grüne Schattierungen aufwies und dazu noch von violetten und türkisen Adern durchzogen war. Er war sehr schön und gehörte zu Melodys Lieblingssteinen. Es fiel ihr schwer, ihn wegzugeben, weil sie so etwas selten in die Hände bekam. Gerade waren nur noch vier, fünf davon da. Trotzdem nahm sie den Stein heraus und legte ihn auf den Tresen.

»Man nennt das Mystik-Topas, den finde ich selbst am allerschönsten.«

Er sah zu ihr auf und lächelte. »Genau so etwas suche ich. Hast du zwei davon in derselben Farbe und Größe?«

Melody durchforstete den Schmuckkasten und nahm mit Genugtuung einen zweiten Stein heraus. »Hier haben wir noch einen.«

Beglückt heftete er den Blick auf die Steine. »Die sind genau richtig. Darf ich dich fragen, ob du einen dritten Stein hast, ein bisschen kleiner?«

Melody durchsuchte den Kasten und wurde noch einmal fündig. Sie legte den Stein zum Größenvergleich neben die beiden anderen; er war halb so groß.

Die Ladentür öffnete sich, und Melody schaute auf. Überrascht stellte sie fest, dass es ihre Mutter war, die da hereinspazierte. Schon ein Jahr lang führte Melody ihr Geschäft in Sandcastle Bay, und kein einziges Mal hatte ihre Mutter sich hier blicken lassen.

Melody ließ ihr Gelegenheit, sich umzuschauen und eventuell einen Kommentar über den Laden abzugeben oder vielleicht etwas Positives oder gar Freundliches über ihr Schmuckangebot zu sagen, aber Fehlanzeige.

»Hallo Melody, wie geht's dir?« Ihre Mutter rang sich ein kleines Lächeln ab.

»Danke, gut, Mum, und dir?« Auch Melody konnte höflich sein.

»Ach, ganz gut«, antwortete ihre Mutter. Immer ging es ihr ganz gut, nie bestens, nur ganz gut – wenn sie nicht eine ganze Litanei von Wehwehchen aufzählte. Heute hatte sie offenbar einen guten Tag.

Unbehagliches Schweigen griff um sich. Jamie half tapfer aus.

»Hallo, Carolyn.«

»Grüß dich, Jamie, was macht das Atelier?«

»Alles spitzenmäßig, es läuft wie am Schnürchen«, gab er Auskunft.

»Das ist ja gut«, erwiderte Carolyn.

Großer Gott, war das eine blöde Situation. Melody überlegte, ob ihre Mutter wohl schon unterrichtet war, dass zwischen Jamie und ihr etwas lief, und ob sie sich darum überhaupt scherte.

»Letztens habe ich eine Plastik von dir bei … einem Freund gesehen. Du hast tatsächlich großes Talent.«

Ihre Worte trafen Melody. Sie fand es schön, wenn Jamie für seine Kunstwerke gewürdigt wurde, er war begabt und verdiente jede Anerkennung dafür. Das war jetzt das erste Mal seit Jahren, dass sie von ihrer Mutter so etwas wie Worte der Wertschätzung hörte, aber die waren nicht an sie, sondern an jemand anderen gerichtet.

»Kann ich dir irgendwie helfen?«, erbot sich Melody und hörte ihren eigenen unterkühlten Ton heraus.

»Ich komme nur, weil Tante Rosa nächste Woche Geburtstag hat, da wollte ich ihr was schicken. Sie steht auf Schmuck. Und du verkaufst ja so etwas …«

»Du meinst also, Tante Rosa gefällt vielleicht etwas von dem, was ich entworfen habe?«, fragte Melody und spürte, dass sie sich ein klitzekleines Kompliment ersehnte.

»Sie hat einen ziemlich verschrobenen und eigenartigen Geschmack, ganz wie du. Sicher findest du für mich etwas Passendes.«

Gott behüte, von wegen Kompliment.

Melody atmete tief durch. »Tante Rosa mag doch auffällige Ringe, vielleicht suchst du dir was aus den Vitrinen da drüben aus.«

Ihre Mutter tat wie geheißen und warf einen Blick darauf, und Melody fahndete in ihrer Miene nach einem Zeichen der Zustimmung. Selbstverständlich würde sich ihre Mutter nichts davon anmerken lassen, und keine zehn Pferde konnten sie dazu bringen, einen Ring in Größe XXL oder ein anderes Schmuckstück aus Melodys Werkstatt zu tragen. Erwartungsgemäß rümpfte sie verächtlich die Nase.

Das kränkte Melody erneut.

Sie warf einen Blick zu Jamie hinüber, der betroffen dastand. Er spürte sicher, dass die Nerven zum Zerreißen gespannt waren. Melody hatte ihm schon manches über die Beziehung zu ihrer Mutter erzählt.

Jamie trat neben Carolyn vor die Vitrine. »Ich finde diese Ringe sehr schön, sie sind ein Blickfang, sie haben so kräftige Farben und richtig Pfiff.«

Melody schlug das Herz höher.

»Ich habe es lieber, wenn Schmuck ein bisschen dezenter ist«, entgegnete Melodys Mutter.

»Nun ja, dezenter Schmuck am rechten Ort, zur rechten Zeit, aber auch diese wundervollen Ringe haben ihre Berechtigung. Der hier ist doch reizend«, meinte Jamie und nahm einen Ring aus der Vitrine, auf dem sich Steine wie ein Häufchen M&Ms türmten. Melody hatte sie aus PVC-Masse modelliert und anschließend poliert, bis sie den Schokodropsen ähnelten. Sie waren leicht herzustellen, und die Kunden waren verzückt. »So was wird unglaublich nachgefragt.«

»Ach ja?«, wunderte sich Melodys Mutter.

»Die Menschen tragen doch Schmuck, um sich damit auszudrücken. Manch einer hat einen kindlichen, scherzhaften Sinn für Humor, und das gibt sich im Schmuck zu erkennen. Möglicherweise ist das hier nicht so Ihr Ding, aber wie wäre es mit dem da?«, hakte Jamie nach und entnahm der Vitrine einen Ring mit Regenbogenpyrit und goldenen Sandkörnchen, die zu einem Stern geformt waren. Melody liebte diesen Ring und glaubte, Tante Rosa ginge es genauso.

»Ich denke, der wäre okay«, ließ sich Carolyn breitschlagen. Wahrscheinlich war damit der spontane Besuch abgehakt.

Jamie brachte den Ring zur Ladenkasse, Melody steckte ihn in ein Etui und gab den Betrag ein. »Sechsundzwanzig Pfund bitte.«

Ihre Mutter zahlte.

»Danke, Melody.«

Postwendend verließ sie das Geschäft, ein winziges, wehmütiges Lächeln im Gesicht, und schon war sie wieder weg.

Jamie sagte erst einmal keinen Ton. Was gab es da schon zu sagen?

Melody stöhnte und vergrub das Gesicht in den Händen.

»Warum tue ich mir das nur immer wieder an? Warum giere ich nach ihrer Anerkennung? Ich bin vollauf zufrieden mit den Sachen, die ich hier herstelle, mehr als mit dem Schmuck, den ich in London verkauft habe. Mich macht es glücklich, die Kunden macht es glücklich, und ich kann davon sehr gut leben – warum zum Teufel juckt es mich, was *sie* davon hält?«

»Ich glaube, man wünscht sich immer, dass die Eltern stolz auf einen sind«, erklärte Jamie. Er trat um den Tresen herum und nahm Melody in die Arme.

Sie ließ den Kopf an seine Brust sinken. Zwar waren alle tröstlichen Worte vergebens, aber es tat gut, dass er da war.

»Sie hat seit zwanzig Jahren nichts Positives von sich gegeben, seit mein Dad wegging, als ich dreizehn war. Eigentlich hatte ich die Hoffnung aufgegeben, jemals wieder etwas Gutes von ihr zu hören. Aber seit sie Frühlingsgefühle für Trevor Harris hegt, ist sie anscheinend etwas milder geworden. Isla hat das auch schon erlebt, wenn Mum mit Elliot zusammen war, und es ist schon erstaunlich, dass sie heute überhaupt hierherkam. Daher habe ich schon geglaubt, dass sie sich vielleicht doch mal zu einer Nettigkeit herablässt. Das hat sie auch getan, dir gegenüber. Da taucht sie nun das erste Mal in meinem Schmuckgeschäft auf und hätte sich doch weiß Gott mal ein paar Worte abringen können, wie geschmackvoll der Laden ist oder wie stolz sie auf mich ist oder dass sich mein Schmuck sehen lassen kann. Aber nix da. Sie kann nicht mal zugeben, dass Tante Rosa der goldene Ring gefallen könnte, nur eben, dass er okay ist.«

Sie sog tief die Luft ein.

»Ach, ich bin traurig. Keine Ahnung, warum ich sie an mich herangelassen habe. Ich habe nur mitbekommen, wie abschätzig sie auf meine auffälligen Ringe geschaut hat, und schon war ich wieder die Vierzehnjährige, die aus dem Kunstunterricht in der Schule ein Bild mit nach Hause bringt. Derselbe Blick. Damals ging es mir unter die Haut, und jetzt genauso.«

Jamie strich ihr übers Haar, und sie lächelte wieder. Sie wusste nicht, wie Jamie daraufkam, er könne nicht mit Frauen umgehen. Er war für sie da, ganz genau so, wie sie seiner bedurfte.

»Ich hatte als Kind zwei linke Hände –«

»Nur als Kind?«, fiel ihr Jamie ins Wort und brachte sie damit zum Lachen.

»Ja, schon, heute auch, aber Dad wurde immer fuchsteufelswild. Mum hatte dann Mitleid und trat für mich ein, wenn ich was umgeworfen oder zerschlagen hatte. Auch in der Schule hatte ich zu kämpfen, Dad saß oft stundenlang mit mir am Tisch über den Hausaufgaben und versuchte, mir dabei zu helfen. Als er verschwand, gab ich mir eine Zeitlang selbst die Schuld. Wenn ich klüger, intelligenter, besser, weniger ungeschickt gewesen wäre, wäre er vielleicht bei uns geblieben. Ich habe alles darangesetzt, als Abiturientin diesen Vorgaben zu genügen, in jedem Fach zu glänzen und nicht so trampelig zu sein. Wahrscheinlich hatte ich den Hintergedanken, er käme dann wieder und würde sehen, wie pfiffig ich bin. Auch hoffte ich wohl, Mum wäre dann stolz auf mich und ich könnte sie wieder glücklich machen. Irgendwo im tiefsten Inneren fürchtete ich wahrscheinlich, dass auch sie mich im Stich lassen könnte.«

Sie holte tief Luft, und Jamie gab ihr einen zärtlichen Kuss auf die Stirn.

»Sie war aber nicht stolz. Nichts, was ich tat, machte Eindruck auf sie. Sie regte sich auf, redete alles schlecht und ließ niemanden an sich heran, auch mich nicht. Was noch schlimmer war: Wenn ich etwas umgeworfen oder zerschmissen hatte, zeigte sie keine Spur von der Geduld mehr, die sie früher mit mir hatte. Ich habe gern Geschichtchen geschrieben, die ich ihr gab, die lagen dann auf dem Küchentisch herum, ungelesen, bis sie mit uns Kindern herummeckerte, dass wir den Müll wegräumen sollten. Ich gewann einen Preis im Kunstunterricht, und sie kam nicht mal zur abendlichen Preisverleihung. Matthew und Isla waren da, sogar mein Dad tauchte auf, aber sie nicht. Sie interessierte sich nicht die Bohne für das, was ich machte. Es war auch nicht gerade förderlich, dass es nicht viel gab, worauf ich mir etwas einbilden konnte. In keinem Fach war ich gut in der Schule, bei allem nur durchschnittlich. Ihre Gleichgültigkeit hätte ich vielleicht noch ertragen, aber dass sie einem immer in die Suppe spuckte, war ganz schlimm. Die spitzen Bemerkungen, die enttäuschten, gereizten Blicke – die schmerzten. Allmählich habe ich mein Selbstbewusstsein verloren. Matthew und Isla waren großartig, sie haben mir immer zur Seite gestanden und versucht, mich aufzubauen und mir zu versichern, wie viel sie von mir hielten. Erst als ich meinen Abschied von zu Hause nahm und an die Universität ging, schwante mir, dass ich auf Mums Akzeptanz pfeifen konnte und dass es mich nur deprimierte und demoralisierte, mit ihr unter einem Dach zu leben. Da habe ich mir geschworen, mich nie wieder von ihrem Desinteresse oder ihren vernichtenden Blicken beleidigen zu lassen. Ich fürchte nur, dass ich das Problem nie aus der Welt geschafft habe, bestenfalls habe ich die Zeit eingegrenzt, die ich neben ihr gelebt habe. Das funktioniert schon, es sei denn, sie steht mir leibhaftig gegenüber.«

»Das klingt, als hättest du es wirklich schwer gehabt. Die Jugendzeit gibt doch den Ausschlag, wie man als Erwachsener wird. Man braucht Unterstützung und Führung, es hört sich aber an, als hättest du nichts davon bekommen«, meinte Jamie einfühlsam. »Die Scheidung hat deine Mutter anscheinend total aus der Bahn geworfen, und das hat sie an dir ausgelassen. Ich möchte wissen, ob sie das heute bereut.«

Melody seufzte. »Das möchte ich bezweifeln.« Sie sah ihn an. »Was für ein Verhältnis hast du zu deiner Mum? Soviel ich weiß, seht ihr euch nicht sehr oft.«

»Nur, weil sie so weit weg wohnt. Wir sind uns nahe. Sie hat mich immer bei meinen künstlerischen Ambitionen unterstützt und bestärkt mich darin, dass ich meine Träume verwirkliche.«

»Sollte sich nicht jeder Vater, jede Mutter so verhalten?«, fragte Melody. »Stolz sein auf die Erfolge der Kinder und überall davon herumerzählen?«

Er nickte. »Manche Eltern scheinen diese Regeln nicht zu kennen.«

Schwermütig legte Melody wieder den Kopf an Jamies Brust. »Sie war doch nicht immer so. Als wir klein waren, war sie eine wunderbare Mum, erst mit Dads Auszug änderte sich alles schlagartig.«

»Vielleicht lebt diese andere Mum noch, tief in ihr verborgen, aber da sie so lange ihre Wut ausgetobt hat, findet sie das Türchen nicht mehr. Das ist inzwischen für sie normal geworden. Hast du sie mal darauf angesprochen?«

»Nein, ich behandele sie immer wie ein rohes Ei. Sie explodiert beim geringsten Anlass, deshalb hat es sich bislang bewährt, Vorsicht walten zu lassen und von vornherein jedes Streitthema zu meiden. An manche Dinge rühre ich lieber nicht.«

»Aber ich glaube, nichts wird besser, wenn sie nicht begreift, wie weh sie dir damit tut.« Jamie strich ihr zärtlich über den Rücken. »Ist es nicht einen Versuch wert? Momentan hast du doch praktisch keinerlei Beziehung zu ihr, also kann es nicht schlimmer werden. Ich würde dich begleiten, wenn du willst.«

Sie sah ihm in die Augen und lächelte. »Du bist so lieb, Jamie Jackson. Und ich weiß, dass du recht hast. Lass mich mal nachdenken, was ich ihr sagen könnte. Vielleicht tausche ich mich auch mal mit Isla aus. In Situationen wie dieser fehlt mir Matthew. Er hat mich immer besänftigt, wenn ich mich über Mum aufregte. Wie gut, dass du in seine Fußstapfen getreten bist.«

»Ich bin immer für dich da, Melody. Egal, was zwischen uns passiert, ich stehe dir bei.«

Sie lächelte traurig. Er hatte als Kind seinen Vater verloren, und wenn sie auch nicht oft darüber redeten, wusste sie, dass das schwer für ihn gewesen sein musste.

»Ich bin auch für dich da. Wahrscheinlich geht der Schmerz, wenn man einen nahestehenden Menschen verloren hat, nie richtig vorbei.«

»Nein, aber mit der Zeit lernt man, damit umzugehen.«

»Also mit mir kannst du immer darüber sprechen.«

Jamie lächelte, neigte den Kopf und küsste sie, ihr Gesicht zwischen den Händen.

Die nächste Kundin trat ein, Jamie gab Melody ein Küsschen auf den Kopf und wandte sich zur Tür.

»Danke, dass du da warst«, sagte Melody leise, während die Kundin sich bereits im Geschäft umschaute. »Kommst du heute zum Mittagessen? Ich treffe mich mit Tori.«

»Ich muss weiter an meiner Figur werkeln, sonst werde ich nie damit fertig. Oder bin unzufrieden.«

»Ja, verstehe. Soll ich dir was mitbringen?«

»Ein Schinkensandwich wäre klasse.«

Melody nickte, und da die Kundin ihnen weiter den Rücken zuwandte, während sie in die Vitrinen spähte, reckte Melody den Hals und gab Jamie einen Kuss auf den Mund. Er erwiderte ihn und zeigte dabei nicht die geringste Verlegenheit. Oh Gott, wie liebte sie diesen Mann.

Er tat mit einem Lächeln auf den Lippen ein paar Schritte zurück. »Bis später, meine liebe Sirene.«

Sie schaute ihm hinterher, genauso strahlend wie er, bis ihr aufging, dass die Kundin sich die ganze Zeit in Geduld fassen musste.

»Verzeihen Sie, kann ich behilflich sein?«

»Ach, meine Liebe, wenn ich so einen Mann hätte, würde ich ihn auch ohne Unterlass abknutschen.«

Melody lachte, wohl wissend, was für ein Glück sie mit einem solchen Mann hatte.

11

Melody erreichte das Cherry on Top noch vor Tori. Sie hatte am Morgen damit begonnen, an ihrem Mosaik für den Skulpturenwettbewerb zu arbeiten. Klaus hatte nach Toris Entwurf eine Schablone zugesägt, und stundenlang hatte Melody gut gelaunt Seeglas geschliffen und es an den entsprechenden Stellen mit Leim angeklebt. Jetzt hatte sie einen Mordshunger. Sie bestellte sich ein Hähnchensatay mit Waffeln und suchte sich einen Platz in der Ecke, Rocky dirigierte sie zwischen ihre Füße. Agatha saß am Nebentisch, war aber vertieft in ein Gespräch mit Elsie West von der Apotheke. Also war es vielleicht möglich, dass Tori und Melody miteinander plaudern konnten, ohne belauscht zu werden.

Melody schwebte im siebten Himmel. Sie meinte, jeder müsse längst mitbekommen haben, dass sie und Jamie ein Paar waren. Und falls die anderen doch noch nicht auf dem Laufenden waren, würde ihr strahlendes Gesicht sie verraten. Aber das war ihr so was von egal. Sollte es doch in der Gerüchteküche brodeln. Sie ging mit Jamie Jackson, und das war ein triftiger Grund, glücklich zu sein.

Gerade kramte sie ihr Handy aus der Tasche, um Jamie eine verliebte SMS zu schicken, da schneite Tori herein, und Melody war ganz aufgeregt: Aidan würde Tori doch heute Abend seinen Heiratsantrag machen. Morgen um dieselbe Zeit würde sie bereits den Ring mit dem Mondstein tragen und wäre verlobt, wovon sie jetzt noch keinen blassen Schimmer hatte.

Als Tori an den Tisch trat, merkte Melody, dass sie etwas durcheinander war.

Melody stand auf und wollte sie umarmen. »Alles in Ordnung bei dir?«

Tori nickte. »Na ja, eigentlich nicht.«

»Was ist denn los?«

»Aidan führt irgendwas im Schilde.«

Melody rutschte das Herz in die Hose. Anscheinend hatte Aidan bei seinen Vorbereitungen nicht die notwendige Achtsamkeit walten lassen.

»Wie meinst du das?«, fragte sie und gab sich dabei Mühe, ahnungslos zu scheinen. Mit dem Flunkern tat sie sich immer schwer.

»Keine Ahnung, er benimmt sich so seltsam«, meinte Tori. »Er macht so einen überdrehten Eindruck, als hätte er Angst, ich könnte ihn bei irgendwas erwischen. Mehrfach bin ich ins Zimmer gekommen, da hat er wie ertappt das Handy weggelegt, das Display nach unten, damit ich nicht sehen konnte, wer es war. Ein andermal sagte er, dass er aufs Erdbeerfeld wollte, und als ich hinging, um ihm auszurichten, dass jemand angerufen hatte, da war er gar nicht da. Und … gerade bin ich Mary Nightingale begegnet, die meinte, dass sie ihn gestern gesehen hat, da ging er mit einer blonden Frau aufs Heartberryfeld. Was hat er da getrieben? Die Sträucher sind leergepflückt, es gibt keine Beeren mehr, und wer ist die Blondine, mit der er zusammen war?«

Was für ein ausgemachter Blödsinn.

»Du kennst doch Mary Nightingale, die setzt nie ihre Brille auf, vielleicht dachte sie nur, es war Aidan, dabei war es jemand anders.«

»Wer sollte denn sonst auf das Feld gehen? Es ist schließlich privates Gelände.«

»Na ja, die Leute von hier nehmen das sicher nicht so genau. Du weißt doch, dass auch viele in der Grotte bei der Orchard Cove Zuflucht suchen, um sich unerlaubt miteinander zu verlustieren.«

Tori war wie vom Schlag getroffen.

»Und wenn er genau das vorhatte?«, fragte sie mit zitternder Stimme. »Sich mit einer Frau zum Sex zu treffen?«

Himmelherrgott, so ein blöder Quatsch.

Was sollte Melody ihr nur sagen? Dass sie selbst diese Blondine gewesen war, die Mary Nightingale mit Aidan zusammen durchs Feld hatte gehen sehen? Wie sollte sie Tori plausibel machen, was sie mit Aidan gemacht hatte, ohne das Geheimnis auffliegen zu lassen?

»Aidan hat sich nicht zum Sex verabredet«, versicherte sie ihr mit fester Stimme. »Dieser Mann ist wahnsinnig verliebt in dich. Du vertraust ihm doch, oder etwa nicht?«

»Na sicher doch.«

»Warum regst du dich dann auf, wenn er mit einer anderen Frau gesichtet wird? Hätte er sich dabei ertappen lassen, wie er sie küsst, dann müsste man sich selbstverständlich Sorgen machen, aber schlicht und ergreifend übers Beerenfeld zu stiefeln, das sagt doch gar nichts.«

»Du hast ja recht, ja doch. Aber ich spüre, dass er mit etwas hinterm Berg hält, alles bei ihm ist in den letzten Tagen so diffus und schwammig, er weicht mir aus. Um meinen Geburtstag geht es nicht, das weiß ich. Was führt er im Schilde? Ich habe das schon mit Luke erlebt, der hatte ein Verhältnis mit einer anderen, und erst nach einem halben Jahr habe ich das herausgefunden. Ich war so blauäugig, war voller Vertrauen zu ihm, dabei hatte er die ganze Zeit ein Verhältnis. Aber wenn ich ehrlich bin, hatte es Zeichen gegeben, die Heimlichtuereien, die Lügen, in denen er sich dann verfing. Ich ahnte, irgendwas liegt in der Luft, aber ich konnte einfach nicht glauben, dass er untreu war. Noch einmal renne ich nicht blind ins Verderben.«

»Aidan ist anders, er würde dir nie etwas Schlimmes antun, er liebt dich.«

Tori nickte, aber sie schien nicht so ganz überzeugt. »Bei Luke dachte ich auch, er wäre anders.«

»Wann habt ihr beide zum letzten Mal miteinander geschlafen?«

»Gestern Abend, als wir von Isla zurückkamen.«

»Und ging das von ihm aus oder von dir?«

»Von ihm. Meistens ist er wie ein läufiger Hund, ich kann ihn kaum abwimmeln«, meinte Tori, und schon wagte sich ein kleines Lächeln auf ihre Lippen. »Ich finde es krass, wie scharf er auf mich ist.«

»Du sagst es. Würde er sich woanders Sex suchen, wenn er ihn doch jederzeit bei dir haben kann?«

»Stimmt. Ich bin ganz schön beknackt, was?«

»Ja, kann man wohl sagen«, antwortete Melody, erleichtert, dass sich die dunklen Wolken verzogen hatten.

Tori schien kurz nachzudenken, über die Speisekarte gebeugt. »Bloß erklärt das alles nicht, warum er mit einer blonden Frau auf dem Heartberryfeld war. Vielleicht frage ich ihn mal. Wenn es etwas Belangloses war, dann wird er mir's ja erklären.«

Melody hielt die Hand ihrer Freundin fest, als sie nach dem Handy griff. Falls Aidan log, was er ganz gewiss täte, dann wäre Tori umso argwöhnischer.

»Ich war es, mit der Aidan zusammen war. Weiß Gott, warum Mary mich nicht erkannt hat, aber sie hat doch nie ihre Brille auf der Nase. Aidan wollte mir etwas zeigen.«

Perplex starrte Tori sie an, sicher fragte sie sich, warum sie es nicht gleich gesagt hatte, als Tori die Sache aufs Tapet brachte.

»Aber … was wollte er dir denn zeigen?«

Um Himmels willen, sie ritt sich immer tiefer hinein.

»Weißt du, er hat eine Überraschung für dich.«

»Eine Überraschung?«, fragte Tori verständnislos. Angestrengt überlegte sie, worum es sich wohl handeln könnte. Dann kam ihr eine Erleuchtung.

»Nein, das auch wieder nicht, nichts Weltbewegendes«, beeilte sich Melody zu sagen, ehe Tori sich in ihrer Fantasie einen bombastischen Heiratsantrag ausmalte, nämlich genau so einen, wie sie ihn bekommen sollte. »Es ist nichts Großartiges, Aidan wollte sich nur etwas Schönes für dich einfallen lassen, und ich habe ihm ein bisschen dabei geholfen.«

Das Gespräch driftete in die falsche Richtung, Melody hatte nichts über den bevorstehenden Abend ausplaudern wollen. Andererseits konnte sie Tori doch nicht in dem irrigen Glauben lassen, dass Aidan eine schäbige Affäre hatte. Mit Sicherheit würde sie ihm nicht ihr Jawort geben, nachdem sie sich den lieben langen Tag den Kopf zermartert hätte.

Die Anspannung wich zusehends von Tori. »Oh Gott, was bin ich nur für eine dumme Kuh. Warum schwebt mir gleich das Schlimmste vor?«

»Weil du früher einmal eine bittere Pille schlucken musstest.«

»Ja, schon, aber es gab doch keinen Anlass zum Zweifel. Ich liebe ihn, er liebt mich auch. Ich bin in der letzten Zeit so empfindsam, warum auch immer. Heute früh habe ich zum Beispiel das große Flattern gekriegt, als ich im Bett lag, er hatte sich an mich geschmiegt, und mir ging durch den Kopf, dass ich doch momentan im siebenten Himmel schwebe, und dann kamen die schwarzen Gedanken: Wenn das alles aufhört, was wird dann aus mir? Und ich hatte buchstäblich Tränen in den Augen, als ich mir vorstellte, ihn zu verlieren … Meine Herren, ich könnte schon wieder losheulen, wenn ich dran denke. Was ist nur los mit mir? Ich nehme an, dazu noch diese Geheimniskrämerei, das gibt mir den letzten Rest.«

Melody zog nachdenklich die Stirn in Falten. Sie dachte an den gestrigen Abend, da hatte Tori ganz schön reingehauen. Alle hatten lachen müssen, als sie sich den zweiten Nachschlag vom Curry nahm und dazu noch ein Dessert. Und neulich, als sie zusammen zu Mittag aßen, hatte Tori auch Unmengen in sich hineingeschaufelt.

Sie nahm Toris Hand und wollte gerade etwas sagen, da lehnte sich Agatha von ihrem Tisch zu ihnen herüber und schreckte sie auf. Melody hatte ihre Anwesenheit fast schon vergessen gehabt.

»Mir will es scheinen, du bist schwanger, meine Liebe«, meinte Agatha mit wissendem Blick. Dasselbe hatte Melody auf der Zunge gelegen. Agathas Bekannte Elsie West schmunzelte lebensklug.

Tori schüttelte lachend den Kopf. »Ach wo, das kann gar nicht sein, wir benutzen immer Kondome.« Ein plötzlicher Gedanke ließ sie erblassen. »Na ja, das eine Mal im Bad … nein, unmöglich. Das wäre ja verrückt. Ich meine, wir reden über Kinder und dass wir welche haben wollen, klar, irgendwann mal, aber nicht jetzt.«

»Dein Busen ist größer geworden«, verkündete Agatha rundheraus.

Melody neigte den Kopf und schaute genau hin. Sah er wirklich größer aus? Schon möglich.

»Wann hast du deine Periode?«, fuhr Agatha fort, die völlig ignorierte, dass so eine Frage nicht nur im Café, sondern überhaupt in der Öffentlichkeit ganz schön indiskret war.

»Tja, bei mir ist das immer etwas unregelmäßig. Normalerweise um den Fünfzehnten herum, aber manchmal auch eine Woche später.«

»Heute ist der Fünfundzwanzigste«, dozierte Agatha. »Also bist du zehn Tage überfällig.«

»Wie gesagt, sie kommt recht unregelmäßig«, beharrte Tori. Fassungslos wechselte ihr Blick zwischen Agatha und Melody hin und her.

Dann sah sie auf ihre Brüste hinunter und strich sich über den fast flachen Bauch, als wäre die Schwangerschaft zu sehen.

»Komm doch mal in die Apotheke, Liebes.« Elsie lehnte sich vor, um auch an dem Gespräch teilzuhaben. »Da machen wir einen Test, und schon weißt du es ganz genau.«

Tori schüttelte halsstarrig den Kopf. »Ich bin nicht schwanger.«

»Es ist doch nichts dabei, dich rückzuversichern«, hielt Melody dagegen. »Nur für alle Fälle.«

Tori nickte. »Ihr habt recht, sicher bin ich nicht schwanger, aber es wäre gut, es ganz auszuschließen.«

»Bei mir in der Apotheke ist eine Toilette, da kannst du den Test machen«, legte Elsie nach, sie war offensichtlich ganz erpicht darauf, dabei zu sein, wenn Tori der Wahrheit ins Auge sah.

»Vielleicht macht Tori das lieber irgendwo, wo sie allein ist«, wandte Melody ein.

»Ja, vielleicht besorge ich mir den Test und mache ihn zu Hause, sonst verbreitet sich die Nachricht wie ein Lauffeuer, noch ehe Aidan davon erfährt«, bestätigte Tori und durchbohrte Agatha mit ihrem Blick.

Melody hatte den Eindruck, jetzt sei ohnehin alles zu spät – selbst wenn sich herausstellte, dass Tori doch nicht schwanger war, würde sich bis zum Abend ganz Sandcastle Bay auf ein Baby freuen. Agatha wollte schon empört derartige Unterstellungen von sich weisen, doch dann zuckte sie nur mit den Achseln, nickte und ergab sich in ihre Niederlage.

Tori starrte wieder verstört auf ihren Bauch.

»Alles in Ordnung?«, fragte Melody.

»Ja doch.« Tori setzte ein sonniges Lächeln auf, doch Melody erkannte, dass sie sich nur innerlich wappnete. »Bist du mir böse, wenn ich das Mittagessen ausfallen lasse? Ich gehe mal lieber und hole mir diesen Test, damit ich meine Ruhe habe.«

»Soll ich mitkommen?«, bot Melody an.

Tori schüttelte den Kopf. »Ich schicke dir eine SMS.«

Damit erhob sie sich, Melody stand auch auf und umarmte sie. »Wenn du mich brauchst, dann ruf an, ich bin in fünf Minuten da.«

»Danke«, sagte Tori, gab ihr ein Küsschen auf die Wange und eilte hinaus.

Kaum saß Melody wieder, wurde ihr das Hähnchen mit Waffeln serviert.

Agatha rückte mit ihrem Stuhl näher und saß nun neben Melody am Tisch. Ein paar Augenblicke später gesellte sich Elsie hinzu und saß auf der anderen Seite.

Auf halbem Wege zu ihrem Mund ließ Melody die Gabel sinken. »Kann ich den Damen irgendwie behilflich sein? Auch ich bin nicht schwanger.«

»Nun, vielleicht doch?«, setzte ihr Agatha zu. »Uns ist zu Ohren gekommen, dass du gestern Abend Sex am Strand hattest, und zwar mit meinem lieben Neffen.«

Melody legte die Gabel ab. »Wir hatten keinen Sex.«

»Von Trevor Harris haben wir Anderslautendes gehört. Er hat euch in flagranti erwischt, sagt er.« Elsie blinzelte verschlagen.

»Wir haben ein bisschen gekuschelt, mehr nicht.«

»Folglich gibst du zu, dass ihr das Hindernis des ersten Dates bereits überwunden habt und bei euch was läuft«, triezte Agatha sie triumphierend.

Melody holte tief Luft, schob sich einen Happen in den Mund und kaute ausgiebig, um Zeit zu schinden. Sie schluckte den Bissen hinunter und gabelte die nächste Ladung auf. Doch Agatha packte sie am Handgelenk und fixierte sie mit ihrem Blick.

»Wir sind doch erst am Anfang und gehen es ganz geruhsam an«, ließ sich Melody vorsichtig vernehmen.

»Laut Trevor ging es ganz schön heiß her«, stellte Elsie klar. »Nach einem geruhsamen Start sieht mir das nicht aus.«

Melody schüttelte fassungslos den Kopf. »Meiner Meinung nach werden Jamie und ich darüber entscheiden. Wir legen fest, wann die Zeit reif ist für einen Kuss oder Sex oder was weiß ich.«

»Ganz recht, meine Liebe«, meinte Agatha. »Wenn ihr Sex am Strand haben wollt, dann los, nur zu.«

»Wir hatten keinen Sex. Wir haben uns zu einem Date getroffen, das schneller als gedacht ein Ende fand, wie ihr wohl wisst. Sich mit Jamie zu küssen ist … wunderbar, aber weiter ging es nicht, und wenn es dazu kommt, dann geht es nur uns was an.«

»Tja, wenn ihr euch öffentlich liebt, dann dürft ihr euch nicht beschweren, wenn man darüber redet«, mokierte sich Elsie, und Melody merkte, dass sie sich ebenso in die Debatte hineingesteigert hatte wie Agatha. »Wenn ihr das für euch behalten wollt, dann müsst ihr euch schon einen abgeschiedeneren Winkel suchen.«

»Es ist ja nichts daran auszusetzen, wenn man in der Öffentlichkeit ein Schäferstündchen abhält«, beeilte sich Agatha anzufügen, die offensichtlich der Vorstellung nicht abhold war, dass Melody intimen Verkehr an einem Ort hatte, wo man sie beobachtete, sodass man sich hinterher darüber das Maul zerfetzen konnte. »Das macht die Sache nur spannender. Hinter dem Pub liegt eine lauschige Gasse, da habe ich es in jungen Jahren oft getrieben. Ich hatte ab und an ein Stelldichein mit dem Barkeeper, und wenn er Pause hatte, trafen wir uns da hinten.

Wenn es ein bisschen kühl ist, macht sich auch die Bibliothek ganz gut. Die Gänge zwischen den Enzyklopädien bieten sich an. Keiner verirrt sich dahin, wo doch alle einen Computer mit Google haben. Als ich das letzte Mal dort war, habe ich sogar neben einem Band mit dem Buchstaben C eine Schachtel mit Kondomen entdeckt, also bin ich nicht die Einzige, die sich da auskennt. Keine Ahnung, ob ihr Haltbarkeitsdatum inzwischen abgelaufen ist. Vielleicht müsstest du das prüfen, ehe du mit Jamie hingehst. Die Höhle an der Orchard Cove ist auch klasse, da lieben sich viele. Sogar die Heartberryplantage ist sehr zu empfehlen, in dieser Jahreszeit pflückt ja niemand Beeren, und auch das alte verlassene Herrenhaus der Tanners ist ein feiner Ort für Freiluftsex. Hinter dem Anwesen ist ein Tor, das immer offen steht. Das Grundstück ist derart verwildert, dass man von der Straße aus nicht gesehen wird. Am einen Ende des Gartens steht ein Sommerhäuschen, das etliche Besucher nutzen. Einige haben sich sogar schon ins Haupthaus geschlichen, da stehen noch viele alte Möbel herum. Ein bisschen verstaubt alles, aber ein optimales Plätzchen für Sex. Wenn man da erwischt wird, würden sie einen allerdings auf Einbruch festnageln. Im Garten in flagranti erwischt zu werden bedeutet nur unerlaubtes Betreten des Grundstückes, was eher eine Bagatellstraftat ist.«

Melody blieb der Mund offen stehen.

»Die Clover Woods empfehlen sich ebenso für erotische Zwecke, da gibt es eine Menge abgeschiedener Lichtungen und Bäume, an die man sich beim Sex anlehnen kann. Ich hatte mal was mit einem Soldaten, und wir —«

»Äh … danke für die Tipps.« Melody fuhr ihr gereizt in die Parade, sie wusste, dass sie sich um keinen Preis weitere ausgiebige Schilderungen aus dem Mund dieser alten Schachtel anhören wollte.

»Nichts zu danken«, sagte Agatha. »Ich hätte noch viele gute Ratschläge auf Lager. Melde dich nur. Ich könnte ein ganzes

Buch schreiben über all die Flecken, wo ich der körperlichen Liebe gefrönt habe. Erwischt wurde ich nie dabei, aber allein die Möglichkeit, ertappt zu werden, steigert die Erregung beträchtlich. Auch Autos eignen sich, sehr intim, wenn auch ein bisschen eng.«

»Wie gesagt, so weit sind wir noch nicht«, wandte Melody ein, die verzweifelt versuchte, einen Punkt unter diesen unerträglichen Wortschwall zu setzen.

»Ja, das leuchtet uns ein, aber wenn ihr so weit seid, dann müsst ihr schon mal ein bisschen Freiluftsex ausprobieren, das ist sehr lustig. Und guck unbedingt ins Kamasutra rein, das ich dir gegeben habe, daran könnt ihr euch auch orientieren.«

Agatha erhob sich, das schlafende Hündchen in den Armen haltend. Auch Elsie stand auf. »Und halte den Burschen ja nicht zu lange hin. Der Ärmste. Seine letzte Sex-Eskapade ist schon ganz schön lange her. Sein Pimmel könnte ihm am Ende noch abfallen, wenn er nicht zum Einsatz kommt.«

Agatha rauschte davon, die gackernde Elsie an ihrer Seite, und Melody ließ erschöpft den Kopf in die Hände fallen.

Es wäre tatsächlich besser gewesen, wenn nicht das ganze Dorf gewusst hätte, dass sie und Jamie zusammen waren.

* * *

»Also es ist längst Dorfgespräch, dass wir gestern Abend Sex am Strand hatten«, wusste Melody zu berichten, kaum dass sie die Schwelle zu Jamies Atelier übertreten hatte. Sie ließ Rocky hinunter, damit er sein Brüderchen suchen konnte.

Jamie war mit seiner Plastik für den Skulpturenwettbewerb beschäftigt – Melody durfte sie nicht sehen. Niemand sollte seine unfertigen Werke betrachten, aber gerade Melody durfte kein Auge auf diese hier werfen.

Rasch kam er aus seiner abgeschirmten Ecke heraus, um sie zu begrüßen, und schob sofort den Vorhang hinter sich wieder zu.

Er zog sie in seine Arme und küsste ihr die Furchen von der Stirn, dann küsste er sie auf den Mund. Als er sie umarmte, spürte er, wie die Anspannung von ihr wich.

»Hallo«, sagte er sanft.

»He.« Sie hob lächelnd den Blick zu ihm.

Da kam Klaus von hinten angerannt. »Ihr habt's am Strand getrieben?«, wollte er wissen. Man sah ihm an der Nasenspitze an, wie er sich an diesem neuesten Klatsch und Tratsch delektierte.

Melody löste sich von Jamie. »Haben wir gar nicht. Wir haben uns geküsst, das war's. Ich gehe Trevor Harris an die Gurgel, wenn er mir über den Weg läuft.«

»Ach, wie schade«, maulte Klaus und verzog sich wieder in seine Werkstattecke.

»Was ist denn los?«, fragte Jamie. Er argwöhnte, dass diese Geschichte weniger auf Trevors Konto ging, und dass vielmehr seine geliebte Tante Agatha ihre Finger im Spiel hatte.

»Agatha ist mir im Cherry on Top zu Leibe gerückt, ich sollte zugeben, dass wir beide gestern Abend am Strand Sex hatten. Ich habe ihr erklären wollen, dass wir nur herumgeschmust haben, aber das hat sie mir nicht abgenommen. Dann hat sie eine ganze Litanei von Orten heruntergerattert, die sich für Sex an der frischen Luft eignen, falls wir doch noch Bedarf hätten.«

Jamie musste grinsen. Die Unverfrorenheit seines Tantchens würde ihn wohl immer in Atem halten.

»Lass die Leute doch glauben, was sie wollen, das tun sie ja sowieso. Wen juckt das schon? Spätestens morgen ziehen sie sich an was Neuem hoch. Du warst es doch, die unsere Beziehung nicht geheim halten wollte.«

Melody holte tief Luft. »Du hast ja recht, ich weiß. Es lässt mich auch kalt, wenn sie über uns reden, ich fände es nur ganz schön, wenn sie bei den Fakten blieben.«

»Schieben wir mal eine Nummer am Strand, damit die Gerüchte wenigstens stimmen?«, zog Jamie sie auf.

Melody lachte. »Dann hätten sie einen Grund zum Schwadronieren.«

»Das willst du doch, oder?«, meinte Jamie.

»Ja! Macht das!«, rief es von hinten aus der Werkstatt.

Jamie zog eine fröhliche Grimasse.

»Beim ersten Mal suchen wir uns doch lieber ein stilleres Plätzchen«, schlug Melody mit gedämpfter Stimme vor.

»Das halte ich für klug. Komm heute zum Abendessen.«

»In Ordnung. Aber um acht herum muss ich bei Aidan etwas abgeben. Das dauert nicht lange, danach könnten wir essen.«

Er nickte. »Gut, komm um halb acht, dann komme ich mit, wenn du willst.«

»Mach ich.« Sie reckte ihm den Mund entgegen, um ihm einen Kuss zu geben, dann schaute sie sich in der Werkstatt um. »Woran arbeitest du gerade?«

»Ach, an meiner Plastik für den Skulpturenwettbewerb.« Jamie gab sich lässig, in der Hoffnung, dass Melody sie nicht anschauen wollte.

»Oh, kann ich sie mal angucken?«

Ihm wurde mulmig zumute. »Ich bin … ein bisschen eigen, wenn jemand meine Sachen ansehen will, ehe sie fertig sind. Es ändert sich ja noch so viel daran, und etwas Halbfertiges soll niemand beäugen.«

»Aha, na gut.« Sie zog ein langes Gesicht.

»Ich könnte dir ein anderes Stück zeigen, das ich heute Vormittag fertiggestellt habe«, schlug er vor.

Sie freute sich. »Gut!«

Er nahm sie bei der Hand und geleitete sie zu einem Regal. Dort stand eine kleine Figur zum Trocknen, bevor sie in den Brennofen kam.

»Das ist doch eine Meerjungfrau«, stellte Melody entzückt fest.

Realistische Figuren und Standbilder stellte er nicht oft her. Die Touristen hatten gern Skulpturen, die sie leicht deuten konnten, deshalb fertigte er zuweilen solche von Möwen, Robben, Krebsen und Seepferdchen. Einige waren wirklichkeitsnah und detailgetreu, andere mit einem Augenzwinkern gestaltet. Er bemalte sie und stellte sie ins Fenster, um Neugierige anzulocken. Waren sie erst einmal im Geschäft, blieb manch einer von ihnen wie gebannt vor den abstrakteren Stücken stehen und kaufte eher diese statt der herkömmlichen Figuren. Aber die Idee zu dieser hier war ihm gekommen, als er Melody bei ihrem ersten gemeinsamen Abend geküsst hatte, und ihm war sofort eingefallen, wie er sie umsetzen würde.

»Es ist eine Sirene, genauer gesagt«, stellte er klar. »Ich hatte eine Inspiration.«

»Die ist ja reizend«, meinte Melody.

»Wie gesagt, ich wurde mächtig inspiriert. Ihr Haar werde ich sonnenblond anmalen, die Schuppen sollen wunderschön grünblau funkeln, wie das Meer, damit sie zu den Augen passen.«

Melody schluckte. »Die Touristen werden begeistert sein.«

Er schüttelte den Kopf. »Sie ist ein Geschenk für dich, das wird dir immer ins Bewusstsein rufen, wie ich dich mit meinen Augen sehe. Dieses allerliebste, bezaubernde Wesen hat mein Herz in seinen Bann geschlagen.«

»Oh«, murmelte Melody verlegen.

Sie drehte sich zu ihm um und schlang ihm die Arme um den Hals. »Ich habe dich sehr gern, Jamie Jackson, ich könnte sogar behaupten, dass ich dich anhimmle.«

Er lächelte. »Ich hab dich auch sehr gern.«

Dabei beschrieb das doch nicht mal im Entferntesten, was er für sie empfand.

»Du bist mir wahrscheinlich der allerliebste Mensch auf der ganzen Welt«, sagte Melody.

Er neigte den Kopf, um sie zu küssen, und hoffte inständig, dass seine Handlungen eine deutlichere Sprache sprachen. Er war ganz verrückt nach ihr, auch wenn er es nicht zu sagen vermochte. In seinem Kuss lag alles, das musste sie auch spüren.

Sie wich ein Stückchen von ihm zurück. »Weißt du, diese Freundschaft, die so *eine Art von* Beziehung ist, funktioniert in Wirklichkeit nicht.«

»Ich genieße unsere *Art von* Beziehung sehr«, hielt er entgegen.

Sie gab ihm lächelnd ein Küsschen auf die Wange. »Bis heute Abend dann.«

Sie rief Rocky herbei, und Jamie folgte ihr mit seinem Blick, bis sie drüben die Tür ihres Ladens aufschloss und dahinter verschwand. Er machte sich wieder an seinen Beitrag für den Wettbewerb. Hoffentlich empfand sie dasselbe wie er, wenn sie ihn zu Gesicht bekam.

12

Am Abend klopfte Melody an Jamies Tür, und als er öffnete, sah er zufrieden und unbeschwert aus.

Vielleicht hatte es doch viel für sich, wenn man miteinander gut Freund war und sich zu Dates traf. Auf der Stelle küsste Jamie Melody und umarmte sie ganz fest. Oh Gott, wie schön war das!

Harry, Ron und Hermine, Jamies ältere Hunde, beschnüffelten sie und wedelten mit dem Schwanz, und Sirius jagte aufgeregt seinem eigenen hinterher, stieß sich dabei an der Einrichtung und schlitterte über den Laminatboden. Harrys Blick wechselte zwischen Sirius und Melody hin und her, er machte den Eindruck eines leidgeprüften Vaters, der nicht weiß, was er mit seinem hyperaktiven Kind anstellen soll. Dobby, der Truthahn, stolzierte durchs Haus, den anderen Tieren hinterher, und pickte hier und da Staubfussel auf.

»Komm doch kurz rein«, ermunterte Jamie Melody. Sie ging mit ihm durch den Flur ins helle, luftige Wohnzimmer, von wo aus man eine berückende Aussicht auf ganz Sandcastle Bay hatte. Melody war noch nicht oft bei Jamie gewesen – meist trafen sie sich bei ihr oder am Strand, wenn sie zur Arbeit gingen –, aber dieser Blick hatte ihr stets den Atem genommen.

Wie die Häuschen sich am Hang festhielten, als würden sie gleich hinunter in die unendliche Weite der tintenblauen See purzeln. Auch die Obstplantage der Heartberry Farm war deutlich auszumachen und ebenso ihr eigenes Cottage, das sich an den Saum des Sunshine Beach duckte. Der Himmel war von einem rosigen Dunst überzogen, die Sonne war schon im Untergehen begriffen und ließ den Himmel über dem Wasser rosarot glühen. Es war ein prächtiger Anblick.

Jamie räumte wegen Melody ein paar Sachen weg, damit der Raum einen ordentlicheren Eindruck machte. Dabei wirkte sein Haus anheimelnd bewohnt. Es war ein richtiges Zuhause – die getöpferten Gegenstände, die Kunstzeitschriften, die auf dem Kaffeetisch herumlagen, der liederlich über die Sofalehne geworfene Kapuzenpullover und die nachlässig auf dem Fußboden gestapelten Skizzenblätter machten alles in allem den Charme des Ambientes aus. In diesem Cottage spiegelte sich der Mensch Jamie Jackson wider, und das gefiel Melody über alle Maßen.

»Nicht, dass du meinetwegen aufräumst«, sagte sie.

Jamie hielt beim Aufsammeln seiner Skizzenblätter inne, dann legte er sie absichtlich wieder ab, vielleicht ein klein wenig ordentlicher gestapelt als zuvor.

»Mir gefällt dein Cottage, der Ausblick, die Einrichtung, deine Hunde und Dobby, die hier frei herumtapsen, als wäre es ihr eigenes Haus, ich würde daran nichts ändern.«

Jamie lächelte. »Den Tieren gehört das Haus ja auch wirklich, sie gestatten mir nur, dass ich mich auch hier aufhalte.«

»Wie wahr! Ich finde nur den Gedanken angenehm, dass *ich* bei mir zu Hause die Hausherrin bin, aber in Wahrheit ist Rocky der Boss, und das weiß er sehr wohl.«

»Komm doch mal mit in die Küche, ich schaue kurz nach dem Essen, bevor wir losgehen. Wie lange wird das dauern?«

Sie folgte ihm in die Küche, wo herrliche Düfte aus dem Backofen wallten.

»Was gibt es denn? Riecht appetitlich.«

»Lasagne. Die müsste fertig sein, wenn wir wieder zurück sind.«

Er fummelte ein wenig am Temperaturregler herum und stellte das selbst gebackene Knoblauchbrot in den Kühlschrank.

»Das lasse ich nicht herumstehen, sonst ist es weg, wenn wir wiederkommen«, erklärte er mit einem bedeutsamen Blick in Sirius' Richtung.

Dann schnappte er sich seine Jacke, und sie machten sich auf den Weg.

»Ich dachte, wir könnten mit dem Moped fahren«, schlug Melody vor und zeigte auf ihr geliebtes pinkrosa Gefährt. Sie hatte es sich zugelegt, als sie nach Sandcastle Bay gezogen war, um leichter die schmalen, gewundenen Straßen entlangzukurven, aber sie benutzte es selten. Zu Fuß zu gehen gefiel ihr viel besser, aber heute Abend, wo sie es ein bisschen eilig hatten, war es sinnvoll, damit zu fahren. Sie wollte nicht zu Aidans Heiratsantrag zu spät kommen. So verlockend ein abendlicher Spaziergang durch Sandcastle Bay auch war, sie hatte doch vor, später noch mit Jamie in trauter Zweisamkeit zu essen und zu plaudern.

»Okay«, stimmte Jamie zu.

Sie reichte ihm schmunzelnd einen rosa Helm und rechnete es ihm hoch an, dass er mit keiner Wimper zuckte, als er ihn aufsetzte und unterm Kinn zuschnallte. Sie setzte sich ihren eigenen Helm auf und stieg auf das Moped. Jamie setzte sich hinter sie und schlang ihr die Arme um die Taille.

Sie ließ den Motor an, und los ging es. Jamie hielt sich an ihr fest.

»Was bringen wir Aidan eigentlich mit?«, rief er über das Motorgeräusch hinweg.

»Ich habe ein Dessert gemacht«, antwortete Melody. Jamie hatte offenbar keine Ahnung. Aber das würde sich bald ändern, wenn er zur Höhle kam.

»Aidan kann sein Dessert eigentlich selbst machen, der Mann ist doch ein Meisterkoch.«

»Ja, schon, aber Tori geht nichts über mein Apfeldessert.«

Jamie ließ ihr Argument nachwirken, während sie die Küste entlang dem Heartberryfeld entgegenbrausten.

»Gibt es einen besonderen Anlass?«

Melody schmunzelte. »Ja, könnte man schon sagen.«

Sie hielt neben dem Tor an, durch das man zur Plantage gelangte, und sie stiegen ab. Melody nahm aus der Gepäckbox des Mopeds das gut verpackte Dessert heraus, ebenso ein Glas Vanillesoße. Jamie beobachtete sie bei ihren Handgriffen.

»Er macht ihr wohl einen Antrag?«, fragte er.

»Woher weißt du das?«

»Weil du über beide Backen grinst. Du bist so schön romantisch, man sieht es dir an, wie aufgeregt und glücklich du darüber bist.«

»Ja, stimmt, und ich bin auch wirklich schrecklich aufgeregt. Du kannst dir gar nicht vorstellen, wie mich das freut, dass Tori zu ihrem Happy End kommt.«

»Donnerwetter, das geht bei denen ganz schön fix«, staunte Jamie. Er lief hinter Melody her zwischen den Beerensträuchern hindurch.

»Das schon, aber wenn man den Richtigen an Land gezogen hat, wozu dann noch warten?«

Jamie sann einen Moment nach. »Das stimmt wahrscheinlich.«

»Er wird sich ihr erklären, sobald sie in der Höhle sind, dann können sie die Nacht hindurch feiern. Ich glaube, er will es einfach hinter sich bringen, er ist schon völlig durch den Wind.«

»Wenn ich so einen Antrag vor mir hätte, würde ich auch tausend Tode sterben.«

»Vor lauter Angst, dass sie Ja sagen könnte«, neckte ihn Melody, wohl wissend, wie suspekt ihm Beziehungen waren.

»Angst, dass sie Nein sagt. Damit geht man eine ganz schöne Verpflichtung ein, dazu müssen alle beide bereit sein. Nichts wäre schlimmer, als wenn der eine sich mehr engagiert als der andere.«

Das klang sehr welterfahren. Die Vorstellung, dass Jamie etwas in dieser Richtung erlebt haben könnte, tat Melody in der Seele weh.

Sie spitzte die Ohren, ob er dazu noch etwas zu sagen hatte, aber es kam nichts, deshalb wechselte sie das Thema.

»Wir müssen nur das Dessert in der Höhle abstellen, dann können wir zum Abendessen fahren«, erklärte sie, als sie so über das Feld marschierten. »Wobei es eigentlich schade ist, dass wir nicht dabeibleiben und zugucken können.«

»Du willst bei seinem Heiratsantrag zugucken?«, fragte Jamie. Er ging jetzt neben ihr her und griff nach ihrer Hand.

Sie schmunzelte ihn von der Seite an. »Oh ja, für mich Romantikerin ist das großes Gefühlskino. Meine Welt ist rosarot getüncht, mein Schlafzimmer ist vollgestopft mit Herz-Schmerz-Schmökern, die haben alle ein schillerndes, honigsüßes Happy End. Solchen Schmalz liebe ich.«

»Nicht wirklich, oder?«, fragte Jamie. »Liebe ist doch gar nicht so wie in diesen Storys.«

»Warum nicht? Wenn du jemanden findest, der deine andere Hälfte ist, deinen Seelenverwandten, warum solltest du da kein Happy End erleben?«

»Nach meinen Erfahrungen gibt es so etwas wie ein Happy End nicht.«

»Dann bist du noch nicht auf die Richtige gestoßen. Schau dir doch mal Tori und Aidan an, die haben beide schlechte

Erfahrungen gemacht, aber alles hinter sich gelassen, und jetzt haben sie sich für die Ewigkeit gefunden.«

»Meiner Meinung nach ist das zwischen Tori und Aidan etwas ganz Besonderes. Das wird nicht jedem zuteil.«

»Du musst eben auch noch den ganz besonderen Menschen für dich finden«, redete Melody ihm zu. »Sie hätten es doch gar nicht besser treffen können. Tori hat in deinem Bruder den idealen Partner, und ich bin so froh, dass sie sich verloben. Ja, ich wäre gern dabei! Aber ich gebe mich damit zufrieden, einen kleinen Beitrag zu leisten.« Sie deutete auf ihr Dessert. »Und mir danach alles erzählen zu lassen.«

Inzwischen hatten sie die Orchard Cove erreicht. Es herrschte Ebbe, sacht plätscherten die Wellen ans Ufer, und die Sonne tauchte gerade ins Meer. Ein idyllischer Abend.

Als sie die Höhle betraten, blieb Melody das Herz stehen. Tisch und Stühle waren umgekippt, die Vase lag am Boden, die Blumen waren überall auf dem Höhlenboden verstreut. Am Nachmittag hatte es starken Wind gegeben, der hatte wahrscheinlich alles umgerissen. Zum Glück lief der Generator noch, denn die Feenlichterketten flimmerten, auch der Speisewärmer war angeschaltet.

Rasch stellte Melody das Apfeldessert hinein, und während Jamie sich den Tisch schnappte, vergewisserte sie sich, dass das übrige Essen, das sich im Wärmer befand, nicht eingetrocknet war. Dann packte sie die Stühle und stellte sie wieder ordentlich an den Tisch. In einem Winkel der Höhle entdeckte sie die Tischdecke und legte sie wieder auf, und Jamie richtete die Lichterketten und Origamigirlanden wieder her, die in der Nähe des Höhleneingangs von der Wand gefallen waren. Melody sammelte die Blumen auf und steckte sie wieder in die Vase.

Dann tat sie einen Schritt zurück und begutachtete das Ganze. Es schien wieder alles in Ordnung.

»Gut, dann lass uns gehen«, schlug sie vor.

Jamie nickte und lief ihr Richtung Strand hinterher. Als sie jedoch wieder das Feld erreichten, sah Melody Aidan und Tori, die bereits zwischen den Beerensträuchern herannahten.

»Mist!«, fluchte Melody und zog Jamie mit sich in Deckung. »Was machen wir jetzt? Wenn Tori uns sieht, fliegt alles auf, und der ganze Spaß ist dahin.«

Jamie schaute sich um, dann packte er Melodys Hand. »Schnell wieder in die Höhle, da hinten liegen große Felsbrocken, dort können wir uns verstecken.«

»Wir können uns doch nicht den ganzen Abend hier drin verstecken«, protestierte Melody und ließ den Blick über das Ufer schweifen; vielleicht fände sich eine bessere Lösung. Aber nirgendwohin konnten sie flüchten.

»Wir brauchen doch nicht den ganzen Abend dort zu hocken. Du sagtest, Aidan will ihr seinen Antrag machen, gleich wenn sie eingetroffen sind. Wir bleiben im Versteck, bis sie ihm ihr Jawort gegeben hat, gestatten ihnen noch ein paar Minuten für Küsse und Umarmungen, dann treten wir ans Licht, gratulieren und verduften, damit sie ihren Abend auskosten können. Die sind doch nach seinem Heiratsantrag viel zu liebestoll, als dass sie checken, dass wir da in der Ecke gehockt und alles beobachtet haben, so, wie du es schließlich gern möchtest. Dann sind wir in zwei, drei Minuten wieder zu Hause und futtern unsere Lasagne aus dem Ofen.«

»Na los, guter Plan. Hast du dein Handy dabei? Wir könnten den glücklichen Augenblick sogar für sie filmen.«

»Ausgezeichnete Idee«, stimmte Jamie zu und zog Melody mit sich hinter einen Felsblock. Sie kauerten sich hin, gut verborgen, und Jamie zog sein Handy aus der Tasche. Melody spähte über den Stein. Sie befanden sich in vollkommener Dunkelheit, und da die Feenlichter weiter vorn in der Höhle für Helligkeit sorgten, sah man sie wahrscheinlich hier hinten nicht.

Kurz darauf trafen Tori und Aidan ein.

Melody kniff Jamie aufgeregt in den Arm.

Als Tori den Fuß in die Höhle setzte, hielt sie den Atem an. »Ist das für uns?«

»Für dich«, entgegnete Aidan.

»Ist das schön!«, flüsterte Tori.

Melody schaute kurz zu Jamie, der filmte bereits alles mit dem Smartphone.

»Ich wollte für dich hier in der Orchard Cove etwas ganz Besonderes vorbereiten. Hier haben wir uns nämlich zum ersten Mal geküsst, bei Sonnenaufgang, und damals wurde mir klar, dass ich jeden Sonnenaufgang mit dir betrachten möchte.«

»Oh«, staunte Tori benommen, und Melody fürchtete, dass sie jetzt spitzkriegen würde, was hier vor sich ging.

»Du hast mein Leben auf den Kopf gestellt, du hast es mit Farbe und Freude erfüllt, ich kann es mir nicht mehr ohne dich vorstellen. Ich liebe dich aus ganzem Herzen. Du gehörst zu mir, für immer«, brachte Aidan hervor, kniete sich vor sie und hielt ihr das Etui mit dem Ring entgegen. »Tust du mir die Ehre und wirst meine Frau?«

»Oh Gott, Aidan,« stammelte Tori, auf den Ring starrend. »Er ist so schön.«

Dann brach sie in Tränen aus.

Melody sah wieder zu Jamie, der gequält das Gesicht verzog. »Nicht die allerbeste Antwort«, flüsterte er.

»Warte mal«, zischelte sie. Ihr war nämlich eingefallen, warum Tori wohl weinte. Das lag nicht nur an seinem Antrag.

»Was hast du denn?«, fragte Aidan verunsichert.

»Ich bin einfach so glücklich«, schluchzte Tori.

»So siehst du gar nicht aus. Ist es zu überstürzt? Es treibt uns ja nichts, ich dachte nur …«, verteidigte sich Aidan, der auf dieses Echo überhaupt nicht gefasst war.

Tori schüttelte den Kopf. Weinend sagte sie: »Ich liebe dich, das alles hier, alles ist vollkommen.«

Trotzdem hatte sie noch nicht Ja gesagt. Armer Aidan.

Er stand auf, zog sie in seine Arme und hielt sie fest umschlungen. »Was ist denn los?«

Er wischte ihr mit dem Finger die Tränen vom Gesicht, Tori hielt seine Hand fest und legte sie sich auf den Bauch. Melody taten die Gesichtsmuskeln weh, weil sie so grinsen musste. Sie hatten also doch richtig getippt.

»Aidan, ich bin schwanger.«

Einen Augenblick lang war Aidan ganz verdattert. Darauf war er ganz gewiss nicht vorbereitet. »Was?«

»Ich trage dein Baby im Bauch«, sagte Tori und lachte durch den Tränenschleier hindurch.

Wenn Melody schon gemeint hatte, breiter als sie selbst könne man gar nicht grinsen, dann war das nichts im Vergleich zu dem Strahlen, das Aidans Gesicht erhellte, als ihm die wundervolle Nachricht ins Bewusstsein sickerte.

»Wir bekommen ein Baby?«

Tori nickte.

Melody riskierte einen flüchtigen Blick zu Jamie, sie wollte da vorn zwar nichts verpassen, aber sie war auch neugierig, was er wohl von der Neuigkeit hielt. Auch er hatte das Gesicht zu einem Grinsen verzogen.

Aidan umarmte Tori und hob sie lachend ein Stück in die Höhe. »Ach, das ist die beste Nachricht meines Lebens. Das kommt gleich nach deinem Jawort zu meinem Antrag.«

»Oh Mann, ich kapiere gar nicht, warum ich nicht Ja gesagt habe«, brachte Tori halb lachend, halb weinend hervor. »Natürlich sage ich Ja, ich liebe dich so. Auch für mich bist du der Mann meines Lebens.«

Aidan holte tief Luft, erleichtert, wie er war. »Darf ich ihn dir anstecken und mal schauen, wie er aussieht?«

Tori nickte, und allen stockte einen Moment lang der Atem, als Aidan ihr den Ring auf den Finger schob. Aus Melodys Kauerstellung gesehen sah es so aus, als passte er Tori tadellos.

»Ich finde ihn bildschön, einen besseren hättest du nicht aussuchen können«, freute sich Tori und bewegte die Hand, damit der Ring das Licht einfing und reflektierte. »Ich liebe dich wirklich, Aidan Jackson, du machst mich so glücklich. Ich sehne mich danach, mit dir verheiratet zu sein und dein Baby zur Welt zu bringen.«

Aidan küsste sie. Melody war tief bewegt. Ihre Freundin hatte den Traumprinzen gefunden.

Der Kuss wollte nicht enden, er war voller Leidenschaft, und Melody hatte ein schlechtes Gewissen, dabei zuzusehen.

Sie wandte sich Jamie zu und gab ihm ein Zeichen, dass er mit dem Filmen aufhören solle. Den Heiratsantrag hatten sie auf Video gebannt, der Rest war Privatsache.

Jamie schaute auf sein Handy und runzelte die Stirn.

»Hast du alles?«, raunte Melody ihm zu. Sie konnten schließlich Aidan und Tori nicht um Wiederholung bitten.

Jamie drückte auf einigen Tasten herum und nickte. »Ja. Einen Moment lang dachte ich schon, es hat nicht geklappt. Unfassbar, dass sie ein Baby kriegen! Aus ihnen werden prima Eltern.«

»Bestimmt. Ach, war das romantisch.« Melody schwelgte in Seligkeit, sie ließ sich nieder und lehnte sich an den Stein, die Hand ans Herz gelegt.

Jamie setzte sich neben sie. »Selbst ich muss zugeben, dass es daran nichts zu mäkeln gab.«

»So muss eine wahre Lovestory ausgehen«, hauchte Melody verzückt.

»Das wünschst du dir wohl auch?«, flüsterte Jamie leicht beunruhigt.

»Mit dem richtigen Mann und zur richtigen Zeit, ja.«

Nachdenklich lehnte Jamie den Kopf an den Stein.

»Keine Bange, von dir erwarte ich das nicht«, wiegelte Melody ab.

Er sah ihr ins Gesicht. »Ich bin wohl nicht der Richtige?«

Melody zögerte, bevor sie eine Antwort gab. Sie konnte ja nicht damit herausrücken, dass sie sich heillos in ihn verliebt hatte und dass dieser Zustand schon monatelang anhielt. Sie musste sich dazu ermahnen, dass sie sich Zeit lassen sollte.

»Möglicherweise doch«, sagte sie zaghaft.

Er hielt weiter aufmerksam den Blick auf sie gerichtet, und sie spürte, dass sie noch etwas hinzufügen musste.

»Aber ganz bestimmt ist es nicht der richtige Zeitpunkt.«

Er nickte, als würde er das akzeptieren, und sie gab sich Mühe, ihn von diesem Thema abzulenken.

»Schauen wir doch mal, ob sie mit dem Schnäbeln fertig sind, dann könnten wir gratulieren und uns davonstehlen«, schlug Melody vor, rappelte sich auf die Knie und spähte über den Felsbrocken.

Zu ihrem Erschrecken hatten sich Aidan und Tori inzwischen auf dem Riesen-Sitzsack eingerichtet, den Aidan in der Höhle deponiert hatte, damit sie gemeinsam den Sonnenuntergang beobachten konnten. Tori war nackt und zerrte Aidan gerade die letzten Stofffetzen vom Leib, während sie sich ohne Atempause weiterküssten.

Melody duckte sich wieder, ehe sie Zeugin des weiteren Geschehens wurde.

»Sind sie fertig?«, wollte Jamie wissen.

Melody schüttelte den Kopf. »Ich denke mal, auf absehbare Zeit kommen sie nicht zum Ende.«

Jamie guckte sie konfus an, dann riss er entsetzt die Augen auf. »Du willst mich wohl veralbern?«

»Schön wär's.«

»Wir müssen sie davon abhalten, bevor es bei ihnen kein Zurück mehr gibt«, drängte Jamie.

Ein Stöhnen drang zu ihnen.

»Dafür dürfte es jetzt zu spät sein.«

Jamie kniete sich hin und lugte über den Stein, duckte sich aber sofort wieder.

»Verdammter Mist, du hast recht.«

Melody kicherte. »Du hättest nicht nachzugucken brauchen.«

»Ich dachte, du übertreibst vielleicht.«

»Dieser Heiratsantrag schlägt alles.«

»Wenn ich dich mal um dein Jawort bitte, dann wünsche ich mir auch, dass es dabei so abgeht«, sagte Jamie.

»Dann sieh zu, dass es nicht öffentlich stattfindet.«

»Das schreibe ich mir hinter die Ohren.«

Melody ließ sich noch einmal seine Worte durch den Kopf gehen. *Wenn* ich mal, nicht *falls* ich mal. Ihr romantisches Herz machte Luftsprünge. Während ihr der nüchterne Verstand vorhielt, dass es sich doch nur um eine spontane Äußerung gehandelt hatte, behielt ihre schwärmerische Seite die Oberhand, und sie konnte gar nicht anders als zu strahlen.

Wieder hörte man es stöhnen, diesmal kam es von Aidan. Das riss Melody aus ihren Träumereien.

»Was machen wir bloß? Wir können doch nicht nach vorn gehen und sie hochscheuchen, aber hier hocken und Däumchen drehen, bis sie fertig sind, geht auch nicht. Es ist mir peinlich, ihnen zu lauschen«, meinte Melody.

»Es ist ja noch viel schlimmer: Wenn sie fertig sind, können wir auch nicht hier raus, dann wissen sie ja, dass wir die ganze Zeit zugehört und zugeschaut haben. Wir stecken hier fest, bis sie wieder weg sind.«

Melody musste ihm zustimmen. »Aber deine Lasagne ist im Ofen.«

»Ja, und bis wir wieder zu Hause sind, ist sie nicht mehr zu genießen. Ich werde Leo bitten, dass er vorbeigeht und den Herd abschaltet, damit nichts anbrennt.«

Seine Finger huschten über das Handydisplay, als er seine SMS schrieb; derweil wurde das Gestöhn immer lauter.

Jamie fischte Ohrhörer aus der Tasche und steckte sie ins Smartphone, dann reichte er Melody einen der beiden Ohrhörer.

Sie stopfte ihn sich seufzend ins Ohr, Jamie schaltete Musik ein, und Sheeran fing an zu singen. Als das Stöhnen sich weiter steigerte, drehte Jamie die Lautstärke hoch. Melody kuschelte sich an seine Schulter und versuchte, es sich an dem kalten Stein ein wenig bequem zu machen. Das würde noch eine lange Nacht werden.

Aber als Jamie den Arm um sie legte und sie auf den Kopf küsste, fand sie das alles am Ende gar nicht so schlimm.

13

Jamie lehnte den Kopf an den Stein und schmunzelte. An diesem Abend war so gut wie alles nach hinten losgegangen. Er fror und war ganz steif, sein Hintern war mittlerweile taub geworden, und Hunger hatte er obendrein. Dreimal war er Ohrenzeuge gewesen, wie sein Bruder vögelte, und das war nach seinem Dafürhalten dreimal zu viel gewesen. Er hatte sich nicht richtig mit Melody austauschen können, denn selbst wenn sie sich im Flüsterton unterhielten, hätte man sie hören können, deshalb hatten sie die meiste Zeit nahezu stumm dagesessen. Die Batterie war auch bald leer gewesen, sodass ihnen auch keine Musik mehr blieb. Eine ganze Weile hatten sie wortlos Schnick, Schnack, Schnuck gespielt, aber das war auch nicht das Gelbe vom Ei. Das Ganze war ein ziemliches Desaster.

Aber jetzt, da Melody fest schlief, an seine Brust geschmiegt, und er sie umschlungen hielt, war die Welt in Ordnung. Ihr Kopf war ein wenig zur Seite gerollt, es schien fast, als schaute sie zu ihm hoch, ihr Atem wehte ihm warm an den Hals, das fühlte sich mehr als wunderbar an. Er sah auf sie hinunter, auf ihre langen blonden Wimpern über den von der Sonne geröteten Wangen. In den letzten Wochen hatten sich kleine Sommersprossen über dem Jochbein ausgebreitet, ganz süß waren die, am liebsten hätte er sie alle einzeln mit Küsschen bedeckt. So dicht vor ihr erkannte er auch im Halbdunkel auf ihrer Haut jede Einzelheit, die Lachfältchen um die Augen, die blasse silbrige Narbe über der Augenbraue, die wahrscheinlich von einer Verletzung in der Kindheit stammte, auch sie hätte er gern geküsst. Melodys Gesicht war von keinerlei Make-up aufgehübscht, es hatte seinen natürlichen Schimmer. Ihre Lippen, im Schlaf ein wenig geöffnet, hatten die rosige Tönung von Pfingstrosen.

Plötzlich hörte er vom Höhleneingang her, wie sich etwas bewegte. Dass sein Bruder und Tori sich schon ans Essen machten, glaubte er nicht, lieber würden sie wohl die Nacht damit zubringen, sich im Glanz von Mond und Sternen zu lieben. Wenn die geliebte Frau ihm, Jamie, gerade ihr Jawort gegeben hätte, dann hätte auch er wahrscheinlich gern die ganze Nacht hindurch mit ihr Liebe gemacht.

»Gehen wir nach Hause«, hörte er Tori sagen.

Jamie frohlockte. Endlich!

»Und das Essen?«, entgegnete Aidan.

»Ich brauche nur dich, und außerdem wird es langsam ein bisschen kalt«, meinte Tori.

»Dann lass uns das Essen mit nach Hause nehmen, wir können im Bett davon schnabulieren«, schlug Aidan vor.

»Gute Idee. Es ist alles so schön angerichtet. Schade, dass wir uns nicht hingesetzt und richtig zu Abend gegessen haben.«

»Es ist die beste Nacht meines Lebens«, sagte Aidan. »Keine Sekunde davon würde ich ändern wollen.«

Bis auf den Umstand, dass sein Bruder dabei gelauscht hatte, wie er Liebe machte, dachte Jamie.

Er hörte, wie die beiden geschäftig wurden, wahrscheinlich zogen sie sich an und verstauten das Essen, dann gingen die Lämpchen aus, sodass er und Melody schlagartig in komplette Finsternis getaucht waren. Er hörte die beiden beim Weggehen reden und kichern, bis wieder vollkommene Stille in die Höhle eingekehrt war und nur der sanfte Wellenschlag vom Ufer her zu vernehmen war.

Jamie wartete ab, bis er sicher sein konnte, dass Aidan und Tori über alle Berge waren, dann entschloss er sich, Melody zu wecken.

Er strich ihr übers Haar, das sich wie Seide anfühlte, aber sie regte sich nicht. Ganz sacht drückte er sie an sich und gab ihr einen Kuss auf die Stirn.

»Melody«, versuchte er es mit leiser Stimme.

Sie rührte sich, wie er spürte, ein wenig im Dunkeln, dann spannte sie die Glieder an, wahrscheinlich in dem Moment, da sie sich zu orientieren versuchte. Es herrschte so pechschwarze Nacht um sie her, dass er Melody überhaupt nicht sehen konnte. Kein Wunder, dass sie leicht verängstigt war.

»Alles in Ordnung, du bist in Sicherheit«, sagte er leise.

Er konnte spüren, wie sich ihre Glieder wieder entspannten, und war froh, dass sie sich bei ihm geborgen fühlte.

»Jamie? Was ist los?«, fragte sie schlaftrunken.

»Aidan und Tori sind wieder weg. Ich glaube, wir können jetzt nach Hause gehen.«

»Ach so.« Langsam dämmerte ihr, wo sie war. »Ich dachte schon, die verschwinden nie.«

»Sie haben nicht mal was gegessen, nur ohne Ende gevögelt. Es war eine Tortur.«

»Und mein Apfeldessert? Nicht einmal das haben sie nach dieser Nummer gefuttert? Dann waren wir ja ganz umsonst hier.«

Ihre Entrüstung erheiterte ihn. Dass sie hier wegen des erotischen Drumherums des Heiratsantrags festsaßen, hatte ihr nichts ausgemacht, aber dass sie ihr heißgeliebtes Apfeldessert verschmäht hatten, ärgerte sie.

»Sie haben es mit nach Hause genommen«, erklärte Jamie.

Melody schnaufte beleidigt. »Das will ich auch hoffen.«

»Gut, dann bleib mal hier, ich mach den Generator wieder an, dann kommen wir wenigstens unfallfrei aus der Höhle raus.«

»Ich komme mit.«

»Wir brauchen doch nicht alle beide bei der Suche nach dem Ausgang auf den Hintern zu fliegen. Wohlgemerkt, ich muss schließlich meinem Ruf als Kavalier gerecht werden.«

»Stimmt.« Melody musste lachen.

Beim Aufstehen rutschte ihr seine Jacke, mit der er Melody zugedeckt hatte, von der Schulter. Rasch tastete er danach, um sie ihr wieder um die Schultern zu ziehen, dabei streifte er ihre Brust.

Sie lachte laut auf.

»Mich im Finstern zu betatschen entspricht ganz und gar nicht deinem Image als Kavalier.«

Er lachte auch. »Nein. Ich werde mir ein Image als Fiesling zulegen. Dann fallen alle Frauen absichtlich hin, damit sie meine Berührung spüren.«

Melody verfiel in Schweigen, und augenblicklich fühlte er sich dabei ertappt, etwas Unpassendes gesagt zu haben. Natürlich. Warum fiel ihm nie das Richtige ein? Einerseits sollte es ihm dieses Arrangement mit Freundschaft und Dates erleichtern, locker zu bleiben und sich nicht den Kopf darüber zu zerbrechen, was er sagte und tat, und dann rutschte ihm so eine dumme Bemerkung über andere Frauen heraus. Er wollte gar keine andere. Er wollte Melody. Also musste er etwas Klügeres sagen.

»Ich werde sie alle mit einem Stock verscheuchen. Tut mir leid, verehrte Ladys, die Frau meiner Träume habe ich bereits gefunden, ihr kommt alle zu spät.«

Die Frau seiner Träume? Verflixt, damit schoss er übers Ziel hinaus! Gerade mal zwei halbe Dates hatten sie geschafft, falls man das hier auch als solches bezeichnen konnte, und da verkündete er schon, sie sei die Frau seiner Träume.

Zu seiner Verblüffung schmiegte sie sich aber an ihn. »Ich meine, um dieses Fiesling-Image festzuklopfen, wären wir dem Ziel ein Stück näher, wenn du mich gleich hier in der Höhle packst und zu Boden knutschst.«

Erleichtert atmete er auf, er hatte also doch gerade noch so die Kurve gekriegt. Er langte im Dunkeln nach unten und wollte Melody streicheln, und dabei pikste er ihr ins Auge.

»Au!«, jaulte Melody auf.

»Ach je, verzeih mir. Es ist wirklich düster hier.«

»Ist schon gut«, erwiderte Melody, obwohl das nicht ganz stimmte.

»Soll ich's noch mal versuchen?«, fragte Jamie.

»Ja.«

Noch einmal suchte er mit der Hand im Dunklen ihr Gesicht und streckte sie etwas tiefer nach ihren Wangen aus. Diesmal endete der Versuch mit einem Finger in ihrer Nase.

Menschenskind, was war nur mit ihm los?

»Entschuldige bitte«, wagte er zu sagen, doch Melody brach in ein Lachen aus, was ihn ein wenig erleichterte.

»Warum bleiben wir nicht noch ein bisschen?«, fragte Melody.

»Gute Idee. Warte mal kurz.«

Umständlich rappelte er sich auf die Füße und ertastete vorsichtig mit ausgestreckten Händen den Weg um den Felsblock herum. Sobald er es auf die andere Seite geschafft hatte, sah er von der Höhlenöffnung her etwas Umgebungslicht einfallen, dadurch fand er sich besser zurecht. Bedächtig bewegte er sich vorwärts, umrundete Tisch und Stühle und gelangte so zum Generator. Nach einigem Herumtasten fand er den Schalter.

Licht erfüllte die Höhle, nach einigen Augenblicken konnte er auch Melody ausmachen, die blinzelnd hinter den

Felsbrocken auftauchte. Sie sah hinreißend aus, die Haare fielen in zerzausten Locken über seine Jacke, die sie noch umhängen hatte. Sie war in seinen Klamotten ganz schön sexy anzusehen. Auch wenn er ihr versprochen hatte, es aufzuschieben, bis sie bei ihm zu Hause waren, ging er durch die Höhle zu ihr, nahm ihr Gesicht in die Hände und küsste sie. Sie zuckte nur kurz zusammen, weil sie darauf nicht gefasst gewesen war, aber dann erwiderte sie seinen Kuss, legte ihm die Arme um den Hals und presste sich an ihn.

Er löste sich von ihr. »Du gefällst mir in meiner Jacke.«

Sie schmunzelte. »Das macht dich wohl an?«

»Ja, seltsamerweise.«

»So abgefahren ist das gar nicht, viele Kerle sehen die Frauen gern in ihren Klamotten. Zumindest in meinen Kitschromanen. Da muss doch was dran sein.«

Die Vorstellung, sie würde nur sein Hemd tragen, weckte sein fiebriges Verlangen.

»Mir würde es sehr gefallen, wenn du in meinem Bett lägest, nur mit meinem Hemd bekleidet.«

Auch damit war er wieder zu weit gegangen, doch in Melodys Augen spiegelte sich nicht nur Ängstlichkeit, sondern auch Erregung.

Sie schluckte.

»Noch lieber läge ich ganz nackt in deinem Bett«, sagte sie todesmutig.

Er grinste. »Das ginge auch. Wenn du dazu bereit bist. Es eilt ja nicht.«

Sie machte den Eindruck, als wollte sie bekräftigen, dass sie soweit war, aber dann schien sie es sich doch noch mal anders zu überlegen.

Er strich ihr sanft über die Schultern. »Gehen wir zu mir. Wenn wir Glück haben, hat Leo die Lasagne aus dem Herd gerettet, ehe sie verkohlt war, dann bräuchten wir sie nur noch mal aufzuwärmen.«

Sie nickte. »Ich habe richtigen Kohldampf.«

Er nahm sie bei der Hand und verließ mit ihr die Höhle. Im Vorübergehen schaltete er den Generator ab.

* * *

Die Lasagne war leider verkohlt. Schlimmer noch, sie sah aus wie ein Trog voller geschmolzenem Teer. Auf dem Tisch lag ein Zettel mit entschuldigenden Worten von Leo, weil er nicht rechtzeitig da gewesen war.

Melody seufzte. Wie so oft, so ging auch dieses Mal das zweite Date nicht triumphal aus.

Nun ja, allerdings hatte sie den Abend an Jamie geschmiegt zugebracht, und er hatte ihr gesagt, dass er sie so gern in seinem Bett haben würde. Auch das zählte schließlich.

»Bohnen auf Toast?«, bot Jamie an und stocherte in dem unappetitlichen Klumpen herum. »Das geht schnell und unkompliziert.«

»Ja, prima. Ich helfe dir.« Melody griff nach einer Dose Bohnen, schüttete ihren Inhalt in eine Pfanne und stellte sie bei niedriger Temperatur auf das Kochfeld.

Jamie nahm vier Scheiben Toast aus der Packung und schob sie in den Grill.

»Nächste Woche machst du doch deinen ersten Schmuckkurs. Bist du aufgeregt?«

»Oh ja. Ich habe keine Ahnung, ob sich überhaupt jemand blicken lässt. Beim ersten Mal wollte ich mich noch nicht so festlegen und flexibel bleiben. Es ist ja nur ein Schnupperkurs. Wenn er den Leuten zusagt, können sie sich für einen sechswöchigen Kurs anmelden und sich dann jeweils mit einer ganz bestimmten Technik befassen. Ich habe Flyer

179

drucken lassen, auf denen wird erklärt, welche Verfahren sie während des sechswöchigen Kurses erlernen können, und am Ende des Schnupperkurses demonstriere ich ihnen dann kurz verschiedene Beispiele dazu. Ich muss sie anfüttern, damit sie Lust haben, wiederzukommen. Aber erst einmal muss überhaupt jemand kommen.«

»Bestimmt melden sich haufenweise Interessenten«, versicherte ihr Jamie. »Viele interessieren sich für so etwas. Ich habe selbst schon Tageskurse veranstaltet, da ging es ums Töpfern, und die Leute haben sich darum gerissen.«

»Ach wirklich? Da fällt mir ja ein Stein vom Herzen. Es wäre furchtbar, wenn keiner käme. Was für Leute kamen denn zu dir?«

»Zumeist ältere Frauen aus dem Dorf, die lieben handwerkliche Arbeiten.«

Melody schmunzelte und überlegte, ob sie nur deshalb in hellen Scharen anrückten, weil der attraktive Jamie Jackson sie anlockte.

»Ich bin ein bisschen nervös, weil ich doch gar nicht weiß, ob sie talentiert sind oder sich schon mit so was auskennen. Möglicherweise rücken Leute an, die vorher schon viel in dieser Richtung gemacht haben, und andere, die noch absolute Neulinge sind. Darauf muss ich meinen Kurs ja ausrichten.«

»Okay, nimm mich doch als Versuchskarnickel! Ich hatte noch nie mit Schmuck zu tun, bin also völlig unbedarft. An mir kannst du durchexerzieren, wie du mit einem hoffnungslosen Fall umgehen musst, dann weißt du, wenn es ernst wird, wie es funktioniert. Und ich gebe dir Rückmeldung, ob deine Instruktionen und Vorführungen deutlich genug sind, und Tipps, wenn ich meine, es fehlt was in dem Kurs.«

»Ja, das ist eine großartige Idee. Danke.« Melody sah, wie Sirius, der gerade querfeldein durchs Zimmer Jagd auf einen unsichtbaren Feind machte, an ein Tischbein prallte, aber gleich darauf weiterrannte. »Am Samstag haben wir auch unser Hundetraining.«

»Da kommt sicher das halbe Dorf.«

»Ich finde es herrlich, dass alle elf Welpen bei uns untergekommen sind. Dadurch können Rocky und Sirius weiter ihre Geschwister sehen. Und Beauty begegnet auch ab und zu ihren Jungen.«

»Das wird ein wildes Getümmel, wenn sich alle treffen, alle unter einem Dach. In der ersten Stunde ist an Training wohl kaum zu denken. Und am Samstagnachmittag findet der Wettbewerb im Sandburgenbauen statt. Bist du bei mir im Team, was denkst du?«, fragte Jamie.

Melody lächelte. »Das wäre super. Da wird aber knallhart gekämpft, habe ich gehört.«

Er lachte. »Oh ja, besonders konkurrieren Familien und Freunde. Jeder will mit seiner Burg glänzen.«

»Du weißt aber, mit mir im Team wirst du keinen Blumentopf gewinnen.«

»Ach was, davon ist mir nichts bekannt. Vielleicht bist du meine Glücksfee.«

»Ein glückliches Händchen habe ich nicht gerade.«

»Aber ich bin froh und dankbar, dass ich dich habe.«

Diese Worte wärmten ihr das Herz.

»Toast ist fertig«, verkündete Jamie.

Melody warf einen Blick auf die Bohnen. »Die sind auch fertig.«

Er verteilte die Toastscheiben auf zwei Teller, und sie kippte die Bohnen darüber. Jamie füllte zwei Gläser mit Wasser und brachte sie zum Tisch.

Sie nahm die beiden Teller und trug sie hinüber. Als Jamie sich setzte, reichte sie ihm seinen Teller, und beim Vornüberbeugen stieß sie mit dem Zeh an ein Tischbein. Durch den Ruck schossen die mit Bohnen bedeckten Toastscheiben zu Melodys Entsetzen von den Tellern und landeten verkehrt herum auf Jamies Schoß.

»Ach du Schreck, entschuldige!«, jammerte Melody und stürzte zu Jamie, um ihm behilflich zu sein.

»Schon gut«, beruhigte er sie, griff nach dem leeren Teller und brachte es irgendwie fertig, mit kühnem Schwung den Toast und einen Großteil der Bohnen zurück auf den Teller gleiten zu lassen. Als sie sich daranmachte, einzelne Bohnen aus seinem Hosenschritt aufzusammeln, neckte er sie: »Ach so, du hast das Ganze nur inszeniert, damit du mich begrapschen kannst.«

Melody lächelte. »Entschuldige, ich habe dir das Essen versaut.«

Jamie schnitt eine Ecke von dem Toast ab, der nun wieder auf dem Teller lag, schaufelte Bohnen darauf und schob sich den Happen in den Mund.

»Wenn diese Fünfsekundenregel für Essen gilt, das auf den Boden fällt, dann gilt sie ganz sicher auch für Essen, das auf der Kleidung landet.«

»Ist alles in Ordnung? Hast du dich auch nicht verbrannt? Vielleicht solltest du die Jeans ausziehen.«

»Das ist also dein Trick«, erwiderte Jamie und kaute weiter. »Alles bestens. Da unten scheint alles in Ordnung zu sein.«

Melody setzte sich zögernd und konnte sich nun auch ans Essen machen. Sie sah Jamie dabei zu, wie er mit großem Appetit futterte. Er ließ sich von nichts aus der Ruhe bringen, das erfüllte ihr Herz mit Genugtuung. Alle ihre Dates endeten in einer Misere, aber es störte ihn anscheinend gar nicht.

Jamie ertappte sie dabei, wie sie ihn beobachtete. »Stimmt was nicht?«

»Ich denke gerade, du musst eine Engelsgeduld haben, um diesen ganzen Murks ohne mit der Wimper zu zucken hinzunehmen.«

Er schluckte den letzten Bissen hinunter. »Was denn für einen Murks? Ich bin so gern mit dir zusammen. Was macht es denn, wenn nicht alles nach Schema F läuft? So ist das Leben nun mal nicht, glattgebügelt und störungsfrei, warum sollte denn dann die Liebe so sein?«

Melody ließ sich das durch den Kopf gehen. In den Romanen, die sie las, erschien Liebe immer makellos, die Heldin und die Leserin wurden im Sturm erobert, aber Jamie hatte recht, im wahren Leben verhielt es sich nicht so. Das wahre Leben bestand aus mitternächtlichem Toast mit Bohnen, zusammen mit dem Menschen, den man auf der ganzen Welt am liebsten hatte.

Sie nahm seine Hand. »Ich habe dich unglaublich gern, Jamie Jackson.«

Er schmunzelte. »Das will ich hoffen. Nicht jedem zuliebe futtere ich versaute Bohnen auf Toast.«

»Du hast aber gesagt, es schmeckt gut«, wandte Melody lachend ein.

Er grinste und meinte: »Tja, es knirscht und knackt zwar ein bisschen zwischen den Zähnen, aber das ist wahrscheinlich das zusätzliche Protein, oder?«

Sie warf vor Lachen den Kopf in den Nacken.

»Alles ist perfekt, ehrlich. Weil ich es mit dir zusammen genieße.«

Sie spürte einen Kloß im Hals. Vielleicht sollte sie jetzt neu festlegen, was für sie perfekt hieß. Jamie hatte ins Schwarze getroffen: Dass sie zusammen waren, nur darum ging es.

14

Melody stand im flachen Wasser und schaute aufs Meer hinaus. Heute war es windstill, die Wasseroberfläche kräuselte sich nur leicht. Ein idealer Tag, um Elliot das Stehpaddeln beizubringen. Sie hatte ihn auch vorher schon ein paarmal mitgenommen, da hatte er auf dem Brett gesessen, und sie paddelte. Folglich hatte er schon eine Vorstellung davon, wie es sich auf dem Brett im Wasser anfühlte, und dass man sich absolut nicht zu fürchten brauchte, wenn es mal wackelte. Heute sollte er es selbst ausprobieren.

Sie sah sich um, während er fußtief neben ihr im Wasser stand und sich die Rettungsweste umschnallte.

»Fertig?«, fragte Melody. Sie kauerte sich hin, um zu prüfen, ob die Weste richtig saß.

Elliot nickte eifrig.

Melody schob sein Kinderbrett ein Stückchen ins tiefere Wasser, sodass er knietief darin stand, wenn er hinaufkletterte. Elliot folgte ihr.

»Gut, jetzt die Hände rechts und links ans Brett«, forderte ihn Melody mit einer entsprechenden Geste auf. Sie hielt ihm das Paddel; es beim Aufsteigen selbst zu halten, würde er erst später lernen.

Elliot folgte ihren Anweisungen.

»Jetzt mit dem Knie hierher, genau«, wies Melody ihn an. »Dann auf die Hände stützen und das andere Knie auf das Brett heben, gleich daneben.«

Sie hielt das Brett fest, bis er sich in kniender Position eingerichtet hatte.

»Okay, jetzt auf den Knien bleiben und aufrichten. Wir paddeln erst mal ein Stückchen im Knien. Halte das Paddel so, wie ich's dir gezeigt habe. Das Paddel vorn neben dem Brett ins Wasser tauchen und zu dir heranziehen.«

»He, Elliot, du machst dich prima!«, hörte man Jamie vom Strand aus rufen. Melody sah sich um und lächelte ihm zu. Mit einer Hand hielt sie das Brett fest, als würde sie Elliot beibringen, Rad zu fahren. Fast entglitt es ihrem Griff, als sie bewundernd feststellte, dass Jamie nur Shorts anhatte und ihr den gloriosen Anblick seiner sonnengebräunten, muskulösen Beine bot.

»Hi, Jamie!« Elliot winkte wie verrückt mit dem Paddel, wodurch das Brett gefährlich ins Schwanken geriet. Melody packte fester zu, damit es nicht umkippte. »Guck mal, ich bin Stehpaddler!«

»Oh ja, und was für einer!«, rief Jamie zurück.

Melody war überrascht, dass Jamie zu ihnen ins Wasser stakste.

»Soll ich mit anfassen?«

»Wenn du Zeit hast, käme deine Hilfe ganz gelegen. Manch einer muss erst lernen, das Gleichgewicht zu halten, die Balance ist das A und O.«

Jamie lächelte. »Für dich habe ich doch immer Zeit.«

Zärtliche Gefühle wallten in ihr auf. Am Vorabend hatte sie kurz erwähnt, dass sie heute stundenweise auf Elliot aufpassen würde, und Elliot hatte sie gefragt, ob sie ihm das Stehpaddeln beibringen könnte. Sie hatte Jamie ihre leichten Bedenken mitgeteilt, wenn sie Elliot zum ersten Mal selbst auf das Brett steigen ließe, deshalb freute sie sich, dass er vorbeikam und mit Hand anlegte.

»Gut, wir folgen deinen Anweisungen«, meinte er. »Du bist die Expertin.«

Zwar hatte sie, als sie in Sandcastle Bay noch neu war, schon mehrmals ein paar Stunden Unterricht im Stehpaddeln genommen und war selbst etliche Male hier draußen paddeln gewesen, aber als Expertin hätte sie sich nicht bezeichnet.

Jamie trat an die eine Seite, Melody an die andere.

Nun leitete sie Elliot wieder an. »So, nun das Paddel ins Wasser. Nein, das ist verkehrt herum, dreh es um. Gut so. Drück es runter, zieh es nach hinten, ganz langsam, du brauchst dich nicht so anzustrengen.« Melody warf einen Blick zu Jamie, der lächelte ihr zu. »Versuch, dich gerade zu halten, du brauchst dich nicht so tief zu neigen, erst mal musst du das Gleichgewicht halten. Gut, jetzt mit dem Paddel die Seite wechseln. Gut gemacht, Elliot, das ist nicht zu toppen.«

Eine Zeitlang bewegten sie sich in Ufernähe hin und her, dort, wo Melody und Jamie noch stehen konnten. Nach den ersten wackligen Versuchen schien Elliot in den Rhythmus zu finden. Er folgte sehr gut den Anweisungen, und Jamie ermunterte ihn immer wieder liebevoll.

»Wollen wir's mal im Stehen probieren?«, fragte Melody behutsam.

»Ja, ich wette, ich kriege das gut hin«, antwortete Elliot. Melody schmunzelte über sein gesundes Selbstvertrauen. Das war ein Junge, der in dem Bewusstsein erzogen wurde, dass er Berge versetzen konnte.

»Dann reich mal Jamie das Paddel, beug dich vornüber und halte dich mit beiden Händen an den Seiten fest.«

Das tat Elliot.

»Jetzt stellst du die Füße dorthin, wo deine Knie jetzt sind, bis du hockst, dann richte dich langsam auf.«

Sie hielt das Brett fest, und im Nullkommanichts war Elliot ihren Instruktionen gefolgt. Nicht die Spur von Ängstlichkeit, dass er herunterfallen könnte. Er war ohne jeden Zweifel von seinen Fähigkeiten überzeugt.

Jamie reichte ihm sein Paddel, und postwendend paddelte Elliot los. Melody freute sich. Kinder kannten keine Furcht. Sie kletterten auf Bäume, spielten im Meer und rannten durch die Wälder, ohne dass ihnen davor grauste, zu stürzen und zu verunglücken. Wann schlich sich eigentlich diese Angst in den Menschen ein, körperlich oder emotional zu Schaden zu kommen, und beherrschte jede Unternehmung, vom Stehpaddeln bis hin zu einer Partnerbeziehung? Wahrscheinlich sollte auch sie selbst diese sorglose Einstellung gegenüber der Welt annehmen.

»Ein bisschen gerader stehen«, forderte Melody Elliot auf.

Dann entschloss sie sich, das Paddelbrett loszulassen und zu sehen, wie gut Elliot allein zurechtkam. Einige Sekunden lang glitt er auch reibungslos und mustergültig über das Wasser. Er hatte es wirklich drauf!

»Guck mal, da ist Marigold«, sagte Elliot, und jäh begann er, wild zu gestikulieren.

Das Brett kippte um, und obwohl Melody die Hände ausstreckte und es festhalten wollte, fiel Elliot seitlich hinunter und landete direkt in Jamies Armen.

Unbeeindruckt von seinem Sturz, prustete Elliot los, wand sich aus Jamies Griff und stakste planschend und spritzend ans Ufer, wo er über den Strand sprintete, um Marigold und Emily Hallo zu sagen. Melody sah, dass Isla mit von der Partie war, ihre Einkaufstour hatte sie anscheinend schon hinter sich.

»Du hast Elliot richtig gut im Griff, Melody«, lobte Jamie, der das Paddelbrett zwischen ihnen auf dem Wasser hielt.

»Danke. Er hat aber auch partout keine Angst, oder?«

»Weil er dir vertraut.«

Das sah sie zwar nicht hundertprozentig so, aber diese Vorstellung tat ihr wohl. Sie ließ den Blick zum Strand schweifen, wo Elliot mit einer Wasserpistole, die er gerade von Isla bekommen hatte, Jagd auf Marigold machte. Auch Marigold und Emily hatten eine.

»Ich weiß gar nicht, ob unser Unterricht nun schon zu Ende ist oder nicht. Sieht aus, als hätten sie dort weit mehr Spaß.«

Jamie lachte. »Nun ja, ich könnte gehen und uns allen ein Eis holen. Und hinterher werden wir sehen, ob er weitermachen will, was denkst du?«

Melody nickte, er half ihr, das Brett an Land zu ziehen, obwohl es ziemlich leicht war, dann steuerte er die kleine Eisbude an. Melody winkte Emily zu, die mit den Kindern zu deren Entzücken bei der Wasserschlacht nicht zimperlich mit ihnen umsprang.

Melody entledigte sich ihrer Rettungsweste, die sie nur angezogen hatte, um Elliot mit gutem Beispiel voranzugehen, und setzte sich in den Sand. Isla überließ Elliot dem Spiel mit Marigold und Emily und gesellte sich zu Melody.

»Wie hat er sich denn angestellt, hat er deine Anweisungen befolgt?«, wollte Isla wissen.

»Er hat gut zugehört. Und er traut sich viel zu. Eile mit Weile gibt's bei Elliot nicht«, antwortete Melody.

Isla lachte. »Nein, das Wort *langsam* gehört nicht zu seinem Vokabular.«

»Hast du denn alles bekommen, was du wolltest?«, fragte Melody. Wenn man Kleidung kaufen wollte, musste man nämlich erst in die nächstgelegene Stadt kutschieren. Sandcastle Bay war zu klein für vernünftige Bekleidungsgeschäfte.

»Ja. Danke, dass du ihn bei dir behalten hast. Ich hätte ihn auch mitgenommen, aber es macht ihm viel mehr Spaß, wenn er hier sein darf. Er ist so gern mit dir zusammen. Und wo nun Tori und Aidan kurzentschlossen diesen Grillabend veranstalten, hatte ich noch weniger Zeit zum Einkaufen, deshalb wollte ich nur schnell meine Runde machen und mich nicht noch mit Spielzeug- und Süßigkeitenläden aufhalten.«

»Es war doch schön. Ich bin auch gern mit ihm zusammen.«

Isla drehte sich zu Jamie um, der nach Eis anstand. »Wie lieb von ihm, dass er kommt und hilft. Wie läuft's denn mit euch zweien so?«

Melody schmunzelte. »Richtig gut.«

Sie sah über das Wellenmeer in die Ferne.

»Aber?«, fragte Isla einfühlsam.

»Kein Aber.«

»Melody, ich kenne dich wie meine Westentasche, und deshalb weiß ich auch, wenn es ein Aber gibt.«

Melody seufzte. »Ich habe Angst, dass ich ihn vergraule.«

»Warum das denn, um Himmels willen?« Isla begriff die Welt nicht mehr.

»Weil ich eine Gefahrenzone bin. Ich bin ungeschickt, sorge immer für Malheurs, verkleckere alles. Ich werde den Gedanken nicht los, dass Jamie irgendwann davon die Nase voll hat.«

»Jamie kennt dich doch wirklich gut, und schon so lange. Für ihn ist das doch nichts Neues. Würde ihn so etwas aufregen, dann wäre er doch von Anfang an nicht mit dir ausgegangen.«

»Aber vorher hat er das nur ab und an miterlebt, jetzt muss er jeden Tag die volle Dröhnung ertragen.«

»So was juckt ihn doch nicht. Er ist so entspannt, ihn bringt nichts aus der Ruhe. Was für ein Mistkerl wäre er denn, wenn er dich fallen ließe, nur weil du ungeschickt bist.«

Melody wollte gerade einwenden, ihr letzter Freund sei so ein Mistkerl gewesen, doch Isla kam ihr zuvor.

»Ich weiß, Kevin hat genau das getan, aber der war ja auch ein richtiger Blödmann.«

189

»Blödmann?«

»Ich passe auf, dass ich in Elliots Gegenwart keine schlimmen Schimpfwörter in den Mund nehme.«

»Blödmann geht schon«, meinte Melody. »Kompletter Idiot trifft es noch besser.«

Isla nickte zustimmend. »Jamie ist nun aber weiß Gott meilenweit von diesem Rindvieh Kevin entfernt. Jamie verdrückt sich nicht, er betet dich an.«

»Ich möchte mal wissen, ob er wusste, worauf er sich da einlässt.«

»Sag bloß nicht, er geht mit dir aus, weil er nichts Besseres findet. Ihm war sehr wohl klar, worauf er sich mit dir einließ. Nämlich auf einen wunderbaren, fröhlichen, freundlichen Menschen, da kann er von Glück reden.«

»Ach, ich wollte mich ja nicht selbst schlechtmachen. Ich meinte nur, diese Tollpatschigkeit ist eine ganz schöne Herausforderung. Selbst meiner Mutter ist irgendwann der Geduldsfaden gerissen.«

»Ist das denn wirklich der springende Punkt? Du weißt doch, dass ihre negative Einstellung und ihr Groll gar nichts mit dir zu tun hatten, es lag allein an ihr selbst.«

»Ich weiß schon«, pflichtete Melody ihr traurig bei.

»Übertrag nicht deine Ängste auf Jamie.«

Melody beobachtete aus der Entfernung, dass er sich zum Anfang der Schlange vorgearbeitet hatte. »Du meinst also, dass er mich gut kennt?«

»Wetten, dass er dich klarer sieht als du dich selbst. – Hast du ihm gesagt, welche Eissorte du willst?«

Melody schüttelte den Kopf.

»Mal sehen, ob er den Eistest besteht«, witzelte Isla.

»Er wird wohl jetzt auf die Probe gestellt?«

»Meinst du, dieser Volltrottel Kevin kannte deine Lieblingssorte? Ihr wart immerhin drei Monate zusammen.«

»Nein, ausgeschlossen.«

Jamie kam mit einem Tablett angelaufen, beladen mit Eis in verschiedenen Geschmacksrichtungen.

»Ich wusste nicht, was jeder will, da habe ich auf gut Glück ausgewählt, Schoko für die Kinder, außerdem alles gemischt – Kokos, Toffee, Pistazie, ach ja, und Schoko-Marshmallow für dich, Melody.«

Das Wasser lief ihr im Mund zusammen, und als er sich niederließ und vorsichtig das Tablett im Sand abstellte, beugte sie sich zu ihm hinunter und gab ihm ein Küsschen, ungeachtet dessen, dass Isla das Gesicht zu einem süffisanten Schmunzeln verzog.

Jamie zog den Kopf zurück und lächelte Melody an. »Wofür war das?«

Weil ich dich liebe, dachte Melody. »Weil ich Schoko-Marshmallow so liebe.«

Er schmunzelte. »Du bist billig zu begeistern, Melody Rosewood.«

Sie nahm Schoko-Marshmallow und Pistazie vom Tablett, Pistazie war Jamies Lieblingseis, wie sie wusste, das reichte sie ihm, dann lehnte sie den Kopf an Jamies Schulter und fing an, ihr Eis zu schlecken.

Womöglich lag Isla richtig, und sie beide passten zusammen.

Von ihrem Eis tropfte es auf Jamies Brust, aber er hatte es bereits mit dem Finger fortgewischt und aufgeleckt, noch ehe Melody sich entschuldigen konnte. Ein Tropfen.

Sie sah ihn an und lächelte.

Verdammt noch mal, ich liebe dich.

15

Die Grillparty war in vollem Gange. Aidan wendete eifrig Burger, Tori ging herum und hatte ein Auge darauf, dass alle mit Getränken versorgt waren. Die anderen lümmelten auf ihren Liegestühlen, genossen die Wärme und schwatzten miteinander.

Hier war nur der kleine Familienkreis versammelt, stellte Melody fest, die Brüder Jackson, Isla, Emily und ihr Mann Stanley, Agatha und die beiden Kinder. Melody vermutete, sie waren zusammengekommen, um sich von Toris und Aidans großen Neuigkeiten überraschen zu lassen. Da Agatha so unruhig auf ihrem Stuhl herumrutschte, hatte sie wahrscheinlich dasselbe im Sinn, auch wenn sie keine Ahnung von dem Heiratsantrag hatte; Tori und Aidan hatten folglich noch ein Ass im Ärmel. Agatha hatte schon mehrfach versucht, Tori in die Enge zu treiben, um ihr eine klare Aussage abzupressen, aber Tori konnte sich ihr unter dem Vorwand ihrer Gastgeberpflichten stets entwinden.

»Was bist du so unruhig?«, fragte Melody.

Agatha ließ ein erschöpftes Seufzen hören. »Bist du schon unterrichtet?«

»Worüber?«

»Das weißt du ganz genau. Ist sie schwanger?«

»Keine Ahnung«, flunkerte Melody. »Ich habe noch gar nicht mit ihr geredet.«

»Wozu sonst machen wir diese Grillparty?«

»Weil die Sonne scheint und weil es so schön ist, dass wir zur Abwechslung mal alle zusammen sind. Immer haben wir zu tun und kaum Gelegenheit, beisammen zu sein«, antwortete Melody und spielte die Ahnungslose.

Agatha verdrehte ärgerlich die Augen.

Da kam Jamie und setzte sich neben Melody, was sie dankbar quittierte. Er reichte ihr einen Hamburger, und sie schlug schnell die Zähne hinein, ehe ihr Agatha mit weiteren Fragen auf den Pelz rücken konnte.

»Wie steht es mit euch zweien?«, erkundigte sich Agatha und redete weiter, als wäre Jamie Luft. »Hast du dir das Buch zu Gemüte geführt, das ich dir gegeben habe?«

Fast verschluckte sich Melody. Himmelherrgott, sie hatte absolut keine Lust, vor Jamie eine solche Diskussion vom Zaun zu brechen.

»Was für ein Buch?«, wollte Jamie auch gleich wissen.

Melody kaute hastig weiter.

»Das Kamasutra«, antwortete Agatha frisch von der Leber weg.

Jamie starrte sie kurz an und brach in schallendes Gelächter aus. »Ich denke mal, was das betrifft, kennen wir uns selber hinreichend aus.«

»Meiner Meinung nach tut uns allen ab und an etwas Inspiration gut«, beharrte Agatha. »Ein bisschen Würze kann nicht schaden.«

»Was ist ein Kamasutra?«, wollte Elliot wissen, der ganz in der Nähe stand und schon fast eine ganze Schale Himbeeren gefuttert hatte.

Agatha war so anständig, zu erröten. »Das ist ein Buch über … Vögel und, äh … Bienen.«

»Nein, stimmt nicht«, wendete Marigold ein. »Ich habe gesehen, wie Agatha es am Strand Melody gegeben hat. Da waren ein Mann und eine Frau drauf, die haben sich geküsst und zusammen gekuschelt, und die hatten auch nicht viel an. Bienen und Vögel waren da gar nicht drauf.«

Elliot glückste vor Vergnügen. »Ist das ein Buch übers Küssen und Kuscheln?«

»Ja, sozusagen«, bestätigte Agatha.

»Was bringt ihr da meinem Patenkind bei?« Leo trat heran, setzte sich neben Jamie und stibitzte von seinem Teller einen Kartoffelchip.

»Was über das Kamasutra«, sagte Elliot schlicht.

Leo zog verwundert die Augenbrauen hoch, und Melody lachte in sich hinein.

»Mum und Daddy haben das Kamasutra, glaube ich, auch gelesen«, wusste nun Marigold zu berichten. »Gestern habe ich sie im Bett gesehen, Daddy lag auf Mum drauf, so wie auf dem Buch, und er hat sie geküsst und sich dabei bewegt. Mum sagte dauernd ›doller‹, und Dad hat gesagt, dass er dem Baby nicht wehtun will.«

Betretenes Schweigen machte sich breit.

Dann räusperte sich Jamie. »Tja, das wollte ich gar nicht so genau wissen«, sagte er verhalten. »In meiner lieben Familie wird eben ständig alles vor allen breitgetreten, ist es nicht so?«

Melody lachte, sie erinnerte sich an den Vorabend.

Emily kam mit ihrem vollbeladenen Teller und ließ sich nieder, ahnungslos, dass soeben ihr Intimleben von ihrer Tochter zum Besten gegeben worden war.

»Was habe ich verpasst?«, fragte sie und biss pikanterweise in ein Würstchen.

»Das willst du gar nicht wissen«, meinte Leo. »Aber vielleicht solltet ihr ein Schloss in die Schlafzimmertür einbauen lassen.«

Emily stutzte, das Würstchen zwischen den Zähnen, und Röte schoss ihr ins Gesicht. Sie richtete den Blick auf Marigold.

Die zuckte mit den Schultern. »Komm, Elliot, wir besuchen die Hunde.«

Elliot trottete über die Wiese hinter Marigold her zu dem Flecken, wo die Welpen herumtollten.

»Herrje«, stöhnte Emily.

»Kein Grund zum Rotwerden. Nichts spricht dagegen, in der Schwangerschaft Sex zu haben und Komplimente dafür zu bekommen. Sex sollte nicht aufhören, nur weil du ein Baby bekommst«, meinte Agatha.

Emily riss entsetzt die Augen auf.

Jedes weitere Wort zum Thema blieb ihnen erspart, da Tori an ihr Glas klopfte.

»Na endlich«, murmelte Agatha.

»Wir möchten euch allen danken, dass ihr heute trotz so kurzfristiger Ankündigung zu uns gekommen seid«, sagte Tori, den Arm um Aidans Taille geschlungen. »Aber ihr Lieben solltet die Ersten sein, die es erfahren, auch wenn einige unter euch es schon geahnt haben mögen, jedenfalls … wir bekommen ein Baby.«

Allgemeiner Beifall erhob sich, aus der kleinen Gesellschaft ertönten Hochrufe, und alle sprangen auf, um den beiden zu gratulieren.

Bald darauf hockten sich alle wieder hin, aßen ihre Teller leer und plauderten miteinander über die frohe Botschaft, bis Aidan Anstalten machte, noch etwas zu sagen.

»In der Tat haben wir noch mehr Neuigkeiten.« Innig lächelte er Tori an. »Gestern Abend habe ich Tori gefragt, ob sie meine Frau werden will, und nach vielen Tränen sagte sie ja.«

Nun gab es noch mehr Hochrufe, und sogar Agatha war anzusehen, wie überrumpelt sie von dieser Nachricht war. Folglich steckten ihre Spione doch nicht überall.

Als sich Melody und Jamie unter die Gratulanten einreihten, um nochmals Glückwünsche auszusprechen, flüsterte Jamie ihr ins Ohr: »Meinst du, wir sollen ihnen irgendwann beichten, dass wir den Heiratsantrag auf Video haben? Vielleicht freuen sie sich, wenn sie es sich noch mal angucken können.«

Melody lachte. »Eines Tages vielleicht. Aber hast du gesehen, wie peinlich es Emily war, dass Marigold uns erzählt hat, wie sie zusammen geschlafen haben? Tori und Aidan wollen wir das lieber nicht antun. Sie sollen den Abend heute richtig auskosten. Im Moment jedenfalls sollten wir das Video unter Verschluss halten.«

Melody schloss Tori in die Arme, überwältigt vom freudigen Mitempfinden für ihre liebe Freundin. Das war ein großer Schritt für sie, wo sie doch nie etwas mit Beziehungen zu tun haben wollte. Von Familie ganz zu schweigen.

Sie drehte sich wieder um, und da lauerte auch Agatha schon auf sie und Jamie. »Ihr zwei seid dann die Nächsten, merkt euch das. Noch vor Jahresende seid ihr Eheleute.«

Melody lachte und sah zu Jamie, um zu prüfen, wie der wohl auf Agathas aberwitzige Weissagung reagierte. Zu ihrer Verwunderung lachte auch er. Das war für ihn ein ebenso großer Schritt.

Er legte den Arm um sie, und sie schlenderten wieder zu ihren Stühlen. »Wenn ich dich mal um deine Hand bitte, dann werde ich auf Nummer sicher gehen, dass kein Schwein etwas mitkriegt.«

* * *

Kurz vor Ladenschluss klopfte es an die Tür, als Melody sich gerade für ihren Probeworkshop mit Jamie rüstete. Rocky sprang aus dem Korb und bellte fröhlich, da sich ein Besucher ankündigte.

Melody drehte sich um und erblickte Jamie, der ihr vom Torweg her entgegenlächelte. Rasch ging sie hin, um ihm aufzumachen. Sie warf ihm die Arme um den Hals und küsste ihn, noch ehe er ein Wort hervorbringen konnte.

Mit seinen großen Händen, die ihren Rücken fast umspannten, hielt er sie an sich gedrückt, das fühlte sich paradiesisch an, und einige unsägliche Augenblicke lang gestattete sie sich die Vorstellung, er hielte sie so umklammert, wenn sie beide nackt wären.

Sie löste sich von ihm, bevor sie sich zu etwas Unbedachtem hinreißen ließ.

Er räusperte sich hilflos. »Ich, äh … wollte zum Schmuckworkshop bei Melody Rosewood.«

Sie zog ihn kichernd herein.

»Hoffentlich empfängst du die echten Kursteilnehmer nicht auch so«, brummelte Jamie und ging ein paar Schritte weiter.

Dass er sie auf den Arm nahm, amüsierte sie. »Warum nicht, ich glaube, das Feedback wäre exzellent, wenn ich das so mache. Okay, setz dich hierher.«

»Ganz schön autoritär«, kommentierte Jamie. Er wendete sich Rocky zu, aber als der merkte, dass nichts Weltbewegendes passierte und nichts zum Fressen für ihn heraussprang, tapste er wieder zu seinem Korb.

Melody machte eine abwiegelnde Geste, um Jamie zum Schweigen zu bringen. »Der Kurs beginnt gleich.«

Jamie streckte den Rücken und richtete seine ganze Aufmerksamkeit auf Melody.

»Herzlich willkommen zu meinem Schmuckworkshop für Anfänger. Heute werde ich Sie mit den Grundlagen einiger Techniken vertraut machen, damit Sie sich anhand von Musterbeispielen eine Vorstellung machen können, was in den verschiedenen Kursen, die ich für die Zukunft geplant habe, gemacht wird. Sie lernen hier, wie man mit Perlen und Zange umgeht, in späteren Kursen können Sie dieses Werkzeug und Material benutzen, um Ohrringe, Anhänger und Armreife anzufertigen. Sehr unkompliziert und eine meiner Lieblingstechniken ist die Anfertigung von Schmuck aus Modelliermasse mit Silber. Damit kommt man zu sehr ansprechenden Resultaten. Eine weitere Technik, die ich Ihnen heute vorführen möchte, ist der Sandguss. Wir können Gussformen aus Sand machen, dann mit einer Lötlampe Altsilber schmelzen und –«

»Ach, mit der Lötlampe?«, warf Jamie ein, ehrfürchtig, den Oberkörper in die Höhe gereckt.

Sie lächelte. »Die würden Sie wohl gern benutzen, ja?«

Er nickte beflissen.

»Tja, also wir können darauf kurz eingehen, die Lötlampe nehmen wir auch für die Silber-Modelliermasse. Am Anfang würde ich Ihnen aber gern das Arbeiten mit Draht vorstellen. Man braucht drei verschiedene Zangen. Da haben wir einmal den Seitenschneider.« Sie hielt eine kleine Zange mit blauen Griffen hoch, und Jamie fand ein entsprechendes Werkzeug vor sich ausgelegt. »Damit schneidet man Draht.«

»Der hält sicher, was er verspricht«, befand Jamie dazu.

»Genau. Die grüne ist die Rundzange. Die verwendet man zum Formen von Ösen, das empfiehlt sich, wenn man Verschlüsse für Armreife oder Ohrringe macht, auch Ösen an einem Anhänger, mit denen er an der Kette befestigt wird. Und diese rosa Zange ist eine Kettenzange, mit der Sie den Draht biegen, drehen, straffen oder kräuseln können, je nach gewünschtem Design. Vor Ihnen liegen einige Drähte zum Üben, daran können Sie mit den Zangen experimentieren.«

»Nur mal ausprobieren?«, fragte Jamie nach und warf einen ungläubigen Blick auf den Draht.

»Ja, mal sehen, was mit den verschiedenen Zangen dabei herauskommt.«

Jamie begutachtete die Zangen. »Ich glaube, du müsstest das vorführen und ein paar Beispiele zeigen, was man mit den Zangen anstellen kann.«

»Na ja«, sagte Melody etwas verunsichert. »Das ist eine kleinteilige Pusselei, bei der man nah dran sein muss, da habe ich Bedenken, ob die Teilnehmer erkennen können, was ich mache. Eigentlich habe ich vor, an dieser Stelle herumzugehen und jedem Einzelnen Hinweise zu geben.«

»Du könntest auch einen Projektor und eine Kamera aufstellen und heranzoomen, was du mit den Händen machst, das könnte man an die Wand projizieren. Wenn du, sagen wir, fünfzehn Teilnehmer auf einmal hast, dann kannst du gar nicht herumgehen und dich jedem einzelnen angemessen zuwenden. Das heißt, die Leute auf der anderen Seite müssten lange warten, bis ihnen gezeigt wird, wie man die jeweilige Zange benutzt. Wenn du ein Werkzeug vorführst, dann mach doch eine kleine Präsentation unter Zuhilfenahme des Projektors, dann erklärst du die nächste Zange, und zum Schluss lässt du sie alles ausprobieren, nachdem sie erst mal gesehen haben, was man damit machen kann.«

Melody überdachte diesen Ratschlag. »Keine schlechte Idee, aber mit der Technik kenne ich mich nicht aus.«

»Ich kenne mich ein bisschen aus, aber Klaus wäre dir da eine große Hilfe, der würde auch herkommen und dir alles aufbauen.«

»Okay, danke.«

»Und jetzt könntest du erst mal zu mir kommen und mir eine persönliche Anleitung geben.«

Melody trat schmunzelnd zu ihm an den Tisch. Als sie neben ihm stand, nahm sie den Seitenschneider in die Hand. Jamie schlang ihr den Arm um die Taille und zog sie auf seinen Schoß.

»Das ist doch die Höhe! Ein solches Benehmen wünsche ich nicht von meinen Teilnehmern«, protestierte Melody. »Unser Umgang sollte professionell sein.«

»Sie sagten doch, es geht um Pusselarbeit, zu der man ein intimes Verhältnis haben muss«, erwiderte Jamie und gab ihr einen Kuss in den Nacken.

»Nah dran bleiben, nicht intim werden«, wehrte Melody lachend ab.

»Nun, viel näher als so geht's doch kaum.«

Melody schmunzelte, machte aber keine Anstalten, sich von seinem Schoß zu erheben. Sie fühlte sich sehr wohl, wenn Jamie sich so anschmiegsam zeigte.

Dann führte sie ihm vor, wozu man die Zangen jeweils gebrauchte und welche Effekte man mit der Rund- beziehungsweise mit der Kettenzange erzielen konnte. Aber sie war sich nicht sicher, wie viel Konzentration Jamie für ihre Instruktionen aufbrachte, denn er bedeckte sie unaufhörlich mit Küssen. Irgendwie war während ihrer Vorführungen auch ihr Oberteil über die Schulter gerutscht, sodass er sie auch dort liebkoste.

»Sie sollten sich zusammenreißen, mein Freund wäre nicht erbaut, wenn er erlebte, wie ich mit einem Schüler solche Späßchen mache.«

»Nein, ganz bestimmt nicht«, pflichtete Jamie ihr bei.

»Ich lasse Sie jetzt eine Weile mit dem Draht experimentieren und bereite unterdessen die Silber-Modelliermasse vor. Wenn Sie sich geschickt anstellen, lasse ich Sie auch an die Lötlampe ran.«

»Oho, das nenne ich Motivation.«

Sie rutschte von seinem Schoß und sammelte das Werkzeug zusammen, das sie für die Modelliermasse brauchte. Dabei beobachtete sie, wie Jamie sich ganz geschickt mit den Zangen am Draht zu schaffen machte, folglich hatte er ihr wohl doch zugehört.

Sie entschied, dass sich für den folgenden Schritt der Präsentation das nahe Beieinandersitzen empfahl, deshalb zog sie sich einen Stuhl zu Jamie heran und breitete die Modelliermasse, die Lötlampe, ein feuchtes Geschirrtuch, eine Schüssel mit Wasser und das übrige Werkzeug auf dem Tisch aus, während Jamie noch damit beschäftigt war, einen spiralig gewundenen Draht zu drehen, der teilweise in sich verflochten war. Melody fragte sich, ob er bei seinen plastischen Arbeiten schon einmal mit etwas Ähnlichem zu tun gehabt hatte. Er besaß eine natürliche Begabung dafür.

»Gut. Die folgende Aufgabe dürfte zu deiner eigenen Betätigung, dem Arbeiten mit Ton, passen. Sie ähnelt dem Modellieren deiner Tonfiguren. Diese silberne Modelliermasse hier ist ebenso weich und formbar, nur dass sie ziemlich schnell austrocknet, man sollte also eine klare Vorstellung haben, was daraus werden soll, bevor man sich daranmacht. Manchmal übe ich es vorher mit Knete.«

»Du könntest den Teilnehmern einen Klumpen Knete in die Hand drücken, damit sie sich damit vertraut machen können, wie man etwas modelliert und die Formen herausarbeitet, die man haben möchte. Für den einen oder anderen ist das vielleicht der erste Kneteklumpen, mit dem er seit der Kindheit in Berührung kommt.«

»Ja, gute Idee. Ich denke mal, für dich ist das in Ordnung, wenn wir diesen Abschnitt überspringen. Du bist ja nun mal der Fachmann in Sachen Tonarbeiten.«

Jamie nickte. »Das kriege ich sicher hin.«

»Wir können alles Mögliche formen, und wenn wir das Objekt in den Brennofen stellen oder eine Lötlampe benutzen, dann kann man alle Reste und das Bindemittel entfernen, sodass nur das Silber übrig bleibt. Ich werde hier die Anfertigung eines

Laubblattes vorführen, das ist ganz simpel und unkompliziert. Ganz bestimmt sind auch Sie in der Lage, etwas ähnlich Verblüffendes herzustellen.«

Jamie schmunzelte. »Zeigen Sie mir doch mal das mit dem Blatt.«

Ohne die Plastikfolie darauf zu entfernen, damit nichts austrocknete, rollte Melody ein Stück Modelliermasse von der Größe einer Fünfzigpennymünze aus, bis es sehr dünn war. Abstandhalter zu zwei Seiten halfen dabei, die Stärke der ausgerollten Masse überall gleichmäßig zu halten. Dann zog Melody vorsichtig die Folie ab.

»Wir sollten uns die Hände einölen, wenn wir die Modelliermasse benutzen, damit sie nicht so rasch austrocknet. Ich nehme immer Olivenöl.« Sie tröpfelte sich etwas Öl auf die Handflächen und rieb sie aneinander, dann reichte sie Jamie die Flasche. Er folgte ihrem Beispiel.

»Von diesem Blatt, das ich draußen gepflückt habe, mache ich einen Abdruck in die Modelliermasse.« Damit presste sie das Blatt auf die weiche Masse und drückte die Ränder und Äderchen vorsichtig hinein, sodass das Muster darauf übertragen wurde. »Jetzt schneiden wir mit einem Messer ringsum die Ränder ab. Am Ende bleibt nur die Blattform übrig. Die Reste, die Sie abgeschnitten haben, wickeln Sie gleich wieder in Folie, die können Sie beim nächsten Mal wieder verarbeiten. Das Blatt kann man in die Masse gedrückt lassen, bis sie trocken ist, dann prägt sich die Form gut ein.«

Mithilfe der Rundzange fertigte Melody eine Öse aus Draht, die sie von hinten an das Blatt drückte, um später eine Kette durchfädeln zu können, so konnte sie es später als Halskette verkaufen.

»Fertig. Jetzt müssen wir es trocknen lassen, normalerweise etwa zehn Minuten auf einer Wärmplatte.«

»Und was tun wir in der Zwischenzeit?«, fragte Jamie und neigte sich vor, um Melody einen Kuss zu verpassen.

Sie wehrte ihn ab. »Es trifft sich gut, dass ich hier schon ein fertiges Blatt vorbereitet habe.« Sie zeigte Jamie die Modelliermasse mit einem hineingedrückten Blatt vom Vortag, die inzwischen fest, aber spröde war. »Was jetzt kommt, zeige ich Ihnen, wenn Sie selbst die Einprägung der Form in die Modelliermasse ausprobiert haben.«

Jamie drehte die eingewickelte Masse kurz in den Händen und sann darüber nach, was er mit so einer kleinen Portion anstellen würde. Schließlich gerieten seine Finger in Bewegung, er friemelte an der eingewickelten Masse herum, bis er eine grobe Gestalt herausgearbeitet hatte, dann entfernte er sorgfältig die Plastikumhüllung und führte seine Modellierarbeit fort. Melody beobachtete ihn. Augenscheinlich war er ganz in seinem Element und genoss in seinen Fingern das Gefühl für die Knetmasse. Sie stellte fest, dass er ein Pärchen gestaltete, das sich umarmte, ganz ähnlich dem, an dem sie selbst für das Sandskulpturenfest bastelte. Zwar hatte er ihren Entwurf noch nicht zu Gesicht bekommen, aber möglicherweise die Schablone, die Klaus für sie zurechtgesägt hatte. Melody war fasziniert, wie viele Einzelheiten des Pärchens sich an diesem kleinen Klumpen abzeichneten. Schließlich legte Jamie sein Tonpärchen auf den Tisch.

»Sehr schön«, lobte Melody.

»Ich war eben inspiriert«, erklärte Jamie.

Sie lächelte. »So, das braucht jetzt seine Zeit zum Trocknen auf der Wärmplatte, bevor die Lötlampe zum Einsatz kommen kann. Aber inzwischen können Sie mal die Lötlampe an dieser Sonne ausprobieren, die ich gestern gemacht habe.«

Sie drehte die Lötlampe auf und schwenkte sie über ihrem Blatt hin und her, um zu zeigen, wie er das Gerät handhaben musste.

»Es kommt darauf an, welchen Durchmesser das Stück hat, normalerweise macht man um die zwei Minuten. Bei dem Pärchen hier braucht man vielleicht fünf Minuten, weil es einen größeren Durchmesser hat. Man sieht aber, wann man aufhören muss, denn das Material nimmt eine andere Färbung an. Mit dem feuchten Geschirrtuch können Sie das Stück wenden, und wenn es fertig ist, dann nehmen Sie es mit dem Tuch und lassen es in die Wasserschüssel gleiten. Es kühlt auf der Stelle hinreichend ab, um es anfassen zu können, ohne dass man lange warten muss.«

Jamie nickte und merkte sich alles. Melody drehte die Lötlampe zu und reichte sie ihm. Dann legte sie die Sonne auf einen nicht brennbaren klotzartigen Untersatz und schob ihn vor Jamie.

Er rieb sich in froher Erwartung die Hände.

»Wie mache ich die an?« Jamie sah auf die Lötlampe.

»Den Schalter drehen, dann auf der Rückseite auf die Zündung drücken.«

Jamie drehte den Schalter weiter auf, als sie es getan hätte, aber so bekam er eine ordentliche Flamme, an der er sicher seine Freude haben konnte. Er drückte auf den Zündungsknopf, worauf sofort eine riesige Stichflamme herausschoss. Im Nu hatte das Feuer den Saum seines Hemdes erfasst. Erschrocken sprang er vom Stuhl auf, doch Melody war schon da und hatte sich reflexartig die Schale mit dem Wasser geschnappt, das sie ihm über den Bauch schüttete. Dann griff sie nach dem nassen Geschirrtuch, erstickte damit den Flammenrest und klopfte Jamie ab, bis nichts mehr schwelte. Im gefühlten Bruchteil einer Sekunde war der Brand gelöscht. Melody riss Jamie das Hemd vom Leib und stellte erleichtert fest, dass er ein T-Shirt darunter trug; es war durchnässt, aber nicht ansatzweise verbrannt. Als sie behutsam das Material vom Körper wegzog, kam völlig unversehrte Haut zum Vorschein.

Nur am Rande ihres Bewusstseins bekam Melody mit, dass Rocky winselte und jaulte, offenbar war auch er von dem Brand völlig verstört.

Jamie starrte Melody an und atmete beklommen, dann sah er auf seinen Bauch, rieb mit der Hand darüber und suchte ihn nach Verbrennungen ab.

»Ist alles in Ordnung?«, fragte Melody, in den Händen die Lötlampe, die sie in Windeseile zugedreht hatte.

Er nickte. »Ich glaube, ja. Dank deiner tollen Reaktion.« Heilfroh, dass er keine Verbrennung davongetragen hatte, richtete er seinen Blick angestrengt auf Melody. »Was zum Teufel war das?«

»Keine Ahnung, so was ist bei dem Ding noch nie vorgekommen. Die Flamme war auch weit weg von deinem Hemd. Ich weiß nicht…« Ihr drang etwas in die Nase, das nicht nach verkohltem Stoff roch. Irgendetwas Chemisches. »Hast du was an deinem Hemd?«

Er schüttelte den Kopf, dann stutzte er. »Ich habe eins meiner Objekte mit Lackspray besprüht, kurz bevor ich herkam.«

Sie stöhnte. »Und das ist natürlich leicht entflammbar.«

»Wahrscheinlich, ja. Ich habe das nie getestet.«

»Na gut, jetzt hast du den Test gemacht.«

»Das will ich nicht noch einmal erleben«, sagte Jamie mit bebender Stimme.

»Ich auch nicht«, antwortete Melody. Tränen brannten ihr in den Augen, nun, da ihr Adrenalinspiegel sich wieder senkte. »Ist es wirklich wieder gut?«

Er nickte. »Und bei dir?«

»Ich glaube, bei mir auch.«

»Du hast sehr geistesgegenwärtig reagiert.« Jamie nahm ihre Hände und begutachtete sie, um eventuelle Verbrennungen zu erkennen, aber da war nichts, und Melody tat auch nichts weh.

»Das war der blanke Instinkt.«

»Dein Instinkt hat mir das Leben gerettet.« Er küsste ihre Handflächen, dann zog er Melody an sich heran und hielt sie ganz fest in seinen Armen.

Nach einer Weile löste er sich von ihr. »Lass uns mit dem Unterricht fürs Erste aufhören. Gehen wir nach Hause.«

Sie nickte.

Er ließ sie los, und sie räumte einiges weg, dann machten sie die Lichter aus. Sie griff nach Rockys Leine, nahm Jamie bei der Hand und ging mit ihm aus dem Laden.

* * *

Melody lag bei Jamie auf dem Sofa und genoss so innige Liebkosungen, dass sie kaum zu Atem kam, seit sie in seiner Wohnung waren.

Wenn sie sich mit Jamie küsste, spürte sie immer pure Leidenschaft. Im Bett verhielt er sich bestimmt genauso, und das machte sie nervös. Wenn sie nun im Bett nichts taugte, er hingegen ein wahrer Liebesgott war? Dann hätte er weniger Spaß als sie. Nachdem sie einen Blick in Agathas Kamasutra riskiert hatte, fühlte sie sich, wenn sie ehrlich war, noch elender.

Als sie ins Haus gekommen waren, hatte Jamie sie ungestüm geküsst und auf das Sofa bugsiert und angefangen, sich seiner und ihrer Sachen zu entledigen, aber sie hatte ihm Einhalt geboten, solange sie noch die Unterwäsche anhatte. Da hatte er noch seine Jeans an. Alle Achtung, stundenlang hatte er sie nur geküsst, ihre Schultern und Arme gestreichelt, und er war ihr mit der Hand durchs Haar gefahren; insgeheim war sie jedoch frustriert. Auch mit sich selbst war sie unzufrieden, denn sie wusste nicht, was sie eigentlich zurückhielt. Viel zu lange hatte sie sich immer wieder ausgemalt, wie es wäre, sich mit Jamie zu lieben.

In ihrem Bauch gluckerte es, Jamie lachte leise, dann wich er etwas zurück, um sie anzusehen.

»Ich muss dir wohl mal was zu essen geben.«

Sie legte ihre Hand an seine Wange und streichelte ihn. Kein Wort hatten sie beide darüber verloren, dass sie ihm zuvor eine Abfuhr erteilt hatte. Sie hatte nur seine Hand festgehalten, als er ihr den Schlüpfer herunterziehen wollte, und er küsste sie einfach weiter, behielt aber fortan die Hände in Höhe ihrer Taille.

»Verzeih mir«, meinte Jamie, genau in dem Augenblick, als ihr dasselbe über die Lippen kommen wollte.

Sie zog die Stirn in Falten. »Weshalb?«

»Weil ich zu weit gegangen bin.«

»Ach Mann, entschuldige dich nicht dafür. Weißt du, wie herrlich es ist, dass du mich so begehrst? Ich will dich auch, mir ist nur bange davor.«

»Wir haben keine Eile. Auch ich will alles gut machen; dich zu packen und auf dem Sofa zu missbrauchen, wäre jetzt nicht angebracht.«

»Ich weiß nicht, also das war schon ganz schön heißblütig.«

Er grinste, setzte sich auf und schaute sich im Zimmer um. Ihr Kleid lag hingeworfen in einer Ecke, deshalb reichte er ihr sein Hemd. Sie zog es sich an und knöpfte es zu, während er aufstand und in die Küche ging.

»Ist Pasta okay?«

»Ja, klasse«, stimmte Melody zu, die ihm hinterhertapste. »Und wie viele Punkte auf der Skala eins bis zehn gibt's für meinen Kurs?«

»Tja, also für mich als zahlenden Kunden war es verteufelt spannend heute Abend.« Er zwinkerte ihr schelmisch über die Schulter zu, während er eine Paprikaschote kleinschnitt.

»Ich habe dich in Brand gesetzt«, entgegnete Melody.

»Ich habe mich selbst angezündet. Das war meine eigene Dummheit. Jeder einigermaßen vernunftbegabte Mensch hätte im Hinterkopf gehabt, dass der Lackspray Feuer fangen könnte. Außerdem spreche ich über die spezielle persönliche Behandlung, die ich vor dem Unfall genossen habe, und das bemerkenswerte Kursende, nachdem ich mich selbst angezündet hatte.«

Sie lächelte ihn an. »Du siehst immer nur das Positive bei unseren Unternehmungen.«

Er drehte sich zu ihr um und zog die Augenbrauen zusammen. »Und du siehst immer nur das Negative.«

»Ist ja auch schwierig, es zu ignorieren, bis jetzt haben die Dates immer mit einer Bruchlandung geendet.«

Er legte die Stirn in noch tiefere Falten. »Das sehe ich überhaupt nicht so. Ich hatte dreimal ein Date mir dir, und jedes Mal haben wir uns geküsst, ich habe dich umarmt, wir haben miteinander geschwatzt und gelacht. Das finde ich super.«

Sie lächelte traurig, da er so charmant war und über alle Unvollkommenheiten hinwegsah, über ihr Ungeschick und ihre angeborene Neigung, Unglück und Gefahren anzuziehen, egal wo.

»Du weißt gar nicht, was du wert bist, oder?«, fragte Jamie leise. »Warum bloß, frage ich mich.«

Sie zuckte innerlich zusammen. Er hatte einen empfindlichen Nerv getroffen, an den sie jahrelang nicht gerührt hatte. Ihr war gar nicht klar gewesen, dass die Wunde noch da war.

»Hat es mit deiner Mum zu tun?«

»Nein, wie kommst du darauf?«

»Keine Ahnung. Vielleicht bist du, weil sie kein gutes Haar an dir ließ, seit du Teenager warst, allmählich in das Denkmuster verfallen, es gebe nichts Gutes an dir.«

»Ich bin mit mir zufrieden«, entgegnete Melody, aber sie spürte sehr wohl, wie sich ein defensiver Tonfall in ihre Stimme einschlich.

Er legte den Kopf schräg, um sie eingehend zu betrachten. »Aber irgendwie nicht, oder? Du siehst gar nicht, was ich sehe.«

»Einen Unglücksraben, wie er leibt und lebt?«

»Du hast viel mehr gute Eigenschaften als diese.«

»Linkisch zu sein und das Unglück anzuziehen sind keine guten Eigenschaften«, entgegnete Melody.

Er lächelte. »Oh doch, und das ist sehr liebenswert. Aber wie gesagt, in dir steckt noch viel mehr als das.«

»Ich bin gut als Schmuckgestalterin«, sagte Melody, die gern hören wollte, was Jamie in ihr sah. Ja, es gab schon Argumente, die für sie sprachen, das war ihr bewusst.

»Oh ja, aber das ist nur die Spitze des Eisbergs.« Er hielt inne und trat an sie heran. »Ich werde dir zeigen, was ich sehe, aber nicht heute. Ich habe einen Plan. Doch das …« Er legte die Hand auf ihr Herz, »das ist es, was ich am meisten an dir verehre.«

Bei diesen Worten jubilierte sie innerlich.

»Komm morgen Abend her, ich habe eine Idee für ein Date, das nicht misslingen kann«, schlug Jamie vor.

Sie lächelte. »Das muss ich erleben.«

16

Am nächsten Tag stand Jamie in dem kleinen Hof vor seinem Geschäft und gab Melody Abschiedsküsse. Minutenlang ging das schon so. Andere Ladenbesitzer machten einen Bogen um sie herum, um zu ihren Geschäften zu kommen, was ihn völlig unberührt ließ. Genussvoll kostete er diese Gelegenheit aus, weil es einfach zu schön war, Melody zu küssen. Selbst wenn er sie heute Abend wiedersah, hätte er gut und gern den ganzen Tag damit zubringen können, ohne zu erlahmen.

Melody legte den Kopf in den Nacken und sagte lächelnd: »Ich muss zur Arbeit, und du auch.«

»Spielverderber«, witzelte Jamie und verpasste ihr schnell noch ein Küsschen auf die Lippen.

Sie winkte zum Abschied, und er sah ihr hinterher. Mit Fug und Recht konnte er behaupten, dass er rettungslos verloren war.

Mit einem breiten Lächeln, dessen er sich durchaus bewusst war, trat er in sein Atelier, wo Klaus schon auf ihn wartete, zwei Tassen Kaffee in den Händen und ein freches Grinsen im Gesicht.

Er reichte ihm eine Tasse. »Alles Gute zum Geburtstag!«

Jamie verrutschten die Gesichtszüge. Eigentlich war er noch nie darauf aus gewesen, seinen Geburtstag zu feierlich zu begehen, deshalb hüllte er sich diesbezüglich meist in Schweigen, aber seine Freunde und Familienangehörigen ließen sich nicht davon abhalten, ihn zu feiern.

»Danke.«

»Scheinbar hattest du schon einen furiosen Start in den Tag«, meinte Klaus mit einer Kopfbewegung in Richtung von Melodys Laden. »Mannomann, ich dachte schon, man müsste euch operativ voneinander trennen, ihr zwei Turteltäubchen habt ja eine Ewigkeit die Schnäbel zusammengesteckt.«

Jamie setzte sich lächelnd an seinen Tisch und erblickte darauf ein hübsch verpacktes Geschenk. Klaus hielt kurz inne, wenn auch diese Unterhaltung längst noch nicht beendet war.

»Es läuft wohl gut?«, wollte Klaus wissen und zog sich eilig einen Stuhl heran, auf dem er sich gegenüber von Jamie niederließ.

»Viel besser, als ich es mir je erträumt hätte. Mir will gar nicht in den Kopf, warum ich mich so lange zurückgehalten habe.«

»Lass doch mal hören, wie läuft's im Bett? Stürmisch? Wenn sie so strahlt, dann muss sie im Bett klasse sein. Und …«
Er machte eine obszöne Geste.

»So ausführlich werde ich dir das nicht schildern«, wimmelte Jamie ihn ab. Zwar war er nicht prüde, aber sein Intimleben vor anderen auszubreiten, ging ihm zu weit. Das war seine Privatangelegenheit.

»Ach komm schon, mein Liebesleben liegt derzeit völlig brach, da kann ich wenigstens stellvertretend durch dich was erleben. Wie war es beim ersten Mal? Ich finde, wenn du das erste Mal mit einer Frau schläfst, dann stellt das die Weichen für alles Weitere. War es leidenschaftlich, war's zärtlich, hat der Kronleuchter gewackelt?«

Jamie lachte. »Ich habe mit Melody eine wunderbare Beziehung, sie macht mich sehr glücklich, aber der Rest bleibt unter Verschluss.«

»Du hast ihr fünf Minuten lang öffentlich das Gesicht abgeschleckt, ihr habt euch letztens am Strand in flagranti erwischen lassen. Das sieht nicht nach Verschlusssache aus. Gib doch mal was zum Besten, ein Schnipselchen, irgendwas«, löcherte Klaus ihn.

»Nein.«

»Ach bitte. Bitte, bitte!«, winselte Klaus.

»Da gibt's nichts zu berichten«, beharrte Jamie. Langsam war er des Geplänkels überdrüssig.

Klaus machte ein langes Gesicht. »Gar nichts? Ihr habt wohl noch gar nicht miteinander geschlafen?«

Jamie seufzte. Hätte er sich doch bloß auf die Zunge gebissen. »Wir gehen es ganz gemütlich an.«

»Willst du denn nicht mit ihr ins Bett?«, bohrte Klaus nach.

»Na klar doch, verdammt noch mal«, ereiferte sich Jamie. »Aber wir … haben so ein Arrangement getroffen.«

»Freundschaft mit hin und wieder ein bisschen Sex?« Klaus verstand die Welt nicht mehr.

»Nein, ja, so ähnlich. Es ist —«

»Also wenn ihr nicht vögelt, dann ist es das nicht. Dann seid ihr nur gute Kumpels.«

Jamie rieb sich die Schläfen. »Nein, wir sind Freunde, die Dates haben. So stehen wir nicht unter Druck, was dieses Romantik-Pipapo angeht, ich brauche mich auch in keinen Anzug zu zwängen. Wir wollen einfach wir selbst sein und unseren Spaß haben, so wie immer, und uns dazu einen schönen Abend zu zweit machen.«

»Und auch Sex haben, oder? Wenn ihr euch zu einer Freundschaft mit Sex abgesprochen habt, dann müsst ihr ja diese Vorzüge auch nutzen können.«

»Sie möchte damit noch warten.«

Klaus guckte noch entgeisterter. »Bis zur Hochzeit?«

»Nein, äh … wir sind ja erst eine knappe Woche zusammen, und keins unserer Rendezvous ist reibungslos verlaufen. Wahrscheinlich wartet Melody auf die passende Gelegenheit.«

»Eine passende Gelegenheit gibt es nicht. Es geht um Sex und nicht um einen Hauskauf.«

»Die passende Gelegenheit ist dann gekommen, wenn Melody es für richtig hält«, verteidigte sich Jamie. »Und ich bin zufrieden damit, mich so lange in Geduld zu üben, wie sie es für nötig hält.«

Klaus hatte offenbar kapiert, dass das Gespräch damit zu Ende war, denn er stand auf. »Schon gut, Alter, sei mal nicht gleich so empfindlich. Wie es aussieht, bist du sexuell ganz schön frustriert.«

Jamie verzichtete auf eine Bemerkung, dass es Klaus war, der ihn frustrierte, nicht Melody. Nun richtete er den Blick wieder auf das Geschenk.

»Danke dafür.«

Klaus zuckte nur mit den Achseln, aber Jamie sah ihm an, dass er nicht wirklich verstimmt war.

»Sag mal, kannst du mir vielleicht einen Gefallen tun? Am Montag macht Melody ihren Workshop. Könntest du drüben bei ihr einen Projektor und eine Kamera aufstellen, mit der man ganz aus der Nähe manuelle Arbeiten filmen kann?«

»Klar, null Problem. Mache ich. Ich geh nachher mal rüber.«

»Danke.«

Klaus verzog sich in seine Werkstattecke und fing an zu arbeiten. Jamie nippte am Kaffee und grübelte über das neue Detail nach, das er seiner Figur für den Wettbewerb am Wochenende hinzufügen wollte.

Da ging die Tür auf, und als er aufblickte, sah er Carolyn, Melodys Mutter. Das war, gelinde gesagt, eine Überraschung.

Er stand auf und ging ihr entgegen. »Hallo, Carolyn, wie geht es denn so?«

»Mir geht's gut. Ich würde gern für einen Bekannten eine Plastik von dir erwerben. Neulich waren wir hier, und hinterher ließ er die Bemerkung fallen, wie sehr ihm das Pferd im Schaufenster gefalle. Ich dachte, ich kaufe es ihm.«

»Das ist aber nett von dir«, meinte Jamie, und er hörte aus seiner eigenen Stimme so etwas wie Erstaunen heraus. Er räusperte sich. »Möchtest du es gleich mitnehmen, oder soll ich es anliefern lassen?«

»Oh, eine Lieferung nach Hause wäre wunderbar«, antwortete Carolyn.

Er bedeutete ihr, ihm zur Kasse folgen, wo er ihr Geld entgegennahm und sich die Adresse notierte.

»Danke vielmals, er wird sich so freuen, wenn er das Pferd sieht«, sagte Carolyn.

Sie drehte sich um und wollte schon wieder gehen, da fiel Jamie etwas ein.

»Carolyn?«

Sie wandte sich zu ihm um.

»Ich weiß nicht, ob ich deine kostbare Zeit kurz in Anspruch nehmen darf.«

Sie war baff, nickte aber.

»Ich arbeite an einer Skulptur für den Wettbewerb am Wochenende.« Er zauderte kurz, denn üblicherweise bekam keine Menschenseele seine Werke zu sehen, ehe sie fertig waren. Aber in diesem Falle würde er die Arbeit viel besser hinbekommen, wenn er Carolyn einen Blick darauf werfen ließ. »Sie ist noch nicht fertig, aber ... würdest du sie mal anschauen?«

Carolyn nickte interessiert. Jamie zog den Vorhang zur Seite, und Carolyn trat näher.

Als sie das Objekt sah, riss sie verwundert die Augen auf. »Oh ... so etwas Schönes!«

Auf der Stelle wusste er, dass er richtig entschieden hatte.

»Danke. Die Sache ist noch nicht fertig, und ich habe eine Idee, was ich machen kann, um sie zu vollenden. Kannst du mir vielleicht dabei helfen?«

* * *

Melody fügte das letzte Glasteilchen in ihr Mosaik ein, das sie für den Wettbewerb am Sonntag in der Mache hatte. Sie trat zurück, um es zu bewundern. Es sah großartig aus, sie war höchst zufrieden, dass es ihr so gut gelungen war.

Sie war dankbar für die Ablenkung am heutigen Vormittag. Dauernd sah sie vor sich, wie glutvoll sie sich gestern Abend geküsst hatten, wie heftig und verzweifelt Jamie ihr die Kleider vom Leib gerissen hatte. Das war ihr noch nie passiert. Ja, Kevin hatte die eigenen Klamotten abgelegt und sorgsam gefaltet auf den Stuhl gelegt und von ihr dasselbe verlangt. Aber Jamie zeigte dieses dringende Verlangen, mit ihr zusammen zu sein. Ihr Kleid war durchs Zimmer gesegelt, im Nullkommanichts hatte er selbst sich seines Hemdes entledigt, um nichts als ihre Haut an seiner zu spüren. Und nachdem sie ihn davon abgehalten hatte, sie weiter auszuziehen, hatte er sie zärtlich geküsst und liebkost und von Kopf bis Fuß gestreichelt. Oh Gott, wie sehr sehnte sie sich jetzt danach, mit ihm zu schlafen, trotzdem lag ihr daran, den richtigen Zeitpunkt abzupassen. Sie hatte die Vorstellung, dass es herrlich romantisch zugehen würde und der Moment nichts zu wünschen übrig ließe. Aber sie war ratlos, wie sie selbst dazu beitragen konnte, zu diesem Ziel zu gelangen.

Die Ladentür ging auf, und Emily kam hereingeschneit. Sie hatte in ihrem Café immer so viel zu tun, dass Melody sie woanders als dort nicht oft sah. Schon gar nicht an zwei aufeinanderfolgenden Tagen. Sie wusste, dass Emily sich über den Sommer ab und zu ein paar Tage freinehmen wollte, damit sie mit Marigold etwas unternehmen konnte. Zum Glück war sie da flexibel, da das Café ja ihr selbst gehörte.

»He, hat dir deine Chefin noch einen Tag frei gegeben?«, neckte Melody sie. Gerade mischte sie die Spachtelmasse, mit der die Mosaikfugen ausgefüllt werden sollten.

»Sie ist ein strenger Zuchtmeister«, meinte Emily. »Sie kann mich ganz schön zermürben, aber ich habe es so gedeichselt, dass ich heute frei habe. Wir fahren nach Meadow Bay ins Erlebnisbad. Marigold ist ganz aufgedreht, da gibt es nämlich eine Rutsche, die nennt sich Todesstern, da müssen wir natürlich hin.«

Melody lachte. »Wo steckt sie denn?«

Emily wies zur Werkstatt von Jamie, und Melody sah ihn dort mit ihr spielen.

»Ich komme nur vorbei, weil ich ein paar Schmucksteine für meine Plastik am Sonntag brauche.«

»Tja, woran hast du da gedacht?«

»Nun ja, Edelsteine haben ja verschiedene Bedeutungen, stimmt's?«

»Ja, schon. Wonach suchst du denn?«

»Hast du einen, der Glück bedeutet?«

Melody nickte. »Alexandrit steht für Freude.«

»Das passt.«

Melody zog die Schublade mit ihren Steinen heraus und suchte einen Alexandrit heraus.

»Der ist bildschön. Dann brauche ich noch einen für Kreativität und Fantasie.«

»Hm, Zitrin soll Fantasie symbolisieren, und Diopsid steht für Kreativität.«

»Ich nehme alle beide. Und kannst du bitte ein Zettelchen drankleben, damit ich weiß, welcher Stein welcher ist?«

»Ich kann jeden einzeln in Seidenpapier wickeln und beschriften.«

»Das klingt gut, denn bis ich wieder zu Hause bin, habe ich vergessen, welcher nun Zitrus und welcher Alexander ist.«

Melody schmunzelte, sie sparte es sich, Emily zu korrigieren.

Emily zog ein Blatt Papier aus der Tasche, das wie eine Liste aussah.

»Dann bräuchte ich noch einen Stein für Tapferkeit und Mut und je einen für Freundschaft, Großzügigkeit, Geduld, Leidenschaft, Ausdauer, Mitgefühl, Herzenswärme, Weisheit, Selbstermächtigung, Rechtschaffenheit, Loyalität, Aufrichtigkeit, Energie und –«

»Für all das willst du einen Stein haben?«

»Ja.«

»Was soll denn daraus werden?«

Diese Frage brachte Emily aus dem Konzept. »Das ist eine Überraschung«, stammelte sie. »Du wirst es sehen, wenn es genau wie die anderen Bildwerke vor allen enthüllt wird.«

»Gut, ja.«

»Es wird etwas für Marigold. Es geht um die Charaktereigenschaften, die ich ihr wünsche«, erklärte Emily ausweichend.

»Ach, wie schön«, meinte Melody, die jedoch nicht ganz überzeugt war, dass Emily die Wahrheit sprach. »Das wird aber eine teure Schmiere.«

Selbst wenn sie Emily nur den Selbstkostenpreis berechnete, würde die eine ganze Stange Geld hinlegen müssen.

»Ach, das geht schon in Ordnung, Geld spielt keine Rolle«, erwiderte Emily ungerührt, als scherte sie ein solches Argument nicht.

Melody machte sich daran, die entsprechenden Steine aus dem Kasten zu kramen. Die Familie Jackson schwamm nicht gerade in Geld. Zwar nagte sie nicht am Hungertuch, aber reich war sie auch nicht. Leo wohnte ja in einem großen Haus, und Melody wusste auch, dass er eine große Abfindung kassiert hatte, nachdem ihn sein Unfall bei der Feuerwehr den Job gekostet hatte. Und die Arbeit in seinem eigenen Feuerwerksunternehmen sicherte ihm ein gutes Einkommen. Jamie verdiente auch gutes Geld mit seinen Skulpturen, ganz zu Recht, aber Melody glaubte nicht, dass es Emily finanziell so gut ging, dass sie es sich leisten konnte, mehrere hundert Pfund für Steine auszugeben, die für eine Plastik gedacht waren, die nur ein paar Tage am Strand ausgestellt würde. Es sei denn, Emilys Ehemann Stanley hatte unversehens Geld locker gemacht. Melody sah ihn selten, denn er arbeitete außerhalb des Ortes, aber sie wusste, dass er sein Töchterchen über alles liebte. Womöglich stammte die Idee von ihm.

»Kann ich die Liste mal angucken?«, fragte Melody. Sie bekam große Augen, als sie ihren Umfang sah. Aber für Marigold so etwas auf die Beine zu stellen, war ein liebenswerter Einfall, selbst wenn das Mädchen ein bisschen zu klein sein mochte, um ihn zu würdigen.

»Ich bin schon ganz scharf darauf, deine Skulptur in Augenschein zu nehmen«, sagte Melody. »Überhaupt alle ausgestellten Werke, es ist bestimmt interessant, wie verschiedenartig die Teilnehmer das Thema interpretieren.«

»Du wirst sicher überrascht sein. Die Menschen lieben Sandcastle Bay ja aus ganz verschiedenen Gründen«, meinte Emily. »Und ich denke mal, Jamies Werk wirst du richtig toll finden.«

»Das hat er dir wohl gezeigt?«

»Nein, er zeigt nie jemandem irgendetwas. Aber ich denke mir meinen Teil, nachdem ich heute Morgen etwas ganz Bestimmtes von ihm gehört habe.«

Melody nickte. Sie war schon ganz hibbelig, sicher hatte Jamie etwas Umwerfendes auf Lager.

»Ach, wie aufregend! Um wie viel Uhr geht das Ganze am Sonntag eigentlich los?«, fragte Melody, die den Blick langsam über die Liste wandern ließ.

»Um sieben findet die große Enthüllung statt, danach kommen die Feier und das Unterhaltungsprogramm.«

»Das wird ganz bestimmt ein fantastischer Abend.«

»Und sehr romantisch«, ergänzte Emily verträumt. »Mond, Sterne, Feuerwerk, die Meereswellen, die ans Ufer plätschern, das wird auf jeden Fall ein Abend für Liebe und Romantik.«

Melody sah sie an und fragte sich, ob Emily das nur um ihretwillen sagte. Aber recht hatte sie, der Sonntag wäre für Schwärmereien wie geschaffen, und vielleicht war dann nach einer durchtanzten Nacht voller Küsse und Liebkosungen der ideale Zeitpunkt gekommen, ihre Beziehung mit Jamie auf die nächste Ebene zu führen.

* * *

Auf dem Nachhauseweg vom Mittagessen im Cherry on Top stieß Melody auf Klaus. Er hielt eine unglaublich große Eistüte in der Hand, ein Riesending mit rosa Softeis und Streuseln darauf, darüber waren noch Obst und Marshmallows verteilt. Sie wunderte sich, warum nicht noch ein Schirmchen darin steckte.

»Hallo, Süße, du siehst heute aber hübsch aus.«

Melody lächelte. Sie mochte Klaus sehr. Er war ein durchgeknallter Typ, und was das ständige Sich-Einmischen betraf, stand er Agatha in nichts nach, aber er war eine gute Seele.

»Danke, du siehst auch nicht schlecht aus.« Melody machte eine Kopfbewegung zu seinem türkisfarbenen Hawaiihemd. Keiner konnte heutzutage noch Eindruck in einem Hawaiihemd schinden, nur Klaus kriegte das irgendwie hin.

»Ach danke, wo die Sonne so scheint und die Vögelchen singen, muss man doch das Sommerhemd aus dem Schrank kramen. Hast du schon diese neuen Eissorten von Sprinkles probiert? Einfach Wahnsinn.« Er hielt ihr das Eis vor die Nase, um sie daran lecken zu lassen, aber sie wies das Angebot lächelnd ab.

»Danke, ich hatte gerade mit Tori ein üppiges Mittagessen.«

»Ach so. Wie geht's denn dem jungen Glück so?«

»Die beiden sind auf Wolke sieben.«

»Und du und Jamie?« Er wackelte verschwörerisch mit den Augenbrauen. »Seid ihr auch auf Wolke sieben?«

Melody konnte sich eines Lächelns nicht erwehren.

»Ich deute das als ein Ja. Er hat mich in euer Freundschaft-mit-Sex-Arrangement eingeweiht«, erzählte Klaus und ließ sich weiter sein Eis munden.

Melody verging die gute Laune. »So hat er es wohl genannt?«

»Äh …« Klaus versuchte sich offenbar zu erinnern. »Na ja, Freunde, die auch eine Beziehung haben. Da bin ich mir nicht sicher, wie ich es zu verstehen habe. Ich meine, die gewissen Vorzüge kommen für ihn nicht zur Geltung, ihr seid wohl eher Freunde, die miteinander schäkern, oder?«

Melody spürte, wie ihr das Blut in die Wangen schoss, da Jamie mit Klaus wohl auch bekakelt hatte, dass kein Sex im Spiel war.

»Er hat dir also gesagt, dass wir noch keinen Sex hatten?«, fragte Melody leise, zutiefst gedemütigt.

»Der Kerl will dich unbedingt flachlegen, dem schäumt schon das Maul wie einem tollwütigen Hund. Heute Morgen hat er mich angeblafft, offensichtlich ist er sexuell frustriert«, berichtete Klaus mit wissender Miene. »Nichts ist schlimmer, als tagelang mit einem Stück Holz in der Hose herumzutigern und keine Abhilfe schaffen zu können. Du solltest den armen Kerl von seinem Elend erlösen.«

Einen Moment lang schaute Melody auf das türkisblaue Wasser hinaus, dann schlug ihre Scham um in Zorn.

»Entschuldige, ich muss mir Jamie mal vorknöpfen.« Damit stapfte sie davon.

»Nein, nicht doch, hab ich was Falsches gesagt?«, rief ihr Klaus hinterher. »Hör bloß nicht auf mich.«

Sie zeigte ihm die kalte Schulter und marschierte geradewegs zu Jamies Werkstatt im Starfish Court.

Jamie schaute auf, als sie eintrat. Er mischte gerade in einem Napf etwas zusammen, das wie Farbe aussah. Kaum hatte sich sein Gesicht bei ihrem Anblick aufgehellt, da zeichnete sich schon Bestürzung darauf ab, als er wahrnahm, dass sie vor Wut kochte.

»Was ist denn los?«

»Du hast vor Klaus vom Leder gezogen, dass wir bislang keinen Sex hatten?«

Jamie zuckte zusammen und beschwor sie im Flüsterton: »Nein, so war das nicht –«

»Hast du ihm von gestern Abend erzählt, dass wir uns geküsst haben und dass ich dich davon abgehalten habe, noch weiter zu gehen? Habt ihr euch darüber das Maul zerrissen?«

»Wie bitte? Nein!«

»Du hast beteuert, du wärst damit einverstanden, dass wir keine Eile haben und dass du alles richtig machen willst. Dann kommst du und gibst Klaus preis, dass du sexuell frustriert bist und es kaum aushältst, bis du mich rumkriegst. Er meinte, du rennst wie ein tollwütiger Köter herum. Bedeutet es für dich nicht mehr, bloß Sex? Ich dachte, zwischen uns gibt es etwas ganz Besonderes, das darüber hinausgeht.«

»Als erstes drehe ich Klaus den Hals rum, und zweitens habe ich nichts dergleichen von mir gegeben. Klaus hat mich ohne Ende ausgequetscht und nach Details über unser Sexualleben gefragt. Ich hatte es satt und wollte nur noch, dass er endlich die Klappe hält, da habe ich ihm gesagt, es gebe nichts zu berichten. Und da er so ein geiler Sack ist, war er ganz von den Socken, weil wir nach dem ersten Kuss nicht gleich zusammen ins Bett gesprungen sind. Dann hat er mich gefragt, ob ich das denn nicht will, und ich sagte darauf, klar doch, aber ich sei vollkommen zufrieden damit, abzuwarten, bis du soweit bist. Und da hat er das in seiner Niedertracht so ausgelegt, dass ich nach Sex lechze.«

Sie schüttelte entrüstet den Kopf, auch wenn seine Worte plausibel klangen. Es hörte sich ganz nach Klaus an.

Jamie machte einen Schritt auf sie zu, doch sie wich vor ihm zurück.

»Nein, nicht! Ich schäme mich so. Du hast dich vor dem größten Klatschmaul im Dorf über unser Privatleben ausgelassen. Ebenso gut hättest du eine Anzeige auf eine Werbetafel setzen und aller Welt verkünden können, dass wir's nicht miteinander treiben.«

»Es tut mir leid, ehrlich.«

Da tauchte vor der Tür des Geschäfts Klaus auf, das Entsetzen stand ihm ins Gesicht geschrieben.

Es gab nichts mehr zu sagen, also wandte sich Melody ab und schritt aus dem Atelier hinaus und auf ihren Laden zu.

17

»Hallooo, darf ich reinkommen?«, fragte Klaus ein paar Stunden später und steckte den Kopf durch den Türspalt, ein weißes Fähnchen schwenkend.

Um Melodys Lippen zuckte ein Lächeln. Klaus gehörte zu der Sorte Mensch, der man nicht lange böse sein konnte.

»Ich nehme an, ja.«

»Jamie schickt mich her, damit ich dir die Kamera aufstelle. Ich bin da, um dich aus deinem technischen Notstand zu retten.«

»Und außerdem?«, soufflierte Melody.

Seine sonnige Laune trübte sich etwas ein. »Und um mich dafür zu entschuldigen, dass ich so ein Arsch gewesen bin«, sagte er und ließ den Kopf hängen wie ein gescholtenes Kind.

»Du bist wirklich ein Arsch. Erst treibst du Jamie in die Ecke, bis er rausrückt mit etwas, was er eigentlich für sich behalten will, dann malst du es dir auch noch in den schillerndsten Farben aus. Wie vielen hast du es denn schon weitererzählt?«

»Niemandem, ich schwöre es!«, verteidigte sich Klaus und schlug ein Kreuzzeichen über der Brust.

»Dann sieh zu, dass es so bleibt«, mahnte ihn Melody und hoffte, ihre Worte klangen dieses Mal streng genug, damit diese pikanten Geschichtchen nicht weiter herumgetragen wurden.

»Verzeih mir. Ihr zwei passt so gut zusammen, und da dachte ich, wenn man euch einen kleinen Schubs gibt ...« Seine Worte versiegten. »Verzeih mir. Jamie hat sich wirklich wacker geschlagen, um mich abzuwimmeln, als ich ihn bedrängte. Er war ein Gentleman ohne Fehl und Tadel, er meinte, über seine Beziehung würde er mit mir nicht reden, aber ich ließ nicht locker. Er hat auch gesagt, dass er überglücklich ist, wenn er auf dich wartet und dass alles geschehen würde, wenn du soweit bist, damit sei er auch einverstanden. Gib ihm nicht die Schuld daran, dass ich ihn zugelabert habe.«

Melody seufzte.

»Okay, dann sag mal, wo die Leute bei deinem wunderbaren Kurs sitzen werden«, wollte Klaus nun wissen, erpicht darauf, das Thema zu wechseln.

Nachdem er sich so ausgiebig Asche aufs Haupt gestreut hatte, beschloss Melody, die Sache auf sich beruhen zu lassen.

»Hier und da drüben sollen kleine Tische stehen, ich selbst stelle mich dorthin, wahrscheinlich hinter die Vitrine«, erklärte Melody und deutete mit der Hand in die angesprochene Richtung.

»Gut, dann können wir den Projektor hierherstellen, und er wirft dann das, was du von Hand vorführst, hinter dir an die Wand. Das Schränkchen decken wir mit einem Überwurf zu, damit der Inhalt niemanden ablenkt.«

»Da habe ich was Passendes«, sagte Melody und lief in ihren kleinen Lagerraum, von wo sie mit einer glitzernden cremefarbenen Tischdecke zurückkehrte. Die breitete sie über die Vitrine, und Klaus setzte seinen Projektor und die Kamera ab und baute die ganze Apparatur auf.

»Was hast du denn für Jamie zum Geburtstag?«, erkundigte sich Klaus beim Entwirren der Kabel.

Melody war wie vom Blitz getroffen. »Wann hat er denn Geburtstag?«

Klaus hob den Blick. »Na heute, Schätzchen.«

»Oh nein. Das kann doch nicht wahr sein.« Sie kramte im Gedächtnis nach den Ereignissen des Vorjahres, da war sie mit Isla und Elliot zwei Wochen verreist und hatte das Sandskulpturenfest von Anfang bis Ende verpasst. Und ebenso Jamies Geburtstag. Zu jener Zeit waren sie sich noch nicht so nah gewesen. Vor lauter Verlegenheit nach jenem unsäglichen Kuss gingen sie sich eher aus dem Weg. »Warum hat er kein Wort gesagt?«

»Seinen Geburtstag zu feiern ist ihm ziemlich lästig. Er hat eine Reihe übler Erfahrungen damit gemacht, und seitdem, denke ich, bringt er seinen Ehrentag am liebsten immer schnell hinter sich. Sein Geburtstag fiel immer in die Sommerferien, alle Kinder aus dem Ort waren verreist. Einmal hat er eine Feier veranstaltet, und keine Menschenseele ist gekommen.«

»Ach Gott, wie schrecklich.« Melody konnte es ihm nachfühlen. Für ihn als Kind musste das niederschmetternd gewesen sein.

»Es kommt noch ärger. In einem Jahr starb sein Hund, Jamie vergrub ihn im Garten – auch eine beschissene Art, sein Wiegenfest zu begehen. Mit dreizehn fuhr er in den großen Vergnügungspark im Nachbarort. Einer von seinen sogenannten Kumpels fand es witzig, Jamie ohne sein Wissen etwas zu essen unterzuschieben, das Schalentiere enthielt. Ich glaube, er hat Austernsoße aus dem Supermarkt geholt und ihm auf den Burger gekippt. Jamie unternahm zusammen mit dem Mädchen, das er damals anhimmelte, eine Fahrt in der Achterbahn, und ganz oben musste er sich übergeben, er spuckte sich selbst voll und das Mädchen noch dazu. Dem armen Kerl war das so peinlich. Ach, und ein andermal, da war er, glaube ich, fünfzehn, oder vielleicht sechzehn, da machte er eine Feier und lud dieses Mädchen ein, auf das er stand. Sie fragte, ob sie einen Kumpel mitbringen dürfte, und da schleppt sie doch, gottverdammt, ihren Macker an. An einem anderen Geburtstag im Jugendalter, vielleicht am achtzehnten, rückte ein anderes Mädchen, mit dem er damals zusammen war, damit heraus, dass sie lieber nur auf freundschaftlichem Fuß mit ihm verkehren wollte, ließ ihn sitzen und schmuste im Handumdrehen mit seinem besten Freund herum, und das an seinem Scheißgeburtstag. Sie hätte ja wenigstens den nächsten Tag abwarten können. Kurzum, Jamies Erfolgsbilanz in punkto Geburtstag ist nicht rosig.«

»Und ich habe ihn gerade abgekanzelt«, stöhnte Melody. Noch eine Kirsche auf dem Katastrophengeburtstagskuchen. »Ein Geschenk habe ich auch nicht da.«

»Das juckt ihn wahrscheinlich nicht. Warte mal, das wäre doch ein Geburtstagsgeschenk: jede Menge heißer Sex.« Er zwinkerte ihr verschlagen zu.

Melody verdrehte genervt die Augen. »Ich steige doch nicht mit ihm ins Bett, nur weil er Geburtstag hat. Wir warten noch auf den passenden Zeitpunkt.«

»Wann kommt der?« Klaus befestigte die Kamera auf einem kleinen Stativ.

Melody seufzte. »Keine Ahnung.«

»Was hält dich denn davon ab, Schätzchen?« Klaus schenkte ihr seine ganze Aufmerksamkeit. »Hat dir mal irgend so ein Arschloch Ärger gemacht?«

»Nein, nichts dergleichen.«

»War der Sex so lausig?«

Melody horchte in sich hinein. »Denkwürdig war er sicher nicht. Den ersten Kerl, mit dem ich geschlafen habe, habe ich nie wiedergesehen.«

Mein Gott, warum hechelte sie das mit Klaus durch? Kein Wunder, dass Jamie ihre Beziehung vor ihm ausgebreitet hatte, Klaus kitzelte einfach alles aus einem heraus.

»Nun ja, das erste Mal ist immer so eine Sache. Man muss ja nicht nur rausfinden, was einem gefällt, sondern man muss sich auch an den Körper des anderen gewöhnen. Und lernen, wo der andere gern berührt wird und was er im Bett mag. Es braucht eine Weile, bis man sexuell kompatibel wird. So toll ist das nie beim ersten Mal mit einem Partner, und schon gar nicht beim allerersten Mal überhaupt. Und wie war das bei deinem zweiten festen Freund?«

»Tja ... besser. Es war okay.«

»Ach du Schande, Sex, der okay ist? Davon will doch keiner was wissen. Man möchte doch Sex, bei dem das Korsett in Fetzen fliegt.«

Melody lachte. »Korsetts sind nicht mehr so in Mode. Egal, Kevin schien immer auf seine Kosten zu kommen, aber ob ich dazu beigetragen habe, weiß ich nicht.«

»Mit einem Kevin hast du also gepennt, das wird ja immer schöner.«

Wieder musste Melody lachen. »Er war ganz okay. Na ja, am Anfang.«

»Schon wieder dieses Wort, mein Gott, hoffentlich beschreibt mich keine meiner Verflossenen als okay. Glaubst du, Jamie ist okay im Bett? Bist du darauf aus?«

»Nein, ich denke, Jamie weiß im Bett genau, was er tut. Ich bin überzeugt davon, dass er ein leidenschaftlicher Liebhaber ist, wenn ich seine Küsse als Maßstab anlege.«

»Leidenschaftlichen Sex willst du, daran ist nicht zu rütteln.«

»Ja, klar«, sagte Melody aufgeregt. Bei dem Gedanken daran presste sie sich die Hand auf den Bauch. Jedes Mal, wenn sie sich Liebe mit Jamie vorstellte, spürte sie diese Schmetterlinge. Sie verging vor Verlangen, diesen Schritt mit ihm zu tun.

»Also was hält dich davon ab?«

»Irgendwie schrecke ich immer wieder davor zurück. Ich will es richtig machen. Alles andere läuft bei unseren Dates schief, aber in diesem Punkt soll es nichts zu mäkeln geben. Ich nehme an, ich habe Angst, dass wir Mist bauen, dann wird Jamie es nicht noch mal wollen.«

Klaus sah sie warmherzig an. »Um keinen Preis zieht sich Jamie aus der Affäre. Er ist verrückt nach dir. Er käme wieder, selbst wenn es der schlechteste Sex seines Lebens wäre, würde er wieder kommen und es noch einmal tun. Wie gesagt, man braucht ein Weilchen, bis man sich sexuell beim anderen auskennt, aber ihr habt doch alle Zeit der Welt, keiner von euch beiden will einen One-Night-Stand. Und zwischen euch beiden knistert es doch nur so, da muss was ganz Heißes draus werden. Den Bammel, den du jetzt hast, wirst du sowieso nicht los – ob du nur zwei, drei Wochen mit jemandem zusammen bist oder ein paar Jahre, das erste Mal ist immer nervenaufreibend. Also kannst du es ebenso gut jetzt gleich genießen. Als ich heute früh mit Jamie sprach, meinte er, alles liefe so prima, dass er sich wünschte, ihr hättet es nicht so auf die lange Bank geschoben. Aber schau nicht zurück und bereu nicht, gewartet zu haben.«

Melody dachte nach. Das war eine gute Philosophie. Sie brauchte nur ihren Mut zusammenzunehmen und zur Tat zu schreiten.

* * *

Jamie war am Bemalen der Meerjungfrau, die er für Melody gefertigt hatte, und konzentrierte sich ganz auf die feinen Details der Schuppen. Klaus war schon nach Hause gegangen, doch Jamie wollte seine Arbeit noch fertigbekommen.

Er wusste überhaupt nicht, ob das Date mit Melody heute Abend zustande käme, es sah nicht danach aus. Wieder einmal hatte er ein Häkchen gemacht auf der Liste seiner vergeigten Geburtstage.

»Sie sieht wunderschön aus«, hörte er Melody hinter sich sagen.

Fast blieb ihm das Herz stehen. Er drehte sich um, und etwas an ihrem Blick ließ ihn vermuten, sie werde ihn dieses Mal nicht anfahren.

Er schluckte. »Ich glaube, ich bin ihr nicht gerecht geworden. Ich habe nicht die Wärme eingefangen, die ich von meiner Muse empfange. Es fehlt ihr das Leuchten und das Glück, das sie mir schenkt.«

Um ihre Mundwinkel zuckte es fröhlich, und sie stieß einen Seufzer der Erleichterung aus. Sie würden sich also wieder vertragen.

»Auch ihre wunderbare Fähigkeit zum Verzeihen habe ich nicht einfangen können.«

Sie schmunzelte. »Ich glaube, es gibt nichts zu verzeihen. Klaus hat so eine Art, einem alles aus der Nase zu ziehen, was man gar nicht sagen will. Er hält dich für den vollkommenen Gentleman, und angeblich hast du ihm nichts über uns verraten. Verzeih mir, dass ich so gemein zu dir gewesen bin.«

Auf der Stelle trat er auf sie zu und nahm sie in die Arme. »Du brauchst dich für nichts zu entschuldigen. Ich kenne Klaus seit einer halben Ewigkeit, ich hätte ihm einfach raten sollen zu verschwinden, statt mich von ihm weichklopfen zu lassen. Verzeih mir.«

Sie streichelte sein Gesicht. »Hören wir auf mit den Entschuldigungen. Bleibt es bei unserem Rendezvous heute Abend?«

Er grinste. Vielleicht brachte sein Geburtstag am Ende doch noch etwas Erlösendes mit sich. »Darauf kannst du dich verlassen.«

Sie stellte sich auf die Zehenspitzen, um ihm mit lächelndem Mund einen Kuss zu geben.

»Ich muss vorher noch bei Aidan vorbeischauen, aber das dauert nicht lange«, sagte Jamie. »Komm doch gegen sieben, ich lege dir den Schlüssel unter die Türmatte, falls ich fünf Minuten später komme.«

»Und das ist wohl das Rendezvous, das nicht in die Binsen gehen kann?«, fragte Melody und fuhr ihm dabei mit den Händen über den Rücken.

»Ich habe ein paar Ideen.«

»Ich auch«, sagte sie lächelnd.

Er gab ihr ein Küsschen. Was sie da in der Hinterhand hatte, konnte er nicht erraten, aber sein Geburtstag ließ sich immer besser an.

* * *

Kondome. Wo zum Teufel lagen bloß die Kondome? Melody durchforstete die Regale des kleinen Supermarktes, um sie aufzuspüren, aber erfolglos. Sie betete, dass sie nicht in die Apotheke gehen müsste, um sie dort zu kaufen. Elsie West, die das Geschäft führte, würde sogleich an Agatha weitergeben, dass Melody Verhüterli gekauft hatte, und bald würden es die Spatzen von den Dächern pfeifen, dass sie Sex hatte oder zumindest plante.

Noch war sie ratlos, wann der sich abspielen würde, aber wenigstens stünde sie, mit Kondomen ausgerüstet, schon mal in den Startlöchern. Vielleicht war heute Abend, bei Jamies störfallfreiem Date, die Gelegenheit wie geschaffen. Falls nicht, dann konnte sie sich für den entscheidenden Moment bereithalten.

Zu guter Letzt fand sie das Gesuchte neben den Haarbürsten und Zopfgummis, das war wohl der logisch zwingende Platz dafür.

Einen Moment lang sah sie prüfend hin, es gab so viele verschiedene Sorten. Sie nahm eine Schachtel in die Hand, um sie eingehend zu untersuchen, da kam Agatha um die Ecke. Flugs ließ Melody die Schachtel wieder im Regal verschwinden, in der Hektik fielen ihr dafür jedoch drei andere herunter. Sie bückte sich und las sie auf, wobei ihr eine vierte Packung auf den Kopf fiel.

Wie aus dem Nichts stand Agatha neben ihr und bückte sich nach dieser letzten Schachtel. Melody wand sich vor Pein. Futsch waren ihre sorgsam zurechtgelegten Pläne.

»Das sieht mir ganz danach aus, als ob Jamie einen vergnüglichen Geburtstag feiern will«, kommentierte Agatha, legte das Päckchen in Melodys Einkaufskorb, sah prüfend ins Regal und fügte noch zwei andere Schachteln hinzu.

»Wir äh … ich habe bloß geguckt«, stotterte Melody.

»Nicht gucken, sondern machen«, mahnte Agatha. »Ich finde, du solltest dich nackt ausziehen, dir ein breites Geschenkband umbinden und dich Jamie als Geburtstagsgeschenk präsentieren.«

»Klaus meinte fast genau dasselbe«, murmelte Melody.

»Diesen Klaus mochte ich schon immer. Kluger Bursche.«

»Jamie könnte vielleicht enttäuscht sein von so einem Geburtstagsgeschenk. Ganz sicher hätte er lieber einen hübschen Pullover oder ein Buch über Bildhauerei«, hielt Melody dagegen. »Das kann er wenigstens umtauschen, wenn es ihm nicht zusagt.«

»Jetzt hör mir mal zu«, sagte Agatha. Sie hakte sich bei Melody ein und spazierte mit ihr von den Kondomen fort, bevor die es sich anders überlegen und die Packungen ins Regal zurücklegen konnte. »Du bist nicht dafür verantwortlich, dass er seinen Spaß hat beim Sex. Das Einzige, worum du dich kümmern musst, ist dein eigenes Glück.«

Melody zog verärgert die Augenbrauen zusammen. »Das klingt mir reichlich egoistisch.«

»Männer kommen flott und umstandslos zu ihrem Glück, Frauen brauchen da ein bisschen mehr Hilfe und Zeit.«

Melody ärgerte sich, weil sie tatsächlich über diese Dinge redeten. Sie wollte so schnell wie möglich von diesem Thema wegkommen. Aber Fakt war, sie musste gute Miene zum bösen Spiel machen: Wenn Agatha das Gefühl hatte, dass Melody ihrem Blödsinn zustimmte, dann würde sie ihr nicht noch eine weitere halbe Stunde zusetzen.

»Also gut, wenn ich mich nun Jamie als Geschenk überreiche, wo kriege ich dann eine Schleife her, die groß genug ist?«

»In dem kleinen Hochzeitsladen oder im Papierwarenladen dürften sie so was haben«, meinte Agatha pragmatisch, als ginge es um eine Lappalie. »Da kriegst du vielleicht sogar diese kleinen selbstklebenden Rosetten, die du dir auf die Nippel kleben kannst.«

»Aua, ich möchte nicht erleben, wie Jamie die abreißt«, meinte Melody.

»Klar, stimmt auch wieder.«

Sie wanderten zur Kasse, wo Agatha es sich nicht nehmen ließ, die Bezahlung zu übernehmen. Heiliger Strohsack, wenn Agatha sie dem ganzen Dorf vorführte und diesen delikaten Tratsch verbreitete, dann fand es Melody nur gerecht, dass Agatha die Kondome bezahlte.

Agatha eskortierte sie nach draußen. »Ich bin ganz aufgeregt wegen euch zweien. Am besten, du empfängst ihn zu Hause mit nichts am Leibe außer einem Lächeln und so einer

Riesenschleife, das ist ein Supergeschenk. Vom Geburtstag soll man ja schöne Erinnerungen mitnehmen, und du lieferst ihm eine. Oh ja, buchstäblich sogar.«

Agatha umarmte Melody und rauschte gut gelaunt davon.

Melody sah ihr hinterher. Vielleicht hatte Agatha recht. Vielleicht sollte sie das für Jamie tun. Womöglich brauchte Sex gar nicht diesen Schnickschnack mit Kerzchen und dem letzten romantischen Schliff. Sie wollten schließlich bei den Dates ihren Spaß haben. Sie wünschte sich, dass Jamie ganz locker blieb und nicht ständig aufpasste, was er tat oder sagte, und auch sie selbst hatte eine solche Medizin nötig. Auf diese Weise würde sie auf die alberne, lustige Tour ihr Lampenfieber in den Griff kriegen und ihren Spaß haben, statt hochgesteckten Ansprüchen an den entscheidenden Moment genügen zu müssen. Lächelnd sah sie dem Abend entgegen, gespannt, was er bereithielte und was für ein Gesicht Jamie machen würde, wenn er nach Hause kam. Das würde weiß Gott ein unvergesslicher Abend werden.

18

Fieberhaft erregt stand Melody im Wohnzimmer herum, splitternackt, und wartete auf Jamie.

Sie war etwas früher, als er sie gebeten hatte, zu seinem Haus gekommen. Zum Glück hatte er wie abgesprochen den Schlüssel unter der Matte versteckt, das machte alles leichter. Nachdem sie die Tür aufgemacht hatte und von den Hunden und Dobby begrüßt worden war, genierte sie sich ein bisschen, als sie anfing, sich vor ihnen zu entblättern – lächerlich angesichts dessen, was noch vor ihr lag. Dann war sie die Treppe hochgesprungen, um sich oben im Schlafzimmer weiter auszuziehen. Ein paar Kondome hinterließ sie auf dem Nachttisch, für den Fall, dass sie es bis hierher schaffen würden. Ja, sie hatte die Kondome überall verteilt, in der Dusche, neben dem Sofa, in der Küche, da sie im Ungewissen war, wo die Leidenschaft sie überwältigen würde. Dann hockte sie sich aufs Sofa, um auf Jamie zu warten. Nun geduldete sie sich bereits seit mehr als einer halben Stunde, und minütlich wuchsen ihre Zweifel.

Es war ein Fehler gewesen. Wenn sie mit Jamie Liebe machen wollte, hätten sich viele andere romantische Varianten angeboten. Sie hätte ihn nach dem vorherigen vernichtenden Date einfach küssen können und damit vielleicht nicht aufgehört, bis sie am Ende beide nackt und schweißgebadet gewesen wären; da die Küsse von Jamie und ihr immer so feurig waren, hätte sich diese Möglichkeit durchaus angeboten.

Aber nein, sie hatte sich von Agatha und Klaus irritieren lassen, und statt dass sie es auf sanfte Weise anging, saß sie nun hier, hüllenlos, drauf und dran, ihn anzuspringen, und das in der eitlen Hoffnung, er würde sie auf der Stelle ins Schlafzimmer verfrachten oder kurzerhand auf dem Fußboden über sie herfallen. In Wirklichkeit wäre wohl eher sie es, die ihm Angst und Schrecken einjagte. Das war definitiv der dämlichste Einfall, den sie je gehabt hatte.

Noch war Zeit, umzuschwenken. Sie konnte sich wieder anziehen, Kerzen anzünden und Jamie auf ganz andere Weise überraschen. Ja, Kerzen, schöne Musik, das lag ihr viel eher.

Nur leider waren jetzt von draußen unüberhörbar Schritte zu vernehmen, und Jamies Schatten bewegte sich am Fenster vorbei.

Verdammter Mist.

Nun gut, jetzt musste sie dreist ihr Ding durchziehen.

Die Tür ging auf.

»Überraschung!«, rief Melody und wedelte mit den Armen, sodass einige Körperteile ins Schwabbeln gerieten.

Eine Überraschung war es tatsächlich, und zwar für Aidan.

Der blieb wie angewurzelt stehen, ein paar Dosen Bier in den Händen. Vor Schreck entglitt ihm eine Tüte Tortillachips und fiel zu Boden, bevor er den Blick abwenden und sich wegdrehen konnte. Die Hunde und Dobby sprangen ausgelassen um ihn herum, was alles noch schlimmer machte, denn sie stupsten ihn mit den Schnauzen an und forderten Aufmerksamkeit.

Mit einem Aufschrei tauchte Melody hinterm Sofa ab. Zu allem Unglück hörte sie auch noch die Stimme von Leo, der den Gartenweg entlangkam. Und war das Elliot? Um Himmels willen, dem armen Kerlchen würde sie den Schock seines Lebens verpassen! Sogar Emily und Marigold hörte sie in einiger Entfernung. Allmächtiger, die gesamte Jacksonbande war da im Anzug. Nun fehlte nur noch Agatha, um die Truppe zu komplettieren. Das wurde mit Sicherheit eine Mega-Familienfeier, und sie musste sich die ganze Zeit im Evaskostüm hinterm Sofa verbergen.

Sie spähte unter dem Möbel hindurch und sah sie alle heranrücken. Nun kam auch noch Sirius um das Sofa herum getappt, schwanzwedelnd und stolz, dass er Melody bei ihrem Versteckspiel aufgestöbert hatte.

»Planänderung«, verkündete Aidan, packte Leo am Schlafittchen und schob ihn in die entgegengesetzte Richtung.

»He, was soll das?«, rief Leo.

»Jamie wünscht sich einen ruhigen Abend für sich allein«, erklärte Aidan.

»Ach, wirklich?«, wunderte sich Jamie.

Oh Gott, auch er war also dabei, um sie in ihrer hochnotpeinlichen Lage zu erleben.

»Jawohl«, bekräftigte Aidan. »Du hast bestimmt einen weitaus vergnüglicheren Abend ohne uns.«

»Aber ich wollte ihn doch bei Gran Turismo auf Xbox schlagen«, wandte Leo ein.

»Da musst du dich wohl bis morgen Abend in Geduld üben«, meinte Aidan und reichte das Bier an Jamie weiter. »Alles Gute zum Geburtstag, Brüderchen.«

Aidan führte Leo im Polizeigriff durch den Vorgarten ab. Anscheinend folgten ihnen Elliot und die anderen, denn Melody sah nur noch Jamie in der Tür stehen, wie vor den Kopf geschlagen. Die Hunde wuselten um ihn herum, aber Sirius kehrte zu Melody zurück und war drauf und dran, alles auffliegen zu lassen.

Jamie trat wieder ins Haus, schloss die Tür hinter sich und knallte das Bier auf den Tisch. Dann sah er sich im Zimmer um.

Melody holte tief Luft, schließlich konnte sie nicht den ganzen Abend hinter dem Sofa hocken bleiben, und außerdem würde Sirius sowieso in jedem Augenblick ihr Versteck preisgeben, also steckte sie den Kopf über die Rückenlehne.

»Hallo.«

Er starrte sie an wie von allen guten Geistern verlassen, dann wich sein Erschrecken einem Lächeln. »Hallo, was treibst du denn da hinten?«

»Ich bin sozusagen nackt.«

Er grinste noch gelöster. »Wirklich? Wie nackt denn?«

»Wie an dem Tag, als ich auf die Welt kam.«

Er lachte auf. »Noch nackter geht es nun mal nicht.«

»Ich schäme mich so.«

Nun schnallte Jamie, was da eben losgewesen war. »Hat Aidan dich gesehen?«

»Ich habe ›Überraschung!‹ geschrien, aber wer weiß, wer nun überraschter war, ich oder er.«

»Na ja, du hast ihn im Adamskostüm in der Höhle gesehen, dann seid ihr doch quitt. Entschuldige, sie sollten alle gar nicht kommen. Ich hatte mir doch für uns beide einen romantischen Abend ausgedacht, aber die wollten auf Biegen und Brechen hierher.«

»Sie wollen eben deinen Geburtstag mit dir feiern.«

»Ja, darauf sind sie immer scharf. Kommst du denn nun mal raus?«, fragte er sanft.

Melody schüttelte den Kopf. »Ich glaube, es gab genug Überraschungen für einen Abend.«

Jamie zog sein Hemd aus und reichte es ihr schmunzelnd.

Sie lächelte. Er war eben ein wahrhafter Gentleman.

Sie streifte sich das Hemd über, in das sie eigentlich dreimal hineinpasste. Sie schloss einige Knöpfe, um einigermaßen den Anstand zu wahren, auch wenn das irgendwie überflüssig war. Ihre Würde hatte sie sowieso schon verloren, als sie sich dazu entschlossen hatte, sich in Jamies Haus zu entblößen und sich ihm auf einem Silbertablett darzubieten.

Gott sei Dank reichte ihr das Hemd bis zur Mitte der Oberschenkel hinunter, somit war sie halbwegs anständig bekleidet, wenn auch nicht ganz salonfähig.

Sie trat hinter dem Sofa hervor. »Überraschung«, sagte sie ganz ohne die freudige Erregung, die sie zuvor noch erfüllt hatte.

Jamies Blick wurde zärtlich, als er sie so betrachtete. »Was für eine süße Überraschung ist auch das.«

Er nahm sie bei der Hand, setzte sich und zog sie neben sich aufs Sofa. Stöhnend ließ sie den Kopf in ihre Hände sinken.

»Willst du mir vielleicht erzählen, was eigentlich los ist?«, ermunterte Jamie sie und rieb ihr den Nacken. »Bist du einfach ins Haus gekommen, und die Kleider sind dir mir nichts, dir nichts von den Schultern gerutscht?«

»Ja, ich versuch's mal mit dieser Version«, meinte Melody und lugte durch ihre Finger zu ihm. »Da kam so ein plötzlicher Wirbel auf, der mir die Klamotten vom Leib gerissen hat. Das hört sich schon mal besser an, als wenn ich sage, ich bin hergekommen, habe mich ausgezogen und ›Überraschung‹ gerufen, um mich dir zum Geburtstag zu präsentieren.«

Jamie riss die Augen weit auf. »Du bist also gekommen, um mit mir zu schlafen?«

Melody lächelte müde. »Überraschung.«

»Das ist ja starker Tobak. Ich dachte, du wolltest es noch hinausschieben.«

»Ja, wollte ich auch, aber nachdem ich mit Klaus geredet hatte, und mit Agatha –«

»Stopp, was war das? Nach allem, was heute passiert ist, lässt du dir noch von Klaus die Pistole auf die Brust setzen?«

»Nein, ich meinte doch nur –«

»Und dir ist doch auch klar, dass du auf Agathas Gequassel absolut nichts geben darfst, auf dieses Kuppelweib! Du hättest dich nie von denen oder sonst jemandem zu etwas drängen lassen dürfen, was du nicht willst.«

»Ich habe doch gar nicht –«

»Habe *ich* dir solche Regungen eingegeben? Habe ich irgendetwas getan oder gesagt, was dich denken lässt, ich hielte es keine Minute mehr aus ohne Sex?«, fragte Jamie.

»Nein, du bist der perfekte Gentleman –«

»Gestern Abend bin ich etwas ungestüm gewesen, aber ich war sehr glücklich dabei, dich nur zu küssen. Das könnte ich ohne Ende, es würde mir nie langweilig werden.«

»Hörst du mal kurz zu? Steig mal von deinem hohen Ross herunter und hör zu.«

Jamie machte folgsam den Mund zu.

Melody seufzte. »Ich will es doch. Ich will dich. Unser Kuss am ersten Abend war so heftig und so heiß, hättest du mir da gleich die Kleider abgestreift und mich geliebt, hätte ich nichts eingewendet. Aber gut Ding will Weile haben. Was da zwischen uns entsteht, das ist mir so wichtig, das wollte ich nicht übers Knie brechen, aber als Freund wollte ich dich auch nicht verlieren. Ich dachte, wir sollten auf den besten Moment warten, aber ich habe keine Ahnung, wann der da ist und woran man ihn erkennt. Ich wollte wirklich mit dir Liebe machen, dann habe ich gemerkt, ich zögere, weil mir bange ist, dass sich dann alles zwischen uns ändern könnte, und weil ich Bammel davor hatte. Klaus meinte, dass man dieses Lampenfieber immer hat, egal ob wir es nun über Wochen oder über Jahre hinausschieben. Aber ich will das wirklich mit dir. Und ja, stimmt, ich habe mich von Agatha beschwatzen lassen, dass ich mich als Geburtstagsgeschenk für dich herausputze. Sie schlug vor, ich soll mir eine Geschenkschleife umbinden, aber an der Stelle habe ich die Reißleine gezogen. Und du hast recht, das

239

bin gar nicht ich. Ich gehöre eher zu der Sorte mit Kerzen und Blumen und Schmusemusik. Am Ende wäre es aber auf dasselbe hinausgelaufen. Dass wir beide zum ersten Mal miteinander schlafen.«

Er strich ihr mit dem Daumen über die Handfläche. »Dann machen wir's doch. Morgen Abend koche ich uns was, keine Zerstreuungen, keine überraschenden Höhlenbesuche, keine Lebensmittelvergiftung, keine Sauerei mit Bohnen auf Toast. Wir können auch essen gehen, dann kümmert sich jemand anders um alles. Und danach gibt's Blumen, Kerzen und Musik, und wir zelebrieren das nach allen Regeln der Kunst.«

Sie lächelte ihn an. Er war so süß, das war eine der Eigenschaften, die sie an ihm liebte. Sie streichelte sein Gesicht.

»Das klingt verführerisch, und das alles können wir ja morgen Abend so machen, trotzdem wünsche ich mir, dass du mich nach oben ins Schlafzimmer führst und mich jetzt gleich liebst. Dann waren meine Schamgefühle wenigstens nicht umsonst.« Sie schaute an sich hinunter und zupfte am Kragen seines Hemdes, das sie anhatte. »Das hast du dir doch gewünscht, dass ich dein Hemd anhabe, mit dir im Bett. Komm, jetzt ziehen wir das durch.«

»Ehrlich gesagt hättest du mein Hemd nicht mehr lange an, wenn du damit in mein Bett steigen würdest«, gab Jamie zu bedenken.

Sie schmunzelte. »Auch so geht es.«

Jamie atmete tief durch, als wappnete er sich für ein Unternehmen, das ihm in Wirklichkeit fernlag. Hatte Melody denn alles ganz falsch verstanden?

Er erhob sich, und an der Hand, die er noch festhielt, zog er sie hoch, was sie willig geschehen ließ. Er sah ihr lächelnd ins Gesicht. Aber zu ihrer Überraschung küsste er sie nicht, sondern zog sie fest in seine Umarmung. Es gab tatsächlich nichts Schöneres, als so von ihm umarmt zu werden.

Er neigte den Kopf und küsste sie. Sie schlang ihm die Arme um den Hals. Ohne dass er seine Lippen von ihrem Mund löste, hob er sie hoch und trug sie in sein Schlafzimmer, die ganze Zeit hingen ihre Lippen aneinander.

Er bettete sie auf seine Schlafstatt, beugte sich über sie und umarmte sie, während sie sich weiter küssten. Sie fuhr mit den Händen über seinen nackten Rücken und ertastete die Muskeln seiner Schultern. Sein Kuss war so süß, zart und sanft, daraus sprach seine tiefe Zuneigung.

Dann löste er seinen Mund von ihrem und fummelte aus der Hosentasche sein Handy heraus.

»Lass uns was hören, ein bisschen Musik könnte ich dir wenigstens dazu anbieten«, meinte Jamie.

»Was ist für dich denn die beste Kuschelmusik?«

»Ich weiß nicht. Wenn ich mehr Zeit hätte, würde ich dir nach deinen Wünschen eine erotische Playlist zusammenstellen. Jetzt muss das genügen.«

Er drückte auf Play und legte das Handy auf den Nachttisch, um sogleich mit seinen Liebkosungen fortzufahren. Bei »Just the Way You Are« von Bruno Mars fing Melody unter Jamies Küssen an zu lächeln. Bei dem, was Bruno da über sein so ganz besonderes, unvergleichliches Mädchen sang, schlug Melodys Herz noch höher, weil Jamie diesen Song für sie ausgesucht hatte.

Er fuhr mit der Hand über das Hemd, das sie anhatte, knöpfte es behutsam auf und küsste die darunter freigelegte Haut. Sie nahm sein Gesicht zwischen die Hände und streichelte ihm das Haar, während er ihren Körper bewunderte.

Dann machte er den letzten Knopf auf, schob das Hemd nach beiden Seiten auseinander und richtete sich auf, bis er kniete, um ihren Körper ausgiebig zu betrachten.

»Das ist definitiv schon sehr nackt«, meinte Jamie anerkennend.

Dann beugte er sich wieder zu ihr hinunter. Er stemmte seine Ellbogen rechts und links von ihr aufs Bett, um sie gierig zu küssen, anders diesmal, hemmungslos, von zwingendem Verlangen getrieben. Melody nahm am Rande wahr, dass inzwischen andere Musik lief, auch ein Titel von Bruno, den sie nicht kannte, aber sie klang sanft und zärtlich.

Sie fuhr mit den Händen zu seinen Jeans hinunter, öffnete den Knopf und zog den Reißverschluss auf, dann griff sie um seinen Rücken herum und schob die Hose an seinen Beinen hinunter, die Shorts gleich mit. Er kämpfte sich aus seiner Hose, während sie ihre Arme aus dem Hemd befreite und es weit von sich warf. Als er sie wieder küsste, waren sie beide ganz entblößt, und sie spürte an dem Kuss und dem festen Griff, mit dem er sie hielt, sein übergroßes Begehren.

Mit der Hand fuhr er über die Innenseite ihres Schenkels, und als er sie zwischen den Beinen berührte, stöhnte sie leise. Er war zärtlich und selbstsicher zugleich bei seinen Liebkosungen und ging ganz achtsam mit ihr um. An ihn geklammert, kam sie zum Höhepunkt, und er fing mit dem Mund ihr Stöhnen auf.

Dann wälzte er sich kurz von ihr und schnappte sich ein Kondom. Ihr Atemrhythmus beruhigte sich inzwischen, sie erschlaffte schon befriedigt, als er sich wieder zu ihr legte, sie um die Hüfte fasste und sie auf sich hob, sodass sie auf ihm ritt. Sie beugte den Kopf hinunter bis an seine Stirn. Er hielt sie weiter an den Hüften umfasst und bewegte sich in ihr. Einen Augenblick lang sahen sie einander tief in die Augen.

Als er mit seinen Lippen ihren Mund berühren wollte, wechselte wieder die Musik, und Bruno fing an »Marry You« zu singen.

Er hielt inne, und sie kicherte dicht vor seinem Gesicht.

»Ein Orgasmus, und schon machst du mir einen Heiratsantrag?«

Er lachte. »Na ja, das kam mir nicht unpassend vor.«

Sie küsste ihn und fuhr mit den Händen über seine Brust, und er bewegte sich wieder unter ihr. Seine Hände wanderten ihren Rücken hinunter, er zog sie fester an sich.

»Diese Musik lenkt mich wirklich ab«, kicherte Melody.

»So einen Antrag will doch jede Frau hören, wenn sie das erste Mal mit einem Mann schläft.«

»Ich glaube eher, die meisten würden lieber damit warten. Zumindest, bis sie zum zweiten Mal Liebe machen.«

Er küsste sie. »Gut, ich nehme das zur Kenntnis. Ich würde ja aufstehen und das abschalten, mir geht's nur gerade in dieser Position so schweinisch gut.«

»Ich lass dich auch um keinen Preis weg hier«, stöhnte Melody, als er noch tiefer in sie eindrang.

»Hältst du es aus?«, fragte Jamie.

»Glaub mir, ich muss gerade gar nichts aushalten.« Wieder schlang sie die Arme um seinen Hals und drückte ihre Lippen fest auf seine, während sich jenes himmelhochjauchzende Empfinden in ihr aufbaute.

Er verlagerte ihren Körper ein wenig, als er die Veränderung in ihrem Atemrhythmus bemerkte. Sie war in ihrer wundersamen Verzückung nicht mehr erreichbar, weil die Lust überhandnehmen wollte, doch noch trug sie sie nicht über jene gewisse Schwelle hinaus. Jamie nahm sich ihrer Bedürfnisse an, reagierte auf sie, auf ihren Körper, alles, was er tat, tat er für sie.

Er legte den Kopf an ihre Brust und massierte mit den Fingern leicht ihren Rücken. Das war zu viel Empfinden auf einmal, diese wundervolle Lust durchströmte sie so machtvoll, dass sie kaum Luft bekam. Er hielt inne, um zu beobachten, wie sie sich ganz verlor, und auf diesen Blick voller Liebe aus seinen Augen war sie nicht gefasst. Sie küsste ihn und hielt ihn an sich gepresst, als auch er sich das nahm, dessen er bedurfte. Damit überkamen auch sie wieder diese unaussprechlichen Empfindungen.

Sie behielt ihn im Blick und atmete schwer, während er ihr den Rücken streichelte, auf und ab. Sie wollte sich nicht bewegen oder diese unbeschreibliche Verbindung zwischen ihnen abbrechen. Mit ihnen beiden war etwas geschehen, was weit über den blanken Sex hinausreichte.

»Ich glaube, ich will dich heiraten, Jamie Jackson.«

Er lachte und hielt das für eine Anspielung auf das Lied, das schon längst zu Ende gesungen war. Aber als er Melody von sich hinunter rücklings auf das Bett bugsiert hatte und sie heiß und innig küsste, spürte sie, dass sie mit Leib und Seele hinter ihren Worten stand.

* * *

Die Sonne ging unter und tauchte das Zimmer in einen rosaroten Lichtschimmer. Das Fenster stand offen und ließ eine leichte Brise vom Meer herein. Jamie war mit dem Leben rundum zufrieden, und zu allem Überfluss lag die Frau seiner Träume in seinen Armen, ihr Kopf auf seiner Brust.

»Dieser Sex war auf keinen Fall okay«, meinte Melody.

Er zog verwirrt die Stirn kraus. Sie machte sich wohl lustig.

»Ach, nein?«

Sie stützte den Kopf auf eine Hand, so konnte sie ihm in die Augen blicken, mit einem Strahlen im Gesicht.

»Nein, ganz gewiss nicht. Das war fantastischer, atemberaubender, leidenschaftlicher Sex, da war nichts einfach okay dran.«

»Ach so.«

»Ich habe mit Klaus über meinen letzten festen Freund geredet. Ich sagte, der Sex mit ihm sei ganz okay gewesen, darauf meinte er, nichts schlimmer als Sex, der okay ist. Nach unserem gemeinsamen Erlebnis eben stimme ich ihm zu.«

»Manchmal stimmt das, was Klaus daherplappert.«

Sie küsste seine Brust. »Er hat mir von der langen Liste deiner vermasselten Geburtstage erzählt.«

»Manchmal geht ihm jedes Feingefühl dafür ab, wann er seine Klappe halten sollte«, erwiderte Jamie darauf. »Er versteht es, eine junge Frau abzutörnen, indem er ihr so eine triste Leier auftischt.«

Sie streichelte ihm die Brust über dem Herzen. »Vielleicht hast du ja jetzt auch ein paar Geburtstagserinnerungen, die nett sind.«

»Also *nett* ganz sicher nicht.«

Sie schmunzelte und biss sich gleich auf die Lippe. »War es okay?«

Er starrte sie ungläubig an. »Machst du Witze? Da hatten wir nun ein Rendezvous, das in jeder Hinsicht vollkommen war. Egal, was aus uns wird, diese Nacht werde ich immer als den allerschönsten Geburtstag im Gedächtnis behalten. Es war einfach umwerfend.«

Sie lächelte und legte den Kopf wieder auf seine Brust. Er fuhr mit der Hand durch ihr Haar und strich es ihr von der Schulter, und da erblickte er zum ersten Mal das kleine Tattoo.

Aus seinem Blickwinkel sah er es verkehrt herum, doch er stellte schnell fest, dass es sich um einen kleinen grünen Joda handelte, mit seinem charakteristischen Umhang, ein Lichtschwert schwingend.

Jamie fuhr mit dem Finger darüber, und als Melody aufschaute und ihn anlächelte, ging ihm auf, dass sie das Tattoo für Matthew hatte machen lassen.

»Dein Tattoo finde ich hübsch«, merkte er leise an.

»Joda passte gut, fand ich. Matthew liebte doch alles, was mit ›Star Wars‹ zu tun hatte. Außerdem hatte Matthew immer irgendwelche Weisheiten auf Lager, um Rat und Trost zu spenden, besonders, wenn Mum mich zusammenstauchte. Er war sozusagen mein Jedi-Meister. Er war mein Zwillingsbruder, sieben Minuten älter als ich, und diese sieben Minuten nahm er sehr ernst. Ich konnte jederzeit dieses gute Gefühl haben, mich an meinen älteren Bruder wenden zu können, wann immer ich im Schlamassel steckte. Das Tattoo habe ich machen lassen, damit man sieht, er ist immer bei mir.«

»Das ist er sicher auch und hat ein wachsames Auge auf dich«, bestätigte Jamie. »Auch wenn ich, ehrlich gesagt, hoffe, dass er momentan nicht bei uns ist.«

Melody lachte. »Du denkst wohl, er fände das alles nicht so gut?«

»Dass einer seiner Freunde mit seiner Schwester schläft? Ich glaube nicht, dass er das so toll fände.«

»Na ja, ich glaube, er bliebe wohl gern von unseren Intimitäten verschont, aber sicher wäre er ganz beseelt.«

»Echt?«

»Dann könnte er sich ein Bild davon machen, wie wunschlos glücklich du mich machst, und da er dich kennt, wüsste er, dass ich in guten Händen bin.«

»Tja, ich bin mir meiner Verantwortung sehr wohl bewusst. Ich werde dein Obi-Wan sein.«

Sie lachte. »Ich hätte es lieber, wenn du mein Han Solo wärst.«

»Das geht zwar, aber ich kann nicht so gut solo.«

Sie lachte. »So ein blödes Wortspiel.«

»Beim nächsten Mal bin ich witziger.«

Sie reckte ihm den Kopf entgegen und küsste ihn. »Also wenn du dich für mein Glück verantwortlich fühlst, warum lassen wir dann nicht Solo Solo sein und sehen zu, ob wir nicht für noch mehr schöne Geburtstagserinnerungen sorgen können?«

Er wälzte sich auf sie und hielt sie so zwischen sich und der Matratze gefangen, dass sie nur noch piepsen konnte. Genau das hatte er beabsichtigt.

* * *

Jamie lag im Bett und betrachtete Melody, die neben ihm schlummerte. Der Mond warf seinen silbernen Lichtschein auf ihren Rücken, das Gesicht hatte sie im Kissen vergraben. Oh Gott, er begehrte sie schon wieder, und das war irre, wo sie heute Nacht doch schon zweimal miteinander geschlafen hatten. Mit Melody Liebe zu machen war unvergleichlich. Er hatte schon immer Spaß am Sex gehabt, aber das hier war um einiges mehr, und er verstand nicht, warum es so einmalig war. Das heißt, eine Ahnung hatte er schon. Schließlich war das Melody, die Frau, die er mit ganzer Seele liebte. Das noch länger zu leugnen war unnütz. Jahrelang hatte er diese Zuneigung zu ihr gehegt, doch bislang hatte er sich das nicht eingestehen wollen. Er hatte sich eingeredet, dass Melody seine Gefühle nicht erwiderte und dass man um feste Bindungen möglichst einen großen Bogen machen sollte. Trotzdem hatten sich seine Gefühle nicht verflüchtigt. In den letzten Tagen waren sie stärker geworden, und nun, in dieser Nacht, waren sie übermächtig aufgewallt, als er sie geliebt hatte.

Er streichelte ihren Rücken, ohne sie wecken zu wollen, doch sein Verlangen nach ihr wuchs ins Unermessliche. Vielleicht half es schon, sie einfach zu berühren.

Zwar regte sie sich ein wenig, doch sie wachte nicht auf. Nun gut, er vermochte sich bis zum Morgen zu gedulden, jetzt, wenn sie schlief, konnte er sie ja liebkosen.

Er gab ihr einen zarten Kuss auf die Schulter und einen auf die winzige Sommersprosse in ihrem Nacken, dann wälzte er sich vorsichtig auf sie, die Ellbogen rechts und links von ihr aufgestützt, und küsste sie auf den Rücken.

»Jamie.«

Seinen Namen hatte sie nur hingehaucht, noch immer schien sie zu schlafen. Vielleicht träumte sie von ihm. Er überlegte schmunzelnd, ob er ihr vielleicht paradiesische Träume eingeben sollte.

Sein Mund wanderte über ihren Rücken nach unten, verteilte zärtliche Küsse und liebkoste ihre Haut, und als er ihr Steißbein erreichte, hob sie die Hüften an, ihm entgegen. Er schaute auf und sah, dass ihre Augen offen und ganz wach waren und dass sie verhalten lächelte. Sie hob die Hüften noch ein bisschen weiter an, und das war die Aufforderung, die er sich erhofft hatte. Er nahm schnell ein Kondom, und ehe sie sich's versah, war er in ihr.

Oh Mann, wie gut ihr das tat.

Er neigte den Kopf und küsste ihren Rücken, schlang einen Arm um sie und liebkoste ihre Brüste, und bald verzehrte er sich danach, jeden Körperteil auf einmal zu streicheln. Gierig fuhr er mit der Hand über ihre weiche Haut. Ihr Atemrhythmus veränderte sich schon, leises Stöhnen und Keuchen drang aus ihrem Mund. Er bewegte sich schneller und verlangte noch mehr, und sie wölbte sich unter ihm empor und genoss es, ihre Lust brach sich allmählich Bahn. Wahnsinn, wie ihn das anmachte, zu erleben, was es in ihr auslöste, wenn sie mit ihm schlief. Sie wand sich unter ihm, packte das Kissen und stieß seinen Namen aus. Er hielt sie mit seinem Körper auf das Bett gepresst und stieß tiefer, heftiger in sie, und als sich ihr ein tierisches Stöhnen entrang, spürte er, wie sein Begehren, seine Gefühle für sie aus ihm herausbrachen. Wenn das hier die wahre körperliche Liebe war, dann gab es für ihn kein Entrinnen.

19

Melody stand unter der Dusche und ließ das heiße Wasser über sich strömen, was ihrem Muskelkater Erleichterung verschaffte. Am späten Vormittag sollte das erste Hundetraining stattfinden, dafür musste sie noch etwas in Schwung kommen.

Herr im Himmel, dieser Mann war unersättlich. Er brachte es nicht fertig, seine Hände von ihr zu lassen, das fand sie herrlich.

Es kam ihr jetzt so töricht vor, auf den idealen Moment gewartet zu haben. Es hatte weder Kerzen noch Blümchen gegeben, die Musik war lachhaft ungeeignet gewesen, und sie hatte sich zum Affen gemacht, als sie splitterfasernackt vor Aidan auftauchte. Trotz alledem hatte sie die wundervollste Nacht ihres Lebens hinter sich.

Klaus hatte recht. Warum sollte man sich mit Sex zufriedengeben, der okay war, wenn man doch auch ganz außergewöhnlichen, vor Lust überschäumenden, irre guten Sex haben konnte? Aber Klaus hatte nicht recht, was das erste Mal betraf. Es hatte kein Stocken gegeben beim gegenseitigen Erkunden von Vorlieben und Abneigungen. Vielleicht lag es daran, dass sie Jamie kannte und ihm vollauf vertraute, oder dass sie ihn liebte, jedenfalls war keine seiner Berührungen und keiner seiner Küsse verbesserungsfähig. Sie beide passten perfekt zusammen und fügten sich ineinander wie zwei Hälften eines Ganzen.

Melody sah auf, als er, sich schläfrig die Augen reibend und mit zerstrubbelten Haaren, ins Badezimmer kam. Er sah zum Knutschen aus. Und er war nackt, zeigte sich in all seiner Pracht – offenbar bereit zur vierten Runde.

Er öffnete die Tür der Duschkabine und stieg hinein zu ihr, ein breites Grinsen im Gesicht. Die Kabine war groß genug für sie beide, was Jamie nicht davon abhielt, nah an sie heranzurücken.

»Keinen Sex mehr«, sagte Melody und streckte ihm abwehrend die Hände entgegen. Sie traf auf eine Wand straffer Muskeln. »Ich kann nicht mehr.«

»Habe ich dich schon überstrapaziert? Dann müssen wir an deinem Durchhaltevermögen arbeiten«, erwiderte Jamie, umspannte mit den Händen ihren Brustkorb und rieb mit den Daumen ihre Nippel.

»Mein Durchhaltevermögen ist tipptopp, danke«, sagte Melody mit Piepsstimme. Wie kriegte er es nur hin, sie von null auf hundert scharfzumachen?

»Wir brauchen ja keinen Sex zu haben«, meinte Jamie. »Wir könnten doch auch was anderes machen, was meinst du?«

Sein Mund war nur wenige Zentimeter von ihrem entfernt, es kostete sie Anstrengung, sich auf irgendetwas anderes zu konzentrieren als darauf, wie der nächste Kuss sich anfühlen würde.

»Schmusen?«, neckte sie ihn.

Sein finster entschlossener Blick wurde milder. »Ich würde gern gleich hier mit dir schmusen.« Er schloss sie in die Arme und hielt sie einfach fest.

Sie legte ihren Kopf an seine feuchte Brust und seufzte glückselig, als er ihr zärtlich mit den Händen über den Rücken fuhr, auf und ab.

Nie war sie so restlos und grenzenlos glücklich gewesen wie jetzt.

»Weißt du, was ich mir gar nicht vorstellen kann?«, fragte Melody. »Wie dir irgendein Mädchen den Laufpass geben konnte.«

»Keine Ahnung, aus Überdruss, schätze ich mal«, antwortete Jamie.

Sie hob den Kopf zu ihm. »Wie könnte es einer denn langweilig werden bei so einer Behandlung? Wenn man so auf Rosen gebettet wird? Ich könnte so umarmt stehen bleiben bis in alle Ewigkeit und wäre für immer wunschlos glücklich.«

Jamies Blick flatterte kurz, sie wusste nicht, woran es lag – war es vielleicht verfrüht, so zu reden? Sie wollten doch den Dingen Zeit lassen, sich zu entwickeln.

Melody wollte gerade den Mund aufmachen und etwas zurückrudern, da umfasste er ihr Gesicht und küsste sie zärtlich.

»Ich bete dich an, Melody Rosewood, vom Scheitel bis zu deinen blauschillernden Fußnägeln.«

Sie lächelte ihn an und gab ihm den Kuss zurück.

»Ich möchte mal wissen, ob es irgendeine Frau bereut hat, dich abzuservieren. Ich hatte mal einen Freund, der mich hat fallen lassen, dann ärgerte er sich schwarz, weil ich danach nicht bettelnd zu Kreuze kroch.«

Jamie lachte. »Was für ein Idiot. Also sollte sein Korb so was wie eine Nagelprobe sein?«

»Ja, wahrscheinlich. Allzu sehr hat es mich nicht gejuckt, als er die Sache beendete. Jedenfalls hatte ich keine Lust, ihn umzustimmen.«

»Da liegt wohl der Hase im Pfeffer. Wenn du jemanden wirklich liebst, dann kämpfst du mit Zähnen und Klauen um ihn«, meinte Jamie.

»Hast du schon mal um einen Menschen gekämpft?«, wollte Melody wissen.

Er schüttelte den Kopf. »Ich gebe mich mit solchen Spielchen nicht ab. Wenn eine Frau mit mir Schluss machen will, dann erniedrige ich mich nicht noch weiter und bettle darum, dass sie ihre Entscheidung ändert. Wenn ich mich mit einem Mädchen streite und wir ziehen einen Schlussstrich, dann glaube ich nicht, dass es einen Weg zurück gibt. Würde ich eine Frau lieben, dann würde ich sie überhaupt gar nicht erst gehen lassen.«

Sie schaute ihn an und schwor sich, dass sie diesen Mann niemals gehen lassen würde. In seinen Augen las sie, dass er dasselbe empfand. Ohne Worte tauschten sie sich aus und besiegelten ihre Entschlossenheit, es miteinander zu schaffen, denn das war von Bedeutung.

Er neigte den Kopf und küsste sie.

Sie seufzte voller Verlangen, umschlang seinen Hals und küsste ihn auch. Ein Kuss ging in den nächsten über, seine Lippen machten sie süchtig wie nach einer Droge, auch seine Zunge, mit der er ihre berührte, sie auskundschaftete, sie genoss. Er war voller Feuer. So hielt er sie fest an sich gepresst, und trotz ihres Protests vorher und obwohl ihr Körperstellen wehtaten, an denen sie noch nie Schmerz verspürt hatte, begehrte sie ihn jetzt urplötzlich wieder mit einem unstillbaren Verlangen, das sie noch nie zuvor bei einem Liebhaber erlebt hatte.

Sie schlang ein Bein um Jamies Hüfte, griff nach den Kondomen, die sie am Vorabend auf die Ablage gelegt hatte, und drückte ihm eines davon in die Hand, während er noch gierig ihren Körper erkundete.

Er löste sich von ihr, zerriss mit den Zähnen die Hülle des Kondoms und streifte es sich über.

»Ich dachte, du wolltest keinen Sex mehr«, sagte Jamie und hob Melody ein wenig hoch. Sie schlang auch das andere Bein um ihn.

»Ich hab's mir anders überlegt.«

»Da bin ich aber froh«, raunte er. Er drückte sie an die Wand und drang tief in sie ein.

Als er die Hände zu ihren Hüften schob, um sie in der Position zu halten, rang sie dicht vor seinem Mund nach Luft, und er bewegte sich weiter in ihr. Er küsste sie leidenschaftlich, mit der Zunge durchsuchte, kostete, erkundete er ihren Mund. In dieser Stellung war es noch um einiges inniger, noch intensiver, als er heftiger und schneller in sie stieß.

Nach Atem ringend löste Melody ihren Mund von seinen Lippen und versenkte ihren Blick in seine Augen, während sich schon unaufhaltsam jenes himmlische Empfinden in ihr aufbaute.

»Jamie … das ist …«

»Ich weiß.«

Wusste er es wirklich? Konnte er begreifen, wie außergewöhnlich diese Verbindung zwischen ihnen war? War ihm klar, dass es weit mehr als irre guter Sex war?

»Ich liebe dich«, wisperte sie.

Einen Augenblick später verschlossen seine Lippen ihr den Mund, und sie wusste nicht, ob er ihre Worte über das Geräusch des Wassers hinweg gehört hatte und ob sie sie überhaupt ausgesprochen hatte. Jamies Stöße wurden drängender und jagten seiner Erlösung entgegen, noch unerbittlicher nagelte er Melody an die Wand. Noch einmal sagte sie stumm ihre Worte und ließ sie in ihrem Herzen tanzen, bis der Orgasmus sie durchbebte. An Jamies Stöhnen hörte sie, dass auch er den Höhepunkt erreicht hatte.

* * *

»Nun, dann geben wir den Welpen mal Gelegenheit, einander kennenzulernen. Für viele von ihnen ist es vielleicht die erste Gelegenheit, mit anderen Hunden in Kontakt zu kommen«, meinte Felicity, die Hundetrainerin.

Sie machte auf Melody einen sehr ausgeglichenen Eindruck. Wie sie so mit ihrem langen pinkfarbenen Rock und ihrer bauschigen, geblümten Bluse barfuß im Gemeindesaal stand, sah sie ganz so aus, als könnte sie nichts aus der Ruhe bringen. Dennoch flößte diese friedfertige Ausstrahlung Melody nicht das Vertrauen ein, dass diese Welpen nach dem sechswöchigen Kurs auch nur im mindesten disziplinierter wären als jetzt. Melody hatte eher auf einen Ex-Armeegeneral gehofft, der Rocky Manieren beibrächte.

»Diese Hunde haben sich noch nie gesehen, deshalb sollen sie sich erst mal beschnüffeln«, bestimmte Felicity. Offenbar hatte ihr niemand verraten, dass drei Viertel der Hunde aus demselben Wurf stammten. Wobei Melody fand, dass man das sehen musste: Alle waren groß und schwarz und hatten krauses Fell.

Die kleinen Hunde tollten herum, sprangen übereinander, schnappten sich gegenseitig an den Ohren und kauten an fremden Schwänzen, und der Saal hallte von fröhlichem Gekläff wider, als der Nachwuchs von Beauty und Beast Wiedersehen feierte. Rocky und Sirius jagten einander. Agathas Welpe Summer, den Kopf geschmückt mit einem rosa Schleifchen, wurde von Luke, dem Welpen von Isla, besprungen, der sich offenbar wegen eines bisschens Inzest kein graues Fell wachsen ließ. Spike, der Welpe von Aidan und Tori, kaute auf einem Ball herum und scherte sich keinen Deut um die Vorgänge ringsherum, und Emilys Welpe Leia verschlief die ganze Veranstaltung. Zwei Welpen stammten nicht aus der Rasselbande, ein Spaniel und ein schokoladenbrauner Labrador, aber auch die fegten durch den Saal, stellten den anderen nach und amüsierten sich köstlich. Das Ganze zog sich gut zehn Minuten hin, wobei der gesamte Unterricht eine Stunde dauern sollte. Bis jetzt ließen Felicitys Methoden noch zu wünschen übrig.

»So, jetzt pfeift eure Welpen mal zurück«, ordnete Felicity an. Melody verkniff sich das Lachen – als ob das so simpel gewesen wäre!

Mehr als zwanzig Stimmen erfüllten gleichzeitig den Raum, ein wüstes Durcheinander. Manch einer hatte die ganze Familie zum Kurs mitgebracht, damit sich alle gemeinsam die Fähigkeiten aneigneten, die Hunde zu erziehen. Namen wurden gerufen, und es wurde mit den Füßen auf den Boden gestampft, um die Aufmerksamkeit der missratenen Hündchen zu erhaschen, dazu fiepten Quietschtiere und schrillten Pfeifen. Die Welpen zeigten all dem die kalte Schulter, nur Summer nicht, die durch den allgemeinen Tumult so aus der Fassung geraten war, dass sie auf den Fußboden pinkelte.

Agatha hob Summer hoch und herzte sie; die Pfütze bedeckte sie mit einem Taschentuch, ehe sie zu ihrem Platz zurückging.

»So, also am besten ruft mal einer nach dem anderen von euch seinen Hund beim Namen«, schlug Felicity vor, deren inneres Gleichgewicht ein ganz klein wenig aus dem Lot geriet. »Jamie, warum rufst du deinen Hund nicht zurück?«

Der lachte glucksend – wahrscheinlich über Felicitys Optimismus.

»Sirius, Sirius Black!«, rief Jamie. Man musste Sirius zugutehalten, dass er tatsächlich Jamie einen Blick zuwarf, ebenso taten das Rocky, Leia und der braune Labrador. Sirius wedelte zum Gruß mit dem Schwanz und kaute dann weiter am Ohr des Spaniels.

»Jetzt zeige ich euch mal, wie der Profi das macht«, verkündete Leo, der seinen großen Bruder mal wieder ausstechen wollte. Das kam bei den Jackson-Brüdern öfters vor. Er pfiff durchdringend auf seiner Pfeife, und sämtliche Hunde blickten schlagartig in seine Richtung, woraufhin sie alle auf einmal auf ihn zustürmten, jedoch ohne dass es furchteinflößend wirkte. Leo zuckte die Achseln und bekam irgendwie zwischen all den wedelnden Schwänzen Luke zu fassen, nahm ihn auf die Arme und reichte ihn Elliot weiter. »Hat doch gut geklappt, oder?«

Einer nach dem anderen führten alle ihre jeweilige Methode vor, ihren Hund zu sich zu rufen, mit unterschiedlichem Erfolg. Keiner der Welpen gehorchte auf Anhieb. Einige Hundehalter mussten aufstehen und sich persönlich auf den Weg machen, um ihren Wauwau von der anderen Seite des Saales abzuholen.

»Das wäre also das Allererste, was ihr zu Hause üben müsst: euren Hund rufen, und wenn er kommt, ihn belohnen. Fangt im Kleinen an, nur aus ein paar Metern Entfernung, dann erweitert ihr schrittweise die Distanz.«

»Und was, wenn er einen nicht mal anguckt, wenn man ihn ruft?«, erkundigte sich der Besitzer des Spaniels. Anscheinend hatte er schon jetzt die Faxen dicke mit seinem Hündchen. Melody kannte sich nicht aus mit den verschiedenen Rassen, aber sie wusste, dass man, wenn man noch nie zuvor einen Hund gehabt hatte, mit einem Spaniel nicht gut beraten war. Spaniels waren wie überaktive Schimpansen auf Speed.

»Dann weiß der Hund nicht, wie er heißt. Das muss man ihm beibringen.«

»Und wie stelle ich das an? Schreibe ich den blöden Namen auf einen Zettel und lass ihn den lesen?«, schoss der Mann zurück.

Felicity tat so, als hätte sie das nicht gehört, und wandte sich wieder der Gruppe zu.

»Mit besonders begehrenswerten Leckerlis ermuntert ihr eure Welpen, zu euch zurückzukommen.«

»Ich habe schon zum Spaziergang ein Stück Fleisch mitgenommen«, wandte der Spanielmann ein. »Das hat sie völlig kalt gelassen.«

»Wir machen mal ein kleines Spiel«, verkündete Felicity jetzt. Offensichtlich fand sie, am besten gehe man mit schwierigen Kunden um, indem man sie links liegen ließ. »Es ist ein Kontrollspiel. Ihr streut ein paar Leckerlis auf den Boden, und jedes Mal, wenn euer Welpe sich daran machen will, bedeckt ihr sie mit der Hand. Der Welpe lernt schnell, dass er geduldig auf die Leckerlis warten muss. Diesen Handgriff kann man auch in anderen Trainingsbereichen anwenden.«

»Das hört sich interessant an«, murmelte Jamie. Die anderen Familien oder Paare fingen bereits mit dem an, was gerade empfohlen worden war. Jamie häufte ein paar Leckerlis vor Sirius auf, doch ehe er die Hand darüber halten konnte, hatte Sirius sie sich schon alle einverleibt.

Melody lachte. »Warum machen wir das nicht zusammen? Ich schütte die Leckerlis hin, und du hältst die Hand darüber, damit Sirius sie nicht wegfrisst.«

Jamie nickte, und sie hielt Rocky an der Leine zurück, der heftig an seinem Halsband zerrte, weil er sich ebenso an die Leckerlis von Sirius heranmachen wollte. Der steuerte mit der Schnauze schon darauf zu, aber diesmal gelang es Jamie, das Häufchen zu bedecken. Sirius leckte ihm die Hand und versuchte, zwischen seinen Fingern hindurch an den Schmaus zu gelangen. Als er begriff, dass er nichts bekam, drehte er sich um und wollte fortlaufen. Melody wollte Sirius festhalten, wobei sich dummerweise Rocky von ihr losriss. Er flitzte durch den Saal und lenkte Luke davon ab, seine Leckerlis anzustieren. Als Nächstes stürmte er auf Ted, den kleinen Labrador, zu und prallte auf ihn. Der wiederum jaulte auf und fegte durch den Saal, wobei er auf Summers Pfützchen ausrutschte und gleich darauf gegen die Notausgangs-Tür schleuderte, was einen Feueralarm auslöste. Bei dem ohrenbetäubenden Sirenenton drehten sämtliche Hunde durch, und mit Felicitys unerschütterlicher Ruhe war es auch dahin, als sie auf die Schalttafel zustürzte und minutenlang herauszufinden versuchte, wie sich der Alarm wieder ausschalten ließ.

Melody gab sich alle Mühe, Rocky einzufangen, doch für den Welpen war das offensichtlich ein Spiel, er wetzte kreuz und quer durch den Raum und lief jedes Mal in eine andere Richtung, sobald Melody sich ihm näherte. Als er ihre Handtasche in der Ecke erspähte, raste er darauf zu und verstreute ihren Inhalt großflächig, ehe sie ihm zuvorkommen konnte. Auch Spike hielt alles für ein Spiel, als er sich dazugesellte. Zu Melodys Entsetzen schnappte er sich eine Kondompackung und schüttelte sie ordentlich zwischen den Zähnen, woraufhin sich die Pariser vor aller Augen überall auf dem Fußboden verteilten.

Melody spürte, wie ihr die Schamröte ins Gesicht stieg, in Windeseile versuchte sie, die Kondome aufzulesen, aber inzwischen machten sich schon andere Welpen darüber her, schleuderten sie in alle Richtungen oder kauten darauf herum, sodass sie aus den Folien fielen. Ein Kondom blieb auf Summers Schnauze kleben, und sie rannte wie besessen umher, um es von sich zu schütteln. Zwischen Luke und dem kleinen Spaniel Delilah entspann sich ein Tauziehen um ein Kondom, sie dehnten es auf eine abenteuerliche Länge, wie Melody es nicht für möglich gehalten hätte. Elliot las eine Packung auf, und Melody hörte ihn Isla fragen, was das sei, worüber nun wiederum Leo herzlich lachen musste. Melody ergatterte einige Kondome und stopfte sie in ihre Taschen, dann versuchte sie, mehreren Hunden einige abzujagen, aber die hatten viel zu viel Vergnügen damit.

Endlich war die Alarmsirene zum Schweigen gebracht, aber der allgemeine Tumult hielt weiter an. Melody warf einen Blick zu Jamie und sah, dass er sich den Bauch vor Lachen hielt.

»Du könntest mir mal helfen«, zischte sie, aber auch sie brach sogleich in lautes Lachen aus.

»Dafür habe ich viel zu viel Spaß! Warum schleppst du überhaupt Kondome zum Hundetraining mit? Meintest du, wir könnten uns mal auf eine schnelle Nummer in die Büsche schlagen, während die anderen ihren Hunden das ›Sitz!‹ beibringen?«

Melody griff sich Rocky und setzte sich neben Jamie, das Zusammensuchen der Kondome gab sie auf. Auch andere Hundehalter bekamen ihre Hunde langsam wieder unter Kontrolle.

»Agatha hat mir drei Packungen spendiert. Sie hegte große Hoffnungen für die letzte Nacht.«

Jamie lachte. »Diese Frau erstaunt mich immer wieder.«

Sie ließen ihre Blicke zu Jamies Tante schweifen, die gerade das Kondom von Summers Schnauze abpulte und ihr die Schleife richtete. Melody schmunzelte über Agathas Prioritäten.

»So, als Nächstes lernen wir das Kommando ›Sitz!‹, und sobald wir das im Griff haben, werden wir das Kommando erweitern zu ›Bleib!‹.« Felicity musste sich über den Lärm hinweg Gehör verschaffen, offenbar von der Annahme beseelt, dass die vorausgegangenen Aktivitäten schon zu einem Erfolg geführt hatten, denn sie ließ sich von dem anhaltenden Chaos nicht erschüttern.

Melody empfand eine gewisse Selbstzufriedenheit bei dieser neuen Aufgabe. Rocky hatte nämlich schon gelernt, wie er sitzen sollte. Alle standen auf und fingen an, ihre Hunde anzuweisen, zu sitzen, wobei sie die Leckerlis noch in Brusthöhe hielten. Rocky aber hatte mitbekommen, dass man die Notausgangs-Tür offen gelassen hatte, nachdem Ted vorher dagegengeprallt war. Er spurtete hinüber und stieß die Tür mit der Pfote weiter auf, noch ehe Melody dazwischenfunken konnte, und schon war er auf die öffentlichen Grünanlagen entwischt. Sämtliche Welpen folgten ihm auf dem Fuße, denn nun boten sich neue Zerstreuungen, um die man sich balgen konnte: Autos, Wimpelchen, Blumen, Vögel, Schmetterlinge und eine rote Katze, die sich auf der Wiese gesonnt hatte, jetzt aber einen Klagelaut ausstieß und auf einen Baum hinauf flüchtete. Melody eilte Rocky hinterher ins Freie, genau wie die anderen Hundehalter, und eine allgemeine Verfolgungsjagd setzte ein.

Als Melody Rocky eingefangen hatte und ihn zu bändigen versuchte, kam Jamie heraus, in den Armen den sich windenden Sirius. Er richtete den Blick auf die andere Seite der Grünanlage. Dort stieg Felicity gerade in ihr Auto. Melody blieb ungläubig der Mund offen stehen, als sie sah, wie sie sich davonmachte.

»Ich nehme an, damit ist die erste Stunde beendet«, prustete Jamie heraus.

»Ich glaube nicht, dass es eine zweite gibt«, argwöhnte Melody. Auch Felicitys seelische Balance schien sich davongemacht zu haben.

Jamie gab Sirius einen Schmatz auf den Kopf, und der Hund hörte auf zu strampeln. Melody lächelte, als sie Jamies liebevollen Umgang mit ihm beobachtete.

»Na los, bringen wir unsere Hündchen nach Hause, ehe am Nachmittag der Wettbewerb im Sandburgenbau losgeht.«

Sie liefen in den Saal, packten ihre Siebensachen und traten damit wieder hinaus in den warmen Sonnenschein. Der bedauernswerte Spanielhalter bemühte sich immer noch vergeblich, seine völlig ausgeflippte Delilah auf der Grünanlage einzufangen.

Jamie nahm Melodys Hand, und sie lächelte ihm zu. Seit sie miteinander geschlafen hatten, war eine neue Art Frieden in sie eingekehrt. Jamie hatte nicht gesagt, dass er sie liebe, aber sie wusste, dass sie ihm sehr, sehr wichtig war. Was sie miteinander geteilt hatten, ging weit über das hinaus, was man scharfen Sex nannte. Mit einem Mal fühlte sie sich unsagbar geborgen bei ihm. Er würde sie nicht sitzenlassen. Trotz all ihrer beknackten Dates und ihrer elenden Schusseleien war er hier bei ihr, hielt sie bei der Hand, lächelte ihr zu und betete sie an. Von all dem ließ er sich nicht aus dem Lot bringen. Und auch jetzt, nach dem heutigen erneuten Fiasko beim Hundetraining, blieb er gut gelaunt und nahm die Sache nicht tragisch. Sie hatte Jamie zwar zugeredet, er solle ihre Dates entspannt angehen, aber mittlerweile musste sie sich ihren eigenen Rat wahrscheinlich auch selbst mal zu Herzen nehmen.

20

Jamie schaute sich zwischen den Sandhügeln um, die überall am Sunshine Beach aufgeschüttet waren. Schon sammelten sich kleine Teams, Paare, Familien, Freunde, zu Grüppchen und besetzten ihren jeweiligen Hügel. Jahr für Jahr, schon von Kindheit an, hatte Jamie am Wettbewerb im Sandburgenbau teilgenommen – sogar noch bevor er alt genug gewesen war, um beim wesentlichen Teil, dem Skulpturenwettbewerb, mitzumachen. Bis zum heutigen Tag hatte er noch nie den Sieg davongetragen, worüber sich seine Brüder stets mokierten, wo er doch der Künstler in der Familie war. Umso mehr hatte er Leo, der vor zwei Jahren der Gewinner gewesen war, monatelang mit Lob überschüttet. Sand war eben sehr schwer in eine augenfällige Form zu bringen. Unbeständig und anfällig für äußere Einflüsse, wie er war, konnte ein einziger Windstoß das Werk stundenlanger, mühevoller Arbeit ruinieren. Lieber Ton in die Hände nehmen, der war viel verlässlicher.

Diesmal jedoch hatte Jamie das sichere Gefühl, dass er gewinnen würde. Er hatte Melody an seiner Seite, und er fühlte sich mehr als alle anderen vom Glück gesegnet, weil er sie bei sich wusste. Womöglich würde sie ihm auch Glück bei diesem Wettbewerb bringen. Er schmunzelte, als sie über einen der

Eimer stolperte, die sie für diesen Anlass gekauft hatten. Ach, wie sehr er sie liebte!

Das hatte er ihr nicht deutlich genug gesagt. Er hatte sie am Morgen unter der Dusche Liebesworte flüstern hören, doch ihm waren seine eigenen Beteuerungen im Hals stecken geblieben, da er sich daran erinnerte, wie er das letzte Mal jene schicksalsschweren Worte geäußert und wie Polly darauf reagiert hatte. So hatte er Melody stattdessen geküsst und darauf gesetzt, mehr durch seine Handlungen als durch Worte zu zeigen, was er für sie empfand.

»Wie sind denn die Spielregeln?«, fragte Melody sachlich, bückte sich und griff nach einer Handvoll Sand, den sie durch die Finger rieseln ließ. Jamie war froh, dass sie die Angelegenheit ernst nahm, denn er durfte nicht wieder zulassen, dass Leo den Sieg einheimste.

»Viele Regeln gibt es nicht. Es muss eine Burg werden. Aber ansonsten können wir sie nach eigenem Belieben gestalten.«

»Also mit Rondellen und Türmchen und Wallgraben samt Zugbrücke«, sagte Melody, die richtig in Fahrt kam.

»Ja, wir können Requisiten und Muscheln, Fähnchen oder sonst was zur Verzierung anbringen, das liegt ganz bei uns.«

»Und was bekommen wir als Siegerpreis, nachdem wir gewonnen haben?«

»Nachdem! Dein Selbstbewusstsein imponiert mir. Wir bekommen die Gewissheit, dass wir besser sind als Leo, und dazu kostenloses Eis von Sprinkles.«

»Dafür lohnt es sich doch, sich anzustrengen«, sagte Melody mit einem Lachen. Er legte ihr den Arm um die Schultern und küsste sie auf den Kopf.

Heute kam sie ihm viel gelöster vor, als hätten die Zärtlichkeiten der letzten Nacht alle Ängste und Anspannung verscheucht, die sie zuvor umklammert hielten. Lieber Gott, wenn körperliche Liebe sie so glückselig machen konnte, dann würde er sich gern verpflichten, sie jeden Tag zu lieben.

»Sieht aus, als ob Leo einen ganz bestimmten Plan hat«, meinte Melody. Jamie schaute zu seinem Bruder hinüber und musste lächeln, als er sah, wie er vor Elliot kauerte und Isla sich über beide beugte, um ihrem innerfamiliären Motivierungsgespräch zu lauschen. Leo war so eine untypische Vaterfigur – nie hätte Jamie gedacht, dass sein Bruder mal zur Ruhe käme und eine eigene Familie hätte. Er hatte bereitwillig seine Rolle als Pate übernommen und wurde ihr nicht nur gerecht, sondern war geradezu glücklich darin. Er war aufgeräumt, lächelte viel und war bei Elliot ganz in seinem Element. Jetzt musste er nur noch mit Isla die Kurve kriegen, dann wäre die Familie komplett. Auch Leo selbst konnte ja nicht übersehen, wie vernarrt Isla in ihn war.

Jamie warf einen Blick zu Aidan hinüber, dessen Leben sich bereits mit seiner wunderbaren Verlobten und dem Baby, das unterwegs war, zu einem Ganzen gefügt hatte. Bei ihnen gab es keine aufmunternden Worte, keinen Plan, die beiden standen nur still nebeneinander, untergehakt, aufgehoben in ihrer gegenseitigen Zuneigung. Ob sie den Sieg davontrugen, war ihnen anscheinend egal. Sie genossen es einfach, zusammen zu sein. Aidan strich Tori mit der Hand über den Bauch und flüsterte ihr etwas ins Ohr. Jamie freute sich für die beiden.

Er drehte sich um, da war Emily mit ihrer lieben Familie. Stanley wurde gerade von Marigold darüber belehrt, wie man die perfekte Sandburg baute, und Emily saß neben den beiden und betrachtete sie mit zärtlichem Blick, während sie sich ebenfalls über den Bauch strich.

Plötzlich konnte Jamie deutlich seine Zukunft vor sich sehen: heiraten, eigene Kinder mit der Frau, die neben ihm stand, dabei hatte er sich immer so sehr davor gefürchtet, feste Bindungen einzugehen. Polly Lucas hatte ihm derart zugesetzt, dass er Beziehungen gemieden hatte wie der Teufel das Weihwasser. Dabei war ihm bislang etwas so Schönes und Wunderbares wie die Sache mit Melody entgangen. Aber das war nun vorbei.

Der Bürgermeister trat auf das Podium und begann seine Rede damit, den Anwesenden zu danken, dass sie gekommen waren. Dann eröffnete er offiziell das große Sandskulpturenfest, dessen Auftakt der große Wettbewerb im Sandburgenbau war. Er legte die Regeln dar, besser gesagt, das Fehlen von Regeln, und zählte den Countdown zum Start des Wettbewerbs. Die Zuschauermenge und die Konkurrenten stimmten in das Zählen ein, während sich versprengte Nachzügler in aller Hast zu noch unbelegten Sandhügeln durchschlugen.

Dann ertönte ein Hornstoß, der durch Mark und Bein ging, und tat den Start des Wettbewerbs kund. Ab sofort hatte man dreißig Minuten zur Verfügung, um ein Meisterwerk aus Sand erstehen zu lassen.

»Wir sollten den Sandhaufen als Sockel nehmen«, schlug Melody vor. »Dann buddeln wir ringsherum den Burggraben und setzen unsere Rondelle und Türmchen auf den Hügel drauf.«

»Klingt gut.«

Sie griffen zu ihren farbenfrohen Spaten und fingen rundherum zu graben an. Von einem gemeinsamen Ausgangspunkt arbeiteten sie sich nach zwei Seiten mit dem Burggraben vor, bis sie sich auf der gegenüberliegenden Seite wieder trafen.

»Noch eine Runde?«, fragte Jamie. Da Melody nickte, ging es noch einmal mit den Spaten den Graben entlang, den sie tiefer und breiter schaufelten. Sie klopften die Seitenwände fest, damit sie nicht abrutschten.

»Noch zwanzig Minuten!«, verkündete der Bürgermeister durch den Lautsprecher.

»Herrje«, fluchte Jamie.

»So, das haben wir«, beruhigte ihn Melody. »Wir tragen ein bisschen Sand von oben für die Türme ab, dann wird der restliche Sandhaufen der Burgberg.«

Jamie nickte und machte sich daran, ihre Eimer mit Sand zu befüllen und ein kleineres Häufchen Sand neben dem großen aufzuschütten, mit dem in ein paar Augenblicken weitergearbeitet werden würde. Währenddessen befestigte Melody die Flanken des größeren Hügels, wo die Burg stehen sollte, und klopfte ihn oben flach. Jamie machte mit, und bald schon hatten sie einen beachtlichen Burgberg mit einer Fläche vor sich, auf der das Gebäude errichtet werden konnte.

»Noch fünfzehn Minuten!«

Mit Hochdruck füllten sie die drei Eimer, stülpten sie an den Rändern des abgeflachten Hügels zu Türmen um und füllten die Eimer erneut mit Sand, um noch mehr Türme ringsum auf den Burgberg zu setzen. Melody fing an, sie mit Spitzen zu versehen, und Jamie setzte noch ein paar Türme in die Mitte des Burggeländes. Allmählich machte der Bau ganz schön Eindruck. Jamie wagte nicht, zu Leos Anlage hinüberzuschauen – Leo hatte unschlagbares Talent für so etwas, und da ihm Isla mit ihrer Erfahrung als Schaufenstergestalterin half, würde ihre Burg diesmal bestimmt richtig gut.

Jetzt steckten sie noch Fähnchen auf die Burg und brachten Muscheln als Fenster an, und Melody höhlte die Stelle aus, wo die Zugbrücke hinkommen sollte.

Sie klopften und modellierten und ritzten, und Jamie fand, dass alles gut aussah.

»Fünf Minuten!«

»Wir müssen den Graben mit Wasser volllaufen lassen«, fiel Melody plötzlich ein.

Jamie schüttelte den Kopf. »Das versickert bloß, der Sand ist nicht feucht genug.«

Schon hatte sie sich einen Eimer geschnappt und wollte Wasser heranholen, da blieb sie mit dem Fuß in dem schönen Graben hängen. Sie flog über die Burg, landete bäuchlings darauf und machte die ganze Anlage platt. Jamie, wie vom Donner gerührt, starrte mit weit aufgerissenen Augen auf das Tohuwabohu – aus den Türmen waren nicht mehr als ein paar ungestalte Klumpen und aus dem Berg eher ein Tal geworden, und die Fähnchen, aus dem Gefüge gelöst, flatterten über den Strand davon.

Melody rappelte sich hastig auf die Knie und besah sich starr vor Schreck die Verwüstung, die sie angerichtet hatte.

Dann geschah etwas Ungeahntes.

Ein breites Lächeln breitete sich über ihr Gesicht und verwandelte sich in ein volltönendes Lachen, das hemmungslos laut und jubilierend aus ihr hervorbrach. Jamie konnte gar nicht anders, als einzustimmen. Mit einem Mal prustete auch er lauthals los, sodass sich alle nach ihnen umdrehten. Da war nun ihre Burg, völlig zermalmt, und er scherte sich einen Dreck darum. Er stieg über die Trümmerlandschaft und reichte Melody die Hand. Sie kam wacklig auf die Beine, und bog sich vor Lachen. Als er ihr hochgeholfen hatte, hielt sie sich weiter den Bauch, während das Lachen nur so aus ihr hervorsprudelte. Das kannte Jamie noch nicht an ihr, und er fand es umwerfend.

»Ob wir trotzdem noch eine Chance auf den Sieg haben?«, stammelte Melody, kaum dass sie wieder einigermaßen sprechen konnte.

»Eine Chance haben wir schon«, meinte Jamie vergnügt.

»Noch eine Minute!«, rief der Bürgermeister mahnend durch den Lautsprecher.

Jamie ebnete den Hügel ein, so gut es ging, und mit einem eilig aufgelesenen Stöckchen ritzte er in den verbliebenen dreißig

Sekunden die gottverdammt schönste Burg in den Sand, die er je gezeichnet hatte.

Melody lachte wieder los, und als das Horn ertönte und das Ende des Wettbewerbs verkündete, nahm Jamie sie in die Arme und küsste sie fest auf den Mund. Sie kicherte und gab ihm den Kuss zurück.

»Tja, eine neue Herangehensweise eben«, unterbrach Leo die beiden, als er das Stehgreifwerk begutachtete.

Jamie drehte sich zur Seite, den Arm um Melodys Schulter gelegt.

»Was kümmert mich dieser ganze Skulpturenschnickschnack, ich kann doch einfach zeichnen, was ich will«, meinte er achselzuckend. Er warf einen flüchtigen Blick auf die Sandburg seines Bruders und erblasste vor Neid. Leo hatte mit seiner kleinen Adoptivfamilie einen prächtigen Drachen modelliert, der wundersamerweise sogar Zähne und Schuppen und wuchtige Klauen aufwies. Der Mann war ein Genie bei solchen Aktionen, warum er das nicht zu seinem Beruf machte, blieb Jamie schleierhaft.

»Das soll also eine Burg sein«, wunderte sich Jamie.

»Da ist doch eine Burg.«

Jamie sah genauer hin und entdeckte ein winziges Schloss neben dem Drachen, diese Anforderung hatten sie also erfüllt. Es blieb ja den Teilnehmern überlassen, mit welchen Extras sie ihre Burg ausstaffieren wollten, und bei früheren Wettbewerben hatte es auch schon Legomännchen und -pferdchen als Beiwerk gegeben.

»Unsere Burg hat was.« Melody knuffte Jamie in die Seite.

»Was ist denn passiert?«, fragte Tori, die neugierig zu ihnen herübergekommen war.

»*Ich* bin passiert«, antwortete Melody vergnügt. »Ich und diese Füße, die anscheinend eine Nummer zu groß für mich sind.«

Jamie ließ seinen Blick liebevoll auf ihr ruhen. Er war so froh, dass sie endlich über sich selbst lachen konnte.

Die Jurymitglieder begannen nun, zwischen den Sandburgen umherzuspazieren, und machten sich Notizen auf ihren Clipboards.

»Meinst du, wir sollten abwarten, ob die Jury unserem Werk den Siegerpreis verleiht?«, spöttelte Melody.

»Ach wo, räumen wir doch den anderen eine Chance ein. Mir schwebt da was viel Besseres vor, womit wir uns die Zeit vertreiben können.« Er sah Melody verschwörerisch an, und die kapierte seine Andeutung auf Anhieb. Sie gab ihm die Hand, und dann rannten sie über den Strand davon, Küsschen austauschend wie übermütige Teenager.

»Sucht euch ein stilles Plätzchen!«, rief Leo ihnen nach.

»Haben wir auch vor«, schrie Jamie zurück. Es konnte ihnen gar nicht schnell genug gehen.

* * *

Jamie beobachtete, wie sich die Schleiergardine im sommerlichen Luftzug blähte. Die Sonne warf ihr Licht in goldenen Streifen durch das Zimmer und ließ Melodys Haar glänzen. Jamie fuhr mit den Fingern hindurch, woraufhin Melody, an seine Brust geschmiegt, sich noch enger an ihn kuschelte.

»Siehst du Kinder vor dir, wenn du an deine Zukunft denkst?«, fragte Jamie.

Melody stützte den Kopf auf die Hand, damit sie ihn angucken konnte. »Willst du damit sagen, dass du womöglich schwanger bist?«

Er lachte.

Sie legte den Kopf wieder ab, und er hielt das für das Ende des Wortwechsels. Es war ja auch reichlich früh in ihrer Beziehung, um darüber nachzudenken. Lächerlich, diese Frage aufzubringen. Dass Jamie über die Zukunft nachdachte, lag daran, dass er seine Brüder und seine Schwester mit ihren kleinen Familien so glücklich erlebte.

»Ich habe immer gedacht, dass ich eines Tages Kinder habe, so ganz vage, in der unbestimmten Annahme, dieser Tag kommt wohl nicht«, meinte Melody. »Ich glaube, seit Isla Elliot unter ihre Fittiche genommen hat, ist es anders. So ein Kind bedeutet eine große Verpflichtung. Nicht nur, dass man es mit Essen und Kleidung versorgt und ihm ein Dach überm Kopf gibt, was allein schon eine finanzielle Herausforderung ist. Außerdem muss man daran arbeiten, dass das Kind sich geistig entwickelt, es lernt ja ständig etwas dazu und sucht Antworten, die man finden helfen muss. Man muss ihm die Welt zeigen und ihm helfen, seinen Platz darin zu finden. Dann muss man ihm etwas über verschiedene Kulturen, Glaubenseinstellungen, Traditionen beibringen. Und es muss geborgen sein, ohne dass es ein Angsthase wird. Auch muss es lernen, recht und unrecht zu unterscheiden. Man muss ihm klarmachen, dass es okay ist, wenn es anders als andere ist oder andere Vorlieben hat. Da ich in diesem Jahr viel mit Elliot zusammen war, bin ich jetzt bereit dafür. Ganz im Ernst. Aber nicht allein. Ja, es gibt so viele Alleinerziehende, die das erstaunlich gut hinkriegen, Isla zum Beispiel. Aber keiner legt es darauf an, allein ein Kind aufzuziehen, all diese Entscheidungen zu treffen und diese Riesenverantwortung zu tragen. Klar, Kinder kommen nicht immer geplant, und wenn ich jetzt schwanger würde, dann täte ich mein Bestes, das Kind aufzuziehen. Aber idealerweise müssten die Kinder kommen, wenn ich glücklich verheiratet wäre mit einem lieben Mann, der die Last gemeinsam mit mir trägt.«

»Den richtigen Menschen auszuwählen, mit dem man Kinder hat, ist ganz schön wichtig, einen, der dieselben Anschauungen und Positionen vertritt«, stimmte ihr Jamie zu.

Sie nickte.

Sie schwiegen eine Weile, dann stützte Melody wieder den Kopf auf und schaute Jamie an. »Du wärst sicher ein super Dad. Ich erlebe dich mit Marigold und Elliot, du hast so eine nette Art, mit ihnen umzugehen. Und dazu hast du diese Engelsgeduld, nichts kann dich erschüttern. Das ist ein großartiger Charakterzug.«

Er lächelte. Ihm ging auf, dass sie beide auf der gleichen Wellenlänge waren. Sie wollten dasselbe – vielleicht nicht sofort, aber auf lange Sicht, so schien es ihm.

»Ich habe mir immer eine große Familie gewünscht«, sagte Jamie. »Drei Geschwister waren klasse, immer gab es jemanden zum Spielen oder zum Reden. Beim Essen ging es immer laut und chaotisch zu, das hätte ich um nichts in der Welt missen mögen.«

»Ich dachte auch, ich könnte mehrere Kinder haben. Ich war eine von dreien, und ich fand es herrlich, die Kindheit mit einem Bruder und einer Schwester zu teilen.«

Jamie rollte sich auf Melody, was einen leisen Protestpiepser bei ihr auslöste.

»Dann sieht es so aus, als ob wir einen Plan haben. Wenn ich um deine Hand anhalte, dann muss das irgendwo im Verborgenen geschehen, damit wir das Ganze feierlich mit Sex krönen können. Wahrscheinlich heiraten wir am Strand, den wir beide doch so lieben, und als Hochzeitsdeko gibt es schnuckelige Sandburgen.«

Sie kicherte.

»Und dann kriegen wir fünfzehn Gören und leben glücklich bis ans Ende.«

Sie streichelte ihm schmunzelnd das Gesicht. »In meinen Ohren klingt das wie Musik.«

* * *

Später am Abend verließ Melody ihr Haus, als die Sonne gerade den Himmel mit einem langen Schweif von Pflaumenblau und Zuckerwatte überzog. Es war eine herrliche Stimmung, und sie war machtlos gegen das selige Lächeln, das um ihren Mund spielte.

Ihr Blick schweifte zum Strand hinüber, zu dem Streifen goldenen Sandes, der an das türkisblaue Wasser grenzte. Schon Stunden zuvor waren die Sandburgen eingeebnet worden, inzwischen hatte man als festen Grund für die Skulpturen Matten ausgelegt. Ein paar Plastiken waren bereits eingetroffen, verhüllt und abgedeckt, sodass sie gegen neugierige Blicke abgeschirmt waren. Melody ging davon aus, dass bis morgen früh noch weitere auftauchen würden, aber der Großteil würde wohl erst am nächsten Tag an den Strand gekarrt, die spektakuläre Enthüllung fände dann am Abend statt. Melody hatte vor, ihr Werk morgen Mittag am Strand aufzustellen, und sie konnte es kaum erwarten, Jamies zu sehen.

Sie ging die ansteigende Straße zu seinem Haus hinauf und freute sich auf einen schönen Abend. Heute trug sie ein violettes Kleid von Cadbury, von dem Jamie einmal gesagt hatte, er finde es sehr hübsch. Auch die Haare hatte sie sich geflochten und ein paar Locken schön frisiert. Es würde ein wundervoller Abend werden.

Nachdem sie den Nachmittag mit Jamie im Bett verbracht hatte, war er wieder ins Atelier gegangen, um letzte Hand an seine Plastik für das morgen stattfindende Sandskulpturenfest anzulegen, und sie war nach Hause gegangen, um nach Rocky zu sehen und sich auf den Abend vorzubereiten. Jamie wollte Melody in ihr Lieblingslokal ausführen, und sie zählte darauf, dass sie vielleicht in der Obhut Fremder einen katastrophenfreien Abend erleben würden.

Sie klopfte an Jamies Tür, und als er ihr öffnete, stand er, leger in Jeans und Hemd gekleidet, vor ihr. Sie war froh, dass er nicht meinte, sich für sie noch einmal in Schale werfen zu müssen, er sollte sich wohl in seiner Haut fühlen. Er hatte die Ärmel hochgekrempelt, wodurch seine sonnengebräunten, muskulösen Unterarme zum Vorschein kamen. Komisch, dass sie so gern ausgerechnet diese Körperteile anschaute, aber sie liebte seine Arme, so stark und zuverlässig.

Sie sah, wie er bei ihrem Anblick strahlte.

»Wow, das Kleid ist umwerfend.«

»Das habe ich ja auch an, weil du es magst. Du sagtest, die Farbe steht mir gut«, antwortete Melody, während er einen Schritt zurück tat, um sie hereinzulassen.

Er lachte und machte hinter ihr die Tür zu. »Da wir ja nun sozusagen eine feste Beziehung haben, muss ich dir was gestehen.«

Melody zuckte bei »sozusagen« kurz zusammen, aber ignorierte es geflissentlich. »Ach ja?«

Zur Begrüßung gab er ihr einen Kuss auf die Wange. »Die Farbe war es gar nicht, die ich an dem Kleid mag.«

»Lila gefällt dir nicht?«

»Die Farbe ist hübsch, aber das Beste an dem Kleid war für mich der Nackenträger. Es sieht immer so aus, als ob nur ein einziges Knöpfchen im Nacken alles oben hält. Wenn du es trägst, dann fantasiere ich immer, wie ich das Knöpfchen öffne und das ganze Kleid runterrutscht.«

Melody war zunächst verdattert, brach dann aber in Lachen aus. »Jamie Jackson, der berüchtigtste Gentleman von Sandcastle Bay, hat eine verborgene perverse Seite.«

Er nahm es schulterzuckend hin. »Das kann ich schwerlich leugnen.«

»Und was käme dann in deiner Fantasie, wenn das Kleid runtergerutscht ist?«

Jamie, bierernst, sagte bedrohlich: »Du hättest keinen BH an.«

Sie lächelte und biss sich gleich auf die Lippe. Sehr oft ließ sie den BH weg, wenn sie schulterfreie Sachen anhatte. Ihre Brüste waren so klein, dass sie sich das erlauben konnte. Auch heute Abend trug sie keinen.

»Wenn das Kleid auf den Fußboden gerutscht ist, dann stehst du da in Spitzenhöschen und High Heels.«

Beide ließen den Blick zu Melodys goldenen Flip-Flops wandern, die sie an den Füßen trug.

»Oder mit nackten Füßen«, korrigierte sich Jamie schnell. »Manchmal bist du in meinen Fantasien barfuß.«

Sie schlüpfte aus den Flip-Flops und stand barfuß im Flur. Er schluckte.

»Und dann?«

Er antwortete nicht, weil er sich erst das Folgende ausmalte.

»Dann würden wir uns auf der nächstbesten festen Unterlage lieben.«

Sie lachte. »Simpel, aber effektiv.«

»Was die Position betrifft, ging meine Fantasie in verschiedene Richtungen, es war also jeweils unterschiedlich.«

»Und welche war dir am liebsten?«

»Ich glaube, bei dir habe ich keine Lieblingsposition. Egal, wie wir Liebe machen, immer ist es gut für mich.«

Sie lächelte. »Gut pariert. Also mach doch diesen lästigen Knopf auf, mal sehen, als was sich diese Fantasie entpuppt.«

Er starrte sie an, tat mit Verlangen im Blick einen Schritt auf sie zu, doch dann zögerte er. »Wie hungrig bist du?«

»Nicht so sehr, als dass ich nicht warten könnte.«

Er lächelte und küsste sie, legte die Hände auf ihren nackten Rücken und fuhr mit den Fingern zärtlich nach oben bis zu jenem Knöpfchen im Nacken. Aufreizend schob er die

Finger unter das Stoffband, strich ihr um den Hals über das Schlüsselbein, ließ dann die Finger zurück zu dem Knopf wandern und nestelte ihn auf.

Als sich der Nackenhalter löste, setzte Melody einen Fuß zurück, damit Jamie alles im Blick hatte. Zu Boden glitt das Kleid nicht sofort, dafür waren ihre Hüften ein bisschen zu breit, aber als sie mit ihnen wackelte, fiel es doch noch zu Boden. An Jamies Blick sah sie, dass er nichts einzuwenden hatte.

Dann hielt er sich nicht mehr zurück, er küsste sie heißblütig und versuchte, mit seinen Händen alles an ihr zu erspüren, tastend, streichelnd, sich an sie klammernd.

Sie zog ihm umständlich das Hemd aus und ließ die Hände über seine warmen, starken Schultern gleiten, dann wanderten sie zu seiner Hose. Mit seinen kräftigen Armen hob Jamie Melody, die leise stöhnte, ein Stück hoch, und sie schlang ihm die Beine um die Hüften. Er war ganz in seine Liebkosungen versunken, gab ihr einen heißen Kuss nach dem anderen.

Er schleppte sie in die Küche. Dort blieb er stehen und setzte sie auf dem Rand des Tisches ab.

»Ist das die Unterlage deiner Wahl?«, fragte Melody.

»Das geht hier ebenso gut wie woanders.«

Sie rutschte ein Stück zurück. »Dann komm herauf zu mir.«

Er umfasste ihre Hüften und zog sie an die Tischkante, dann zupfte er am Bündchen ihres Schlüpfers. Melody stützte sich auf die Hände und hob leicht den Hintern, sodass Jamie ihr den Slip abstreifen konnte. Jetzt war sie völlig nackt.

Als sie sich nach vorn neigte, um ihn zu küssen, schob er ihre Beine auseinander und drängte sich dazwischen. Seine Hand glitt über die Innenseite ihres Oberschenkels, und mit einer unendlich sachten Berührung machte er Melody ganz kirre, hielt aber inne, sodass dieses Gefühl wieder abklang.

»Jamie«, flüsterte sie atemlos.

Er fischte ein Kondom aus seiner Hosentasche und kämpfte sich aus den restlichen Kleidungsstücken.

Dann stellte er sich wieder dicht vor Melody, und mit den Händen ihre Hüften umfassend, glitt er in sie hinein.

Einen Augenblick stützte sich Melody auf die Ellbogen, um sich dem Druck, mit dem er in sie drang, anzupassen. Während er sich in ihr bewegte, beugte er sich über sie, küsste ihre Brust und nahm einen Nippel in den Mund.

Ein Laut entrang sich ihrer Kehle, ächzend, stöhnend. Sie umfing seinen Kopf und streichelte ihm übers Haar. Die Beine hielt sie um ihn geschlungen, umklammerte ihn fest.

Dann wich er zurück, stützte sich auf die Unterarme und küsste Melody mit glühender Leidenschaft. Sie atmete stoßweise, sobald jenes paradiesische Kribbeln von ihr Besitz ergriff. Jamie hob den Kopf, um sie zu beobachten. Keuchend sah er auf sie hinunter.

»Du bist so schön, Melody Rosewood«, stieß er flüsternd zwischen seinen schweren Atemzügen hervor. »So verdammt hübsch. Womit habe ich es verdient, so ein Glückspilz zu sein und dich für mich zu haben?«

Sie streichelte ihn.

»Ich bin der Glückspilz. So lange wollte ich schon mit dir zusammen sein, und jetzt bist du da, und du siehst mich an, als ob …« Sie verstummte, denn sie wollte ihm nicht die bewussten Worte in den Mund legen.

Er zog kurz die Brauen zusammen, dann küsste er sie ungeahnt fordernd, und sie spürte, wie sein verzweifeltes Verlangen nach ihr aus allen Poren drang, unersättlich. Dieses wunderbare Gefühl sprengte alle Grenzen, sein Begehren ließ sie laut seinen Namen herausschreien. Er stöhnte und sank in sich zusammen, auf ihr, das Gesicht an ihrem Hals vergraben.

Ganz sicher war sie sich nicht, da ihr Herz so laut schlug, das Blut in ihren Ohren rauschte und Jamie so heftig keuchte, aber als er sie auf den Hals küsste, direkt unter dem Ohr, meinte sie zu hören, wie er flüsterte: »Ja.«

21

Hand in Hand wanderten sie zum Sea Breeze, dem besten Fischlokal weit und breit. Von dort hatte man die herrlichsten Ausblicke auf den Sunshine Beach, dort gab es die köstlichste Seezunge, die Melody je gegessen hatte.

Jamie hielt ihr die Tür auf, und sie trat hinein.

»Ein Tisch für zwei auf Jamie Jackson. Wir kommen leider ein bisschen zu spät«, sagte Jamie.

Melody riss sich zusammen, um nicht zu grinsen.

»Kein Problem, heute Abend ist es nicht allzu voll, den Tisch haben wir für Sie reserviert gehalten«, sagte die Oberkellnerin und forderte sie mit einer Gebärde auf, ihr die Treppe nach oben zu folgen.

Sie setzten sich ans Fenster und hielten Ausschau aufs Meer. Das Farbenspiel, das die untergehende Sonne wie ein Mosaik auf die Wellen projizierte, sah einmalig aus.

Melody wandte ihren Blick Jamie zu. Sie griff über den Tisch nach seiner Hand und stellte fest, dass seine Aufmerksamkeit nicht auf sie, sondern auf etwas hinter ihr gerichtet war.

Sie schaute sich um, entdeckte aber nichts Auffälliges, auch kein bekanntes Gesicht. Sie sah wieder zu Jamie und folgte seinem Blick, der auf eine hübsche, dunkelhaarige Frau gerichtet war, die hinter ihr jenseits des Gangs saß. Sie hatte prächtige Locken, die ihr fast bis zum Hintern reichten, und trug ein goldfarbenes Kleid, das jede makellose Kurve und sehr, sehr lange Beine zur Schau stellte.

Melody hätte Jamie nie für einen von der Sorte gehalten, der andere Frauen taxierte, wenn er mit ihr zusammen war. Er brauchte ja auch kein Heiliger zu sein – selbst wenn sie glücklich verheiratet wäre, würde auch sie es registrieren, wenn ein Mann gut aussah. Leo und Aidan waren stattliche Kerle, aber das hieß nicht, dass sie sich von ihnen erotisch angezogen fühlte. Selbstverständlich bewunderte Jamie also andere Frauen, aber sie hatte nicht erwartet, dass er das so offenkundig tat, schon gar nicht bei einem Date mit ihr.

»Alles okay bei dir?«, fragte sie, um seine Aufmerksamkeit zurückzugewinnen.

»Ja ... entschuldige«, sagte er, aber es war nicht zu übersehen, dass er abgelenkt war.

Sie hielt ihm die ausgestreckte Hand entgegen und hoffte, er werde sie nehmen, aber nein. Er glotzte auf die Speisekarte vor sich, jedoch, wie es aussah, ohne sie zu lesen. Melody legte ihre Hand wieder in den Schoß.

»Und, willst du mir eine Andeutung geben, wie dein Wettbewerbsbeitrag für morgen aussieht?«, fragte sie.

Er sah zu ihr auf, doch sogleich glitt sein Blick wieder zu der Brünetten, ganz kurz nur, bevor sich seine Miene verfinsterte. Er atmete tief ein.

»Nein, es sieht so aus, als ob ich wahrscheinlich gar nicht mitmache.«

»Was? Warum? Du hast dich die ganze Woche so ins Zeug gelegt, damit alles fertig wird!«

»Das Ding ist nicht geeignet. Es war blöd von mir, diese Plastik zu machen, ich hätte mich an etwas Simpleres halten

279

sollen, eine Robbe, einen Delphin, aber nicht das. Ich begreife gar nicht, was da in mich gefahren ist.«

»Ich ... verstehe dich nicht. Was ist denn so schlecht daran?«

»Es war ein dämlicher Einfall. Ich muss mal nachschauen, ob ich in der Werkstatt etwas Passenderes finde. Wenn nicht, dann nehme ich einfach nicht teil. Macht nichts. Morgen gibt es Hunderte Beiträge. Kein Schwein kriegt mit, ob meiner dabei ist oder nicht.«

In diesem Moment kam die Kellnerin zu ihnen.

»Hallo, ich heiße Jenny und bin Ihre Bedienung. Darf ich Ihnen etwas zu trinken bringen, während Sie noch in die Speisekarte schauen?«

Melody hielt den Blick auf die Karte gesenkt, verdattert wegen Jamies plötzlichen Sinneswandels. Sie überflog die Cocktails und suchte sich einen mit Erdbeeren und Prosecco aus. Jamie bestellte sich ein Bier.

Die Kellnerin stellte ihnen einen Brotkorb auf den Tisch und verließ die beiden, um die Getränke zu holen.

Melody sah Jamie an.

»Was ist mit dir? Du scheinst so ...« Es wollte ihr nicht über die Lippen kommen, aber irgendetwas stimmte nicht. Sie rief sich die gemeinsam zugebrachte vergangene Stunde und den ganzen heutigen Tag ins Gedächtnis. Hatte sie irgendetwas gesagt oder getan, womit sie ihn verärgert hatte?

»Alles in Ordnung. Entschuldige, ich bin nur etwas ... durcheinander.«

»Weshalb denn nur?«

»Das tut nichts zur Sache.«

Sie streichelte ihm über den Tisch hinweg das Gesicht, dabei streifte sie den Korb mit dem Brot, und er segelte zu Boden.

»Oh Gott, entschuldige«, sagte Melody und beugte sich hinunter, um Korb und Brot aufsammeln. Jamie beugte sich ebenfalls hinunter, um ihr zu helfen.

Ein Kellner kam herbeigeeilt und nahm ihnen den Brotkorb ab. »Ich bringe Ihnen frisches.«

»Es tut mir leid«, entschuldigte sich Melody noch einmal.

»Das macht doch nichts«, besänftigte sie der Kellner unaufgeregt und entfernte sich, um neues Brot zu holen.

Melody wandte sich wieder Jamie zu.

»Sag mal, wollen wir gehen?«, fragte er.

Sie riss erschrocken die Augen auf. Als er ihr das Angebot gemacht hatte, sie in das Restaurant ihrer Wahl auszuführen, und sie das Sea Breeze vorschlug, hatte er schon kurz gezaudert, ehe er zustimmte. Es war ein wenig vornehmer als die Restaurants, die sie normalerweise ausgesucht hätte, aber das Essen war ausgezeichnet und der Ausblick obendrein. Fühlte Jamie sich nicht wohl hier, war es ihm zu nobel?

»Wieso? Ich habe solchen Kohldampf, ich freue mich schon richtig auf die Seezunge. Warum willst du weg?«

»Das ist nicht wichtig.«

»Das hast du schon mal gesagt, aber irgendwas sitzt dir doch im Nacken.«

»Es war ein Fehler, hierherzukommen, das ist alles.«

Der Kellner kam mit einem Brotkorb und stellte ihn auf den Tisch. Dann ging er wieder. Melody beobachtete, wie Jamie ihn gezielt von der Tischkante weg ans Fenster schob, eindeutig darauf aus, dass sie ihn nicht wieder herunterschmeißen konnte.

»Warum? Weil du dich für mich schämst?«, murmelte Melody.

Er merkte auf. »Was? Wie kommst du darauf?«

»Du bist so seltsam.«

Jenny kehrte mit den bestellten Drinks zurück. »Strawberry Passion für Sie und ein Bier für Sie. Sind Sie bereit zu bestellen?«

»Ach bitte, ein paar Minuten noch«, antwortete Jamie.

»Kein Problem.« Jenny entfernte sich.

Jamie konzentrierte sich auf die Speisekarte, als suchte er krampfhaft ein Gericht, das ihm zusagte. Dabei handelte es sich durchweg um unkomplizierte Sachen, verschiedene Fischsorten kombiniert mit Pommes frites oder Kartoffeln. Vielleicht etwas überteuert wegen der Lage, jedenfalls war nichts Ausgefallenes darunter.

Melody studierte Jamies Züge und fragte sich, was ihn so verstimmte. Während sie den Cocktail in die Hand nahm und schlückchenweise schlürfte, behielt sie Jamie im Blick und übersah dabei das Obstspießchen, das den Cocktail krönte. Es stach ihr in die Wange. Sie zuckte vor Schmerz zusammen und sie kippte sich das ganze Getränk über die Brust.

»Verfluchter Mist!«, schimpfte sie und schüttelte die Flüssigkeit und das Eis von ihrem Kleid. Als sie aufschaute, sah sie in Jamies Gesicht einen Ausdruck von Groll und Verdrossenheit. Sie fühlte sich wie geohrfeigt. Es war derselbe Blick, mit dem ihr Dad sie bedacht hatte, wenn sie etwas verschüttete, und dieselbe Ungeduld, die ihre Mum an den Tag legte, nachdem ihr Vater sich vom Acker gemacht hatte. »Es tut mir leid.«

Jamie richtete den Blick wieder auf die Dunkelhaarige. Vielleicht wünschte er sich, lieber mit ihr zusammen hier zu sein.

»Lass uns nach Hause gehen«, wiederholte er, stand auf und warf Geld auf den Tisch für die Getränke.

Melody nahm ein paar Servietten und versuchte, sich damit trocken zu reiben, ehe sie aufstand. Der Appetit war ihr schlagartig vergangen.

Jamie legte ihr den Arm um die Schulter und führte sie aus dem Restaurant hinaus, und kaum waren sie draußen, stieß er einen Seufzer der Erleichterung aus.

Melody befreite sich aus seiner Umarmung, als sie den Strand entlanggingen, beide in beklommenes Schweigen verfallen. Melody war nur noch ein Häufchen Unglück.

* * *

Diese verfluchte Polly Lucas, nach all der Zeit.

Finster stierte Jamie aufs Meer, als er neben Melody her ihrem Cottage entgegenging. Seit ihrer Trennung hatte er Polly nicht mehr gesehen – seit jenem Tag, als sie ihn auslachte, nachdem er ihr seine Liebe gestanden hatte. Sie hatte lapidar hingeworfen, sie habe keinen Bedarf an einer festen Beziehung, aber nach ihrem Auseinandergehen wurde gemunkelt, sie habe mit dem Arzt aus dem Nachbarort angebandelt. Kaum war ein Monat vergangen, nachdem sie Jamie das Herz gebrochen hatte, da zog sie schon bei diesem Doktor ein und heiratete ihn ein halbes Jahr später. Demnach hatte sie mit ihrer Aussage, sie wolle nichts Dauerhaftes, nur gemeint, dass sie speziell von ihm, Jamie, nichts wollte.

Jamie hatte geahnt, dass das Sea Breeze ein Fehlgriff war. Nicht nur war es Pollys Stammlokal, es gehörte obendrein ihrem Bruder, folglich hatte er mit hoher Wahrscheinlichkeit davon ausgehen müssen, sie dort anzutreffen.

Und da saß sie doch tatsächlich an dem Tisch schräg hinter Melody. Er heftete seinen Blick auf sie und wunderte sich, was er je an ihr gefunden hatte. Ja, sie war hübsch anzusehen, keine Frage. Aber als sie so ihre Haare in den Nacken warf, als ihr Ehemann an den Tisch trat, mochten ihm partout keine positiven Eigenschaften von ihr einfallen. Sie war weder liebenswert noch freundlich noch großzügig, sie war weder witzig noch treu noch verwegen. Ja, eigentlich war das einzig Positive an ihr gewesen, dass sie ziemlich gut im Bett war.

Hatte er sich nur deshalb in sie verknallt? Sicher nicht. Aber seine Gefühle für Melody gingen weit über das hinaus, was er für Polly empfunden hatte, folglich war er in Polly vielleicht nie richtig verliebt gewesen. Vielleicht war es nichts weiter als sexuelle Begierde gewesen, schlicht und ergreifend.

Ihm brannten jetzt noch die Wangen von der Erniedrigung, die damals seiner Liebeserklärung folgte. Als sie so schamlos gelacht hatte. Aus diesem Grund schreckte er heute davor zurück, Melody seine Liebe zu gestehen. Und aus diesem Grund hatte er erwogen, sich aus dem morgigen Wettkampf herauszuhalten. Nicht noch einmal wollte er das alles durchmachen. Melody und Polly waren zwar wie Tag und Nacht, in jeder Hinsicht, trotzdem brachte er es nicht über sich, die bewussten Worte auszusprechen.

Oh Mann, Polly war so ein gemeines Luder. Das war ihm natürlich klar, keine Frage – wer macht sich denn lustig über einen Menschen, der einem seine Liebe gestand?

Als Melody der Brotkorb hinunterfiel, hatte Polly herübergeschaut und hämisch gekichert. Und als Melody sich mit dem Drink bekleckert hatte, war Polly in lautes Lachen ausgebrochen.

Das hatte ihn zur Weißglut gebracht. Er wollte Melody vor ihr beschützen, deshalb hatte er sie aus dem Restaurant gebracht, bevor es mit ihm durchging und er Polly seine Meinung geigte. Auch wenn er nicht wusste, wozu es führen sollte. Schließlich war Polly zu keinem Funken Reue fähig.

»Es tut mir leid, dass du dich mit mir blamiert hast«, sagte Melody betreten.

»Wie bitte? Du lieber Himmel, wie kommst du denn darauf?«

»Meine Güte, vielleicht, weil wir so schnurstracks aus dem Lokal gerannt sind, kaum dass ich mir den Cocktail übers Kleid gegossen hatte? Vielleicht weil du mich so böse und wütend angestarrt hast, als es passierte?«, ereiferte sich Melody.

Jamie rutschte das Herz in die Hose. Er blieb stehen und packte Melody am Arm. »Stopp mal, dass ich so sauer war, hatte nichts mit dir zu tun.«

»Ach nein, dann wohl mit irgendetwas ganz anderem, was null Zusammenhang damit hat, dass ich das Getränk verschüttet habe?«

Er stockte eine Spur zu lange, als er nach einer vernünftigen Erklärung suchte, deshalb marschierte Melody auf dem Gartenpfad davon, auf ihr Cottage zu.

Jamie erwischte gerade noch die Tür, bevor sie sie ihm vor der Nase zuknallte.

»Meine Ex saß im Restaurant, die mit den dunklen Haaren im goldfarbenen Kleid. Du hast sie sicher nicht gesehen, aber –«

»Ich habe sie sehr wohl gesehen. Das heißt, ich habe gesehen, wie du sie angeglotzt hast. Und dir wünschtest, dass du statt mit mir mit ihr dort gewesen wärst, oder liege ich da falsch?«

Wie vor den Kopf geschlagen fixierte er sie. »Um Gottes willen, was ist heute bloß los mit dir?«

»Mit *mir*?«, konterte Melody fassungslos. »Schließlich habe nicht *ich* die ganze Zeit eine andere Frau angestarrt. Und als ich das Glas umstieß, hat mich jemand mit einem so wütenden Blick durchbohrt, wie ich es noch nie erlebt habe. Nein, stimmt nicht, es war genau derselbe Blick, den mir meine Eltern zuschossen, wenn mir als Kind ein Malheur passierte. Nur, dass ich das mit dir erleben würde, hätte ich nie erwartet.«

Jamie zuckte vor Schuldgefühlen zusammen. Um keinen Preis hatte er ihr wehtun oder das Gefühl geben wollen, das ihr die Eltern vermittelt hatten. Aber er konnte ihr doch nicht beichten, dass Polly sich über sie, Melody, amüsiert hatte, wo sie doch solche Hemmungen wegen ihrer Ungeschicklichkeit hatte. Hatte sie nicht gerade erst begonnen, ihren Hang zu Missgeschicken anzunehmen und über sich selbst zu lachen, wenn etwas schiefging? All das wäre für die Katz gewesen, wenn sie erfahren hätte, dass andere ihrer Schadenfreude über sie freien Lauf ließen. Melody wäre vor Erniedrigung im Boden versunken.

»Ich hatte einen dicken Hals wegen ihr, nicht wegen dir«, erklärte Jamie. »Ich habe mich über mich selbst geärgert, weil ich ihr damals hinterhergelaufen bin, obwohl sie so ein Biest ist. Und ich war wütend auf mich selbst, weil mich das seitdem von jeder engeren Beziehung abgehalten hat, denn ich wollte mich ja nicht noch mal an der Nase herumführen lassen. Sie ist eine dumme Kuh und hatte meine Liebe gar nicht verdient. Nie hätte ich zulassen dürfen, dass so eine derart viel Macht über mich hat. Sie hat mein Leben zerstört, und ich hatte ihr nichts entgegenzusetzen. Das war jetzt das erste Mal, dass sie mir wieder unter die Augen kam, seit wir uns getrennt haben, und dieses Wechselbad der Gefühle von damals ist über mich hereingebrochen.«

Das war alles nicht gelogen, auch wenn er ausgelassen hatte, warum ihm plötzlich aufging, was für ein Scheusal sie war.

Melody sah ihn perplex an, unsicher, ob sie ihm glauben sollte oder nicht. Es war doch ein seltsamer Zufall, dass die Wut auf Polly ihn ausgerechnet in dem Augenblick gepackt hatte, als sie den Drink verschüttete.

Er hatte ihr nicht die ganze Wahrheit gesagt, nicht nur über Polly, die sie ausgelacht hatte, sondern auch über die Geschehnisse damals, als er Polly gesagt hatte, dass er sie liebe. Dass sie sich damals vor Lachen bog, konnte er Melody vor lauter

Scham nicht eingestehen. Doch an ihrer skeptischen Miene konnte er ihre Ahnung ablesen, dass er ihr etwas verschwieg.

»Du warst also überhaupt nicht stinkig auf mich?«

»Natürlich nicht.«

»Du hast den Brotkorb aus dem Weg geräumt.«

Ach wirklich? Jetzt erinnerte er sich. »Ach ja?«

»Damit ich dich nicht in Verlegenheit bringen würde, falls es noch mal passierte«, sagte Melody.

»Ach wo!« Um Gottes willen, das wurde ja immer schöner.

»So ist mein Leben, Jamie, Katastrophen am laufenden Band. Willst du dir wirklich diese ganzen Scherereien zumuten?«

»Ich mute mir gar nichts zu, warum bist du nur so blind für das, was ich sehe?«

Sie schritt im Zimmer auf und ab. »Alles missrät, seit wir enger zusammen sind.«

Er wollte gar nicht glauben, worauf diese Diskussion hinauslief. »Wie kannst du so was sagen? Es war die beste Woche meines Lebens.«

»Ich habe dich um ein Haar vergiftet, wir sind beim Turteln am Strand von der Polizei erwischt worden, die ganze Stadt hat erfahren, dass wir unter freiem Himmel Sex hatten, wir saßen in einer Höhle fest, ich habe Toast mit Bohnen über dich geschmissen, ich habe dich in Brand gesteckt, ich bin kopfüber auf die Sandburg geflogen, ich habe mir ein volles Glas über den Latz gekippt -«

»Und wir haben Händchen gehalten und uns geküsst und geliebt. Wir haben gelacht und geredet und Zukunftspläne geschmiedet.«

»Vielleicht ist es besser, wenn wir nur Freunde sind. Das wäre ungefährlicher für dich«, entgegnete Melody, als wäre alles zum einen Ohr hinein- und zum anderen hinausgegangen. Und als ginge sie das alles nichts mehr an. »Das wolltest du doch ohnehin. Du sagtest doch zu Klaus, wir hätten ein Arrangement als Kumpels mit der Option auf Sex.«

»Warte mal, das habe ich nie gesagt.«

»Freunde, die es miteinander treiben. War es das für dich?«

»Natürlich nicht!«, empörte er sich laut. »Wie kommst du nur darauf?«

»Du hast unsere Beziehung immer wieder mit ›sozusagen‹ umschrieben, und dass wir ›sozusagen‹ Dates miteinander haben.«

»Aber … Du warst doch diejenige, die darauf bestand, dass wir Freunde bleiben, die zusammen ausgehen. Ich hatte wirklich keine Ahnung, welches Etikett du dem anheften wolltest, was dann zwischen uns passierte. Das wollte ich nicht missverstehen.«

Herrgott, er konnte mit Frauen wirklich nicht umgehen. Warum fiel ihm nicht ausnahmsweise mal was Gescheites ein?

»Du warst nie auf eine Beziehung aus, ich habe dich nur dazu gedrängt.«

»Du hast mich zu gar nichts gedrängt! Warum führst du dich so auf?«

Mit versagender Stimme brachte sie hervor: »Ich kann nicht mit einem Mann zusammen sein, der von mir enttäuscht ist.«

»Nie bin ich von dir enttäuscht gewesen. Deine kleinen Pannen und Missgeschicke jucken mich doch nicht. Du schreibst mir Hintergedanken zu, die nicht zutreffen. Du versuchst, dich zu schützen, das habe ich verstanden, wirklich, aber vor mir brauchst du dich nicht zu schützen.«

»Du bekommst es allmählich satt, bei jedem geht die Geduld irgendwann zu Ende. Weißt du, womit das Ende meiner letzten Beziehung besiegelt war? Ich habe Kevins Laptop runtergeschmissen. Das hat das Fass zum Überlaufen gebracht. Tja, wochenlang hatte es eine Serie von Desastern und Peinlichkeiten gegeben, die er erdulden musste, aber der Laptop war ihm offenbar mehr wert als ich. Als ich von zu Hause auszog, hatte ich mir auf die Fahnen geschrieben, dass ich auf die Anerkennung anderer pfeifen kann. So war ich nun mal, und ich war mit mir zufrieden, aber auf einen Schlag war ich ein Nichts.«

»Aber du hast die Probleme nicht gelöst. Du gehst der Auseinandersetzung mit deiner Mutter aus dem Weg, die dir jedes Mal ein Gefühl der Unzulänglichkeit vermittelt. Durch Ausweichen erledigt sich das nicht. Solange du nicht das Gespräch mit deiner Mum suchst und alles direkt ansprichst, ist das Problem nicht aus der Welt.«

»Das sagt ausgerechnet einer, der jahrelang jede Beziehung von sich gewiesen hat, weil er sich vor Kränkungen fürchtet«, höhnte Melody.

Jamie fuhr sich mit der Hand durchs Haar. Da hatte sie ihn kalt erwischt.

Plötzlich war er über die Maßen aufgebracht. Er war dabei, sie zu verlieren, und er konnte das Ende nicht aufhalten.

»Du suchst nach Perfektion, die kann ich dir nicht liefern«, erklärte Jamie. »Immer wieder werde ich ins Fettnäpfchen treten, daran kann ich nichts ändern. Du hast dir so viele Liebesschmöker reingezogen und erwartest dir ein Märchen. Diese Woche war so unsäglich schön, aber wenn du beharrlich alles schlechtredest, dann bin ich hilflos.«

»Ich will nicht, dass du dich änderst, auch Perfektion will ich nicht.«

»Du willst das perfekte Date, die perfekte Beziehung. Dafür hast du dir den falschen Typen ausgesucht.«

»Das will ich gar nicht.« Melody war den Tränen nah. »Ich habe Angst, dich zu vertreiben. Dein Gesichtsausdruck im Restaurant –«

»Du willst also wirklich wissen, warum ich eine so finstere Miene gezogen hab? Diese bescheuerte Polly Lucas hat sich totgelacht, als dir das Glas umkippte. Auf sie war meine Wut gerichtet, nicht auf dich. Aber wenn du so wenig von mir hältst, wenn du glaubst, ich könnte dir wegen eines dummen Missgeschicks den Rücken kehren, dann sollten wir wirklich Schluss machen.«

Damit stürmte er aus dem Haus und knallte die Tür hinter sich zu. Er lief zum Strand und schaute aufs Meer hinaus, auf die Wogen, wie sie heranrollten und sich am Ufer brachen.

Du liebes bisschen, was hatte er da eben angerichtet?

* * *

Melody starrte entsetzt auf die zugeschlagene Tür. Dann schlich sie zum Sofa, setzte sich und ließ den Kopf in die Hände fallen. Rocky, dessen Instinkt ihn fühlen ließ, dass sie litt, tapste zu ihr herüber, stupste mit der Schnauze an ihre Hände und wedelte mit dem Schwanz. Melody rutschte auf den Fußboden, schlang die Arme um Rocky und weinte, das Gesicht in seinem Fell vergraben. Rocky blieb auf dem Fleck stehen und ließ es geschehen.

Was war nur mit ihr los?

Über Nacht kam ihr alles so hoffnungslos vor. Wie sollten sie bloß die Karre wieder aus dem Dreck ziehen?

Sie ließ den Abend Revue passieren. Hatte sie überreagiert? Immer noch ärgerte sie sich über Jamie und über diese ekelhafte Polly Lucas. Dazu hatte sie allen Anlass.

Die ganze Zeit hatte Jamies Blick an einer anderen Frau geklebt. Wem wäre schon wohl dabei? Warum hatte er ihr nicht klargemacht, was ihn so verstörte? Nun ja, sie musste ihm zugestehen, dass er sie zum Verlassen des Restaurants aufgefordert hatte. Und sie hatte abgelehnt. War er noch immer von seiner Verflossenen besessen? Womöglich rumorten noch irgendwelche ungeklärten Gefühle in ihm, wenn es ihn so aufwühlte, sie wiederzusehen. Hatte er sie, Melody, angesehen und sich gedacht, seine Gefühle für sie würden nie an die für Polly Lucas heranreichen?

Sie stöhnte, denn in Wirklichkeit ärgerte sie sich am allermeisten über sich selbst. Dieser Komplex von ihr, sie sei nicht gut genug, hatte alles ruiniert.

Dabei war ihre Beziehung inzwischen so gut gelaufen. Zugegeben, jedes Date war ein bisschen chaotisch gewesen, aber das hatte Jamie nichts ausgemacht. Er genoss trotzdem das Zusammensein mit ihr. Aber das reichte wohl nicht aus, um die Wolken wegzuschieben. Er hatte recht, ihr Minderwertigkeitskomplex, ausgelöst durch das Verschwinden ihres Vaters und verschärft durch das jahrelange Zusammenleben mit einer so negativ eingestellten Mutter, würde nie von ihr weichen, es sei denn, sie stellte sich ihm. Von Anfang an, seit ihrer ersten Verabredung, war sie von der Angst beherrscht gewesen, Jamie zu verlieren, ihn zu vertreiben, und zu guter Letzt war es jetzt auch diese Angst gewesen, mit der sie ihn vergrault hatte.

Warum sollte Jamie sich das alles auf den Hals laden?

Vielleicht ließ er lieber die Finger davon.

Vorhin hatte er gesagt, wenn er eine Frau liebe, würde er sie nicht verlassen. Doch heute Abend war er weggelaufen – war nun alles zwischen ihnen passé?

Melody rappelte sich hoch. Hatte sie sich nicht geschworen, Jamie um keinen Preis gehen zu lassen? Es mochte vorbei sein, aber einen letzten Anlauf wollte sie unternehmen und um ihn kämpfen. Ihr war schleierhaft, was sie ihm sagen konnte, um alles wieder geradezurücken, aber einen Versuch war es wert.

Sie riss ihre Schlüssel an sich und hastete aus dem Haus.

* * *

Jamie hockte am Strand, an ein umgedrehtes Boot gelehnt, das jemand an Land gezogen hatte. Der Streit stand ihm noch lebendig vor Augen.

Was war er doch für ein Esel. Zu Recht war Melody böse auf ihn. Er hatte sich mit ihr verabredet und unentwegt eine andere Frau angegafft. Was sollte Melody davon halten? Verflucht, er hätte ihr nicht sagen sollen, dass Polly gefeixt hatte. Natürlich musste sie sich davon getroffen fühlen. Besser, Melody hätte weiter ihren Ärger an ihm ausgelassen, als so eine Demütigung einstecken zu müssen. Diese Tusse Polly Lucas. Er hatte tatenlos zugesehen, wie sie damals alles zerstörte, und jetzt ließ er es zu, dass sie auch noch seine Beziehung mit seiner geliebten Melody kaputtmachte.

Aber auch gegen Melody richtete sich sein Zorn. Sie hatte ihn von sich gestoßen. Zwischen sie beide hatten sich Ängste geschlichen, was ihn zunächst davon zurückhielt, ihr seine Gefühle zu gestehen, und dann hatte sie wiederum nichts dagegen getan, dass diese Ängste komplett die Oberhand gewannen. Vielleicht liebte sie ihn gar nicht, wenn sie ihn so aus heiterem Himmel von sich stieß. Wie konnte sie nach diesen gemeinsamen Tagen an ihrer Beziehung zweifeln? Als sie sich liebten, hatte sie da nicht dasselbe wie er empfunden? Hatte sie nicht diese Verbindung zwischen ihnen gespürt?

Er stand auf und warf einen Stein ins Wasser, und über die Wellen breiteten sich tänzelnd goldene konzentrische Ringe aus.

Ob es noch einen Ausweg gab?

Er warf einen Blick über die Schulter zu Melodys Cottage, drehte sich wieder um und ging davon.

* * *

Kraftvoll schlug Melody an Jamies Tür, hinter der die Hunde wild wurden. Das Licht war an, daraus schloss sie, dass er da war. Sogar Musik hörte sie – als liefen im Radio Liebesschnulzen.

Hinter sich hörte sie Geräusche. Sie drehte sich um und erblickte Dobby, der aus dem Garten hinterm Haus herangewackelt kam, um sich zu vergewissern, wer sich an der Tür zu schaffen machte. Einen allzu beunruhigten Eindruck machte er nicht, und nachdem er einen flüchtigen Blick auf sie geworfen hatte, fuhr er fort, auf der Wiese herumzupicken. Im Haus tat sich nichts, deshalb pochte Melody noch einmal kräftig an die Tür. Sie hatte keinen Plan, was sie zu Jamie sagen würde, aber dass sie etwas sagen musste, stand nicht infrage. Sie musste ihr Glück versuchen.

Der Vorhang am Wohnzimmerfenster zuckte kaum merklich. Er wurde ein paar Zentimeter zur Seite gezogen, dann wieder losgelassen. Jamie hatte also gesehen, wer vorm Haus stand. Melody wartete, doch erstaunlicherweise kam Jamie auch jetzt nicht an die Tür.

Er wollte nicht mit ihr sprechen.

Entgeistert starrte sie auf die geschlossene Tür, ein Band legte sich um ihre Brust.

Mit einem Mal kochte Wut in ihr hoch, und wieder schlug sie mit Macht an die Tür. »Jamie Jackson, du machst augenblicklich auf, hörst du! Wir müssen darüber reden. Es ist nicht aus. Ich lasse dich nicht gehen.«

Keine Reaktion.

Das Band um ihre Brust zog sich enger zu, der Schmerz wurde noch unerträglicher als in dem Augenblick, als Jamie aus ihrem Cottage gerannt war. Tränen schossen ihr in die Augen, und sie lehnte schluchzend den Kopf an die Tür.

»Bitte, mach auf. Verzeih mir alles. Ich liebe dich. Bitte.«

Sie hörte schlurfende Geräusche hinter der Tür, aber niemand machte auf. Dann ging das Licht aus.

Mit Tränen im Gesicht wandte Melody sich ab und trottete davon.

22

Nach einer durchweinten Nacht klopfte Melody am nächsten Tag bei Isla an die Tür. Sie wusste, dass sie diesen Konflikt mit Jamie aus der Welt schaffen musste, aber wie, war ihr noch ein Rätsel. Wenn er sich einem Gespräch verweigerte, gab es keinen Weg, die Sache zum Guten zu wenden.

Leo machte die Tür auf, den fröhlichen Elliot auf der Hüfte. Beide hatten nackte Oberkörper und waren klatschnass. Aus den Wasserpistolen, die sie in den Händen hielten, war zu schließen, dass sie mitten in einer Wasserschlacht waren.

Melody lächelte beklommen, nur um Elliots willen. Aber Leo ließ sich nicht täuschen, er erschrak bei ihrem Anblick.

»Was ist denn los?«, fragte er.

»Ach, nichts«, winkte Melody ab.

»Du siehst verweint aus«, stellte Elliot klug fest. »Du musst dich von Leo knuddeln lassen.«

Trotz allen Jammers musste Melody lächeln.

»Mein Umarmungsservice ist kostenlos«, erklärte Leo und streckte einen Arm nach Melody aus.

»Danke, aber noch lieber hätte ich eine Umarmung von meinem Lieblingsneffen«, entgegnete Melody. Sofort streckte Elliot ihr seine Arme entgegen, damit sie ihn herzen konnte.

Sie übernahm ihn von Leo und hielt ihn fest an sich gedrückt. Elliot war pitschnass, aber wenn er sich an sie kuschelte, fühlte sich Melody immer gleich besser, wenn auch diesmal nur vorübergehend.

»Isla ist im Bad«, sagte Leo verlegen, denn im Umgang mit einem Sensibelchen fühlte er sich etwas überfordert.

Melody setzte Elliot auf dem Küchenblock ab, er zerzauste ihr zärtlich das Haar, was er anscheinend von Isla und Leo gewohnt war. Solange Elliot dabei war, konnte sie Leo nichts sagen, aber die Anwesenheit ihres Neffen verschaffte ihr schon Erleichterung.

»Elliot, warum gehst du nicht und feilst noch mal an deiner Zaubershow? Such dir deine zehn Lieblingstricks aus, dann zeigst du Melody, wie brillant du bist«, schlug Leo vor.

»Ja!«, rief Elliot und hüpfte begeistert auf die Füße. »Du wirst staunen.«

Er wetzte davon und sprang polternd die Treppenstufen hinauf zu seinem Zimmer.

»Kaffee, Tee oder etwas Stärkeres?«, fragte Leo und winkte Melody hinter sich her.

»Tee ist gut, danke.«

Leo bereitete drei Tassen Tee zu, wahrscheinlich hoffte er, dass Isla gleich zu ihnen stieß und ihm aus der Klemme half.

»Willst du mir erzählen, was passiert ist?«, fragte Leo.

Zwar hatte Melody nicht vorgehabt, darüber mit Leo zu reden, aber schon schwammen ihre Augen wieder in Tränen, wenn sie nur daran dachte, was sie angerichtet hatte.

Leo drehte sich zu ihr um und sah sie ganz aufgelöst, und auf der Stelle nahm er sie in den Arm.

»Na komm, egal was, alles ist ganz sicher lösbar«, besänftigte er sie und hielt sie umarmt. »Hast du dich mit Jamie gezofft?«

»Wir haben Schluss gemacht«, schniefte Melody.

»Ach was, das glaube ich keine Sekunde. Er ist doch ganz versessen auf dich. Nichts als ein Fehlalarm.«

»Ich habe ihn in die Wüste geschickt«, murmelte sie erstickt an seiner Brust.

»Ach, das ist es also? Das glaube ich nicht. Jamie lässt sich nicht vergraulen wegen eines kindischen Zanks.«

Melody machte sich von Leo frei und sah, dass Isla inzwischen eingetreten war. Sie schaute sie beide an, und ihr Blick blieb zärtlich an Leo hängen. Dann trat sie zu Melody, umarmte sie, dann zog sie ihre Schwester auf einen Stuhl neben sich am Tisch, während Leo den Tee kochte.

»Was ist denn los?«, fragte sie besorgt.

»Ich weiß nicht. Es ist alles so gut gelaufen. Ich meine, unsere Dates gingen nicht gerade reibungslos vonstatten. Beim ersten Mal habe ich Jamie fast um die Ecke gebracht, ein paar Tage später habe ich ihn angesengt, aber diese Fehlschläge haben ihm nichts ausgemacht. Und gestern Abend waren wir schließlich essen, da hat er seine Ex gesehen, Polly, und –«

Stöhnend stellte Leo die Tassen auf den Tisch. »Dieses Dreckstück. Sie hat ihn damals so runtergemacht.«

Zu Melodys Verwunderung setzte sich Leo zu ihnen, statt dem Drama zu entfliehen.

»Weil sie ihn abserviert hat?«, hakte Melody nach.

»Weil er ihr gesagt hat, dass er sie liebt, und sie sich darüber scheckig lachte, ganz schamlos.«

Melody fand keine Worte. Mit einem Mal erinnerte sie sich daran, dass Agatha mal die Bemerkung hatte fallen lassen, Polly habe herumposaunt, Jamie sei nur gut für Sex. Kein Wunder, dass er sich vorerst tunlichst von Beziehungen ferngehalten hatte. Er war also ein gebranntes Kind. Wie sollte er noch einmal sein Herz riskieren, nachdem er eine solche Schmach hatte ertragen müssen? Es musste ungeheuer demütigend für ihn gewesen sein.

»Oh Gott, der arme Jamie«, flüsterte Melody.

»Ich nehme an, berauscht war er nicht, als er sie wiedersah«, kommentierte Leo.

»Nein, er konnte den Blick gar nicht von ihr abwenden. Es war zu sehen, wie unglücklich er war, aber warum, wusste ich ja nicht. Er hatte mir nie von Polly erzählt, erst danach, zu Hause. Ich hatte es so gedeutet, dass er meinetwegen unzufrieden war. Im Restaurant hatte ich ein Glas umgestoßen und den Inhalt über mich gegossen. Anscheinend hat sie darüber gelacht«, berichtete Melody resigniert. »Er guckte so finster, ich dachte …«

»Dass er *dir* böse ist«, beendete Isla ihren Satz.

Sie nickte.

»Ach, Mädchen, natürlich hast du das gedacht. Immer saß dir deine Mutter mit ihrer Miesmacherei im Nacken, und dein Dad hatte auch kein Verständnis für deine Art. Dass Jamie plötzlich in dieselbe Kerbe gehauen hat, tat natürlich weh.«

»Aber er war doch sauer auf *sie*, nicht auf mich. Ich habe meine Komplexe auf ihn projiziert, das war nicht fair.«

»Aber er hätte dir alles genauer erklären müssen und dich nicht im Unklaren lassen dürfen«, wiegelte Leo ab. »Wir schleppen alle unser Päckchen mit uns herum, wir kriegen kalte Füße und stoßen die Menschen, die wir lieben, vor den Kopf, um selbst unversehrt zu bleiben. Jamie kommt wieder, weil du ihm genauso viel bedeutest wie er dir.«

Melody schüttelte den Kopf. »Ich bin gestern Abend noch bei ihm vorbeigegangen, nach unserem Streit, und er hat mir nicht aufgemacht. Das Licht war an, das Radio lief auch, und der Vorhang hat sich bewegt, als er nachsah, wer vorm Haus stand. Aber als ich an die Tür schlug und laut rief, er solle aufmachen, da hat er einfach die Lampen ausgeschaltet und ist nach oben schlafen gegangen.«

»Das hört sich nicht nach Jamie an.«

Es klopfte an der Tür, gerade als Elliot hereingesprungen kam, den Zylinder auf dem Kopf und einen Karton in den Händen.

Leo ging die Haustür öffnen, während Elliot seine Sachen auf dem Tisch ausbreitete.

Tori und Aidan waren es, sie kamen in die Küche, und sogleich stürzte Tori auf Melody zu.

»Ach Gott, wie erleichtert ich bin, dass du hier bist. Wir waren bei dir zu Hause, da warst du nicht, also dachten wir, wir probieren's mal hier. Alles in Ordnung bei dir? Habt ihr euch gestritten, du und Jamie?«

»Ja, wieso? Habt ihr ihn getroffen?«

»Ja, am Sunshine Beach vor unserm Haus. Er wartet auf dich. Er bat uns, dass wir dich suchen und dir ausrichten, dass du dich mit ihm am Strand treffen sollst. Er hat versucht, dich telefonisch zu erreichen, aber du nimmst nicht ab.«

Melody griff nach ihrer Handtasche, aber das Handy war nicht darin. Sie musste es zu Hause gelassen haben.

»Was will er denn, hat er das gesagt?«, fragte Melody nervös.

»Er sieht schlimm aus, völlig übernächtigt, er war die ganze Nacht im Atelier, um seiner Wettbewerbsplastik den Feinschliff zu verpassen«, meinte Aidan.

Das gab Melody zu denken. In der Werkstatt war er also die ganze Nacht gewesen, nicht zu Hause?

»Melody, er hat seine Skulptur an den Strand gebracht«, machte ihr Tori klar.

»Aber er sagte doch, dass er diesmal nicht mitmachen will.«

»Tja, dann hat er sich's anscheinend anders überlegt. Du musst dir das angucken.«

»Ihr habt es wohl schon gesehen?«

»Die Plastik ist nicht zugedeckt«, antwortete Tori.

»Aber die Werke sollen doch bis zum Abend verhüllt bleiben.« Warum war sie nur so neugierig? »Was stellt die Plastik denn dar?«

Tori schüttelte den Kopf. »Es ist unglaublich, aber das musst du dir schon mit eigenen Augen ansehen.«

Melody stand auf. Elliot schaute sie an, und augenblicklich ließ sie sich wieder nieder.

»Zuerst muss ich Elliots Zaubershow sehen. Darauf habe ich mich wirklich gefreut.«

Sosehr sie ihren Neffen auch liebte, sie hoffte, diese Vorführung wäre rasch beendet.

Doch überraschenderweise schüttelte Elliot den Kopf. »Das ist okay, Melody, du musst los und Jamie suchen. Wenn er so durcheinander ist wie du, dann braucht er sicher eine Umarmung von Leo. Aber ich wette, er lässt sich lieber von dir umarmen als von Leo.«

»Damit hast du wahrscheinlich recht«, pflichtete Leo ihm bei. »Geh nur, hol ihn und bring ihn her, dann gucken wir uns alle zusammen die Zaubershow an.«

»Hast du nichts dagegen?«, fragte sie Elliot.

Der schüttelte den Kopf. »Jamie macht dich fröhlich, und du sollst wieder fröhlich sein.«

Sie lächelte beglückt über ihren Neffen, den sie von Herzen gernhatte, und zog ihn an die Brust. Dann sammelte sie sich, nahm ihre Tasche und eilte, allen zum Abschied zuwinkend, aus dem Haus.

23

Am Meeressaum entlang lief es sich leichter und schneller, vorbei an verschiedenen Skulpturen, die heute Vormittag nach und nach aufgestellt worden waren, alle noch unter einer Hülle verborgen. Melody ließ den Blick über den Strand schweifen und hielt nach Jamie Ausschau. Ganz weit hinten, nah bei ihrem Haus, konnte sie eine Skulptur ausmachen, die fast so groß war wie sie selbst. Ob es die wohl war? Aber keine Spur von Jamie weit und breit. Als sie sich der Stelle näherte, erkannte sie, dass es sich um eine menschliche Figur handelte, eine Frau, die aussah, als tanzte sie. Melody blieb vor Freude das Herz stehen.

Es war eine Darstellung von ihr selbst.

Sie stolperte darauf zu und blieb direkt davor stehen. Es war nicht zu fassen, so lebensecht, so fein ausgearbeitet. Sie streckte die Hand aus und strich der Figur über die Wange, sie hatte eine seidig glatte Oberfläche. Die Mystik-Topase, die sie Jamie vor ein paar Tagen verkauft hatte, waren die glänzenden Augen. Sie sah so glücklich aus.

Blitzartig drang ihr ins Bewusstsein, was das bedeutete. Die Plastiken sollten darstellen, was die Menschen an Sandcastle Bay am meisten liebten – und was Jamie am meisten liebte, war sie, Melody.

Tränen kullerten ihr über die Wangen, ein mühsam zurückgehaltenes Schluchzen ließ ihre Brust erbeben.

Er liebte sie.

Gütiger Himmel, was für ein Wagnis war es für Jamie, seine Gefühle so offen preiszugeben. Und das, nachdem er eine solche Demütigung hatte erleben müssen. Deshalb hatte er am Abend zuvor einen Rückzieher machen und seine Wettkampfteilnahme absagen wollen. Als er Polly wiedersah, wurden all die Erfahrungen von Verrat und Scham, die seinem damaligen Liebesgeständnis folgten, in ihm hochgespült. Trotz alledem stand seine Plastik nun hier, für alle sichtbar. Er liebte sie wirklich.

Melody wischte sich die Tränen ab und trat ein paar Schritte zurück, um die Figur eingehend zu betrachten. Sie war so gestaltet, dass es aussah, als trüge sie ein Kleid, und Perlen um den Hals deuteten eine Halskette an. Als sie wieder näher trat, erkannte sie, dass es keine Perlen, sondern Schmucksteine waren. Und zwar dieselben, die sie kürzlich Emily verkauft hatte, als die Steine mit verschiedenen symbolischen Bedeutungen verlangt hatte. Alle zweiundvierzig Steine. Sie entdeckte die Tapferkeit, die Liebenswürdigkeit und die Loyalität. Das Herz pochte laut in ihrer Brust. Jamie beteuerte doch ständig, wie sehr er sich wünschte, dass sie ihre Qualitäten selbst sähe, und nun hatte sie sie vor sich.

Sie befühlte die Steine, einen nach dem anderen. Die Kreativität, die Fantasie, die Herzenswärme …

»Schön, nicht wahr?«

Melody wirbelte herum und sah ihre Mutter vor sich, ein paar Meter entfernt.

»Jamie ist ein feiner Kerl. Ich glaube, er ist ideal für dich.«

Melody strahlte. »Ja, das ist er wirklich.«

Ihre Mutter kam noch dichter heran. »Er hat es mir vor ein paar Tagen gezeigt. Man sieht, mit wie viel Zuwendung und Sorgfalt die Figur entstanden ist. Seine ganze Liebe zu dir spricht daraus.«

»Er hat sie dir gezeigt? Er lässt doch nie irgendjemanden an seine Plastiken heran, bevor sie fertig sind.«

»Ich sollte ihm mit Vorschlägen für die Halskette auf die Sprünge helfen. Er hatte schon eine Liste mit dreißig Eigenschaften parat, die er in dir entdeckt hat, und fragte mich, ob mir noch weitere einfielen.«

Melody verkniff sich die Bemerkung, dass das für ihre Mutter sicher eine echte Herausforderung gewesen war. Bei dem Gedanken an diese Geste von Jamie überkamen sie zärtliche Gefühle für ihn. Nicht ein einziges Mal in zwanzig Jahren hatte sie von ihrer Mutter etwas Gutes gehört, und Jamie hatte ihr glattweg Komplimente für ihre Tochter entlockt. Auch wenn sie selbst diese Worte nicht von ihrer Mum zu hören bekommen hatte, so manifestierte sich doch in dieser Figur für immer der Beleg dafür, dass ihre Mutter gut von ihr dachte.

Ihre Mum lächelte traurig. »Als ich diese schönen Dinge über dich sagte, musste ich mir eingestehen, dass ich sie dir gegenüber nie geäußert habe.«

Melody haute es glatt um. »Ich kann mich, ungelogen, nicht erinnern, wann du das letzte Mal etwas Nettes zu mir gesagt hast. Irgendwann muss es das aber gegeben haben, denn ich habe noch glückliche Erinnerungen, wie ich als Kind mit dir zusammen gespielt habe, aber das ist eine Ewigkeit her.«

Ihre Mutter zuckte zusammen. »Ich weiß. Als dein Vater weg war, stand ich mit allen auf Kriegsfuß, euch Kinder inbegriffen.«

»Stimmt, ich hab es ja selbst erlebt. Ich hab mir in der Schule ein Bein ausgerissen, aber egal, was immer ich auch tat, nie konnte ich es dir recht machen.«

»Das ist alles an mir vorüber gegangen, ich war so mit meinem Kummer und Ärger beschäftigt und war blind gegenüber allem und jedem. Ja, es muss schlimm für dich gewesen sein.« Sie seufzte. »Das ganze Leben hatte ich vorausgeplant, mit siebzehn wusste ich, wen ich heiraten und wo ich leben würde, welche Arbeit ich hätte, wie viele Kinder. Nichts habe ich übersehen. Ich war auf ein Dasein aus, wo alles wie geschmiert lief, und dabei habe ich das Wichtigste aus den Augen verloren, meinen Mann und meine Kinder. Ohne euch hatte ich nichts. Mit meinem beständigen Verlangen nach Perfektion habe ich euren Dad vertrieben, und als er weg war, ging meine ganze Welt in die Brüche. Meine bis aufs i-Tüpfelchen ausgeheckten Pläne lösten sich in Schall und Rauch auf.«

»Aber du hattest doch noch uns, mich, Matthew und Isla, uns hast du auch mit deinem Griesgram und deiner Miesepetrigkeit abgewiesen«, warf Melody ein.

»Stimmt. Damals war mir das nicht bewusst, aber später habe ich es erkannt. Da war jedoch der Graben zwischen uns schon so tief, dass ich nicht wusste, wie ich ihn überbrücken sollte.«

»Du hättest es ja erst mal damit versuchen können, um Verzeihung zu bitten«, hielt ihr Melody vor, aber das hätte sie sich lieber verkneifen sollen, wo ihre Mutter sich doch gerade damit abmühte.

»Du weißt ja gar nicht, wie sehr ich alles bereue. Wenn man so lange mit zusammengebissenen Zähnen durch die Welt gelaufen ist, ist es kein Kinderspiel, diese schlechte Gewohnheit abzulegen. Ich will gar nicht mehr so ein Scheusal sein. Dass ich Trevor habe, hilft mir. Es tut so gut, sich wieder geliebt zu fühlen.«

Melody empfand Gewissensbisse. Jahrelang hatte sie ihrer Mum keine Zuneigung gezeigt, und von Isla und Matthew war da wahrscheinlich auch nichts rübergekommen. Es hatte keine liebevollen Umarmungen oder Worte gegeben. Zwar hatte ihre

Mutter sie alle drei vergrault, aber trotzdem musste sie sich einsam gefühlt haben.

»Der Umgang mit Elliot hilft mir auch.« Bei der Erwähnung ihres Enkels hellte sich das Gesicht ihrer Mutter auf.

»Stoß ihn nicht von dir«, mahnte Melody. »Er hat dich lieb und verdient das nicht.«

»Ach wo, das kann ich dir versprechen. Er bringt mich zum Lachen, und es ist schon lange her, dass ich mal über irgendwas gelacht habe.«

Melody schaute wieder die Figur an. Dass die Verbindung zwischen ihr und ihrer Mutter jemals wieder so werden würde, wie sie gewesen war, bevor der Vater wegging, dass sie noch einmal so herzlich miteinander umgehen würden, konnte sie nicht beschwören, aber das war erst einmal ein neuer Anfang. Sie mussten sich beide anstrengen. Ihre Mutter zeigte guten Willen, daher würde sie, Melody, sich auch bemühen.

»Soll ich dir sagen, welche Wesensmerkmale ich herausgesucht habe? Jamie hat mir die entsprechenden Steine gezeigt. Mal sehen, ob ich noch weiß, welcher Stein was bedeutet. Ach ja, diese schwarze Schneeflocke —«

»Schneeflockenobsidian«, berichtigte Melody.

»Der steht für Ausdauer und Zielstrebigkeit. Ich bin stolz auf dich, dass du dein eigenes Geschäft aufgebaut und zum Erfolg geführt hast. Das schaffen nicht viele, besonders als Einzelkämpfer, aber dir ist es nicht nur in London gelungen, sondern auch hier in Sandcastle Bay, wo du dich erst eingewöhnen und den Laden zum Laufen bringen musstest.«

Ja, das war kräftezehrend gewesen. Keine Menschenseele in Sandcastle Bay hatte Interesse am Kauf von Diamanthalsketten oder Saphirringen. Monatelang hatte sie neuen Schmuck beschafft, sich mit Stilen jenseits des üblichen Geschmacks befasst und war dann unglaublich kreativ geworden, als sie ihren eigenen Schmuck herstellte. Dass sich darin ein besonderes

Charaktermerkmal zeigte, war ihr bislang nie in den Sinn gekommen.

»Der Mondstein hier steht für Geduld. Ich sehe, wie du mit Elliot klarkommst, ganz toll. Und der grüne Peridot symbolisiert eine positive Grundhaltung. Du musstest Rückschläge im Leben hinnehmen, dein Dad lief weg, deine Mutter war ein alter Drachen, dein Bruder ist ums Leben gekommen. Aber du hast dich nie herunterziehen lassen. Immer scheinst du zufrieden. Besonders in letzter Zeit, und ich glaube, dein junger Mann hat bei deiner fröhlichen Miene seine Finger im Spiel. Apropos, ich sollte ihn selbst für die übrigen Steine sprechen lassen.«

Sie machte eine Kopfbewegung, und Melody wandte den Blick in die angedeutete Richtung und sah Jamie über den Strand auf sie zustapfen. Ihr ging das Herz auf.

»Wollen wir nicht morgen zusammen Mittag essen? Ich frage auch mal Isla und Elliot«, sagte ihre Mutter.

Melody nickte. »Das wäre schön.«

Ihre Mum hob zum Abschied die Hand, denn für Umarmungen und Küsschen war die Zeit noch nicht reif; dann wanderte sie davon.

Melody sah Jamie entgegen, der gemächlich näher kam. Er strich sich nervös mit der Hand übers Haar.

»Ich suche dich schon«, sagte er.

Sie rang um Worte, um ihre Empfindungen zu artikulieren, die seine Figur in ihr auslöste, und um zu erklären, wie leid ihr alles tat.

»Ich wollte sagen –«, fing Jamie an.

Vielleicht waren Worte überflüssig. Melody warf sich an seinen Hals und küsste ihn leidenschaftlich. Sie spürte seine Erleichterung, als er sie fest in seinen Armen hielt. Tränen liefen ihr übers Gesicht, doch das kümmerte sie nicht.

»Ich liebe dich so sehr«, sagte sie. »Du traust dich nicht, diese Worte auszusprechen, ich weiß. Jetzt verstehe ich auch, warum, sie sind ja auch nicht nötig. Das hier …«, sie deutete auf das Standbild und ihre Stimme versagte, »… das bedeutet mir alles.«

Er schmunzelte. »Ich habe nicht die Plastik hierhergeschafft, um zu demonstrieren, was ich für dich empfinde. Ich liebe dich aus ganzem Herzen – das sollst du wissen und daran gibt es nichts zu deuteln, nicht *trotz* deiner Macken, sondern ihretwegen. Ich liebe dich wegen jeder einzelnen dieser wunderbaren Eigenschaften. Geduld, Leidenschaft, Klugheit. Ich finde es wundervoll, wie tapfer du bist, dass du dein Leben in London aufgegeben hast und hierhergezogen bist, um deine Schwester mit Elliot zu unterstützen. Ich liebe deine hinreißende Fantasie, mit der du so bezaubernden und unverwechselbaren Schmuck kreierst. Ich liebe deine Freundlichkeit und Geduld mit Elliot, die Treue gegenüber deinen Freunden. Deine Leidenschaft, besonders im Schlafzimmer.« Er zwinkerte ihr zu.

»Ach, was für ein Idiot ich doch war. Mich hat es nie nach einer perfekten Beziehung oder einem perfekten Date verlangt. Ich wollte nur, dass du es perfekt findest. Und so war es auch. Du hast in mir alle Wesenszüge entdeckt, die ich selbst nie gesehen habe. Gestern Abend sagtest du, mit mir hast du die beste Woche deines Lebens verbracht, das habe ich erst richtig kapiert, als du wieder weg warst. Ich hatte eine Heidenangst, dich zu verlieren. Du hattest recht, ich habe meine Ängste auf dich projiziert.«

»Ich doch auch. Aus lauter Angst vor deiner Reaktion habe ich dir nach der Sache mit Polly nicht gesagt, was ich fühlte. Aus Angst habe ich monatelang zwischen uns nichts zugelassen. Aber Schluss mit dem Katz-und-Maus-Spiel. Wenn es mit uns was werden soll, dann müssen wir ehrlich zueinander sein. Ja, ich liebe dich.«

»Ich liebe dich auch.«

Er neigte den Kopf, um sie wieder zu küssen.

Wahnsinn! Es würde doch noch alles gut mit ihnen beiden werden.

Sie löste sich von ihm. »Ich war gestern Abend bei dir, nachdem du weggegangen warst. Aber du bist nicht an die Tür gekommen. Ich dachte schon, der Zug ist abgefahren.«

»Ich war die ganze Nacht im Atelier und habe an der Plastik gearbeitet.«

»Ja, das sagte Aidan.«

»Ich wollte, dass du sie siehst, sobald du am Morgen aus dem Haus kommst. Aber du warst schon verschwunden.«

Verwirrt zog Melody die Brauen zusammen. »Ich habe aber doch gesehen, wie sich dein Vorhang bewegt hat.«

»Das wird Sirius gewesen sein, der kleine Schlawiner. Der steht immer am Fenster, wenn jemand vorbeigeht oder an die Tür kommt.«

»Das Radio war auch an.«

»Das lasse ich immer für die Hunde laufen«, stellte Jamie klar.

Melodys Gesicht hellte sich auf, als der Groschen fiel. »Dann nehme ich an, dass die Lampe ausging, lag an der Zeitschaltuhr.«

Er fühlte sich ertappt. »Ganz genau. Die Lampe geht immer zu bestimmten Zeiten an, damit die Hunde, wenn ich nicht zu Hause bin, nicht im Dunkeln ausharren müssen. Es tut mir so leid, ich kann ja nur erahnen, wie dir zumute war, als du dachtest, ich will die Tür nicht aufmachen.«

Sie winkte ab. »Ach Mensch, das ist jetzt alles hinfällig. Ich bin da, wo ich hingehöre.«

Er küsste sie und sagte dann: »Warum nehmen wir nicht unsere Fantasie und Leidenschaft mit ins Schlafzimmer und lassen ein für allemal unseren albernen Streit hinter uns?«

Sie schmunzelte und gab ihm ein Küsschen. »Nichts täte ich lieber als das, nur leider muss ich zu einer ganz starken

Zaubershow, und außerdem habe ich strenge Anweisungen, dich mitzubringen.«

Jamie lachte. »Ich könnte mir vorstellen, den Nachmittag mit etwas noch Besserem herumzukriegen, aber das schiebe ich gern bis zum Abend auf.«

Er nahm sie bei der Hand, und sie machten sich auf den Weg. Ein seliges Lächeln lag auf Melodys Gesicht. Der Abend konnte gar nicht schnell genug heranrücken.

* * *

Der Himmel glühte flamingorosa, durchzogen von lavendelfarbenen Streifen, als Melody Hand in Hand mit Jamie den Sunshine Beach entlangging. Unterwegs ließen sie es sich beim Sandskulpturenfest gutgehen. Der Strand war gesäumt von Imbissbuden und Handwerksständen, und viele Menschen schlenderten dazwischen herum, ehe das Abendprogramm losging.

Melody und Jamie machten die Runde bei den Skulpturen, Tori, Aidan, Isla, Leo und Elliot schlossen sich ihnen an und bestaunten die verschiedenen Werke. Melody gefiel das bunte Durcheinander der Stile und Materialien, einige Plastiken waren aus Holz, andere aus recycelten Plastikflaschen und Töpfen, wieder andere aus alten Schuhen gefertigt. Tatsächlich war es eine fantastische Präsentation des Allerbesten, was Sandcastle Bay zu bieten hatte. Es gab eine Menge Skulpturen, die sich thematisch um das Meer rankten – Sandburgen, Boote, Eiswaffeln, Fische, Delfine und Robben –, aber einige Dorfbewohner hatten auch, so wie Jamie, das Thema persönlicher ausgelegt.

»So, das ist meine Plastik«, meinte Melody nervös. Sie schaute zu Jamie hoch, doch der schmunzelte bloß, als er sie ansah.

»Also was du an Sandcastle Bay am liebsten hast, ist …?«

»Jeden Tag mit dir zur Arbeit zu gehen, wenn der Strand menschenleer ist, nur wir beide und die Sonne, die über dem goldenen Sand aufgeht. Das liebe ich am meisten an Sandcastle Bay.«

Er schmunzelte noch genüsslicher. »Und das sind wir beide?«

»Das sollen wir sein. Ich habe nicht so viel handwerkliches Geschick wie du.«

»Ich finde die Skulptur sehr ansprechend. Ich will dir sagen, auch für mich ist es der liebste Teil des Tages. Du, ich, zwei verrückte Hündchen.«

Sie schmunzelte.

»Ja, sie ist sehr schön«, pflichtete ihm Isla bei.

»Wirklich wunderschön!«, meinte auch Tori und wandte sich Aidan zu, der neben ihr herging, den Arm um ihre Schultern gelegt. »Ich finde, wir hätten auch etwas Persönlicheres auf die Beine stellen sollen.«

Toris und Aidans Heartberrymodell Max hatten sie schon in Augenschein genommen, und Max war mittlerweile bei den Ortsansässigen ein richtiger Hit.

»Max ist doch auch etwas Persönliches für uns. Schließlich haben wir uns kennen gelernt, weil du zum Beerenpflücken herkommen bist. Außerdem spiegelt der nächste Animations-Werbeclip uns und unser Leben wider«, hielt ihr Aidan dagegen.

»Ach, wirklich?«, fragte Melody.

»Max und seine Heartberry-Liebste heiraten demnächst, und dann kommt auch ein kleines Heartberry-Baby«, verriet Tori und wechselte einen Blick mit Aidan.

Melody freute sich über das Glück der beiden. »Gedenkt ihr denn auch, bald zu heiraten?«

»Ich denke, dieses Jahr wird es noch was werden«, meinte Tori. »Ich würde gern verheiratet sein, ehe es sich allzu deutlich zeigt. Ich habe keine Lust, durchs Kirchenschiff zu watscheln oder das Baby auf der Hochzeitsreise zu kriegen.«

»Ich würde auch je früher desto lieber heiraten«, pflichtete ihr Aidan bei.

»Wir haben uns überlegt, dass wir auf dem Hof feiern, vielleicht im September oder Oktober, wenn die Haupterntezeit vorüber ist. Wir könnten uns ein Festzelt mieten.«

»Hört sich gut an«, befand Melody.

Weiter vorn zerrte Elliot Leo lachend und auf die eine oder andere Skulptur mit dem Finger zeigend über das Ausstellungsgelände.

»Elliot ist wie ein Flitzebogen gespannt darauf, endlich das Pferd zu sehen, das Leo für das Fest gebaut hat, er redet seit Tagen von nichts anderem«, sagte Isla.

»Ihr habt es wohl noch nicht zu Gesicht bekommen?«, erkundigte sich Jamie.

»Nur ein paar Einzelteile. Eins, das sich bewegt und in dem Wasser herumstrudelt, und ein anderes Teil, das irgendwie von innen beleuchtet wird, auch den Kopf haben wir schon gesehen, aber das ganze Gefüge kennen wir noch nicht. Elliot hat Leo geholfen – na ja, was heißt helfen, zugeguckt hat er, wie Leo daran bastelte. Ganz bestimmt wird das was ganz Großartiges, wie ich Leo kenne«, erklärte Isla.

»Ja, er hat goldene Hände für so was«, bestätigte Melody.

»Ich sage ja immer, er sollte sein Geschäft erweitern und sich auf Installationen und Skulpturen wie diese verlegen. Ich wette, etliche Unternehmen wären interessiert. Er könnte solche Objekte auch in Zoos oder Themenparks aufstellen. Solche Konstruktionen zum Leuchten oder in Bewegung zu bringen, darin ist er richtig routiniert. Pyrotechnik, mechanisch gesteuerte Figuren, pneumatische und hydraulische Tricks, das ist seine Welt.«

Da kam Elliot angerannt, dicht gefolgt von Leo.

»Isla, da vorn ist unser Pferd, du musst es unbedingt angucken kommen!«

»Ich bin schon so gespannt«, freute sich Isla.

Leo nahm ihre Hand. »Du musst an der richtigen Stelle stehen, von dort aus kannst du es am besten begutachten.«

Melody folgte ihnen, als Leo Isla und Elliot zu dieser richtigen Stelle lotste. Er gab Anweisung, Elliot solle mit Isla stehen bleiben, dann huschte er zu der Skulptur und setzte die Mechanik in Gang. Melody sah ein großes gläsernes Pferd vor sich, das aussah, als galoppierte es über den Strand. Es bestand aus mehreren Segmenten. In einem schienen sich Wellen an Felsen zu brechen, in einem anderen zuckten Blitze, die wie echt aussahen. Wie Leo das alles bewerkstelligt hatte, war Melody ein Buch mit sieben Siegeln. Hals, Schultern und Teile des Kopfes waren verspiegelt und gaben dem Pferd eine Anmutung von Science-Fiction-Geschöpf, als gehörte es in eine ferne Zukunft. Es war eine Pracht.

Melody wandte den Blick zu ihrer Schwester und Elliot. Der hüpfte hellauf begeistert auf und ab, während Isla zu Melodys Verwunderung das Werk nur stumm anstarrte. Leo, der ständig um das Pferd herum lief, um die Mechanik im Auge zu behalten, damit auch alles wie am Schnürchen lief, bekam das gar nicht mit. Melody folgte Islas Blick, um zu erkennen, worauf sie ihn geheftet hatte, und stellte fest, dass Leo die beiden auf einen Platz geschoben hatte, von dem aus sie deutlich ihr eigenes Spiegelbild vom reflektierenden Hals des Pferdes zurückgeworfen sahen. Melody war wie gebannt. Wollte Leo damit Isla sagen, dass sie und Elliot das waren, was er am meisten an Sandcastle Bay liebte? Noch einmal spähte sie aus dem Augenwinkel zu Isla. Offensichtlich ging ihr dasselbe durch den Kopf. Warum sonst hatte Leo genau diese Position für Isla und Elliot ausgesucht, wo man doch dieses Wunderwerk von Pferd auch von jeder beliebigen anderen Stelle aus hätte bewundern können?

»Wie findet ihr es?« Leo drehte sich herum, und ganz kurz prüfte er Islas Reaktion, ehe er sich Elliot zuwandte.

»Es ist ganz toll!«, jubelte Elliot und klatschte in die Hände. Isla sagte nichts.

Melody beschloss, sich einzuschalten. »Also das, was dir in Sandcastle Bay am liebsten ist, ist was?«

Leo zögerte kurz, dann legte er die Hand an den Hals des Pferdes, dort, wo sich Isla und Elliot spiegelten.

»Sturm über der See, Wolken, die über den Himmel jagen, ein dramatischer Anblick wie im Theater, das Meer sieht aus wie eine Herde Wildpferde.«

Wieder warf er kurz einen Blick zu Isla.

Isla räusperte sich. »Es ist sehr schön.«

Verlegen machte sich Aidan bemerkbar. »Tja, also wir gehen Eis holen, wer möchte denn eins? Elliot, willst du mitkommen und dir deine Sorte aussuchen?«

Auf der Stelle ließ Elliot Isla stehen und hängte sich an Aidans Hand. Dann stiefelten sie in Richtung Imbissbuden davon.

»Und wir werden uns mal die anderen Standbilder anschauen«, sagte Melody, wobei sie nicht glaubte, dass Isla es mitbekam.

Sie schlenderte mit Jamie davon und sah sich noch einmal nach Isla um, die immer noch versunken auf Leo und das Pferd starrte.

»Hast du dasselbe gesehen wie ich?«, fragte Melody verhalten.

»Das hat, glaube ich, jeder gesehen, bis auf Elliot.«

»Oh Mann, für Leo ist das eine große Leistung.«

»Eine gewaltige Leistung«, stimmte Jamie ihr zu.

»Ich hoffe, das klärt sich alles zwischen ihnen, die beiden haben ihr Glück verdient«, meinte Melody.

»Irgendwie glaube ich, sie schaffen das.«

Sie schaute noch einmal über die Schulter zu Isla, die inzwischen das Pferd eingehender inspizierte und mit Leo redete. Auch wenn Melody nicht hören konnte, worum es ging, hoffte sie, dass Jamie recht hatte. Sicher wäre binnen kurzem alles zwischen den beiden geklärt.

Nun standen sie wieder vor Jamies Plastik. Einmal mehr musste Melody sie bestaunen, so sehr fiel sie aus dem Rahmen.

»Ich wundere mich, dass du bis jetzt gar nicht bemerkt hast, wo der dritte Mystik-Topas steckt, den ich bei dir gekauft habe«, sagte Jamie.

Melody runzelte verdutzt die Stirn, den Blick auf die Halskette gerichtet, an der sich all die anderen Schmucksteine aneinanderreihten, bloß den Topas entdeckte sie nicht.

Jamie deutete auf die linke Hand der Statue, wo Melody den Stein als Ehering am Finger trug. Sie schmolz vor Glück dahin.

Jamie zog der Figur den Ring von der Hand und reichte ihn Melody. »Dieser Ring steht für ein Gelübde. Ich verspreche dir, dass meine ganze Hingabe dir und unserer Zukunft gehört. Für eine Verlobung ist es, wie ich finde, zu früh, und ich will daran arbeiten, dass alles mit uns gut wird. Aber unsere Beziehung, die gilt für mich in alle Ewigkeit.«

»Für mich auch«, sagte Melody. Sie sah auf den Ring, an dem der Mystik-Topas, eingefasst in einen Ring aus Silbermodelliermasse, blau schillerte. »Hast du den gemacht?«

Er nickte und lächelte. »Ich bin bei der Besten in die Lehre gegangen.«

Sie schmunzelte und steckte sich den Ring an den Finger. Er war wunderschön. Melody reckte den Hals und gab Jamie einen Kuss.

Jamie hatte gesagt, er suche das Märchen, als sei es ein unerfüllbarer Traum, aber sie hatte es mit ihm zusammen gefunden. Er war das Glück ihres Lebens.

Zeitfracht Medien GmbH
Ferdinand-Jühlke-Straße 7
99095 Erfurt, Deutschland
produktsicherheit@kolibri360.de

Druck:
CPI Druckdienstleistungen GmbH
im Auftrag der
Zeitfracht Medien GmbH
Ein Unternehmen der Zeitfracht - Gruppe
Ferdinand-Jühlke-Str. 7
99095 Erfurt